KB124916

양귀비전쟁 ❷ 출루 코리크

THE POPPY WAR

양귀비전쟁 ② 출루 코리크

R. F. 쿠앙 지음 이주혜 옮김

아작

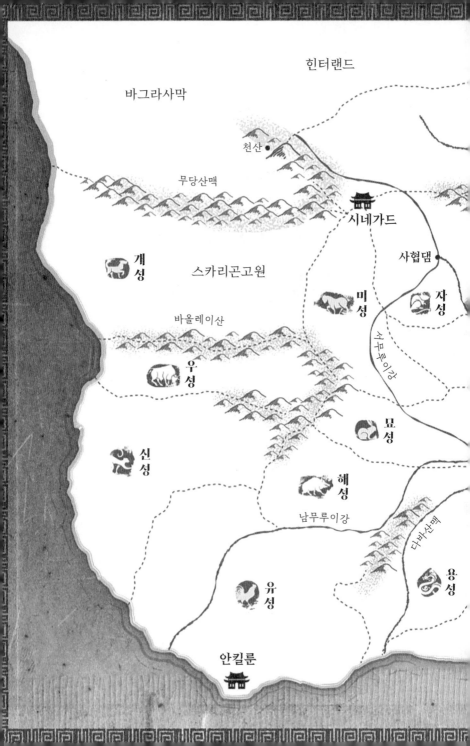

제 4부

12

린은 엔로 사부의 진료소에서 풀려나 문하생들끼리 시합을 열곤 했던 강당 지하로 옮겨졌다. 처음부터 이상한 일이라고 알아챘어야 했지만, 너무 어지러워 제대로 생각할 수가 없었다. 린은 이상하리만큼 잠을 많이 잤다. 지하에는 시계가 없었지만, 깜박 잠이 들었다가 깨어나면 벌써 해가 져 있었다. 몇 분 넘게 깨어 있기가 어려웠다. 음식이 날라져 왔지만, 먹고 나면 거의 곧바로 잠들었다.

한번은 자다가 어떤 목소리들을 들었다.

"…우아하지 못하군요." 황제가 말했다.

"'비인간적'이기도 하고요." 이르자 사부가 말했다. "당신은 이 아이를 일반 범죄자 취급을 하고 있어요. 이 아이는 우리를 위해 전투에서 이겼을지도 모릅니다."

"도시 전체를 불태워버렸을지도 모르고요." 준 사부가 말했다.

"이 아이가 무슨 짓을 저지를지 아무도 모릅니다."

"한낱 여자아이에 불과합니다." 이르자 사부가 말했다. "겁을 먹을 겁니다. 자신에게 무슨 일이 일어나고 있는지 말해줘야 합니다."

"이 아이에게 무슨 일이 일어나고 있는지는 우리도 '모릅니다.'" 준 사부가 말했다.

"그야 명백하지요." 황제가 말했다. "이 애는 또 다른 알탄입니다."

"그렇다면 티르가 오는 대로 이 아이를 맡기면 되겠네요." 준 사부가 말했다.

"티르는 밤의 성에서 오는 중입니다." 이르자 사부가 말했다. "그때까지 일주일 내내 진정제를 먹일 셈입니까?"

"나는 이 아이가 도시를 함부로 돌아다니지 못하게 막고 싶을 뿐입니다." 준 사부가 대답했다. "당신도 문지기가 동문 성벽을 어떻게 만들었는지 '봤지' 않습니까? 문지기의 봉인이 해제되었어요. 그가 무겐군보다 더 큰 위협입니다."

"그렇지 않습니다." 황제가 차갑게 말했다. "문지기 문제는 해결되었습니다…."

린이 눈을 떴을 때 앞에 서 있는 사람은 아무도 없었고, 오직 그들의 말만 어렴풋이 기억났다. 또 한 차례 꿈도 없이 잠을 잔 후라서 이 모든 게 상상인지 실제인지 확신할 수가 없었다.

마침내 정신이 들었다. 지하에서 나가려고 하자 3사단 병사 세 명이 막아섰다.

"무슨 일이죠?" 린이 물었다. 여전히 약간 어지러웠지만 이게 정상이 아니라는 것을 알만큼은 의식이 있었다. "왜 밖에 나가면 안 된다는 거죠?"

"안전을 위해서다." 병사 한 명이 말했다.

"무슨 말을 하는 거예요? 누가 그래요?"

"우리는 널 지키고 있으라는 명령을 받았을 뿐이다." 병사가 간략하게 말했다. "억지로 나가려고 하면 무력을 쓸 수밖에 없다."

가장 가까운 병사가 벌써 무기를 향해 손을 뻗고 있었다. 린은 뒤로 물러났다. 여기서 나가겠다고 언쟁을 벌여 봐야 소용이 없다는 것을 이해했다.

그래서 가장 원초적인 방법으로 돌아갔다. 입을 벌리고 비명을 질러댔다. 바닥에 드러누워 몸부림쳤다. 주먹으로 병사들을 때리고 얼굴에 침을 뱉었다. 그들이 보는 앞에서 오줌을 싸겠다고 협박했다. 그들의 어머니를 두고 외설적인 욕을 했다. 그들의 할머니를 두고 외설적인 욕을 했다.

이런 일을 몇 시간 동안 계속했다.

마침내 병사들은 책임자를 만나게 해달라는 린의 요구에 순응했다.

불행히도 그들은 준 사부를 보냈다.

"이럴 필요까지는 없잖아요." 준 사부가 도착하자 린은 부루퉁하게 말했다. 린은 조금 전까지 흙바닥을 마구 뒹군 사람처럼 보이지 않으려고 서둘러 옷매무시를 가다듬었다. "아무도 해치지 않을게요."

준 사부는 린의 말을 절대로 믿어주지 않을 사람처럼 보였다. "너는 자연발화의 능력을 보여주었다. 도시 동쪽 절반을 불태웠다. 우리가 왜 너를 병영 근처에 얼씬도 못 하게 가둬두었는지 이해하겠느냐?"

린은 자연발화가 아니라 의도적인 발화였다고 생각했지만, '어떻게' 발화했는지 설명한다고 해서 자신이 덜 위협적으로 보일 것 같지는 않았다.

"지앙 사부님을 만나고 싶습니다." 린이 말했다.

준 사부의 표정은 읽을 수가 없었다. 그는 대답 없이 가버렸다.

린은 일단 감금당했다는 울분을 극복하고 나자 기다리는 게 좋겠다고 마음먹었다. 린은 황제에게 충성하는 훌륭한 병사였다. 준 사부는 몰라도 시네가드의 다른 사부들은 린의 진심을 보증해줄 것이다. 침착하게 기다린다면 두려워할 일도 없을 것이다. 터무니없지만 린은 행여 곤란한 상황에 빠지게 된다면 그건 아편 소지 때문이리라고 생각했다.

적어도 완전히 혼자 있어야 하는 건 아니었다. 린은 밖으로 나갈 수 없었지만, 방문객들은 자유롭게 강당 지하로 찾아올 수 있었다.

니앙은 자주 왔지만, 대화를 나누려고 오지는 않았다. 니앙이 어쩌다 미소를 짓더라도 대부분 억지웃음이었다. 니앙은 전혀 생기 없이 움직였다. 두 사람은 몇 시간 동안 아무 말 없이 상대의 숨소리만 듣고 앉아 있기도 했다. 니앙은 큰 슬픔과 충격에 빠져 있었고 린은 니앙을 위로할 방법을 알지 못했다.

"나도 라반이 그리워." 위로를 한번 시도했지만, 니앙은 곧장 울음을 터뜨리며 강당에서 나가버렸다.

한편, 키테이가 오면 린은 빨리 새로운 소식을 들려달라고 무자비하게 닦달했다. 키테이는 짬이 날 때마다 린을 찾아왔지만, 끊임없이 구조활동에 호출당했다.

린은 그날 전투 끝에 무슨 일이 있었는지 서서히 알게 되었다.

무겐군이 시네가드를 점령하기 직전 린이 무겐 장군을 죽였다. 때마침 시네가드에 도착한 황제와 3사단이 전투에 합류해 아군을 승리로 이끌었다. 무겐군은 잠정적으로 퇴각했다. 그러나 키테이는 무겐군이 곧 다시 오리라고 추측했다.

"3사단이 도착하자마자 상황이 금세 종료됐어." 키테이가 말했다. 그는 삼각건으로 팔을 감싸고 있었는데, 린에게는 가볍게 삔 거라고 안심시켰다. "너 때문에 많은 일이 벌어졌어. 무겐군이 혼비백산했다니까. 그들은 우리 니칸에 스피어인이 한 사람만 있는 게 아니라고 생각한 것 같아."

린이 윗몸을 일으켰다. "무슨 소리야?"

키테이는 혼란스러워 보였다. "그러니까, 네가 그거 아니야?"

'스피어인? 내가?'

"시네가드 전체가 그렇게들 말해." 키테이가 말했다. 린은 그가 불편해하는 것을 감지했다. 키테이는 보통 사람의 두 배 속도로 머리가 돌아갔고, 호기심도 끝이 없었다. 그는 린이 대체 무슨 일을 한 건지, 린의 정체가 무엇인지, 왜 자기에게 말해주지 않았는지, 다 알아야 했다.

그러나 린도 뭐라고 말해줘야 할지 몰랐다. 린 자신도 몰랐다.

"사람들이 뭐라고 해?" 린이 물었다.

"네가 미친 듯이 피에 굶주렸다고. 네가 악마 떼에 사로잡힌 사람처럼 싸웠다고. 무겐 장군이 널 계속 베고 열여덟 번이나 찔렀지만, 네가 계속 움직였다고."

린은 양쪽 팔을 들어 올렸다. "찔린 상처가 없잖아. 찔린 사람은 네자였어."

키테이는 웃지 않았다. "정말이야? 네가 여기 감금당한 건 '꼭 그래야 하기' 때문이잖아."

아무래도 키테이는 불에 관한 사실은 모르는 모양이었다. 린은 말할까 말까 머뭇거렸다.

키테이에게 샤머니즘에 관해 어떻게 설명할 수 있을까? 저토록 합리적 이성을 확신하는 사람에게? 키테이는 지앙 사부가 경멸하는 현대주의자의 전형이었다. 키테이는 무신론자에 회의주의자였고 누구도 자신의 세계관에 도전하는 것을 인정하지 않았다. 이야기를 들으면 그는 린이 미쳤다고 생각할 것이다. 그리고 언쟁을 벌이기에 린은 너무 지쳤다.

"무슨 일이 있었는지 나도 모르겠어." 린이 말했다. "그저 모든 게 흐릿해. 그리고 내가 누구인지는 나도 몰라. 나는 전쟁고아였어. 어디 출신인지 알 수 없어. 나는 아무나 될 수 있어."

키테이는 린의 말에 만족하지 않는 얼굴이었다. "준 사부는 네가 스피어인이라고 확신해."

하지만 어떻게 그럴 수가 있지? 스피어가 침략당했을 때 린은 아기였을 것이고, 누구도 살아남지 못했다면 린 역시 살아남을 방도가 없었을 것이다.

"하지만 무겐이 스피어를 몰살시켰어." 린이 말했다. "생존자는 단 한 명도 없었고."

"알탄은 살아남았잖아." 키테이가 말했다. "너도 살아남았고."

✳

시네가드 학당 학생들의 사상률은 8사단 병사보다 훨씬 높았다. 린의 학년은 거의 절반이 다쳤고, 경상까지 치면 대다수였다.

열다섯 명의 급우가 죽었다. 엔로 사부의 선별진료소에 입원한 중상 환자가 다섯 명이었는데, 다들 목숨이 위태로웠다.

그중 한 명이 네자였다.

"오늘 네자가 세 번째 수술을 받아." 키테이가 말했다. "살아날지 어떨지는 모르는데. 살아남더라도 다시 싸울 수는 없을 거야. 미늘창이 상반신을 완전히 관통했다고 하니까. 척추가 절단되었다고 해."

그래도 린은 네자가 죽지 않았다는 사실에 안도했다. 살아 있는 쪽이 더 나쁘다는 생각은 해본 적이 없었다.

"나는 네자가 차라리 죽었으면 좋겠어." 키테이가 불쑥 말했다.

린이 몹시 놀라 키테이를 향해 고개를 돌렸다.

"죽음이냐, 평생 불구로 사느냐의 문제라면, 나는 네자가 편안히 떠났으면 좋겠어. 네자는 싸울 수 없다면 스스로 견디지 못할 거야."

린은 그 말에 어떻게 대답해야 좋을지 알 수가 없었다.

니칸군의 승리는 약간의 시간을 벌어주었지만, 시네가드 사수를 보장하지는 않았다. 2사단 정보국은 무겐 증원군이 해협을 건너오고 있고, 침략군 주요 병력은 증원군의 합류를 기다리는 중이라는 첩보를 전해왔다.

무겐이 두 번째로 공격해 오면 니칸 제국군은 시네가드를 지켜내지 못할 것이다. 시네가드는 완전히 비워졌다. 제국의 관료들은 모두 전시 수도인 골린니스로 이동했고, 그 말은 시네가드 수호가 최우선이 아니라는 뜻이었다.

"시네가드 학당을 정리 중이야." 키테이가 말했다. "학생들은 전부 사단별로 징집되었어. 니앙은 11사단으로, 벤카는 골린니스에 있는 6사단으로 갔어. 네자는 아직 보내지 않을 거야. 그때까지는… 알잖아." 그는 잠시 말을 멈추었다. "나는 어제 2사단으로 가라는 명령을 받았어. 하급 장교로."

2사단은 키테이가 늘 합류하길 꿈꾸었던 사단이었다. 다른 환경이었다면 축하의 말을 건넸을 것이다. 그러나 지금은 그런 말을 건넬 때가 아닌 것 같았다. 그래도 린은 노력했다. "잘됐다. 네가 가고 싶어 했던 곳이잖아."

그는 어깨를 으쓱했다. "다들 병사가 절박해. 더 이상 명성의 문제가 아니야. 농촌에서도 사람들을 징집하기 시작했어. 하지만 이르자 사부 밑에서 일하는 건 좋지. 내일 배를 타고 떠나."

린은 키테이의 어깨에 손을 올렸다. "몸조심해."

"너도." 키테이가 바닥에 손을 대고 앉았다. "언제쯤 지하에서 벗어날지 알고 있어?"

"나보다 네가 더 많이 알걸."

"아무도 말해주는 사람이 없어?"

린은 고개를 저었다. "준 사부가 한 번 다녀간 후로 아무도 오지 않았어. 지앙 사부는 아직 못 찾았어?"

키테이가 딱한 표정으로 린을 보았고, 린은 그가 말하기도 전에 대답을 알았다. 며칠 동안 한결같은 대답이었다.

지앙 사부는 사라졌다. 죽지는 않았고, 그냥 사라졌다. 그날 전투 이후로 소식을 듣거나 목격한 사람이 없었다. 동문 성벽 잡석 더미를 샅샅이 뒤졌지만, 전승학 사부의 흔적은 없었다. 죽었다는 증거도 없지만, 살았다는 희망을 주는 단서도 없었다. 그는 스스로 불러낸 허공 속으로 사라져버린 것만 같았다.

*

키테이가 2사단과 함께 골린니스로 떠나자 린 곁에는 아무도 없었다. 그녀는 줄곧 잠만 잤다. 내내 자고 싶었다. 특히 식사 후에는 미친 듯이 졸렸다. 잠이 들면 꿈도 없이 깊이 잤다. 혹시 음식과 음료에 약을 탄 게 아닐까 생각했지만, 그게 사실이라도 고마울 지경이었다. 혼자 있으면서 계속 생각하는 쪽이 더 나빴다.

린은 신을 소환하는 데 성공했기 때문에 안전한 존재가 아니었다. 린은 스스로 강력하다고 느끼지 않았다. 그녀는 지하실에 갇혀 있었다. 사령관들은 그녀를 신뢰하지 않았다. 친구들 절반이 죽었거나 죽어가고 있고, 사부는 허공 속으로 사라졌으며, 이제 그녀는 자신의 안전과 주변 사람들 모두의 안전을 위해 억류당했다.

이게 린이 스피어인이라는 뜻이라 해도(심지어 그녀가 '정말로' 스피어인이라고 해도) 이럴 만한 가치가 있는지 알 수가 없었다.

린은 잠을 잤고, 억지로 잠을 청할 수 없게 되면 구석에 웅크리고 앉아 울었다.

*

감금 엿새째, 린이 잠에서 막 깨어났을 때 강당 문이 열렸다. 이르자 사부가 안을 들여다보더니 린이 깨어 있는 걸 보고 재빨리 등 뒤로 문을 닫았다.

"이르자 사부님." 린은 구겨진 옷을 펴며 자리에서 일어났다.

"이제 이르자 장군이다." 그가 말했지만, 그 사실을 특별히 기뻐하는 것 같지는 않았다. "사상자들 덕분에 승진하게 됐구나."

"장군님." 린은 고쳐 말했다. "송구합니다."

그는 어깨를 으쓱하더니 린에게 다시 앉으라고 몸짓을 했다.
"이 시점에 그게 뭐 대수냐? 너는 좀 어떠냐?"

"피곤합니다." 린이 말했다. 지하실에 의자가 없어서 린은 바닥에 가부좌를 틀고 앉았다.

이르자 사부도 잠시 망설이다 바닥에 앉았다.

"그래." 이르자 사부는 무릎에 손을 올려놓고 말했다. "다들 네가 스피어인이라고 하더구나."

"장군님은 어디까지 알고 계십니까?" 린이 작은 소리로 물었다. 이르자 사부도 린이 불을 소환했다는 사실을 알고 있을까? 이르자 사부도 지앙 사부가 린에게 무엇을 가르쳐주었는지 알까?

"2차 양귀비 전쟁 후에 내가 알탄을 키웠다." 이르자 사부가 말했다. "나도 안다."

린은 깊이 안도감을 느꼈다. 이르자 사부가 알탄이 어떤지 안다면, 스피어인들이 무엇을 할 수 있는지 안다면, 린이 적어도 아군에게는 위험하지 않다고 제국군을 설득해줄 것이다.

"네 문제가 결정됐다." 이르자 사부가 말했다.

"제 문제가 토론에 부쳐진 것도 몰랐습니다." 린은 그저 어려워하며 대답했다.

이르자 사부는 눈가도 움직이지 않고 피곤한 미소를 지었다. "곧 이송 명령이 있을 것이다."

"정말입니까?" 린은 갑자기 흥분해 몸을 반듯이 폈다. '드디어.' 린도 나갈 수 있다.

"장군님, 저는 키테이와 함께 2사단에 들어가고 싶습니다."

이르자 사부가 곧바로 말을 잘랐다. "너는 2사단에 가지 않는다. 너는 열두 개 사단 중 어디에도 가지 않는다."

린의 기쁨이 곧바로 두려움으로 바뀌었다. 갑자기 공중에 희미하게 웅웅대는 소리가 들려왔다. "그게 무슨 말입니까?"

이르자 사부가 불편하게 엄지손가락을 만지작거리다가 이윽고 말했다. "린, 군벌들은 네가 사이크에 가는 게 최선이라고 결정했다."

린은 잠시 멍하니 이르자 사부를 보았다.

사이크 부대라고? 황제의 암살부대로 악명높은 13사단 말인가? 명예도 명성도 영광도 없는 암살단? 제국도 그 존재를 숨기고 싶어 하는 극악무도하고 흉포한 병력?

"내 말 이해하겠느냐?"

"'사이크' 부대라고요?" 린이 되풀이해 물었다.

"그렇다."

"장군님이 저를 미치광이 부대에 보낸다고요?" 린의 목소리가 거칠게 갈라졌다. 갑자기 울음을 터뜨리고 싶은 충동을 느꼈다. "'별난 아이들'에요?"

"사이크도 다른 사단과 똑같은 제국군의 한 사단이다." 이르자 사부가 서둘러 말했다. 그의 목소리가 꾸며낸 듯 부드러웠다. "완벽하게 존경할 만한 분견대다."

"패배자에 불량품이에요!"

"다른 군대와 똑같이 황제에게 충성한다."

"하지만 저는⋯." 린은 힘겹게 마른 침을 삼켰다. "저는 제가 좋은 군인이라고 생각했어요."

이르자 사부의 표정이 부드러워졌다. "이런, 린. 너는 좋은 군인이다. 믿을 수 없을 만큼 훌륭한 군인이야."

"그런데 왜 진짜 사단에 들어갈 수 없단 말이에요?" 린은 이 말이 얼마나 유치하게 들릴지 예리하게 자각했다. 그러나 이런 환경이라면 유치하게 행동해도 될 것 같았다.

"이유는 너도 알 것이다." 이르자 사부가 조용히 말했다. "지난 양귀비 전쟁 이후로 스피어인들은 열두 성의 군사들과 함께 싸워본 적이 없다. 그 전에 함께 싸웠을 때도 언제나 협력이… 어려웠다."

린도 그 역사를 알았다. 이르자 사부가 무슨 말을 하려는지도 알았다. 스피어인이 제국군과 나란히 싸웠을 때 그들은 지금 사이크 부대와 마찬가지로 야만적인 별종 취급을 받았다. 스피어인들은 이에 분노했고 각자 병영에서 싸웠다. 그들은 친구이든 적이든 가까이 있는 모든 이들에게 걸어 다니는 폭탄이었다. 명령에 따랐지만 애매하게 따랐고, 정교한 기동작전을 시도하려는 지휘관은 스피어인에게 목표와 대상을 주었어도 성공하려면 큰 행운이 따라야 했다. "제국군은 스피어인을 미워해요."

"제국군은 스피어인을 두려워한다." 이르자 사부가 고쳐 말했다. "니칸은 스스로 이해할 수 없는 일은 제대로 처리하지 못했고, 스피어는 언제나 니칸을 불편하게 만들었다. 지금은 너도 그 이유를 알 것이다."

"예, 장군님."

"널 사이크에 추천한 사람은 바로 '나'다. 전부 너를 위해서다." 이르자 사부가 차분한 시선으로 린을 뚫어지게 바라보았다. "용의 황제 아래 동맹을 맺은 후로 군벌 사이 경쟁심은 단 한 번도 완전히 사라진 적이 없었다. 병사들은 너를 미워할지 몰라도 열두 군벌은 모두 스피어인에게 도움을 받기를 간절히 원할 것이다. 그러니 네가 입대하는 사단은 부당한 이득을 얻게 될 테고,

네가 들어가지 않은 나머지 열한 개 사단은 힘의 균형에 변동이 생기는 걸 못마땅하게 여기겠지. 내가 널 열두 개 사단 중 한 곳에 보낸다면 너는 나머지 열한 개 사단으로부터 매우 엄중한 위협을 받을 것이다."

"저는….." 린은 이런 생각은 해본 적이 없었다. "하지만 제국군에는 이미 스피어인이 한 명 있습니다." 린이 말했다. "알탄은 어떻습니까?"

이르자 사부의 수염이 움찔거렸다. "너의 사령관을 만나보겠느냐?"

"예?" 그녀는 무슨 말인지 몰라 눈을 깜박거렸다.

이르자 사부가 몸을 돌려 문 뒤에 있는 사람을 불렀다. "이제 들어오너라."

문이 열렸다. 키가 크고 호리호리한 남자가 들어왔다. 남자는 제국군 제복이 아닌 어떤 표장도 달지 않은 검은색 도복을 입고 등에는 은색 삼지창을 메고 있었다.

린은 귀 뒤로 머리카락을 쓸어넘기고 싶은 어이없는 충동과 싸우며 마른침을 삼켰다. 귀 끝에서 열기가 시작되며 얼굴이 붉게 달아오르는 익숙한 느낌이 들었다.

알탄은 마지막으로 본 후로 흉터가 몇 군데 늘어나 있었다. 팔뚝 위에 상처가 두 개 더 생겼고, 얼굴에는 왼쪽 눈 오른쪽 아래부터 시작해 오른쪽 턱까지 길쭉하게 그어진 비뚤배뚤한 흉터가 보였다. 머리카락은 학당 시절처럼 바짝 자르지 않고, 몇 달 동안 신경 쓰지 않았는지 제멋대로 마구 자라 있었다.

"안녕." 알탄 트렝신이 말했다. "패배자와 불량품이 뭘 어쨌다고?"

✳

"도대체 그 엄청난 폭격에서 어떻게 살아남았어?"

린은 입을 벌렸지만, 말이 나오지 않았다.

알탄이었다. '알탄 트렝신'이었다. 적절한 대답을 생각해내려고 해봤지만, 생각나는 거라곤 어린 시절 영웅이 눈앞에 서 있다는 사실 뿐이었다.

알탄이 린 앞에 무릎을 꿇고 앉았다.

"넌 어떻게 살았던 거야?" 그가 조용히 물었다. "내가 유일한 생존자인 줄 알았어."

마침내 린은 목소리를 되찾았다. "몰라. 부모님이 어떻게 되었는지 말해준 사람이 없었으니까. 수양부모도 몰랐어."

"네가 어떤 사람인지 한 번도 의심해본 적이 없었어?"

린은 고개를 저었다. "없었어. 그때야 겨우…. 아, 내 말은… 내가…."

갑자기 숨이 턱 막혔다. 억눌렀던 기억이 마구 쏟아졌다. 날카롭게 비명을 지르던 여인, 타닥타닥 타오르던 불새, 온몸에 이글거렸던 끔찍한 열기, 장군의 갑옷이 불꽃 속에서 구부러지며 녹아내리던 모습….

얼굴을 감싸려고 손을 들었다가 양손이 마구 떨리는 걸 알았다.

손을 주체할 수가 없었다. 떨림을 멈출 수가 없었다. 불꽃은 끝도 없이 그녀 밖으로 계속 쏟아졌고, 자칫하면 네자를 태울 뻔했다. 키테이를 태워버릴 수도 있었다. 불새가 그녀의 기도를 들어주지 않았다면 시네가드 전체가 다 타버렸을지도 모른다. 심지어 불꽃이 더 이상 밖으로 쏟아지지 않게 되었을 때도 그녀의 몸 안을 흐르는 불은 꺼지지 않았다가, 황제가 이마에 입을 맞추었을 때에야 겨우 잦아들었다.

'나는 미치고 말 거야.' 린은 생각했다. '지앙 사부가 경고했던 대로 되어버렸어.'

"어이. 어이!"

차가운 손가락이 린의 손목을 감쌌다. 알탄이 얼굴을 감싼 린의 손을 가만히 떼어냈다.

린은 고개를 들고 알탄의 눈을 보았다. 양귀비 꽃잎보다 더 밝은 심홍색이었다.

"괜찮아." 그가 말했다. "네 마음이 어떤지 나는 알아. 내가 널 도와줄게."

✳

"일단 알고 보면 사이크 대원들도 그렇게 형편없지 않아." 알탄이 린을 지하실 밖으로 이끌며 말했다. "명령을 받고 사람을 죽이는 일을 하지만, 대체로 괜찮은 사람들이라는 뜻이야."

"사이크 대원은 전부 샤먼이야?" 린이 물었다. 어지러움이 느껴졌다.

알탄이 고개를 저었다. "전부는 아니야. 신과 아무 관계가 없는 사람이 두 명 있는데, 하나는 탄약 전문가고 하나는 의사야. 하지만 나머지는 전부 샤먼이지. 티르는 사이크에 오기 전에 가장 훈련을 많이 받은 사람이야. 암흑의 여신을 숭배하는 수도승들과 함께 자랐거든. 나머지는 너랑 비슷해. 샤먼의 잠재력이 있고 힘을 조금씩 받고 있지만, 아직 혼란스러운 상태지. 우리는 그런 사람들을 밤의 성에 데려가 훈련을 시킨 다음 황제의 적을 상대하라고 내보내. 전부 이기고 돌아오지."

린은 이 말에서 위안을 찾으려고 애썼다. "다들 어디 출신이야?"

"여기저기. 아직도 오래된 종교가 살아 있는 곳이 얼마나 많은지 알면 깜짝 놀랄 거야." 알탄이 말했다. "성마다 숨은 종교집단이 많아. 어떤 집단은 자기네를 건드리지 말라는 뜻으로 매년 황제에게 입문자를 사이크 대원으로 바치기도 해. 이 시대 이 나라에서 샤먼을 찾기란 절대 쉽지 않지만, 황제는 가능한 한 모든 곳을 샅샅이 뒤져 샤먼을 찾아내지. 많은 이들이 바그라 감옥 출신이야. 그들에게 사이크는 두 번째 기회니까."

"하지만 사이크는 진짜 제국군이 아니잖아."

"아니지. 우리는 암살단이야. 그렇지만 전시에는 13사단으로 기능해."

린은 알탄이 사람을 몇 명이나 죽여봤을지 궁금했다. '누구'를 죽였는지도. "평화 시에는 무슨 일을 해?"

"평화 시?" 알탄이 냉소적인 얼굴로 린을 보았다. "사이크에게 평화 시란 없어. 황제가 죽이고 싶어 하는 사람이 떨어졌던 적은 단 한 번도 없었으니까."

✳

알탄은 린에게 짐을 싸서 정문으로 오라고 지시했다. 두 사람은 그날 오후 5사단의 엔젠 중대와 함께 출발해 전선까지 행군하기로 했다. 거기서 일주일 전에 출발한 나머지 사이크 대원들을 만나기로 했다.

동문 전투 이후 린의 소지품은 전부 압수당했다. 시네가드를 가로지르기 전에 무기고에 가서 새 무기를 받을 시간도 없었다. 5사단 병사들은 가벼운 짐보따리에 각자 무기 두 개씩을 가지고 있었다. 린에게는 날이 조금 무딘 검 하나와 칼집이 전부였다. 전혀 준비가 안 된 사람처럼 보였고 스스로 한심하게 느껴졌다. 심지어 여벌 옷도 없었다. 길을 나서자마자 몸에서 고약한 냄새가 풍길 것만 같았다.

"어디로 가?" 산길을 내려가기 시작하자 린이 물었다.

"쿠달라인." 알탄이 말했다. "인성(寅省, 호랑이의 성)에 있어. 남쪽으로 2주일 행군하면 서무루이강에 도착하고, 거기서 배를 타고 쿠달라인 항구까지 갈 거야."

어쨌든 린은 짜릿한 흥분을 느꼈다. 쿠달라인은 동쪽 나리인 해에 인접한 항구도시이자 번창하는 국제무역 중심지였다. 니칸에서 유일하게 정기적으로 외국인을 상대하는 도시로, 수백 년 전 헤스페리아와 볼로니아가 대사관을 설립하기도 했다. 심지어 쿠달라인이 양귀비 전쟁의 주요 무대가 되기 전에는 무겐 상인들도 선착장 지구를 차지하고 살았다.

쿠달라인은 20년간의 전쟁을 목격하고도 살아남은 도시였다. 그리고 지금은 황제가 무겐 침략군을 니칸 동부와 중부로 유인하려고 쿠달라인에 전선을 구축했다.

행군하는 동안 알탄은 린에게 황제의 방어전략을 설명했다.

쿠달라인은 초기 전선을 구축하기에 이상적인 곳이었다. 무겐군 종대는 니칸 북부의 탁 트인 평원에서는 압도적으로 유리했지만, 쿠달라인에는 강과 개울이 많아서 니칸군 방어작전에 유리했다.

무겐군을 쿠달라인으로 끌어들일 수 있다면 그들의 가장 약한 지점을 끌어낼 수 있을 것이다. 무겐의 시네가드 공격은 북부 성과 남부 성을 분리하려는 과감한 시도였다. 무겐 장군들에게 선택지가 주어진다면 거의 확실히 곧장 남쪽으로 행군해 니칸의 심장부를 관통할 것이다. 하지만 쿠달라인을 잘 방어하면 무겐은 어쩔 수 없이 남북방향 공격로를 동서방향으로 바꿔야 할 것이다. 만에 하나 쿠달라인이 함락당하더라도 니칸은 서남부로 퇴각했다가 재집결할 여유가 있었다.

이상적으로는 니칸이 집게발 작전을 가동해 양쪽에서 무겐군을 압박하면서 탈출로와 보급로를 모두 차단하는 것이 좋았다. 그러나 그런 작전을 시도하기에는 제국군의 규모나 능력이 크지 않았다. 열두 군벌은 시네가드를 방어하기 위한 집결 작전에도 제때 협력하지 않았다. 각자 성을 개별적으로 방어하는 일에 몰두하느라 진정한 군사 협동작전은 시도할 수 없었다.

"왜 군벌은 2차 양귀비 전쟁 때처럼 단결하지 못하는 거지?" 린이 물었다.

"용의 황제가 죽었기 때문이야." 알탄이 말했다. "그러나 용의 황제가 살아 있었대도 지금은 군벌을 결집할 수 없었을 테고, 수다지 황제도 용의 황제가 실현했던 수준의 동맹을 요구할 수 없을 거야. 군벌들이야 언제나 시네가드를 향해 머리를 조아리고, 황제 앞에서는 충성의 맹세를 하겠지만, 막상 일이 벌어지면 자기 성부터 지키는 데 급급하니까."

쿠달라인 방어는 쉽지 않을 것이다. 최근 시네가드 침공을 겪으며 무겐군의 기동성과 무기 수준이 니칸 제국군보다 훨씬 우세하다는 사실을 확인했다. 또 무겐군은 북부 해안 쪽에서 유리했다. 배 하나에 새 군대와 보급품을 싣고 해협을 건너면 쉽게 병력을 보강할 수 있었다.

방어하는 면에서 볼 때 쿠달라인은 이점이 거의 없었다. 이곳은 양귀비 전쟁 전에 외국인을 위한 집단거주지로 설계된 개방형 항구도시였다. 그나마 최선의 방어체계는 쿠달라인 남쪽 끝에 있는 서무루이강 하류 삼각주를 따라 구축되었다. 주둔군이 많은 전시 수도 골린니스에 비하면 쿠달라인은 무방비 상태로 양팔 벌려 침략군을 환영하는 형국이었다.

그러나 어떻게든 쿠달라인을 방어해야 했다. 무겐군이 제국의 심장부를 관통해 골린니스까지 점령한다면 얼마든지 동쪽으로 방향을 틀어 남은 제국군을 해안까지 몰아낼 것이다. 제국군이 해안에 갇히면 애처로울 정도로 초라한 니칸의 해군력으로는 버틸 수 없을 것이다. 그러므로 쿠달라인은 제국의 운명이 걸린 핵심 지역이었다.

"우리가 최후 전선이야." 알탄이 말했다. "우리가 실패하면 제국은 끝이야." 알탄이 린의 어깨를 두드리며 말했다. "흥분되지?"

13

쨍강.

린은 알탄의 삼지창이 얼굴을 반 토막 내기 직전에 겨우 검을 들어서 막아냈다. 땅바닥에 발을 단단히 디디고 서서 타격의 기가 온몸을 통과해 바닥으로 분산되게 하려고 최선을 다했는데, 충격으로 다리가 덜덜 떨렸다.

린과 알탄은 몇 시간 동안 같은 훈련을 반복했다. 팔이 아프고 폐가 공기를 찾아 조여들었다.

그러나 알탄은 훈련을 끝내지 않았다. 삼지창을 움직여 두 갈래 사이에 린의 칼날을 걸고 거칠게 돌렸다. 린의 손에서 검이 떨어져 나가더니 쨍강 소리를 내며 바닥에 떨어졌다. 알탄이 삼지창 끝으로 린의 목을 겨누었다. 린은 항복의 뜻으로 얼른 양팔을 들어 올렸다.

"자꾸 두려운 마음으로 반응하고 있어." 알탄이 말했다. "넌 이 싸움을 통제하고 있지 않아. 마음을 비우고 집중해봐. 내 무기 말고 '나한테' 집중해."

"대장이 눈을 찌르려고 하는데 어떻게 집중해." 린은 얼굴에서 삼지창을 밀어내며 중얼거렸다.

알탄이 무기를 내렸다. "넌 아직도 회피하고 있어. 저항하고 있어. 불새를 불러야 해. 신을 소환하면, 신이 네 안을 걸어 다니면 황홀경의 상태에 들어가. 그러면 기가 증폭되고 피곤하지도 않아. 비범한 일을 할 수 있게 돼. 고통을 느끼지도 않고. 그 상태에 빠져들어야 해."

린은 알탄이 말하는 마음 상태를 생생하게 떠올릴 수 있었다. 핏줄이 불타는 듯한 느낌, 시야를 덮는 붉은색. 사람들이 사람이 아니라 과녁이 되는 상태. 휴식은 필요하지 않고 오직 불을 지피는 고통만이 필요한 상태.

린이 의식적으로 그런 상태에 들어갔던 때는 첫 번째가 연말 시험 도중이었고 두 번째가 시네가드에서였다. 린은 두 번 다 분노했고 절박했다.

그 후로는 같은 상태에 들어갈 수 없었다. 그만큼 화가 난 적이 없었다. 오직 혼란스럽고 동요하고, 지금처럼 지칠 뿐이었다.

"길들이는 법을 배워." 알탄이 말했다. "그 상태에 잠겼다가 빠져나오는 법을 배워. 적의 무기에만 집중하면 늘 방어 자세만 하게 돼. 무기 너머 상대를 봐. 네가 죽이고 싶은 상대에 집중해."

알탄은 지앙 사부보다 훨씬 더 잘 가르쳤다. 지앙 사부는 짜증스러울 정도로 모호하게 말했고 늘 멍하니 다른 곳에 정신이 팔려 있었으며 일부러 둔감하게 굴었다. 지앙 사부는 속 시원히 대답을 가르쳐주지 않고 늘 정답 근처에서 어른어른 맴도는 것을 좋아했고 만족스러운 이해를 한 모금 주기 전에 린이 굶주린 독수리처럼 진실 위를 맴돌게 하는 쪽을 좋아했다.

그러나 알탄은 시간을 허비하지 않았다. 곧바로 사냥을 시작했고 린이 원하는 답을 정확히 주었다. 알탄은 린의 공포를 이해했고 린이 무엇을 할 수 있는지 알았다.

알탄과의 훈련은 연상의 형제와 훈련하는 것 같았다. 누가 두 사람이 '똑같다'고 말하면 기분이 너무 이상했다. 알탄의 관절은 린의 관절처럼 정상 범위보다 더 활짝 늘어나 발이 바깥쪽으로 크게 돌아갔다. 다른 사람과 유전자 깊이 새겨진 유사성을 공유한다는 것은 압도적으로 경이로운 감각이었다.

알탄과 함께 있을 때 린은 소속감을 느꼈다. 단지 같은 사단이나 군대에 소속된 게 아니라 더 깊고 오래된 어떤 것에 속한 느낌이었다. 린은 머나먼 옛날로 거슬러 올라가는 혈통의 거미줄 안에 자리를 잡은 기분이었다. 그녀에겐 자리가 있었다. 더 이상 이름 없는 전쟁고아가 아니었다. 그녀는 스피어인이었다.

적어도 다들 그렇게 생각하는 것 같았다. 그러나 이 모든 걸 앞에 두고서도 린은 뭔가 잘못되었다는 느낌을 떨쳐낼 수가 없었다. 린은 알탄처럼 쉽게 신을 소환할 수 없었다. 알탄처럼 우아하게 움직일 수도 없었다. 알탄의 능력은 물려받은 유산일까, 아니면 훈련의 결과일까?

"늘 이랬어?" 린이 물었다.

알탄은 긴장한 것 같았다. "뭐가?"

"원래… '이런' 모습이었냐고." 린은 애매하게 알탄을 가리켰다. "대장은 다른 학생들과 다르잖아. 다른 군인들과도 다르고. 처음부터 불을 소환할 수 있었어? 처음부터 이렇게 싸울 수 있었어?"

알탄의 표정은 좀처럼 읽을 수가 없었다. "나는 시네가드에서 꽤 오래 훈련을 받았어."

"하지만 나도 그랬어!"

"넌 스피어인처럼 훈련받지 않았지. 하지만 너도 전사야. 전사의 피가 흘러. 내가 곧 너에게도 그 유산이 확고하게 드러나도록 가르쳐줄게." 알탄이 삼지창으로 린을 가리켰다. "자, 무기들어."

✳

"왜 삼지창을 선택했어?" 마침내 알탄이 쉬는 시간을 허락하자 린이 물었다. "왜 검을 선택하지 않았어?" 린은 제국군의 표준적인 미늘창과 검을 휘두르지 않는 병사는 본 적이 없었다.

"더 멀리까지 닿으니까." 알탄이 말했다. "불꽃에 휩싸여 싸울 때는 적군이 가까이 오지 않잖아."

린은 알탄의 삼지창 가지를 만져봤다. 끝은 여러 번 간 듯 잘 벼려져 있었고 반짝이거나 매끄럽지 않고 수많은 전투의 흔적이 새겨져 있었다. "삼지창은 스피어의 무기인가?"

그럴 것이다. 니칸의 무기는 손잡이가 나무로 되어 있었지만 알탄의 삼지창은 손잡이까지 전부 금속이었다. 이 삼지창은 훨씬 더 무거워졌지만 알탄에겐 자신의 손이 닿아도 타버리지 않을 무기가 필요했다.

"그래, 그 섬에서 온 무기야." 알탄이 말했다. 그는 뭉툭한 끝으로 린을 찌르며 검을 다시 집어 들라는 신호를 보냈다. "휴식 끝. 자, 일어나. 다시 해보자."

린은 지쳐서 양팔을 아래로 축 늘어뜨렸다. "그냥 약을 먹으면 안 돼?" 린이 물었다. 이렇게 혹독하게 육체적인 훈련만 받고서 어떻게 불새를 소환하는 일에 가까워질지 알 수가 없었다.

"아니, 약만 먹어서는 안 돼." 알탄이 말했다. 그가 삼지창으로 린을 다시 찔렀다. "이 게으름뱅이야. 그런 생각은 풋내기나하는 거야. 씨앗을 삼키면 누구나 신전에 도착할 수 있어. 거기까지는 쉬워. 하지만 신과 연결되고, 네 의지로 신의 힘을 불러오고 되돌려놓으려면 훈련이 필요해. 네 마음을 가다듬는 연습을 하지 않으면 통제력을 잃기 쉽다고. 댐을 생각해봐. 신들은 산 아래로 흘러내리는 물처럼 잠재적 에너지의 원천이야. 약은 수문과 같고. 수문을 열면 신들이 통과할 수 있는 길이 열려. 하지만 문이 너무 크거나 허술하다면 힘이 막힘없이 마구 내달리겠지. 신이 네 의지를 무시할 거야. 대혼란이 발생하고. 네가 동지들까지 몽땅 불태우고 싶지 않다면 네가 왜 불새를 소환했는지 기억해야 해. 그 힘을 주도할 수 있어야 해."

"기도와 같군." 린이 말했다.

알탄이 고개를 끄덕였다. "정확히 기도와 같아. 모든 기도는 단지 탄원일 뿐이야. 신들에게 네 요구를 내미는 거지. 샤먼과 다른 사람의 차이는 샤먼의 기도는 실제로 효과가 있다는 거야. 지앙 사부가 안 가르쳐줬어?"

지앙 사부는 반대로 가르쳐주었다. 지앙 사부는 명상으로 마음을 비워 자아를 잊고 자신과 우주가 개별 존재임을 잊으라고 가르쳤다. 지앙 사부는 린 자신의 의지를 지우라고 가르쳤다. 그런데 알탄은 신들에게 자신의 의지를 부여하라고 했다.

"지앙 사부는 신들에게 다가가는 법만 가르쳐주었어. 신들을 우리 세계로 데려오는 법은 가르쳐주지 않았어."

알탄은 많이 놀란 것 같았다. "그럼 그날 시네가드에서 불새를 어떻게 소환했지?"

"그래선 안 되는 거였어." 린이 말했다. "지앙 사부가 그러면 안 된다고 경고했어. 신을 무기화하면 안 된다고. 신들에겐 오직 상담만 하라고 했지. 지앙 사부는 자신을 차분하게 가라앉혀 더 큰 우주와의 연결고리를 찾고 불균형을 고치라고 가르쳐주었어." 그녀는 말끝을 애매하게 흐렸다.

지앙 사부가 실제로 가르쳐준 게 얼마나 적은지 말할수록 명백히 드러났다. 그는 이번 전쟁을 전혀 대비시키지 않았다. 그저 린이 지금은 접근할 수 있음을 알게 된 힘을 휘두르지 못하게 억제하는 데만 급급했다.

"그런 건 쓸모없어." 알탄의 얼굴에 경멸의 표정이 떠올랐다. "지앙 사부는 학자였어. 나는 군인이고. 그는 신학을 중시하고 나는 파괴하는 법이 중요해." 알탄이 주먹을 펴고 손바닥을 바깥으로 향했다. 손금 위로 조그마한 불의 고리가 춤을 추었다. 다른 손으로 삼지창을 바깥으로 내밀었다. 손끝에서 출발한 불꽃이 그의 어깨를 타고 너울거리더니 삼지창의 세 가지까지 핥아댔다.

린은 알탄이 불을 맘껏 부리는 모습에 감탄했다. 그는 조각가가 진흙을 주무르듯 불을 주물러 원하는 모양을 빚어냈고, 손가락을 아주 살짝 움직여서 불의 방향을 맘대로 조종했다. 린이 불새를 소환했을 때는 불꽃이 통제할 수 없는 홍수가 되어 마구 쏟아져 나왔다. 그러나 알탄은 불꽃이 자신의 연장선인 듯 맘껏 불을 제어했다.

"지앙 사부가 경계하는 것도 당연해." 알탄이 말했다. "신들은 예측할 수 없는 존재거든. 신들은 위험해. 그리고 신을 완전히 이해하는 사람은 아무도 없어. 하지만 우리 밤의 성에서는 신들을 무기화하는 기술을 연마해. 우리는 오래전 수도승들보다 신을 더 잘 이해하게 되었어. 우린 이 세계의 구조를 다시 세우는 힘을 개발했어. 그 힘을 사용하지 않는다면 무슨 소용이 있겠어?"

✳

힘겨운 2주간의 행군과 나흘간의 항해, 그리고 다시 사흘간의 행군 끝에 일행은 밤이 오기 직전 쿠달라인 성문에 도착했다. 다 함께 3열로 서서 주도로로 들어섰을 때 린은 난생처음 바다를 보았다.

린은 걸음을 멈추었다.

시네가드도 티카니도 사면이 육지로 둘러싸인 곳이었다. 강과 호수는 본 적이 있지만, 이렇게 커다란 물은 처음 보았다. 시야를 벗어나 상상할 수 있는 정도보다 훨씬 멀리 펼쳐진 거대한 푸른 물을 보고 입을 떡 벌렸다.

알탄이 옆에서 걸음을 멈추었다. 그는 어안이 벙벙한 린의 표정을 내려다보고 미소를 지었다. "바다 처음 봐?"

린은 바다에서 눈을 뗄 수가 없었다. 시네가드의 화려함을 처음 목격한 날과 똑같은 기분이 들었다. 지금껏 들어온 이야기가 현실이 되어 나타나는 환상의 세계에 뚝 떨어진 것만 같았다.

"바다는 그림에서나 봤어." 린이 말했다. "바다에 대한 묘사를 책에서 읽었어. 티카니에 살 때 해안에서 온 상인들이 바다에서 겪은 모험담을 들려주기도 했고. 하지만 이건… 이렇게 생긴 것은 꿈꿔본 적도 없어."

알탄이 린의 손을 잡고 그 손으로 바다 쪽을 가리켰다. "이 해협을 건너면 곧바로 무겐연맹국이야. 쿠코닌 산맥에 올라가면 보여. 여기서 배를 타고 남쪽으로 골린니스 근처까지 내려가서 사성에 들어서면 스피어에 갈 수도 있어."

그들이 서 있는 곳에서는 보이지 않았지만, 반짝이는 물결 너머를 조용히 응시하며 남니칸해에 있다는 작고 외로운 섬을 그려보았다. 스피어는 수십 년을 고립 상태로 보냈지만, 거대한 대륙의 힘 싸움에 휘말려 갈기갈기 찢기고 말았다.

"어떻게 생겼어?"

"스피어? 아름다운 섬이었지." 알탄의 목소리는 부드럽고도 아득했다. "지금은 죽음의 섬이라고 부르지만 내 기억에 그 섬은 온통 초록색이었어. 섬 한쪽에서는 니칸의 해변이 보이고 반대편에서는 한없는 수평선이 펼쳐졌지. 우리는 세계의 반대편을 탐색하려고 끝없는 어둠 속으로 여행을 떠났어. 무엇을 발견하게 될지 알 수 없는 바다로 배를 타고 나갔지. 스피어인은 밤하늘을 64개의 별자리로 나누었고, 별자리마다 신이 하나씩 있었어. 남쪽의 불새 별을 찾을 수 있으면 스피어로 돌아가는 길도 찾을 수 있을 거야."

린은 지금 죽음의 섬은 어떤 모습을 하고 있을까 궁금했다. 무겐이 스피어를 파괴했을 때 마을도 전부 파괴했을까? 아니면 오두막과 헛간은 여전히 서 있는 유령마을이 되어 돌아오지 않는 주민들을 기다리고 있을까?

"왜 스피어를 떠났어?" 린이 물었다.

순간 린은 자신이 알탄에 대해 아는 게 거의 없다는 사실을 깨달았다. 알탄이 어떻게 살아남았는지는 여전히 수수께끼였다.

다른 사람들이 보기에 린의 존재 자체가 수수께끼인 것처럼.

종족을 말살당한 전쟁 난민이 되어 니칸으로 건너왔을 때 알탄은 무척 어렸을 것이다. 기껏해야 네다섯 살도 안 되었을 것이다. 누군가가 알탄을 섬에서 몰래 데려왔을까? 왜 알탄만 데려왔을까?

그리고 린은 어떻게 된 일일까?

알탄은 아무런 대답도 하지 않았다. 그는 말없이 점점 어두워지는 하늘을 한참 응시하다가 다시 길로 돌아갔다.

"가자." 그가 린의 팔을 향해 손을 뻗었다. "이러다가 뒤처지겠다."

✳

중대장 옌젠은 도시 성벽 바깥쪽에 니칸의 깃발을 올리고, 중대원들에게 성벽 안쪽에서 응답이 올 때까지 나무 뒤에 숨어 있으라고 지시했다. 30분쯤 기다리자 머리부터 발끝까지 검은 옷을 입은 깡마른 여자가 성문을 열고 밖을 내다보았다. 여자는 병사들을 향해 어서 빨리 들어오라고 미친 듯이 손짓하더니, 중대가 전부 성안으로 들어가자 재빨리 성문을 닫았다.

"옛 어업 구역에서 여러분 사단이 기다리고 있어요. 여기서 북쪽이에요. 주도로를 따라 죽 가세요." 여자가 중대장 옌젠에게 일렀다. 그러더니 몸을 돌려 자기 사령관을 향해 경례했다. "알탄."

"카라."

"애가 우리 스피어인이야?"

"응, 이 아이야."

카라가 고개를 한쪽으로 기울이고 린을 살폈다. 카라는 작은 여성, 사실은 여자아이였다. 키가 린의 어깨에 겨우 닿았고 풍성하게 땋은 검은 머리채는 허리까지 닿았다. 체구는 기이하게 길쭉했지만, 니칸 사람으로 보이지는 않았고, 린이 아는 어떤 사람과도 닮지 않았다.

거대한 사냥 매가 카라의 왼쪽 어깨에 앉아 경멸하는 듯이 린을 내려다보았다. 매의 눈과 카라의 눈이 똑같이 금색이었다.

"우리 대원들은 어때?"

"잘 지내." 카라가 말했다. "뭐, 대부분은."

"카라, 네 쌍둥이는 언제 돌아오지?"

카라의 매가 고개를 쑥 내밀더니 다시 아래로 구부리고 불안한 듯 깃털을 세웠다.

카라가 손을 뻗어 매의 목을 쓰다듬었다.

"올 때 되면 오겠지." 카라가 말했다.

옌젠과 그의 중대는 벌써 굽은 골목길 너머로 사라졌다. 카라는 린과 알탄에게 따라오라고 손짓하며 도시 성벽에 인접한 계단을 올라갔다.

"저 애는 어디 출신이야?" 린이 알탄에게 속삭였다.

"힌터랜드 사람이야." 알탄이 말하곤 린이 아슬아슬한 계단에서 비틀거리자 곧바로 팔을 붙들었다. "넘어지지 않게 조심해."

카라가 앞장서서 쿠달라인의 초입 몇 구역을 아우르는 높은 연락 통로로 올라갔다. 통로 위에 올라서자 린은 몸을 돌려 항구 도시를 제대로 내려다보았다.

쿠달라인은 외국의 어느 도시를 기반부터 뜯어내 세계의 반대편에 고스란히 옮겨놓은 곳 같았다. 다양한 양식의 건축물이 공존했고, 여러 대륙과 나라의 건물이 기이하게 어우러졌다. 린은 역사 교과서에서 삽화로만 보았던 어느 종교의 교회당을 보았다. 오래전 볼로니아 점령지의 흔적이었다. 나선형 기둥 건물과 니칸 특유의 경사진 지붕 대신 양옆에 깊은 홈이 새겨진 우아한 단색의 지붕을 올린 건물도 보았다. 시네가드가 니칸 제국의 지표라면 쿠달라인은 다른 세계로 가는 니칸의 창이었다.

카라는 일행을 이끌고 연결 통로를 지나 평평한 옥탑으로 갔다. 오래전 헤스페리아 양식으로 지은 평평한 모양의 건물을 몇 채 건너 한 구역을 또 지나갔다. 거기서 아래로 내려가 건물끼리 너무 멀리 떨어진 거리를 걸어갔다. 건물 사이로 바다에 석양이 물드는 모습이 보였다.

"예전 헤스페리아 정착지였어." 카라가 부두 너머를 가리키며 말했다. 길쭉한 도로에 널찍한 가게들이 바다를 향해 늘어서 있었다. 인도에는 소금물에 흠뻑 젖은 나무판자가 깔렸다. 쿠달라인의 모든 것에서 희미한 바다 냄새가 풍겼다. 바람 자체에도 짭조름하게 톡 쏘는 냄새가 묻어났다. "저쪽 건물들은… 저기 계단식 지붕 집들 말이야. 예전 볼로니아 영사관이었어."

"어떻게 됐는데?" 린이 물었다.

"용의 황제가 나타났지." 카라가 말했다. "넌 너희 역사도 모르니?"

용의 황제가 2차 양귀비 전쟁의 소용돌이 속에서 외국인들을 니칸 땅에서 몰아냈지만, 헤스페리아 사람들 소수는 여전히 남아서 흩어졌다고 린은 알고 있었다. 주로 신성한 조물주의 복음을 전파하고자 했던 선교사들이 남았다.

"혹시 여기 헤스페리아인이 아직도 남아 있어?" 린은 희망을 품고 물었다. 린은 살면서 헤스페리아인을 한 번도 본 적이 없었다.

니칸의 외국인은 시네가드처럼 먼 북쪽으로 여행할 수가 없었다. 오직 몇 군데 항구도시에서 무역만 할 수 있었고, 그런 도시 중 가장 규모가 큰 곳이 쿠달라인이었다. 린은 헤스페리아인이 정말로 피부가 하얗고 온통 털로 덮여 있는지, 머리카락이 정말로 당근처럼 붉은지 궁금했다.

"한 2백 명쯤 있어." 알탄이 말하자 카라가 고개를 저었다.

"지금은 없어. 시네가드 공격 이후 전부 대피했어. 헤스페리아 정부가 자국민 피난을 위해 배를 보냈어. 배가 거의 기울 지경이었지만 수많은 사람이 꾸역꾸역 타더라고. 선교사 한두 명과 외국인 목사 몇 명만 남았어. 그들은 목격한 것을 전부 기록해 자국 정부에 보내고 있어. 하지만 그게 전부야."

린은 키테이가 헤스페리아에 도움을 요청해보자고 말했던 것을 떠올리고 코웃음을 쳤다. "그 사람들은 그런 게 도움이 된다고 생각하나 봐?"

"헤스페리아잖아." 카라가 말했다. "늘 자기네가 도움이 된다고 생각하지."

니칸인 거주지역인 쿠달라인 구시가지는 격자형 골목 안에 낮은 건물들이 촘촘히 들어차 있고 운하가 거미줄처럼 서로 연결되어 있었다. 운하는 너무 좁아서 수레 하나도 통과하기 어려워 보였다. 니칸군이 왜 이 구역에 기지를 설치했는지 이해할 수 있었다. 무겐군이 니칸군의 위치를 대충 알더라도 압도적인 군사 수와 대열은 이렇게 구불구불한 통로로 연결된 거리에서 조금도 유리하지 않을 것이다.

건축물과 별도로 평소 쿠달라인은 시네가드보다 더 요란하고 지저분한 곳이라고 린은 생각했다. 군대가 주둔하기 전 이곳은 분명히 정신없이 부산한 상업 중심지였을 테고, 시네가드 도심 시장보다 훨씬 더 열띤 곳이었을 것이다. 그러나 포위 당한 상태의 쿠달라인은 조용하고 말이 없었으며 부루퉁해 보일 지경이었다. 린은 걷는 동안 민간인을 단 한 명도 보지 못했다. 어디론가 피난을 떠났거나, 제국군의 경고에 따라 무겐군이 볼 수 없는 먼 곳에 숨어 있을 것이다.

걷는 동안 카라가 그동안의 전투 상황을 짤막하게 보고했다. "지금 거의 한 달 동안 포위 상태야. 너희가 들어온 성문 쪽을 제외하고 세 방면에 모두 무겐군 숙영지가 있어. 최악은 그들이 꾸준히 도심 구역을 향해 다가오고 있다는 거야. 쿠달라인은 높은 성벽으로 싸여 있지만 무겐군에겐 성문파괴용 투석기가 있어."

"도시의 어느 정도가 무겐에게 점령당했지?" 알탄이 물었다.

"바닷가를 따라 있는 좁은 해안로와 외국인 거주지역 절반. 볼로니아 대사관은 되찾아올 수 있을 것 같은데 5사단이 협조를 안 하네."

"협조를 안 한다고?"

카라가 얼굴을 험악하게 찡그렸다. "뭐랄까, 통합에 문제가 좀 있어. 새로 온 5사단 장군이 비협조적이야. 준 로란이라고."

알탄도 린만큼 당혹스러운 것 같았다. "준 사부가 여기 와 있다고?"

"사흘 전에 배를 타고 왔어."

린은 흠칫 몸을 떨었다. 적어도 준 사부, 아니 이제 준 장군 바로 밑에서 복무하지 않아도 됐다. "5사단은 인성 출신 아닌가? 왜 호랑이 군벌이 직접 지휘하지 않고?"

"호랑이 군벌은 이제 겨우 세 살짜리 꼬마애고 후견인은 군사

경험이 전혀 없는 정치인이야. 그래서 준 장군이 자기 고향 성의 군사령관 자리를 다시 맡았어. 미성과 축성(丑省, 소의 성)의 군벌도 사단 병력을 끌고 여기 와 있어. 하지만 무겐과의 전투보다는 보급품을 둘러싼 다툼으로 더 바쁘지. 게다가 누구도 민간인 구역에 사선을 배치하지 않는 공격계획을 생각해내지 못했어."

"아니, 민간인이 아직도 여기서 뭘 하고 있지?" 린이 물었다. 린이 생각하기에 민간인 보호가 제국군의 우선 임무가 아니라면 한결 싸우기 쉬울 것 같았다. "왜 시네가드 주민들처럼 대피하지 않았어?"

"쿠달라인이 쉽게 떠날 수 있는 도시가 아니라서 그래." 카라가 말했다. "대다수가 어업이나 공장일로 생계를 유지하고 있어. 이곳에 농업은 없어. 여기 사람들은 내륙 깊숙이 이동하면 먹고 살 길이 전혀 없어. 대부분 비참한 시골 생활에서 벗어나려고 여기까지 온 사람들이야. 그들에게 도시를 떠나라고 하면 다 굶어죽을 거야. 그래서 민간인들이 도시에 남기로 했고, 우리는 그들이 살아남을 수 있게 지켜야 해."

카라의 매가 무슨 소리라도 들은 것처럼 갑자기 고개를 뻣뻣이 세웠다. 린도 몇 걸음 더 걸어가자 소리가 들렸다. 장군 숙소 뒤쪽에서 고성이 들려왔다.

✳

"사이크!"

린은 저도 모르게 움츠러들었다. 그 목소리라면 어디에서든 알아들을 수 있었다.

준 로란 장군이 분노로 얼굴이 자줏빛으로 달아올라 골목길을 내달려 이쪽으로 오고 있었다.

"아얏! 아얏!"

준 장군은 말라빠진 남자애의 귀를 붙잡고 가차 없이 잡아 끌며 달려왔다. 남자애는 왼쪽 눈에 안대를 하고 오른쪽 눈에 고통스러운 물기를 머금고 준 장군에게 붙들린 채 끌려왔다.

알탄이 걸음을 멈추었다. "말도 안 돼."

"람사." 카라가 나지막이 내뱉었다. 린은 그게 사람의 이름인지 카라 나라의 말로 욕설인지 알 수가 없었다.

"너." 준 장군이 카라 앞에서 멈춰 섰다. "너희 사령관 어디 있어?"

알탄이 앞으로 걸어나갔다. "접니다."

"알탄 트렝신?" 준 장군은 믿을 수 없다는 표정으로 알탄을 바라보았다. "농담이지? 티르는 어디 있나?"

알탄의 얼굴이 짜증스럽게 씰룩거렸다. "티르는 죽었습니다."

"뭐?"

알탄이 앞쪽으로 팔짱을 끼며 말했다. "아무도 말해주지 않았나보죠?"

준 장군은 알탄의 조롱을 못 들은 척했다. "티르가 죽어? 어떻게 말이냐?"

"직무상 재해로요." 알탄이 말했고, 린은 알탄도 자세한 내막은 모른다는 뜻으로 받아들였다.

"그래서 사이크를 어린애 손에 맡겼단 말이냐?" 준 장군이 중얼거렸다. "어처구니가 없군."

알탄은 준 장군과 소년 사이를 번갈아 보았다. 소년은 여전히 준 장군 옆에 고개를 숙이고 고통으로 훌쩍거리고 있었다. "무슨 일입니까?"

"내 부하가 이놈이 군수품 창고에 들어간 걸 붙잡았다." 준 장군이 말했다. "이번 주만 세 번째다."

"우리 군수품 창고인 줄 알았어요!" 소년이 항의했다.

"너희한테 군수품 창고가 어디 있어?" 준 장군이 잘라 말했다. "그 창고는 우리가 사상 처음으로 두 번이나 새로 지었단 말이다."

카라가 한숨을 내쉬며 손바닥으로 이마를 문질렀다.

"저들이 군수품을 나눠주기만 했어도 훔칠 필요는 없었어." 소년이 애처로운 목소리로 알탄에게 호소했다. 소년의 목소리는 갈대피리처럼 가늘고 날카로웠고 야윈 얼굴에 안대를 하지 않은 눈만 커다랗게 도드라져 보였다. "화약이 없으면 일을 할 수가 없잖아."

"너희 부대 물품이 부족하다면 밤의 성에서 가져올 생각을 했어야지."

"우리 물건은 대사관 전투에서 다 써버렸잖아요." 소년이 불퉁거렸다. "잊었어요?"

준 장군이 소년의 귀를 아래로 잡아당기자 소년이 고통스러운 비명을 질렀다.

알탄이 삼지창을 향해 등 뒤로 손을 뻗었다. "놓아주십시오, 준 장군님."

준 장군은 삼지창을 흘깃 보고 한쪽 입꼬리를 비틀어 올렸다. "지금 날 협박하는 게냐?"

알탄은 무기를 뽑아 들지는 않았다. 다른 사단의 사령관에게 무기를 겨눈다면 최고 반역행위에 해당했다. 그러나 알탄은 삼지창 철봉에서 손을 떼지 않았다. 린은 순간 알탄의 손끝에서 불이 깜박이는 것을 봤다고 생각했다. "요청입니다."

준 장군은 한 발짝 뒤로 물러났지만, 소년의 귀를 놓아주지는 않았다. "너희 부대는 5사단 군수품에 접근할 권한이 없다."

"또한 우리 부대원의 기강을 잡을 권한은 당신이 아니라 내게 있고요." 알탄이 말했다. "그 아이를 놓아주십시오. 지금 당장, 준 장군님."

준 장군은 역겹다는 소리를 내며 소년을 놓아주었다. 소년은 재빨리 알탄 옆으로 도망쳐서 억울한 표정으로 귓가를 문질렀다.

"지난번에는 시내 광장에 날 발목부터 거꾸로 매달았어." 소년이 불평했다. 그는 선생님에게 학급 친구를 고자질하는 어린 애처럼 말했다.

알탄은 분개한 표정이었다.

"1사단이나 8사단 병사도 이런 식으로 대우합니까?" 알탄이 따져 물었다.

"1사단이나 8사단 병사는 5사단 군수품 근처를 얼쩡거릴 만큼 어리석지 않다." 준 장군이 잘라 말했다. "너희 부대는 여기 온 후로 골치 아픈 일이나 벌이고 있어."

"우린 우리 일을 하고 있어요!" 소년이 외쳤다. "당신네야말로 겁쟁이처럼 담벼락 뒤에 숨어 있죠."

"조용히 해라, 람사." 알탄이 말했다.

준 장군이 짤막하게 조롱의 웃음을 터뜨렸다. "너희는 고작 열 명밖에 안 되는 분견대다. 우리 제국군에 대한 너희 가치를 과대평가하지 마라."

"그 정도 규모로도 우리는 당신네와 똑같이 황제를 위해 복무

합니다." 알탄이 말했다. "우리는 당신네 병력 보강을 위해 밤의 성을 떠나왔어요. 그러니 당신도 예를 갖춰 우리 대원을 대하십시오. 안 그러면 황제의 귀에 이 일이 들어갈 테니까요."

"그렇겠지. 너희는 황제가 애지중지하는 쥐새끼들이니까." 준 장군이 느릿느릿 말했다. "병력 보강이라니. 농담도 참."

준 장군은 알탄에게 마지막으로 경멸의 표정을 던지고 떠났다. 그는 끝내 린을 못 본 척했다.

"지난주 일이야." 카라가 한숨을 쉬며 말했다.

"전부 괜찮다고 말하지 않았나?" 알탄이 말했다.

"내가 좀 부풀려 말했어."

람사가 알탄을 흘낏 쳐다보았다. "안녕, 알탄." 람사가 쾌활하게 말했다. "대장이 돌아와서 기뻐."

알탄은 양손으로 얼굴을 감싸고 고개를 뒤로 젖히고 깊은숨을 들이마셨다. 팔을 내리고 한숨을 내쉬었다. "내 방은 어디지?"

"저 골목 지나 왼쪽." 람사가 말했다. "예전 세관을 치워두었어. 마음에 들 거야. 대장 지도들도 가져다두었어."

"고맙다." 알탄이 말했다. "군벌들 주둔지는 어디야?"

"모퉁이 돌아서 옛 정부청사. 규칙적으로 모여 회의를 하는 모양인데, 우릴 초대한 적은 없어. 이유는… 뭐, 대장도 알잖아." 람사가 말꼬리를 흐리더니 몹시 미안한 표정을 지었다.

알탄이 무슨 일인지 묻는 표정으로 카라를 쏘아보았다.

"람사가 부두 쪽 외국인 거주지역 절반을 폭파했어." 카라가 보고했다. "군벌들에게 사전경고도 없이."

"건물 하나가 터졌을 뿐이야."

"엄청나게 큰 건물이었지." 카라가 단호하게 말했다. "그 안에

5사단 병사가 두 명이나 있었고."

"뭐? 그 사람들은 살았어?" 알탄이 물었다.

카라가 어이없다는 표정으로 알탄을 빤히 보았다. "람사가 그 사람들 머리 위로 건물 한 채를 무너뜨렸다고."

"그렇다면 내가 떠나 있는 동안 너희는 조금도 쓸모 있는 일을 하지 않았다는 뜻이군." 알탄이 말했다.

"우린 요새를 세웠어!" 람사가 말했다.

"방어선에?" 알탄이 희망을 품고 물었다.

"아니, 대장 방 주변에. 그리고 우리 막사에도. 군벌들은 우리가 방어선 근처에 얼씬도 못 하게 해."

알탄은 몹시 화가 난 얼굴이었다. "그 일부터 해결해야겠다. 정부청사가 저쪽이라고 했지?"

"응."

"좋아." 알탄이 혼란한 표정으로 린을 보았다. "카라, 린에게 장비가 필요해. 장비를 구해주고 안으로 데려가. 람사, 너는 나랑 같이 가자."

✳

"네가 알탄의 부관이야?" 카라가 또 다른 골목길로 접어들자 린이 물었다.

"내가 아니라 내 쌍둥이가." 카라가 말했다. 그녀는 걸음을 서둘러 벽에 뚫린 둥근 문을 먼저 통과하더니 린이 따라올 때까지 기다렸다. "쌍둥이가 돌아올 때까지 내가 대신하는 중이야. 넌 나랑 같이 지낼 거야."

카라는 린을 축축한 지하실로 내려가는 원형 계단으로 이끌었다. 지하실은 시네가드 학당 옥외변소 크기였다. 입구에서 돌풍이 불어왔다. 린은 팔을 문지르며 오스스 떨었다.

"여자 막사 전체를 우리 둘이 차지했어." 카라가 말했다. "다행이지?"

린은 방을 둘러보았다. 벽은 벽돌이 아니라 흙으로 채워졌고, 그 말은 단열이 안 된다는 뜻이었다. 구석에 돗자리 하나를 깔았는데 그 주변에 카라의 물건이 놓여 있었다. 린은 바퀴벌레 틈바구니에서 자고 싶지 않으면 제 몫의 담요를 하나 구해야겠다고 생각했다. "다른 사단에는 여자 병사가 없어?"

"우린 다른 사단과 막사를 같이 쓰지 않아." 카라가 돗자리 근처에 있는 가방을 뒤지더니 옷 꾸러미를 린에게 던졌다. "그 학당 도복부터 갈아입어야겠다. 그 옷은 내가 가져갈게. 엔키가 붕대를 만들 낡은 아마포를 구하거든."

린은 입고 온 학당 도복을 재빨리 벗고 사이크 부대 제복으로 갈아입은 다음 옛날 옷은 카라에게 내밀었다. 새 제복은 아무런 특징도 없는 검은색 도복이었다. 제국군 제복과 달리 왼쪽 가슴 위에 붉은 황제의 휘장이 없었고, 그밖에 정체를 알 수 있는 표식이 전혀 없었다.

"그 완장도 줘." 카라가 기대하는 표정으로 손을 내밀었다.

린은 수줍게 흰색 완장을 만져보았다. 이제 공식적으로 지앙 사부의 문하생이 아니었지만, 그날 전투 이후로 완장을 벗은 적이 없었다. "꼭 벗어야 해?" 엔젠 중대장의 부하들 가운데 학당 시절 완장을 찬 사람을 많이 봤다. 학당에 다닐 나이가 한참 지나 보이는 사람들도 마찬가지였다. 시네가드 학당 출신 장교들도 종종 자긍심의 표시로 졸업 후 몇 년간 완장을 차고 지냈다.

카라가 앞으로 팔짱을 끼고 말했다. "여긴 학당이 아니야. 너의 소속감은 여기선 하나도 중요하지 않아."

"나도 알아, 하지만…." 린이 뭔가 말하려는데 카라가 잘랐다.

"아직 이해 못 하는구나. 우린 제국군이 아니야. 우린 사이크야. 우린 암살에 적합하다는 평가를 받았지만 각 사단에는 맞지 않았기 때문에 사이크로 보내졌어. 우리 대부분은 시네가드 학당에 다니지 않았고 그나마 학당 출신인 사람도 그곳에 관해 좋은 기억이 없어. 네가 누구 문하였는지 신경 쓰는 사람은 여기 아무도 없고, 그걸 광고해봐야 어떤 호의도 받지 못할 거야. 인정이니 성적이니 영광이니, 뭐든 시네가드에서 네가 추구했던 개똥 같은 일들은 다 잊어. 너는 '사이크'야. 기본적으로 좋은 평판을 얻지 못한다고."

"난 평판 같은 거 신경 쓰지 않아." 린이 맞섰지만, 카라가 다시 린의 말을 잘랐다.

"아니, 내 말 잘 들어. 너는 이제 학당에 있지 않아. 더는 누구와도 경쟁하지 않아. 좋은 성적을 받으려고 애쓰지 않아. 너는 우리와 함께 살고, 우리와 함께 싸우고, 우리와 함께 죽어. 이제 너의 충성심은 전부 사이크에, 그리고 니칸 제국에 바쳐. 걸출한 경력을 원했다면 사단에 자원했어야지. 하지만 넌 그러지 않았고, 그 말은 네게 뭔가 문제가 있다는 뜻이고, 싫어도 우리와 함께해야 한다는 뜻이야. 알아들었어?"

"내가 여기 오겠다고 요구한 적 없어." 린은 방어적으로 말했다. "내겐 선택권이 없었어."

"우리 모두 선택권은 없었어." 카라가 무뚝뚝하게 말했다. "그냥 따라와."

✳

린은 걸어가면서 머릿속으로 기지의 지도를, 쿠달라인이라는 미로의 그림을 그려보려고 애썼다. 그러나 열다섯 번째 길을 돌았을 때 그만 포기했다. 카라가 어딜 가든지 일부러 복잡하게 뒤엉킨 길로 가는 게 아닐까, 반쯤 의심이 들기도 했다.

"이렇게 복잡한 길을 어떻게 찾아다녀?" 린이 물었다.

"길을 외워." 카라가 대답했다. "찾기 어려울수록 좋아. 그리고 엔키를 만나고 싶으면 울부짖는 소리를 따라가면 돼."

그게 무슨 뜻이냐고 물어보려는데 모퉁이 너머에서 고성이 들려왔다.

"제발요." 남자 목소리가 애원했다. "제발, 너무 아파요."

"나도 딱하게 생각해요. 정말이에요." 또 다른 목소리가 말했다. 훨씬 더 낮은 목소리였다. "하지만 솔직히 이건 내가 해결할 문제가 아니잖아요. 나도 어쩔 수가 없어요."

"겨우 씨앗 몇 알 가지고!"

린과 카라는 모퉁이를 돌았다. 체구가 작고 피부색이 어두운 남자와 5사단 일병 계급장을 단 불행해 보이는 남자가 있었다. 병사의 오른팔은 팔꿈치에서 뭉툭하게 잘려 피가 흐르고 있었다.

린은 끔찍한 광경에 몸을 움츠렸다. 붕대를 허술하게 감아놔서 괴저 부분이 보일 지경이었다. 당연히 병사는 양귀비를 구걸하고 있었다.

"당신에겐 겨우 씨앗 몇 알이겠지만, 딱한 사람이 또 찾아올 테고, 그다음 딱한 사람이 또 찾아오겠죠." 엔키가 말했다. "그러면 나는 씨앗이 바닥나버릴 테고 우리 사단은 전투에 쓸 씨앗이 남지 않게 돼요. 다시 말하면 '당신네' 사단이 궁지에 몰려도 '우리' 사단은 우리 일을 못 하고 당신네 딱한 모습이나 구경하겠죠. 우리 사단에 우선권이 있어요. 당신이 아니라요. 알겠어요?"

병사가 엔키의 문 앞에 침을 뱉었다. "괴물들."

그는 엔키 옆을 지나 린과 카라를 향해 음울한 시선을 던지고 골목으로 사라졌다.

"가게를 옮기든지 해야지, 원." 카라가 문을 닫고 들어가자 엔키가 곧장 불평을 쏟아냈다. 안쪽은 쌉싸래한 냄새를 풍기는 약초가 가득한 작은 방이었다. "물건을 저장하기에 적당하지 않아. 이보다 건조한 곳이 필요해."

"사단 막사 근처로 옮겨 가면 문 앞에 군인이 천 명쯤 줄을 서서 효과 빠른 약을 달라고 아우성칠걸." 카라가 말했다.

"흠. 혹시 알탄이 자기 뒷방으로 옮기게 허락해줄까?"

"알탄은 그 뒷방을 혼자 쓰고 싶어 할 거야."

"아무래도 그렇겠지? 그런데 이 애는 누구야?" 엔키가 린을 머리부터 발끝까지 살폈다. 마치 부상의 흔적을 찾는 것처럼. 그의 목소리는 정말로 다정하고 풍성하고 부드러워서, 듣고 있으면 잠이 솔솔 올 것 같았다. "어디가 아파?"

"얘가 그 스피어인이야, 엔키."

"앗, 깜박했네." 엔키가 민머리 뒤통수를 문질렀다. "너는 어떻게 무겐군의 손아귀에서 빠져나왔어?"

"몰라." 린이 말했다. "나도 스피어인이라고 안 지 얼마 안 됐으니까."

엔키는 천천히 고개를 끄덕이며 여전히 대단히 매력적인 표본이라도 되는 것처럼 린을 살폈다. 그는 신중하게 중립적인 표정을 짓고 있어서 어떤 감정도 드러내지 않았다. "당연히 너도 몰랐겠지."

"린은 장비가 필요해." 카라가 말했다.

"그럼그럼, 문제없어." 엔키가 방 뒤쪽 창고로 들어갔다. 그리고 잠시 수선스럽게 뭔가를 찾는 소리가 들리더니 이윽고 말린 식물을 담은 쟁반을 들고나왔다. "이 중 어떤 게 너한테 맞을지 모르겠다."

린은 이토록 다양한 환각제를 한곳에서 본 적이 없었다. 지앙 사부가 정원에서 키웠던 것보다 더 많은 종류의 약이 있었다. 지앙 사부도 보면 기뻐할 것이다.

린은 아편 꼬투리와 말린 버섯, 진흙처럼 뭉친 하얀 가루를 손끝으로 쓰다듬어보았다.

"어떤 차이가 있어?" 린이 물었다.

"사실은 선호도 문제야." 엔키가 말했다. "여기 있는 약 전부 널 흥분하게 하고 하늘로 날아오르게 하지만, 핵심은 네가 무기를 휘두를 수 없을 만큼 너무 취하지 않은 상태로 신을 소환할 수 있는 배합을 찾는 거야. 환각제가 널 너무 강력하게 신전으로 쏘아 올리면 물질세계의 모든 지각을 잃게 돼. 네 얼굴을 향해 똑바로 날아오는 화살을 볼 수 없다면 신을 많이 소환해봐야 무슨 소용이 있겠어? 더 약한 약은 적당한 마음 상태를 유지하게 하면서 신체 기능을 더 남기겠지. 명상훈련을 받은 적이 있다면 네가 감당할 수 있는 정도로 약의 강도를 지켜줄게."

린은 지금처럼 포위 상황에서 다양한 실험을 하기는 무리라고 생각해 익숙한 것에 의존하기로 마음먹었다. 엔키의 약 중에 지앙 사부의 정원에서 훔쳐낸 것과 같은 종류의 양귀비 씨앗이 보였다. 린이 씨앗을 한 줌 집으려고 손을 뻗자, 엔키가 얼른 쟁반을 가져갔다.

"안 돼." 엔키는 탁자 밑에서 저울을 꺼내더니 정확한 양을 측정해 가며 작은 주머니에 담기 시작했다. "약이 필요하면 나를 찾아와. 그럼 내가 네 몸무게에 맞게 정확한 양을 측정해줄 테니까. 넌 몸집이 크지 않으니까 다른 사람만큼 많은 양이 필요하지 않을 거야. 약이 모자랄 때, 그리고 명령을 받았을 때만 사용해. 중독된 샤먼은 죽는 편이 나아."

린은 그런 생각은 해본 적이 없었다. "그런 일이 종종 생겨?"

"이런 일을 하는데?" 엔키가 말했다. "거의 피할 수 없지."

✳

제국군 식량 배급을 받아보니 시네가드 학당의 구내식당이 고급요릿집으로 느껴졌다. 30분 동안 줄을 서서 보잘것없는 쌀죽 한 그릇을 받았다. 묽은 회색 죽을 숟가락으로 휘저었더니 익지 않은 덩어리 몇 개가 표면으로 떠올랐다.

검은 도복 차림을 찾아 강당을 둘러보다 맨 안쪽의 긴 탁자에 사이크 대원이 모여 있는 걸 발견했다. 그들은 다른 사단 병사들과 멀찍이 떨어져 앉았다. 가까운 탁자 두 개가 텅 비어 있었다.

"우리 스피어인이야." 린이 자리에 앉자 카라가 소개했다.

사이크 대원들이 고개를 들어 우려와 경계심과 호기심이 섞인 표정으로 린을 보았다. 카라, 람사, 엔키 말고 처음 보는 남자가 함께 앉아 있었다. 네 사람 모두 어떤 표장도 완장도 없는 칠흑같이 검은 도복을 입었다. 린은 문득 그들이 무척 젊다는 사실을 깨달았다. 엔키가 가장 나이가 많아 보였지만, 그런 그마저도

40대에 이른 것 같지는 않았다. 대부분 20대 후반으로 보였고 람사는 열다섯 살도 안 되어 보였다.

그들이 알탄처럼 나이 어린 사령관에게 어떠한 문제도 느끼지 못한다는 사실이, 또 그들이 '별난 아이들'이라고 불린다는 게 조금도 놀랍지 않았다. 사이크는 원래 어려서 징집되는 것인지, 아니면 나이가 들기도 전에 죽는 것인지 궁금했다.

"괴물 부대에 온 걸 환영한다." 옆자리 남자가 말했다. "나는 바지라고 해."

바지는 목소리가 크고 몸집도 커다란 용병 유형이었다. 몸통이 상당히 컸지만, 거칠고 어두운 쪽으로 잘생긴 편이었다. 언뜻 보면 팽 씨 부부의 아편 밀매꾼처럼 생겼다. 등에는 가지가 아홉 개나 되는 거대한 쇠스랑을 메고 있었다. 쇠스랑은 어마어마하게 무거워 보였다. 저런 무기를 휘두르려면 힘이 얼마나 필요할까, 린은 궁금했다.

"근사하지?" 바지가 자기 쇠스랑을 두드리며 말했다. 뾰족한 가지 끝에 갈색의 수상쩍은 물질이 덮여 있었다. "아홉 가지 쇠스랑. 유일무이한 물건이지. 어딜 가도 이런 걸 만드는 곳은 없을걸."

'어떤 대장장이가 이토록 기괴한 무기를 만들겠어.' 린은 생각했다. '게다가 치명적으로 날카로운 쇠스랑은 농부에게도 쓸모가 없을 테니까.' "실용적이지 않아 보여."

"내 말이 그 말이야." 람사가 끼어들었다. "바지는 정체가 뭐야? 감자 캐는 농부?"

바지가 숟가락으로 소년을 가리키며 말했다. "그 입 닥치지 않으면 하늘에 맹세코 네 머리통 옆에 정확히 아홉 개의 구멍을 완벽한 간격으로 뚫어주겠어."

린은 방금 들은 모습을 상상하지 않으려고 애쓰며 쌀죽을 한 숟가락 퍼서 입으로 가져갔다. 린의 시선이 바지가 앉은 의자 바로 뒤에 놓인 물통에 머물렀다. 물통 안의 물은 이상하리만큼 뿌옜고 안에 물고기 한 마리가 헤엄치는 것처럼 가끔 물이랑이 일어났다.

"저 물통에 뭐가 들었어?" 린이 물었다.

"탁발승이 들었지." 바지가 뒤로 돌아 물통의 나무 테두리를 주먹으로 툭툭 쳤다. "이봐, 아랏샤! 어서 스피어인에게 인사해!"

물통에서는 잠시 아무 일도 일어나지 않았다. 린은 바지가 제정신인지 궁금했다. 사이크 대원들은 전부 미쳤고, 완전히 이성을 잃으면 밤의 성으로 보내진다는 소문을 들은 적이 있었다.

잠시 후 물통을 거꾸로 쏟은 것처럼 물이 물통 밖으로 솟구치더니 희미하게 사람 모양으로 멈췄다. 눈처럼 보이는 두 개의 불룩한 구 모양이 린 쪽으로 회전하며 커졌다. 입처럼 생긴 부분이 움직였다. "오, 너 머리 잘랐구나."

린은 너무 놀라 입을 떡 벌리고 있느라 아무 말도 하지 못했다.

바지가 초조하게 말했다. "아니야, 이 멍청아. 이 친구는 신참이야. '시네가드'에서 왔다고." 바지가 강조했다.

"오, 그래?" 물 덩어리가 활 모양으로 굽었다. 말할 때마다 물덩어리 전체가 진동했다. "그럼 진작 그렇게 말했어야지. 야, 너 그러다 입에 파리 들어가겠다."

린이 딱 소리 나게 입을 닫았다. "어쩌다 이렇게 됐어?" 마침내 린이 말했다.

"무슨 소리야?" 물 덩어리는 놀란 것처럼 보였다. 그러곤 자기 몸을 살피듯 고개를 숙였다.

"아니, 내 말은⋯." 린은 말을 더듬었다. "어쩌다가⋯ 왜 그렇게⋯."

"아랏샤는 위장 상태로 지내는 걸 좋아해." 바지가 끼어들었다. "실제 모습은 안 보는 게 나아. 아주 소름 끼치게 생겼거든."

"네 녀석은 보기에 흡족한 외모인 것처럼 말하는군." 아랏샤가 코웃음을 쳤다.

"식수원에 독을 풀어야 할 때 가끔 이 녀석을 강물에 풀어놔." 바지가 말했다.

"독이라면 내가 일가견이 있지." 아랏샤가 말했다.

"그래? 내 말은 너만 풀어놔도 주변이 더러워진다는 뜻이었어."

"웃기지 마, 바지. 네놈은 귀찮아서 무기도 제대로 안 씻잖아."

바지가 물통 위에 위협적으로 쇠스랑을 겨누었다. "그럼 네 몸으로 내 무기 좀 씻어볼까? 여기가 어디지? 다리야? 아니면⋯."

아랏샤가 날카롭게 비명을 지르며 물통 속으로 가라앉았다. 잠시 후 물통은 평범한 빗물받이통이라고 해도 믿을 만큼 아주 잠잠해졌다.

"괴상한 놈이야." 바지가 린을 향해 돌아앉으며 유쾌하게 말했다. "아랏샤는 작은 강의 신 입문자야. 우리보다 자기 종교에 훨씬 더 충실하지."

"너는 무슨 신을 소환해?"

"돼지 신."

"뭐?"

"몹시 화가 난 멧돼지의 전투 정신을 소환해. 그런 얼굴로 보지 마. 모든 신이 네 신처럼 화려하지만은 않아. 나는 처음 본 신을 골랐어. 사부들이 실망했지."

'사부들'이라고? 바지도 시네가드 출신인가? 지앙 사부가 언젠가 린 이전에도 전승학을 전공한 학생들이 있었다고 말했지만, 그들은 전부 미쳐서 정신병원이나 바그라 감옥에 갔다고 했다. 그들은 지나치게 불안정해서 자신을 위해서라도 감금당하는 편이 나았다고 했다. "그렇다면 그 말은⋯."

"내가 뭐든 잘 깨부순다는 뜻이지." 바지가 고개를 뒤로 젖혀 그릇째 죽을 들이켜더니 꺽 하고 트림했다. 그 표정은 더 말하고 싶지 않다는 뜻이 분명했다.

"좀 비켜줄래?" 희미하게 염소수염을 기른 깡마른 젊은 남자가 연근을 잔뜩 쌓은 그릇을 들고 린 맞은편 의자에 앉았다.

"우네겐은 여우로 변신해." 바지가 소개 삼아 말했다.

"'변신'이라고?"

"내 신은 변신할 수 있게 해줘." 우네겐이 말했다. "네 신은 불을 토하게 해주고. 별일 아니야." 그는 찐 연근을 한입 가득 삼키고 얼굴을 찌푸리더니 트림했다. "이제 요리사가 아예 노력이라는 걸 포기했나 봐. 어쩜 이렇게 싱거울 수가 있지? 바다가 바로 옆인데?"

"바닷물을 곧바로 음식에 퍼부으면 안 돼." 람사가 끼어들었다. "위생처리 과정이 필요해."

"그게 그렇게 어려운가? 우린 병사지 야만인이 아니라고." 우네겐이 몸을 숙이고 탁자를 두드려 카라의 주의를 끌었다. "네 반쪽은 어디 있어?"

카라는 짜증이 난 것 같았다. "나갔어."

"언제 와?"

"올 때 되면 오겠지." 카라가 퉁명스럽게 말했다. "차간은 자기만의 일정에 따라서 오가. 알잖아."

"차간의 일정이라는 게 우리가 전쟁 중이라는 사실도 좀 알아 줬으면 좋겠네." 바지가 말했다. "좀 서두르면 안 되나?"

카라가 코웃음을 쳤다. "너희 두 사람은 차간을 좋아하지도 않으면서 왜 그렇게 차간이 돌아오기를 바라는 거야?"

"며칠째 쌀죽만 먹고 있잖아. 후식을 먹을 때가 됐다고." 바지가 날카로운 송곳니를 드러내며 웃었다. "설탕 이야기를 하는 거야."

"차간은 알탄의 지시를 받고 뭔가를 구해오는 게 아니었어?" 린이 혼란스러워하며 물었다.

"물론이지." 우네겐이 말했다. "그렇다고 돌아오는 길에 잠시 제과점에 들를 수 없다는 말은 아니잖아."

"차간이 가까이 있기는 한 거야?" 바지가 물었다.

"나는 내 쌍둥이의 통신용 비둘기가 아니야." 카라가 불평했다. "돌아오면 어디에 있었는지 알게 되겠지."

"너희 둘은 음, 그런 거 못 해?" 우네겐이 자기 관자놀이를 두드리며 말했다.

카라가 얼굴을 찡그렸다. "우리는 거울 우물 쌍둥이가 아니라 닻 쌍둥이야."

"그럼 너희는 거울처럼 서로 훤히 볼 수 없는 거야?"

"그런 걸 할 수 있는 사람은 아무 데도 없어." 카라가 딱 잘라 말했다. "이젠 아무도 못 해."

우네겐이 맞은편의 린을 보고 눈을 찡긋했다. 마치 카라에게 짜증스러운 말을 하는 게 우네겐 자신과 바지가 재미로 꾸준히 하는 일이라는 듯이.

"카라를 가만히 놔둬."

린은 앉은 자리에서 몸을 돌려 알탄을 보았다. 알탄이 린 건너를 바라보며 이쪽으로 걸어왔다. "성 외곽을 순찰할 사람이 필요해. 바지, 네 차례야."

"아, 나는 못 해." 바지가 말했다.

"왜지?"

"식사 중이잖아."

알탄이 허공을 향해 눈을 흘겼다. "바지."

"람사를 보내." 바지가 불퉁거렸다. "람사는 그 일 이후로 밖에 나간 적이 없잖아."

쾅. 강당 문이 벌컥 열렸다. 강당 안의 사람들이 전부 그쪽으로 고개를 돌렸다. 사이크의 검은색 도복을 입은 사람이 비틀거리며 문을 지나왔다. 출구 근처 병사들이 서둘러 몸을 피하며 육중한 이방인에게 길을 터주었다.

당황하지 않는 사람들은 사이크 부대원뿐이었다.

"수니가 돌아왔군." 우네겐이 말했다. "이번에는 오래 걸렸네."

수니는 소년의 얼굴을 한 거구의 남자였다. 팔다리에 금색 털이 무성하게 자랐는데, 린이 본 사람 중 가장 털이 많았다. 그는 기이하게 성큼성큼 걸었는데, 땅 위를 무겁게 움직이느니 차라리 나무를 타는 게 나을 것처럼 유인원의 걸음걸이로 걸었다. 수니의 팔뚝은 린의 상반신 전체보다 더 두꺼울 정도였고 원한다면 린의 머리통을 호두알처럼 으깰 수 있을 것 같았다.

수니는 사이크 대원들을 향해 곧장 걸어왔다.

"맙소사." 린이 나지막이 중얼거렸다. "저 사람은 뭐지?"

"수니 아빠가 원숭이야." 람사가 유쾌하게 말했다.

"닥쳐, 람사. 수니는 원숭이 신과 소통해." 우네겐이 말했다. "수니가 우리 편이라서 천만다행이지."

그 말을 들었다고 수니가 덜 무서워지지는 않았지만, 어쨌든 그는 벌써 탁자에 와 있었다.

"안녕?" 우네겐이 쾌활하게 말했다. "저자들 봤어?"

수니는 우네겐의 말을 못 들은 것 같았다. 그는 냄새를 맡는 듯이 고개를 치켜들었다. 관자놀이에 핏덩이가 말라붙어 있었다. 마구 헝클어진 머리와 텅 빈 시선은 인간보다 동물에 더 가까워 보였다. 공격할지 달아날지 아직 결정하지 못한 야생의 짐승 같았다.

린은 바짝 긴장했다. 뭔가 잘못되었다.

"되게 시끄럽네." 수니가 말했다. 그의 목소리는 낮게 으르렁거렸고, 깔깔하게 쉰 소리였다.

우네겐의 얼굴에서 미소가 싹 가셨다. "뭐라고?"

"계속 고함을 지르잖아."

"누가 계속 고함을 질러?"

수니의 눈이 탁자 주위를 쏘아보았다. 시선은 거칠었고 초점이 없었다. 린이 긴장하자마자 수니가 탁자 위로 뛰어올랐다. 수니가 팔로 우네겐의 목을 내리쳐 바닥에 메다꽂았다. 우네겐은 목이 졸린 상태로 수니의 육중한 상체를 미친 듯이 두드렸다.

린이 무기 삼아 의자를 들어 올렸고, 카라는 자신의 무기인 긴 활을 붙잡았다.

수니가 우네겐을 미친 듯이 바닥에 짓눌렀다. 펑 하고 뭔가 터지는 소리가 나더니 우네겐이 있던 자리에 작은 붉은 여우가 나타났다. 여우가 수니의 손아귀에서 벗어나려는 찰나, 수니가 손아귀 힘을 더욱 조여 여우의 목을 붙잡았다.

"알탄!" 카라가 외쳤다.

알탄이 넘어진 탁자 쪽으로 덤벼들며 린을 밀어냈다. 그러고는 수니가 우네겐의 목을 비틀기 직전에 수니에게 뛰어들었다. 수니는 깜짝 놀라 왼쪽 팔을 휘둘러 알탄의 어깨를 붙잡았다. 알탄은 수니의 공격을 가볍게 피하고 수니의 얼굴을 강타했다.

수니가 으르렁거리며 우네겐을 놓아주었다. 붉은 여우는 카라의 발치로 허둥지둥 도망치더니 그대로 바닥에 쓰러져 숨을 헐떡였다.

이제 수니와 알탄이 서로 상대방을 바닥에 찍어누르려고 애쓰며 엎치락뒤치락 씨름했다. 육중한 수니에 비하면 알탄은 왜소해 보였다. 수니의 몸무게가 두 배는 될 것 같았다. 수니가 알탄의 양어깨를 잡았지만, 알탄은 수니의 얼굴을 붙잡고 눈자위를 손가락으로 꽉 움켜쥐었다.

수니가 포효하며 알탄을 밀어냈다. 알탄은 잠시 무기력한 꼭두각시 인형처럼 허공에 내동댕이쳐졌지만, 고양이처럼 긴장한 상태로 똑바로 착지했다. 수니가 곧바로 알탄을 향해 달려들었다.

사이크 대원 모두가 수니 주변에 둥글게 대형을 이루고 섰다. 카라가 화살 하나를 장착하고 수니의 이마를 꿰뚫을 준비를 했다. 바지는 쇠스랑을 들고 전투태세를 갖췄지만, 수니와 알탄이 너무 거칠게 뒹굴어서 제대로 공격할 수가 없었다. 린도 검 손잡이를 바짝 쥐었다.

알탄이 발로 수니의 가슴판을 정확히 가격했다. 방 안에 쩍하고 갈라지는 소리가 울려 퍼졌다. 수니는 깜짝 놀라 뒷걸음질 쳤다. 알탄이 상반신을 움츠렸다가 위로 뛰어올라 수니와 나머지 사이크 대원 사이에 섰다.

"물러나." 알탄이 부드럽게 말했다.

"너무 시끄러워." 수니가 말했다. 화가 난 말투는 아니었다. 그는 두려워하고 있었다. "시끄러워 죽겠다고!"

"물러나라고 했지!"

바지와 우네겐이 마지못해 뒤로 물러났다. 그러나 카라는 여전히 제자리에서 수니의 머리를 향해 화살을 겨누었다.

"시끄러워." 수니가 말했다. "뭐라고 말하는지 알아들을 수가 없어."

"내가 알려줄게." 알탄이 나직이 말했다. "우선 양팔을 내려, 수니. 그건 할 수 있지?"

"무서워." 수니가 훌쩍훌쩍 울었다.

"우린 친구에게 화살을 겨누지 않아." 알탄은 고개를 돌리지도 않고 딱 잘라 말했다.

카라가 긴 활을 내려놓았다. 그녀의 팔이 눈에 띄게 부들거렸다.

알탄은 간청의 뜻으로 양팔을 벌린 채 천천히 수니에게 다가갔다. "나야. 바로 나라고."

"날 도와줄 테야?" 수니가 물었다. 그의 목소리는 행동과 어울리지 않았다. 그는 겁먹고 무기력한 어린애처럼 말했다.

"네가 허락해야 도와주지." 알탄이 대답했다.

수니가 양팔을 내렸다.

린의 손 안에서 검이 떨렸다. 린은 수니가 알탄의 목을 칠 거라고 확신했다.

"너무 시끄러워." 수니가 말했다. "그들이 자꾸 나한테 뭘 하라고 말하는데, 누구 말을 들어야 할지 모르겠어…."

"내 말을 들어." 알탄이 말했다. "내 말만 들어."

알탄은 짧고도 빠른 보폭으로 수니와의 거리를 좁혀갔다.

수니가 바짝 긴장했다. 카라의 손이 다시 활 쪽으로 날아갔다. 린은 앞으로 튀어 오르려고 몸을 웅크렸다.

수니의 거대한 손이 알탄의 손을 잡았다. 그는 깊은숨을 들이마셨다. 알탄이 가만히 수니의 이마를 만지더니 수니의 이마를 낮추어 자신의 이마에 맞댔다.

"괜찮아." 알탄이 속삭였다. "넌 괜찮아. 너는 수니이고 사이크 소속이야. 다른 목소리는 들을 필요가 없어. 내 말만 들으면 돼."

수니가 눈을 감고 고개를 끄덕였다. 거친 호흡이 잦아들었다. 얼굴에 비스듬히 미소가 번졌다. 마침내 그가 눈을 떴을 때 거친 기운은 사라지고 없었다.

"안녕, 알탄." 수니가 말했다. "네가 돌아와서 기뻐."

알탄은 천천히 숨을 내뱉고 고개를 끄덕이며 수니의 어깨를 토닥였다.

14

"포위 상태란 상당 시간 빈둥거리며 보내는 거지." 람사가 불퉁거리며 말했다. "무겐군이 해안에 떼로 상륙하기 시작한 후 실제 전투가 몇 번이나 있었는지 알아? 단 한 건도 없었어. 서로 정찰하며 한계를 시험하고 담력이나 겨루고 있지."

람사는 부두 옆 교차로 뒷골목을 요새화하는 작업에 일손이 필요하다며 린을 징발했다.

그들은 천천히 쿠달라인의 거리를 방어선으로 변신시키고 있었다. 주민이 대피하고 없는 집들을 요새로 만들었고 교차로마다 가시철조망 덫을 놓았다. 두 사람은 오전 내내 담벼락에 체계적으로 구멍을 뚫어 오직 니칸군만이 아는 골목길 미로를 만들었다. 이제 모래주머니로 담벼락 사이 빈틈을 메워 무겐의 폭격에 대비했다.

"대사관 건물을 폭파한 게 너라고 들었어." 린이 말했다.

"딱 한 번이야." 람사가 잘라 말했다. "뭐, 여기 도착한 후로 누구보다 많은 행동을 하긴 했지."

"아직 무겐군이 공격한 적이 없다는 말이야?"

"무겐군은 경계선을 염탐하려고 정찰대만 보냈어. 아직 주요 병력이 도착하지 않았거든."

"그런데 여기 이렇게 오래 주둔하고 있다고? 왜지?"

"쿠달라인이 시네가드보다 요새화가 더 잘됐으니까 그렇지. 쿠달라인은 두 차례의 양귀비 전쟁을 견뎌냈는데, 세 번째 전쟁을 겪어야 한다면 분명히 지옥일 거야." 람사가 허리를 숙였다. "모래주머니 좀 넘겨줘."

린이 모래주머니를 던져주자 람사가 끙 소리를 내며 요새 꼭대기에 쌓았다.

린은 어쩔 수 없이 이 깡마른 개구쟁이가 좋았다. 키테이가 더 어렸을 때 안타깝게도 폭발을 사랑하는 한쪽 눈의 방화광이었다면 딱 이런 모습일 것 같았다. 람사가 사이크에 온 지 얼마나 되었을지 궁금했다. 그는 말도 안 되게 어려 보였다. 어린애가 어쩌다가 전선까지 오게 되었을까?

"네 말투에 시네가드 억양이 있어." 린이 말했다.

람사가 고개를 끄덕였다. "한동안 거기 살았어. 우리 가문은 시네가드 제국군 본부 소속 연금술사였어. 화약 생산을 감독했지."

"그런데 넌 여기서 뭘 하는 거야?"

"어쩌다 사이크에 오게 되었느냐는 말이야?" 람사가 어깨를 으쓱했다. "이야기가 길어. 아버지가 정치적인 문제에 휘말려 결국 황제에게 반기를 들었어. 극단주의자, 뭐 그런 거. 홍선유랑

단원이었는지 어떤지는 나도 확실히 몰라. 어쨌든 아버지는 황궁에 폭탄을 던지려다가 애꿎은 우리 공장만 폭파하고 말았어." 그는 자기 안대를 가리키며 말했다. "내 눈알이 타버렸지. 수다지 황제의 경호대가 사건에 연루된 사람을 참수시켰어. 공개처형으로 전부."

린은 람사가 끔찍한 이야기를 너무 경쾌하게 전해서 경악해 눈을 깜박였다. "그럼 너는?"

"나야 가볍게 풀려났어. 아버지가 내게는 자세한 계획을 전혀 말해주지 않아서, 황궁 측에서도 내가 아무것도 모른다고 생각해 바그라 감옥에 보냈어. 아마 그쪽도 꼬마를 처형하는 게 꼴사납게 보일 것 같았나 봐."

"바그라 감옥?"

람사가 쾌활하게 고개를 끄덕였다. "내 인생 최악의 2년이었지. 형이 끝나갈 무렵 황제가 직접 찾아와서 사이크 부대를 위해 탄약 제조 일을 하면 석방하겠다고 했어."

"그래서 그런다고 했어?"

"너, 바그라 감옥이 어떤 곳인지 알아? 나는 그때 무슨 일이라도 할 각오가 되어 있었어." 람사가 말했다. "바지도 바그라 감옥에 있었어. 바지에게 직접 물어봐."

"바지는 무슨 일로 거기 갔는데?"

람사가 어깨를 으쓱했다. "난들 알겠어? 바지가 말해주지 않아. 거기 몇 달 동안 갇혀만 있었어. 솔직히 말하면 쿠달라인도 바그라 감옥에 비하면 훨씬 좋아. 그리고 여기 일은 근사해."

린은 곁눈질로 람사를 보았다. 람사는 이 상황에 대해 불편할 정도로 명랑하게 말했다.

린은 화제를 바꾸기로 했다. "강당에서 있었던 일은 뭐야?"

"뭐 말이야?"

"어, 그러니까…." 린은 양팔을 마구 휘두르며 말했다. "그 원숭이 남자."

"어? 아, 그건 수니야. 이틀에 한 번꼴로 그래. 아무래도 관심받기를 좋아하는 모양이야. 알탄이 잘해주잖아. 티르는 수니의 발작이 가라앉을 때까지 몇 시간이나 감금해놨었거든."

람사가 린에게 모래주머니를 또 건넸다. "수니 보고 겁먹지 마. 공황에 빠지지 않으면 정말 착하니까. 그냥 수니의 신이 장난질을 치는 거야."

"너는 샤먼이 아니야?" 린이 물었다.

람사는 얼른 고개를 저었다. "난 그런 개똥 같은 일에 손 안 대. 사람을 돌아버리게 하거든. 너도 수니가 어떤지 봤지? 내 유일한 신은 과학이야. 유황 여섯, 초석 여섯, 태생초 하나 비율로 섞으면 화약을 만들 수 있어. 그게 정석이야. 믿을 만하고. 변함이 없어. 나도 샤먼의 매력을 이해할 수 있어. 정말이야. 하지만 나는 내 정신을 똑바로 지키고 싶어."

✳

사흘이 지나고 린은 다시 알탄을 만나 대화를 나눌 수 있었다. 알탄은 군벌들과의 회의에 참석해 군사 지도부 사이 관계가 더 악화하기 전에 수습하는 일에 큰 노력을 기울이고 있었다. 린은 알탄이 회의 사이에 몹시 초췌하고 곤혹스러운 표정으로 자기 방으로 급히 돌아오는 모습을 가끔 목격했다. 그가 마침내 카라를 통해 린을 불렀다.

"회의를 소집하려고 하는데, 그 전에 너부터 먼저 점검하고 싶었어." 알탄은 린을 보지도 않고 말했다. 그는 책상 위를 덮은 지도에 뭔가를 끼적이느라 바빴다. "더 일찍 부르지 못해서 미안해. 개똥 같은 행정 일을 처리하느라 바빴거든."

"괜찮아." 린은 초조하게 손을 만지작거렸다. 알탄은 몹시 피곤해 보였다. "군벌들은 어때?"

"거의 쓸모가 없어." 알탄이 역겹다는 소리를 냈다. "황소 군벌은 아첨이나 일삼는 정치꾼이고 양 군벌은 바람이 부는 대로 흔들리는 갈대 같은 멍청이야. 준 장군은 두 군벌의 귀를 붙잡고 있으면서 유일하게 하는 일이라곤 우리 사이크를 미워하는 것뿐이고. 다시 말해 우리에겐 보급품도, 증원군도, 정보도 없다는 뜻이야. 방도만 있다면 우리 부대원의 강당 출입도 막을 기세야. 아주 어리석은 전쟁 방식이지."

"그런 걸 견뎌야 한다니, 유감이야."

"네가 신경 쓸 문제는 아니야." 알탄이 지도에서 눈을 들었다. "넌 네 사단을 어떻게 생각해?"

"다들 이상해." 린이 말했다.

"그래?"

"우리가 전쟁 중임을 깨달은 사람이 한 명도 없는 것 같아." 린이 고쳐 말했다. 린이 마주친 다른 정규 사단 소속 병사들은 전부 험악한 얼굴에 지친 기색이었지만, 사이크 대원은 안달하는 어린애처럼 말하고 행동하는 것처럼 보였다. 두려워하기보다는 지루해했고, 상태가 나빴으며, 외부와의 접촉을 꺼렸다.

"다들 암살 전문가야." 알탄이 말했다. "그만큼 위험에 둔감해졌지. 우네겐 빼고 전부. 우네겐은 걸핏하면 깜짝 놀라니까. 하지만 나머지는 다들 왜 그렇게 겁을 먹는지 도통 이해하지 못하는 사람처럼 행동할 거야."

"그래서 제국군이 그들을 미워하는 건가?"

"제국군이 우릴 미워하는 건 우리가 환각제를 무제한으로 손에 넣을 수 있기 때문이야. 그들이 못 하는 걸 우리는 할 수 있으니까. 왜 그래야 하는지 이해하지 못해. 사이크는 샤먼을 믿지 않는 사람들 눈에는 말도 못 하게 부당해 보여." 알탄이 말했다.

린은 제국군에 공감했다. 수니의 분노에 찬 발작은 꽤 잦았고 공개적으로 벌어졌다. 카라는 다른 병사들이 보는 앞에서 자기 새들과 대화를 나누었다. 그리고 엔키가 보유한 다양한 환각제에 관한 소문이 이미 들불처럼 각 사단에 번졌다. 사단 병사들은 왜 사이크만 아편을 구할 수 있는지 이해하지 못했다.

"직접 설득해보면 어때?" 린이 말했다. "샤머니즘이 어떻게 작동하는지 설명해주면?"

"그래서 그렇다고 쉽게 말할 수 있을까? 하지만 날 믿어봐. 그들도 곧 샤먼의 힘을 똑똑히 보게 될 테니까." 알탄이 지도를 톡톡 두드리며 말했다. "그나저나 대원들이 잘해줘? 친구라도 생겼어?"

"람사가 마음에 들어." 린이 말했다.

"매력 덩어리지. 새로 들인 강아지처럼. 아끼는 가구에 오줌을 싸기 전에는 사랑스러워 보일 거야."

"람사가 그런 적이 있어?"

"아니. 하지만 바지의 베개에 오줌을 싼 적이 있긴 해. 그런 건 배우지 마." 알탄이 얼굴을 찡그렸다.

"람사는 몇 살이야?" 린이 물었다.

"적어도 열두 살은 됐을 거야. 열다섯 살은 넘지 않았을걸." 알탄이 어깨를 으쓱했다. "바지는 람사가 더 이상 늙지 않는 마흔 살이라고 주장해. 처음 만난 이후로 그 애가 더 크지 않았다는 걸 발견했거든. 그렇다고 철이 든 것도 아니지만."

"그런 어린애를 전쟁터에 데려왔단 말이야?"

"람사는 제 발로 전쟁터에 걸어왔어." 알탄이 말했다. "네가 한번 람사를 말려봐. 다른 대원은 만나봤어? 별일은 없었고?"

"없었어." 린은 서둘러 말했다. "다 괜찮아, 다만…."

"그들은 시네가드 학당 출신이 아니지." 알탄이 린 대신 말을 맺었다. "일상도 없고 규율도 없고. 네게 익숙해진 것들이 그들에겐 전혀 없지. 어때, 내 말이 맞지?"

린이 고개를 끄덕였다.

"그들을 단순히 13사단이라고 생각하면 안 돼. 그들은 정규군처럼 명령한다고 듣지 않아. 어쩌면 장기판의 말과 같아. 서로 어울리지도 않고, 어딘가 붙들려 있지. 바지는 가장 유능해서 어떻게 보면 사령관 자리에 가장 적임자이지만, 다리 달린 것이라면 뭐든 주의력을 뺏기고 말아. 우네겐은 정보수집에 능하지만, 제 그림자를 보고도 화들짝 놀라. 공개적인 전투에서는 형편없지. 아랏샤는 물이 바로 옆에 있지 않으면 아무 소용이 없어. 전초전에는 언제나 수니가 필요하지만, 그는 섬세하지 않아서 다른 일은 믿고 맡길 수가 없어. 카라는 지금껏 본 사람 중 가장 훌륭한 궁수이고 무리 가운데 가장 유용하겠지만 백병전에서는 평범해. 그리고 차간은 걸어 다니는 심리전의 폭탄이지만, 그것도 옆에 있어야 가능하지." 알탄이 양손을 위로 들어 올렸다. "그들을 전부 하나로 묶어서 전략을 세우는 게 내가 할 일이지."

린은 지도에 표시된 지점들을 바라보았다. "하지만 대장은 뭔가 생각해낸 거지?"

"아마도." 알탄의 얼굴에 미소가 번졌다. "그럼, 우리 나머지 대원들도 불러볼까?"

✳

람사가 가장 먼저 도착했다. 그에게서 수상쩍은 화약 냄새가 풍겼다. 린으로선 도대체 어디서 화약을 구했는지 짐작할 수도 없었다. 몇 분 후 바지와 우네겐이 아랏샤의 물통을 함께 들고 나타났다. 카라는 엔키와 함께 왔는데, 두 사람은 카라의 언어로 뭔가를 열띠게 의논하며 왔다. 둘은 다른 대원들을 보자마자 급히 입을 다물었다. 수니가 가장 늦게 왔는데, 린은 개인적으로 수니가 멀찍이 떨어져 앉아 안심했다.

알탄의 방에는 의자가 단 하나뿐이라 대원들은 학생들처럼 바닥에 둘러앉았다. 아랏샤가 기괴한 수생식물처럼 물통 위로 우뚝 솟아올라 그대로 멈추었다.

"오랜만에 패거리가 뭉쳤군." 람사가 신나게 말했다.

"차간이 없네." 바지가 말했다. "차간은 언제 돌아와, 카라? 위치를 추적해봤어?"

카라가 바지를 노려보았다.

"알았어. 알았다고." 바지가 말했다.

"다들 모였지? 좋아." 알탄이 한 손에 둘둘 만 지도를 들고 방으로 들어왔다. 그는 책상에 지도를 펼치더니 안쪽 벽으로 가져가 핀으로 고정했다. 도시의 핵심 지점이 붉은색과 검은색으로 표시되었고 다양한 크기의 둥근 점이 찍혀 있었다.

지도를 보고 린은 바둑이 떠올랐다. 3학년 병법 시간에 이르자 사부가 가르쳐주었던 장기의 변형 놀이였다. 바둑은 양군의 직접적 대치는 없고 전략적인 포위를 통해 우위를 가렸다. 니칸과 무겐 모두 아직은 직접적인 충돌을 피하고 대신 쿠달라인의 지리적 우세를 이용해 공간마다 복잡한 통로망을 채우고 있었다. 양군은 힘의 균형이 깨지기 쉬운 아슬아슬한 상태였고, 양쪽 모두 증원군이 도시를 향해 다가오면서 위험이 점차 증가하고 있었다.

"현재 주요 방어선은 이 부두야. 우리는 민간인 구역과 해안의 무겐군 병영을 차단하고 있어. 무겐군은 세 개 사단 모두 샤르합 강어귀에 집중해 있어서 아직은 내륙 깊이 들어오지 못해. 하지만 우리 병력 규모가 확실히 드러나지 않았을 때만 힘의 균형이 유지될 거야. 적의 정보력이 어느 정도인지 몰라도, 그들은 아마도 탁 트인 평지에서 충돌했을 때 우리가 꽤 동등하게 싸울 수 있으리라 생각하는 모양이야. 시네가드 침략 이후 무겐은 전면전을 피하고 있어. 본격적인 내륙 진출 전에 병력을 잃고 싶지 않으니까. 그들은 확실히 수적으로 우세하다고 확신할 때만 공격을 시작할 거야."

알탄은 지도에서 현재 주둔 지역의 북쪽에 동그랗게 표시해놓은 지역을 가리켰다.

"사흘 후 무겐의 증원군을 태운 함대가 샤르합강에 도착할 거야. 무겐 전함이 병사들과 보급품과 화약을 실은 열두 척의 거룻배를 해안에 내려놓을 예정이지. 카라의 새들이 해협을 건너오는 무겐 함대를 목격했어. 현재 속도라면 사흘째 되는 날 일몰 이후에 상륙 예정이야." 알탄이 말했다. "나는 그들을 침몰시키고 싶어."

"뭐, 나는 황제랑 사귀고 싶어." 바지가 주위를 둘러봤다. "미안. 각자 하고 싶은 걸 발표하는 시간인 줄 알았네?"

알탄은 조금도 웃지 않았다.

"지도를 봐." 바지가 주장했다. "샤르합강은 준 장군의 부하들이 득시글거리는 곳이야. 우린 증원군 없이 무겐군을 공격할 수 없어. 사단 병사들의 도움이 꼭 필요하다고. 하지만 군벌들은 합세하지 않을 거야. 아직 준비가 안 되었고 오직 7사단이 도착하길 기다리고만 있어."

"무겐군은 샤르합강에 상륙하지 않아." 알탄이 대답했다. "무루이강에 정박할 거야. 어업용 부두에서 꽤 멀리 떨어진 곳이지. 민간인들도 무루이강에서 멀리 떨어져 있어. 평범한 해안이라면 조수간만 사이에 드러나는 갯벌이 넓다는 뜻이고, 조류가 빠르다는 의미야. 즉 고정된 해안선이 없다는 말이지. 상륙하기에 어려울 거야. 해안 너머 지형도 전혀 유리하지 않고. 해안을 넘어가면 강과 개울이 마구 엇갈려 있고 괜찮은 도로가 거의 없어."

바지는 혼란스러워 보였다. "그런데 왜 무겐군이 그런 곳에 정박한다는 거야?"

알탄은 흡족하고 자신만만해 보였다. "1사단과 8사단이 샤르합 강가에 주둔해 있는 것과 정확히 같은 이유지. 누가 봐도 샤르합강이 상륙지점이잖아. 그러니 무겐군은 무루이강을 지키고 있을 사람이 아무도 없다고 생각해. 하지만 그들은 말하는 새가 있을 거란 생각은 털끝만큼도 못 했을 거야."

"기특한 녀석." 우네겐이 말했다.

"고마워." 카라는 만족스러워 보였다.

"무릇이 강쪽 해안은 관개수로가 촘촘하게 격자를 이루는 논 농사지역과 이어져 있어. 우리는 가능하면 내륙 깊숙이 무겐 함대를 끌어들일 거야. 그러고 나서 아랏샤가 해류를 바꿔서 탈출로를 차단한 다음 적의 발을 묶어놓는 거지."

다들 아랏샤를 보았다.

"할 수 있겠어?" 바지가 물었다.

아랏샤의 머리 부분 물 덩어리가 좌우로 까딱거렸다. "그 정도 함대라면? 쉽지는 않아. 30분 정도 벌어줄게. 최대 1시간."

"그 정도면 충분하고도 남아." 알탄이 말했다. "적군을 한군데 묶어둘 수만 있다면 몇 초 만에 불을 붙일 수 있어. 하지만 우선 좁은 수로 안에 몰아넣어야 해. 람사, 적의 주의를 돌릴 수 있겠어?"

람사가 책상 너머로 알탄에게 자루에 든 어떤 것을 던져주었다.

알탄이 자루를 잡고 열어보더니 얼굴을 찌푸렸다. "이게 뭐야?"

"뼛속까지 태우는 마법의 불 기름 폭탄이야." 람사가 말했다. "새로운 발명품이지."

"근사하다." 수니가 주머니를 향해 몸을 기울였다. "뭐가 들었어?"

"동백기름, 염화암모늄, 부추즙, 배설물." 람사가 신나게 재료를 읊어댔다.

알탄은 약간 놀란 것 같았다. "누구 배설물?"

"그건 중요하지 않아." 람사가 서둘러 말했다. "이 정도면 15미터 위를 날아가는 새도 떨어뜨릴 수 있어. 대나무 폭탄을 설치할 수도 있지만 이런 습기 속에서는 불이 잘 붙지 않을 거야."

알탄이 한쪽 눈썹을 치켜올렸다.

"아, 맞다." 람사가 낄낄 웃었다. "내가 이래서 스피어인을 좋아하지."

"아랏샤가 해류를 뒤집어 적을 포획할 거야." 알탄이 계속 말했다. "수니, 바지, 린, 그리고 내가 해안에서 방어할 거야. 안개와 연기가 섞여 적군은 앞이 잘 보이지 않을 거야. 그러면 우리가 실제보다 훨씬 규모가 큰 분대라고 생각하겠지."

"적군이 해안을 습격하면 어떻게 되지?" 우네겐이 물었다.

"못 할 거야." 알탄이 말했다. "습지잖아. 갯벌에 발이 빠질 거야. 밤이라 단단한 땅을 찾아가지도 못할 거고. 우리는 둘로 나누어 핵심 지점을 각각 방어할 거야. 카라와 우네겐이 뒤쪽에서 따라가는 보급품 배를 유인해 주요수로 쪽으로 끌고 올 거야. 우리가 가져갈 수 없는 것들은 뭐든 다 태워버릴 거야."

"한 가지 문제가 있어." 람사가 말했다. "화약 가루가 떨어졌어. 군벌들이 나눠주지 않아."

"군벌은 내가 상대할게." 알탄이 말했다. "너는 그 똥오줌 폭탄이나 만들고 있어."

＊

위대한 군사전략가 손자는 불은 반드시 건조한 밤에 써야만 최소한의 자극으로도 불꽃이 널리 퍼질 수 있다고 썼다. 상승기류가 있을 때 불을 써야 불과 연기가 바람을 타고 적의 병영까지 갈 수 있다. 또 맑은 날 밤에 써야 비가 내려 불꽃을 꺼뜨리는 일이 없다.

해변에서 습한 바람이 불어와 확산을 막는 이런 날 밤에는 불을 써서는 안 된다. 또 정찰이 가장 중요한데 횃불로 정찰 사실을 누설할 수 있는 밤에 써서는 안 된다.

하지만 오늘 밤 그들은 보통 불을 쓰지 않을 것이다. 불쏘시개와 기름 같은 기본적인 것들이 전혀 필요 없었다. 횃불도 필요하지 않았다. 그들에겐 스피어인들이 있었다.

린은 알탄과 함께 갈대밭 사이에 웅크리고 어두워지는 밤하늘에 시선을 고정한 채 카라의 신호를 기다렸다. 두 사람은 진흙밭에 배를 깔고 납작 엎드렸다. 린의 얇은 도복에 진흙의 습기가 스며들었고, 입으로 숨을 들이마실 때마다 이탄에서 썩은 달걀 같은 고약한 냄새가 풍겨 입에 재갈을 물리고만 싶었다.

반대편 둑에는 수니와 바지가 강 쪽으로 기어가 갈대밭 사이에 엎드려 있었다. 두 조 사이 논에는 단단한 땅이 겨우 두 이랑밖에 없었다. 손가락처럼 습지로 뻗어 있는 가느다란 두 조각 마른 토탄층이었다.

일반적인 상황이었다면 불쏘시개를 축축하게 만들었을 두꺼운 안개가 지금은 유리하게 작용했다. 무겐군이 수륙양동작전으로 상륙할 때에도 안개가 도움이 되겠지만, 사이크 부대가 몸을 숨기고 규모를 부풀리는 데도 역시 안개가 도움이 될 것이다.

"안개가 낄지 어떻게 알았어?" 린이 알탄에게 속삭였다.

"비가 오면 늘 안개가 껴. 지금은 논에 물을 대는 시기거든. 카라의 새들이 지난주 내내 구름의 이동을 추적해왔어." 알탄이 말했다. "우리는 이 습지를 철저히 파악했어."

알탄은 세부사항에 대한 주의력이 뛰어났다. 사이크는 린이 전날 혹독하게 훈련하지 않았다면 결코 해독하지 못했을 신호와 지시 체계에 따라 행동했다. 카라의 매가 머리 위를 날면 아랏샤가 강의 흐름을 미세하게 바꾸기 시작했다는 신호였다. 그보다

30분 전에는 올빼미 한 마리가 강 위로 낮게 날며 바지와 수니에게 알록달록 화려한 색깔의 버섯을 한 줌 먹으라고 지시했다. 약의 반응 시간은 무겐 함대의 도착 추정 시간에 정확히 맞춰져 있었다.

'초보는 전략에 집착하고.' 언젠가 이르자 사부가 수업 시간에 말해준 적이 있었다. '전문가는 병참에 집착한다.'

린은 카라가 보낸 첫 번째 신호에 맞춰 주머니에 든 양귀비 씨앗을 삼켰다. 씨앗은 잠시 목에 걸렸다가 가볍게 위장으로 넘어갔다. 일어서자 약효가 느껴졌다. 머리는 가벼웠지만 검을 휘두를 수 없을 만큼 흐리멍덩해지지는 않을 정도로 취했다.

알탄은 아무것도 먹지 않았다. 웬일인지 알탄은 약을 먹지 않고도 불새를 소환할 수 있는 모양이었다. 그는 휘파람을 불듯이 불을 자유자재로 불렀다. 그에게 불은 몸의 연장선과 같아서 딱히 집중하지 않아도 불을 부릴 수 있었다.

머리 위로 희미하게 퍼덕거림이 느껴졌다. 카라의 매가 은밀하게 두 번째로 지나가며 무겐군의 도착을 알렸다. 수로에 가만히 물이 튀어 오르는 소리가 점점 가까워졌다.

린은 눈을 갸름하게 뜨고 강 쪽을 바라보았지만, 함대는 보이지 않고 놀랍게도 무겐군 병사들이 어깨에 손을 올리고 한 줄로 서서 강을 걷고 있었다. 그들은 머리 위로 나무판자를 들고 있었다.

린은 그들이 기술자임을 깨달았다. 그들은 나무판자로 함대에서 내린 보급품을 운반할 다리를 만들 것이다. '영리하군.' 린은 생각했다. 기술자들이 머리 위로 높이 방수 등불을 들고 있어서 탁한 물 위로 기괴한 불빛이 어룽졌다.

알탄은 수니와 바지에게 몸을 더 깊숙이 숙여 갈대 위로 드러나지 않게 하라고 신호를 보냈다. 길쭉한 풀이 귓불을 간질였지만, 린은 움직이지 않았다.

이윽고 저 멀리 수로 어귀에서 등불 신호가 희미하게 깜박이는 게 보였다. 처음에는 배의 앞부분만 겨우 보였다.

잠시 후 함대 전체가 안개 속에서 모습을 드러냈다.

린은 속으로 배의 숫자를 세보았다. 모두 열두 척이었다. 매끈하게 잘 지은 거룻배로, 각각 여덟 명의 병사가 일직선으로 앉았고 배 한가운데에는 장비를 실은 함이 높이 쌓여 있었다.

함대가 강이 갈라지는 지점에서 멈추었다. 무겐군에게는 두 가지 선택안이 있었다. 하나는 수로를 따라 비교적 쉽게 상륙할 수 있는 넓은 만으로 들어가는 방법이었고 또 하나는 지금 사이크 대원들이 엎드린 채 기다리는 소금 습지 미로로 우회하는 방법이었다.

사이크는 무겐 함대를 왼쪽으로 유인해야 했다.

알탄이 한쪽 팔을 들어 올리더니 채찍을 내리치듯 휘둘렀다. 곧 덩굴손 같은 불꽃이 양손에서 뻗어 나와 빛나는 뱀처럼 양방향으로 기어갔다. 불꽃이 갈대밭을 헤쳐 가며 지글거리는 소리가 들렸다.

잠시 후 고음의 휘파람 소리와 함께 람사의 첫 번째 폭탄이 밤하늘로 솟구쳤다.

람사는 각 폭탄이 몇 초 간격으로 연달아 터지도록 설치했다. 곧 람사의 폭탄은 이탄에서 풍기는 유황 냄새마저 압도할 만큼 끔찍하게 자극적인 악취를 뿜어내며 습지를 불태웠다.

"맙소사." 알탄이 중얼거렸다. "배설물 이야기가 농담이 아니었군."

폭발이 계속되었다. 화약이 연쇄로 반응하면서 마치 대규모 군대가 존재하는 듯한 효과를 냈다. 강 저쪽의 대나무 폭탄이 우레처럼 요란하게 터졌다. 그보다 작은 폭탄은 연속해서 폭발하며 계속 폭음이 이어지게 울려댔고 거대한 연기 기둥을 일으켰다. 이 폭탄은 불이 붙지는 않았지만, 무겐군을 당혹스럽게 하고 시야를 가리는 게 목적이었다. 무겐군 함대는 어디로 가고 있는지 앞을 볼 수가 없었다.

폭발 때문에 무겐군은 곧바로 아랏샤가 만들어놓은 죽음의 지대로 향했다. 첫 번째 불꽃이 치솟자마자 무겐군 배들은 폭발의 원천을 피해 방향을 돌렸다. 그사이 좁은 개울에서 배끼리 서로 충돌하고 뒤엉키는 바람에 앞으로 움직이기가 쉽지 않았다. 쿠달라인 포위가 시작된 후 벼를 제때 수확하지 않아서 논마다 벼가 훌쩍 높이 자라는 바람에 배가 서로 엉겼다.

무겐군 대장은 실수를 깨닫고 부하들에게 방향을 돌리라고 명령했지만, 배가 움직이지 않는다는 것을 깨닫자마자 병사들 사이에서 공포에 질린 비명이 울려 퍼졌다.

무겐군은 꼼짝없이 갇혀버렸다.

진정한 공격의 시간이 찾아왔다.

불 폭탄이 연달아 무겐군 함대를 향해 발사되었고, 불화살이 연속해서 밤하늘을 가르며 날아가 화물을 실은 함에 꽂혔다. 한바탕 화살이 놀라운 속도로 쏟아져 마치 전 중대원이 습지에 숨어 각기 다른 방향에서 발사하는 것처럼 보였지만, 린은 그게 반대편 둑에 안전하게 몸을 숨긴 카라 혼자서 힌터랜드 출신의 노련한 사냥꾼답게 눈부신 속도로 쏘는 화살이라는 걸 알았다.

카라는 화물 다음으로 기술자들을 노렸다. 한 명 건너 한 명씩 남자들의 이마를 꿰뚫어 믿을 수 없을 만큼 깔끔하게 인조 다리를 무너뜨렸다.

불이 사방에서 날아와 무겐군 함대를 태우기 시작했다.

무겐 병사들은 겁에 질려 불타는 배를 버렸다. 그들은 강둑에 뛰어들었지만, 그곳은 단단한 땅이 아니라 습지였다. 병사들은 물이 허리까지 올라오는 논으로 미끄러져 갑옷이 묵직해졌다. 알탄이 휘파람을 불자 해안을 따라 이어진 갈대밭도 불꽃에 휩싸여 마치 죽음의 덫처럼 무겐군을 포위했다.

그래도 일부 병사들은 반대편 둑에 올라섰다. 열 명, 스무 명 정도의 병사가 마른 땅으로 기어올랐지만, 결국 수니와 바지를 만나고 말았다.

린은 수니와 바지 단둘이서 길쭉한 토탄 땅을 어떻게 감당할지 궁금했다. 고작 두 명이었고 린이 샤먼의 능력에 관해 아는 바로 두 사람은 알탄이나 아랏샤처럼 기본 원소를 통제할 수 없었다. 확실히 수적으로 열세였다.

괜한 걱정이었다.

두 사람은 밀밭을 굴러다니는 바위처럼 병사들을 마구 집어던졌다.

람사가 쏘아 올린 희미한 불꽃 아래 수니와 바지가 그림자 인형극의 전투 장면처럼 현란하게 움직이며 싸우는 모습이 보였다.

알탄과 상당히 대조적인 모습이었다. 알탄은 훈련받은 무술가답게 우아하게 싸웠다. 비단 띠를 휘두르는 무용수처럼 움직였다. 그러나 바지와 수니는 야만성의 전형이자 단련하지 않은 순수한 힘의 화신이었다. 두 사람은 시진의 기본자세 중 어떤 것도 선보이지 않았다. 그저 가까운 모든 것을 때려 부수는 것만이 그들이 견지한 원칙이었다. 그들은 거리낌이 없었고 무겐 병사들은 물가에 기어오르자마자 곧바로 저 멀리 내던져졌다.

시네가드에서 훈련받은 무술가가 평범한 제국군 네 명과 맞먹는다면 수니와 바지는 적어도 각자 열 명과 맞먹었다.

바지는 채소를 써는 구내식당 요리사처럼 적의 신체를 마구 잘랐다. 터무니없이 큰 가지 아홉 개짜리 쇠스랑은 다른 병사의 손에 들어갔다면 다루기 거추장스러웠겠지만, 바지 손에서는 죽음의 기계가 되었다. 그는 아홉 가지 사이에 적의 칼날 서너 개를 한꺼번에 걸고 쇠스랑을 비틀어 적의 손에서 무기를 뺏어버렸다.

바지의 신은 명백한 변신을 허락하지는 않았지만, 바지는 광포한 전사의 분노로 싸웠고, 피에 굶주려 날뛰는 진정한 야생 멧돼지가 되었다.

수니는 무기도 없이 싸웠다. 원래 육중한 체구였지만 약효가 돌면 3미터가 넘는 거인만큼 커졌다. 수니는 철검을 든 병사들의 무기를 빼앗을 수는 없었지만, 그저 끔찍하게 힘이 세기 때문에 적이 상대적으로 어린아이처럼 보였다.

수니는 가까운 적군 두 사람의 머리를 움켜잡고 서로 충돌시켰다. 적군의 머리는 잘 익은 수박처럼 터졌다. 피와 뇌수가 터져 나와 수니의 상반신을 흠뻑 적셨지만, 그는 얼굴에 묻은 핏덩이를 닦아낼 겨를도 없이 몸을 돌려 다른 적군의 머리를 주먹으로 내리쳤다.

수니의 양팔과 등에 털이 솟아나 금속도 튕겨내는 방패로 기능했다. 한 병사가 뒤쪽에서 수니의 등에 창을 꽂았는데, 창날이 덜컥 소리를 내더니 옆으로 튕겨 나갔다. 수니는 몸을 돌려 살짝 숙이더니 그 병사의 머리에 양팔을 두르고 병뚜껑을 비틀어 열 듯이 병사의 몸에서 머리를 깔끔하게 떼어냈다.

수니가 다시 습지로 돌아갈 때 불빛에 비친 그의 눈이 얼핏 보였다. 두 눈은 완전히 검은색이었다.

린은 몸을 떨었다. 그것은 짐승의 눈이었다. 저 물가에서 싸우는 존재가 무엇이든 그것은 수니가 아니었다. 그것은 고삐가 풀려 인간의 몸을 장난감처럼 부수는 것에서 황홀을 느끼는, 악의로 뭉쳐 신이 난 고대의 존재였다.

✳

"반대편 둑이다! 반대편 둑으로 가라!"

한 무리의 병사들이 뒤엉킨 함대에서 빠져나와 알탄과 린이 기다리는 해안으로 절박하게 달려왔다.

"우리 차례다, 꼬마." 알탄이 먼저 손에 쥔 삼지창을 돌리며 갈대밭에서 몸을 일으켰다. 린도 허둥지둥 일어섰는데, 양귀비 약효 때문에 누가 머리 옆을 곤봉으로 때린 것처럼 휘청거렸다. 린은 위험을 감지했다. 만약 신을 소환하지 못한다면 양귀비 약효 때문에 취하기만 해 전투에서 쓸모없는 존재로 전락할 것이다. 그러나 불을 찾아 내면으로 들어갔지만, 아무것도 잡히지 않았다.

린은 옛 스피어 언어로 주문을 외워보았다. 알탄이 가르쳐준 적이 있었다. 무슨 뜻인지는 알지 못했다. 알탄도 그 뜻은 거의 이해하지 못했지만, 중요하지 않았다. 요점은 내뱉는 것처럼 거친 소리로 주문을 반복하는 것이었다. 스피어 언어는 원초적이고, 거칠고, 야만적이었다. 무슨 욕설이나 저주처럼 들렸다.

주문을 외우자 마음이 가라앉았고, 회오리치는 생각들 한가운데로 들어가 위쪽 신전과 직접적으로 연결되는 통로를 세웠다.

그러나 몸을 기울여 허공으로 뛰어드는 느낌이 들지 않았다. 귓속에 휙 하고 지나가는 소리도 들리지 않았다. 몸이 위로 솟구치지도 않았다. 다시 내면으로 들어가 신전과의 연결고리를 찾아봤지만… 없었다. 아무것도 느껴지지 않았다.

뭔가 공중으로 솟구친 게 린의 발치 진흙에 처박혔다. 굉장히 힘겹게 그게 뭔지 살펴봤다. 마치 흐린 안개를 뚫고 보는 것 같았다. 약에 취한 린의 마음이 마침내 그것이 화살임을 알아보았다.

무겐군이 화살을 쏘고 있었다.

수로 건너편에서 바지가 이쪽을 향해 고함치는 것을 희미하게 지각했다. 흐리멍덩한 정신을 또렷이 하고 다시 내면에 집중하려고 해봤지만, 가슴 깊은 곳에서 공포가 고개를 들었다. 집중할 수가 없었다. 주변 모든 것에 주의가 흩어졌다. 카라의 새, 다가오는 적군, 해변을 향해 점점 가까워지는 몸들.

건너편에서 이 세상 것 같지 않은 고함이 들려왔다. 수니가 착란에 빠진 원숭이처럼 날카로운 비명을 연달아 토해내며 양주먹으로 제 가슴을 두드리고 밤하늘을 향해 울부짖었다.

그 옆에서 바지가 고개를 뒤로 젖히고 한바탕 웃음을 터뜨렸는데 그것 역시 자연의 것이 아니었다. 그는 대학살의 현장에서 그래도 되나 싶을 정도로 기뻐했다. 이윽고 린은, 기쁨으로 웃는 존재는 바지가 아니라 흘린 피를 숭배로 해석한 바지 안의 신임을 깨달았다.

바지는 발을 들어 적군을 물쪽으로 밀쳐내며 마치 도미노처

82

럼 차례차례 쓰러뜨렸다. 바지가 적군을 강물에 빠뜨리자 그들은 축축한 습지를 향해 허우적거리며 몸부림쳤다.

누가 누구를 통제하는 걸까? 신을 부른 인간일까, 아니면 인간의 몸에 깃든 신일까?

린은 신에 사로잡히고 싶지 않았다. 자유롭게 남고 싶었다.

그러나 머릿속에서 인지 부조화가 충돌했다. 서로 대항하는 세 가지 지령이 린의 마음속에서 우선권을 다투었다. 마음을 비우라는 지앙 사부의 지령, 분노를 칼날처럼 벼려야 한다는 알탄의 주장, 그리고 다시 자신을 찢고 나올 불에 대한 린 자신의 공포. 그 일이 다시 시작된다면 린은 어떻게 불을 멈춰야 할지 알지 못했다.

하지만 이렇게 여기 가만히 서 있을 수는 없었다.

'제발, 제발…' 불꽃을 향해 손을 뻗었지만, 아무것도 닿지 않았다. 린은 신전과 물질세계 사이에 끼어 어느 쪽도 완전히 거머쥐지 못했다. 균형과 방향감각을 완전히 잃었고, 자신의 몸이 아주 멀리 떨어져 있는 것처럼 그 안을 탐색했다.

뭔가 차갑고 끈적거리는 것이 발목을 잡았다. 적군 병사가 물밖으로 솟구치자마자 린은 뒤로 풀쩍 뛰었다. 병사가 거칠게 헐떡이며 공기를 들이마셨다. 수로를 지나오는 내내 숨을 참았던 모양이었다.

병사가 린을 보더니, 비명을 지르며 뒤로 넘어졌다.

린이 알아볼 수 있는 건 오직 병사가 얼마나 어려 보이는가가 전부였다. 그는 단련되고 훈련받은 군인이 아니었다. 어쩌면 이번이 첫 전투일지도 모른다. 그는 무기를 꺼내 들 생각도 하지 못했다.

린은 꿈속처럼 걸으며 천천히 그에게 다가갔다. 검을 든 자신의 손이 낯설게 느껴졌다. 다른 사람의 손이 검을 내리치고 다른 사람의 발이 병사의 어깨를 걷어차는 것 같았다.

병사는 생각보다 빨랐다. 그는 재빨리 몸을 피하고 린의 무릎을 발로 차 진흙 속에 넘어뜨렸다. 린이 대응하기도 전에 린 위로 올라타더니 양쪽 무릎으로 린을 바닥에 고정했다.

린이 고개를 들었다. 두 사람의 눈길이 마주쳤다.

병사의 얼굴에 날것의 공포가 드러났다. 아이처럼 둥글고 부드러운 얼굴이었다. 린보다 몸집이 더 크지도 않았다. 람사보다 나이가 더 들어 보이지도 않았다.

그는 더듬더듬 자기 칼을 서툴게 꺼내더니 칼을 내리꽂기 좋게 위치를 바꾸려고 자기 배에 대고 다시 고쳐 쥐었다.

순간 그의 빗장뼈 위로 금속 가지 세 개가 솟아나더니 숨통과 허파가 만나는 지점을 꿰뚫었다. 병사의 입에서 피가 마구 흘러내렸다. 그는 다시 습지에 거꾸로 처박혔다.

"괜찮아?" 알탄이 물었다.

눈앞에서 병사가 애처롭게 허우적거렸다. 알탄은 병사의 심장에서 정확히 5센티미터 위쪽을 조준해 즉사의 자비를 빼앗았고, 결국 그는 자기 피에 잠겨 죽었다.

린은 말없이 고개를 끄덕였고 진흙을 뒤지며 칼을 찾았다.

"가만히 있어." 알탄이 말했다. "정신부터 차리고."

알탄이 필요보다 더 큰 힘으로 린을 자기 뒤쪽으로 밀어냈다. 린은 갈대밭에 쓰러졌고, 잠시 후 눈을 들었다가 마침 알탄의 몸이 햇불처럼 밝아지는 것을 보았다.

성냥불을 기름에 던진 것과 같았다. 알탄의 가슴에서 불꽃이 터져 나오고 맨 어깨 위로 솟구치면서 흐르는 개울처럼 그의 몸을 감쌌다. 그는 살아 있는 횃불이었다. 그의 불이 한 쌍의 날개 모양이 되어 장대하게 펼쳐졌다. 알탄이 서 있는 곳에서 반경 2미터 안의 물에서 김이 피어올랐다.

린은 알탄에게서 눈을 가려야 했다.

저 모습이 완전히 자란 스피어인이었다. 저 모습이 인간의 안에 깃든 신이었다.

알탄은 파도처럼 적군을 물리쳤다. 그들은 이토록 끔찍하게 무서운 유령을 상대하느니 차라리 불타는 배로 돌아가는 편이 낫겠다고 생각하며 뒷걸음질 쳤다.

알탄은 적을 향해 전진했고, 병사들의 몸에서 살이 벗겨졌다.

린은 그 모습을 참고 볼 수가 없었지만, 다른 곳으로 시선을 돌릴 수도 없었다.

자신이 시네가드를 불태웠을 때도 저런 모습이었을까, 궁금했다.

하지만 그때는 린의 모든 구멍에서 불꽃이 터져 나와 별로 보기 좋은 모습이 아니었다. 알탄은 움직일 때마다 불꽃 날개가 그림자처럼 회오리치며 적의 함대를 분별없이 휩쓸었고 모든 것에 새로 불을 붙였다.

사이크가 살아 있는 신의 현신이라는 말이 드디어 이해되었다.

지앙 사부는 신전에 닿는 법을 가르쳐주면서 그저 신들 앞에 무릎을 꿇으라고만 가르쳤다.

그러나 사이크는 신을 인간세계로 데려왔고, 그렇게 해서 파괴적이고 혼란스럽고 끔찍해졌다. 사이크의 샤먼은 기도할 때 신에게 이런저런 일을 해달라고 요청하는 게 아니라 신이 자신의 몸을 '통해' 행동하도록 간청했다. 사이크가 천상을 향해 마음을 열면 그들의 몸은 신이 깃드는 그릇이 되었다.

알탄은 많이 움직일수록 더 밝게 타올랐다. 마치 신전 자체가 그의 몸을 통해 천천히 타오르며 꿈의 세계와 물질세계의 간격을 무너뜨리는 것 같았다. 알탄을 향해 날아드는 화살들은 휘몰아치는 불꽃을 만나 아무 소용이 없어졌고, 옆으로 빗나가 습지 물속에 지글거리며 떨어졌다.

린은 알탄이 모든 걸 태워버리고 불만 남을까 봐 두려웠다.

순간 린은 스피어인의 대량학살이 어떻게 가능했을지 믿기 어렵다고 생각했다. 전 연대 전사들이 알탄처럼 불꽃을 피워올릴 수 있었다면 스피어 군대는 얼마나 대단했을까? 그런 종족을 누가 어떻게 절멸시킬 수 있었을까? 스피어인 한 사람만 봐도 공포 자체인데, 천 명이면 막을 수 없었을 것이다. 그들은 전 세계를 불태워버릴 수도 있었을 것이다.

✳

당시 무겐이 어떤 무기를 사용했는지는 몰라도 지금 무겐군 병사들은 그렇게 강력하지 않았다. 무겐 함대는 모든 면에서 불리했다. 사방에 덫이 있었고, 뒤쪽엔 불길, 발밑은 진흙탕이었다. 그리고 유일하게 단단한 땅은 진짜 신들이 지키고 있었다.

배들이 뒤엉켜 맹렬히 타기 시작했다. 군복과 담요와 약품을 실은 나무 궤짝들이 그을고 타오르며 두꺼운 연기를 뿜어내는 바람에 습지가 앞이 보이지 않는 장막으로 뒤덮였다. 배에 탄 병사들은 몸을 웅크린 채 질식했고 얕은 물에 뛰어든 병사들은 화염의 열기 아래 물이 끓어오르기 시작하면서 비명을 질러댔다.

말 그대로 대학살이었다. 아름다운 장관이었다.

알탄의 계획은 뛰어난 구상이었다. 보통 상황이었다면 고작 여덟 명으로 이루어진 분견대가 이토록 거대한 규모의 적을 상대할 가망이 있으리라 기대할 수 없었을 것이다. 그러나 알탄은 주변 환경 때문에 무겐군의 이점이 낱낱이 수포가 되고 사이크의 이점은 증폭되는 전투지를 골랐다.

한마디로 제국군에서 가장 규모가 작은 사단이 적 함대 하나를 전복시켰다.

*

알탄은 이물을 통해 배에 올라설 때도 균형을 잃지 않았다. 그는 기우뚱한 배 위에서도 단단하고 평평한 땅을 걷는 것처럼 우아했다. 무겐군 병사들이 마구 몸부림치며 달아나는 동안 그는 삼지창을 연달아 휘두르며 어김없이 적의 피를 내고 비명을 잠재웠다.

그들은 숭배자처럼 알탄 앞에 엎드려 쓰러졌다. 그는 갈대처럼 적군을 베었다.

적군은 물에 뛰어들었고 비명은 더 커졌다. 린은 눈앞에서 그들이 끓어올라 죽는 것을, 그들의 피부가 게 껍데기처럼 붉은색으로 부풀어 올랐다가 터져버리는 것을, 안에서 익은 눈알이 죽음의 고통 속에서 밖으로 튀어나오는 것을 보았다.

린도 시네가드에서 싸운 적이 있었다. 자신의 불꽃으로 무겐의 장군을 태워버렸다. 그러나 지금 린은 알탄의 무심한 파괴를 이해할 수가 없었다. 그는 도저히 인간의 것이라 할 수 없는 규모로 싸웠다.

오직 함대의 대장만이 비명을 지르지도 않고 물에 뛰어들지도 않고, 스스로 배의 등뼈라도 되는 것처럼, 지금 불타는 난파선 안에 있지도 않은 것처럼, 당당하게 똑바로 서 있었다.

대장이 천천히 검을 뽑아 몸 앞으로 잡아들었다.

그는 알탄을 이길 수 없겠지만, 린은 적군 대장의 시도가 기이하게 명예롭다고 생각했다.

대장이 암흑을 향해 주문이라도 외우는 것처럼 입술을 빠르게 움직였다. 린은 대장도 혹시 샤먼일까 잠시 생각했지만, 미친 듯한 그의 무겐어를 해석해보니 그는 기도하고 있었다.

"황제 폐하의 은혜에 비하면 소신은 아무것도 아니옵니다. 폐하의 은혜 입어 소신은 깨끗해졌나이다. 폐하의 총애 입어 목적이 주어졌나이다. 그 목적에 복무하는 것이야말로 소신의 영광이오니. 사는 것이 영광이나이다. 죽는 것이 영광이나이다. 료하이 폐하 만세. 료하이 폐하 만세. 료하이…."

알탄이 숯이 되어버린 조타장치를 사뿐히 넘어갔다. 불꽃이 알탄의 다리를 핥으며 그의 몸을 집어삼켰지만, 그는 조금도 다치지 않았다.

적군 대장이 제 목을 향해 검을 들었다.

순간 대장이 뭘 하려는지 깨닫고 알탄이 급히 앞으로 뛰어들었지만, 거리가 멀어 닿지 않았다.

대장이 톱질하듯 칼날을 옆으로 세워 목을 그었다. 대장과 알탄의 눈이 마주쳤다. 그 눈에서 생명의 빛이 희미해지기 직전 린은 승리의 기미를 보았다고 생각했다. 이윽고 대장의 주검이 습지로 고꾸라졌다.

✳

아랏샤의 힘이 빠지자 숯덩이가 되어버린 배들과 쓸모없어진 보급품과 쓰러진 병사들이 까맣게 그을린 덩어리가 되어 나리인 해로 돌아갔다.

알탄은 무겐군 병사들이 집결하기 전에 퇴각을 지시했다. 죽은 병사보다 도망친 병사가 훨씬 더 많았지만, 적군을 전멸시키는 것이 이 전투의 목적은 아니었다. 보급품을 가라앉힌 것으로도 충분했다.

물론 보급품 전체가 침몰하지는 않았다. 난투의 혼란 속에서 우네겐과 카라가 뒤쪽의 배 두 척을 빼돌려 내륙 운하에 숨겨두었다. 지금 대원들은 모두 그 배에 탔고 아랏샤가 몰래 물길을 움직여 쿠달라인의 좁은 운하를 통과해 부두에서 멀지 않은 시내의 구석진 곳으로 데려왔다.

일행이 도착하자 람사가 달려 나왔다.

"효과가 있었어?" 람사가 물었다. "조명탄이 제대로 터졌어?"

"마법처럼 타올랐어. 잘했다, 꼬마." 알탄이 말했다.

람사가 승리의 환호성을 질렀다. 알탄이 어깨를 두드리자 람사가 활짝 웃었다. 린은 그 미소를 보고 람사가 알탄을 큰형처럼 흠모한다는 사실을 똑똑히 알아챌 수 있었다.

그렇게 느끼지 않기가 더 어려웠다. 알탄은 진지하고 유능하고 늘 뛰어난 사람이라, 린은 어떻게든 알탄을 만족시키고 싶었다. 그는 명령에 엄격했고 칭찬을 아꼈지만, 그의 칭찬을 받으면 경이로웠다. 린은 그의 칭찬을 손에 만져지는 구체적인 물건처럼 원하고 갈망했다.

다음에는 꼭. 다음에는 꼭 짐 덩어리가 되지 않을 것이다. 자신을 잃는 위험을 감수하더라도 분노를 자유자재로 끌어오는 법을 배울 것이다.

그날 밤 그들은 훔친 배에서 빼돌린 설탕 자루로 승리를 축하했다. 식당이 잠겨 있어서 설탕을 뿌려 먹을 게 아무것도 없었으므로 그냥 숟가락으로 퍼 먹었다. 예전에는 이런 게 역겹다고 생각했겠지만, 지금은 둥글게 둘러앉아 자기 앞에 숟가락과 설탕 자루가 돌아오자 크게 한 숟가락 퍼서 입에 밀어 넣었다.

람사가 조르자, 알탄이 묵묵히 빈 들판에 화려한 모닥불을 피워주었다.

"이러다가 눈에 띄기라도 하면 어떡해?" 린이 물었다.

"괜찮아. 니칸 전선 뒤쪽에 있으니까. 대신 모닥불에 아무거나 집어 던지지 마라." 알탄이 말했다. "민간인이 가까이 있으니까 폭약 제조술을 실험하면 안 돼."

람사가 볼 밖으로 공기를 뿜어냈다. "분부대로 합죠, 대장."

알탄이 골난 표정을 지어 보였다. "이번만이야."

"재미라곤 눈곱만큼도 없단 말이지." 람사가 불퉁거리는 사이 알탄이 모닥불에서 몸을 돌렸다.

"함께 있지 않을 거야?" 바지가 물었다.

알탄이 고개를 저었다. "군벌들에게 보고해야 해. 몇 시간 후에 돌아올게. 너희는 계속 즐겨. 오늘 활약하느라 다들 수고했다."

"오늘 활약하느라 다들 수고했다." 알탄이 떠나자 바지가 흉내를 냈다. "누가 알탄한테 저러지 좀 말라고 전해줄래?"

람사가 팔을 베고 드러누워 발로 린을 건드렸다. "알탄은 시네가드 학당에서도 저렇게 못 봐줄 정도였어?"

"모르겠어." 린이 말했다. "시네가드에서는 잘 아는 사이가 아니었어."

"늘 저랬겠지. 젊은이 몸에 노인네가 산다니까. 웃을 줄은 아나?"

"1년에 딱 한 번 웃지." 바지가 말했다. "자다가 우연히."

"그만해." 우네겐이 자기도 웃으면서 말했다. "알탄은 좋은 사령관이야."

"'정말' 좋은 사령관이야." 수니도 동의했다. "티르보다 좋아."

린은 수니의 다정한 말투에 깜짝 놀랐다. 수니는 신에게서 벗어나면 눈에 띄게 조용했고 거의 소심해 보일 정도였으며 한참 진지하게 생각한 후에야 겨우 말했다.

린은 수니가 불 앞에 차분하게 앉은 모습을 보았다. 널찍한 체구가 느슨하고 평온하게 풀려 있었고 아주 편안해 보였다. 저런 사람이 언제 또 통제력을 잃고 마음속에서 마구 비명을 질러대는 목소리의 희생양이 될지 궁금했다. 그는 오싹할 만큼 힘이 셌다. 양손으로 달걀을 깨듯이 사람을 두 동강 냈다. 아주 잘 죽였고 아주 효율적으로 죽였다.

'수니는 알탄을 죽일 수도 있었어.' 사흘 전 강당에서 수니는 닭 모가지를 비틀듯이 쉽게 알탄의 목을 부러뜨릴 수도 있었다. 그 생각을 하자 린의 입안이 공포로 바싹 말랐다.

바지가 손을 써서 쿠달라인의 수많은 창고 중 한 군데에서 고량주 한 병을 몰래 빼냈다. 그들은 술병을 돌려 가며 마셨다. 큰 전투에서 승리를 기록했으니 하룻밤 정도는 느슨하게 경계를 풀고 즐길 여유가 있었다.

"이봐, 린." 람사가 몸을 뒤집어 바닥에 엎드리더니 양손으로 턱을 괴었다.

"응?"

"결국, 스피어인들은 멸종하지 않았다는 말이네?" 람사가 말했다. "너랑 알탄이랑 아기를 만들어서 스피어 부족을 부활시킬 거야?"

카라가 큰 소리로 코웃음을 쳤다. 우네겐은 고량주 한 모금을 뿜어냈다.

린의 얼굴이 빨갛게 달아올랐다. "말도 안 돼." 린이 말했다.

"왜? 넌 알탄이 별로야?"

'건방진 놈의 자식.' "아니, 내 말은 그럴 수가 없다는 뜻이야." 린이 말했다. "나는 아기를 가질 수 없어."

"왜?" 람사가 물었다.

"시네가드 학당에서 자궁을 망가뜨렸어." 린이 말했다. 린은 가슴 앞으로 무릎을 올려 양팔로 감싸 안았다. "그게, 음, 훈련에 방해돼서."

람사가 몹시 어리둥절한 표정을 지어서 결국 린은 웃음을 터뜨렸다. 카라가 자기 수통에 대고 킥킥 웃었다.

"왜?" 람사가 골을 내며 물었다.

"때가 되면 내가 다 알려주마." 바지가 약속했다. 그는 나머지 대원보다 두 배는 더 마셨다. 벌써 말이 꼬였다. "네 녀석 불알이 떨어지는 날에."

"내 불알은 '벌써' 떨어졌어."

"그럼 네 녀석 목소리가 떨어지는 날에."

그들은 잠시 침묵하며 술병을 돌렸다. 습지의 광란극이 끝나자 사이크는 작아진 것 같았다. 마치 신의 존재에 의해서만 움직였던 것처럼, 신이 부재하자 그들은 생명력을 잃은 빈 껍데기 같았다.

이제 굉장히 인간처럼 보였다. 상처 입기 쉽고 깨지기 쉬운 인간.

"그럼 너희는 최후의 동족이구나." 짧은 침묵 뒤에 수니가 말했다. "슬프다."

"아마도." 린이 모닥불에 막대기 하나를 찔러넣었다. 린은 아직도 자신의 새로운 정체성이 낯설었다. 스피어에 관한 기억도 없고 실질적인 애착도 없었다. 스피어인이라는 게 어떤 의미가 있는 것처럼 느껴질 때는 알탄과 함께 있을 때가 유일했다. "스피어에 관한 모든 게 슬프지."

"이게 전부 그 바보 같은 여왕 때문이야." 우네겐이 말했다. "테르자 여왕이 칼로 자결하지만 않았어도 스피어는 멸종하지 않았을 거야."

"테르자 여왕은 칼로 자결하지 않았어." 람사가 말했다. "불에 타 죽었어. 안에서부터 폭발했지. 쾅!" 그는 공중에 대고 손가락을 쫙 펼쳤다.

"그런데 테르자 여왕은 왜 '자살'했지?" 린이 물었다. "나는 그 이야기가 이해가 안 돼."

"내가 듣기로는 테르자 여왕이 붉은 황제를 사랑했대." 바지가 말했다. "붉은 황제가 테르자 여왕의 섬에 갔을 때 여왕이 황제에게 한눈에 반했지. 황제는 마음을 바꿔 스피어가 속국이 되지 않으면 섬을 침공하겠다고 위협했어. 테르자 여왕은 황제의 배신에 몹시 상심해 사원으로 달아나 자결했지."

"사랑 이야기가 아니야." 구석에서 카라가 처음으로 목소리를 높였다. 다들 살짝 놀라 카라를 쳐다보았다.

"그건 니칸이 선전용으로 지어낸 신화야." 카라가 단호하게 말했다. "테르자 여왕 이야기는 한나라 평제의 신화를 바탕으로 꾸며낸 거야. 그런 이야기가 진실보다 전달하기 좋으니까."

"그럼 진실이 뭐야?" 린이 물었다.

"넌 몰라?" 카라가 침울한 눈빛으로 린을 응시했다. "스피어 인이라면 특별히 알아야지."

"분명히는 몰라. 그럼 너는 뭐라고 말할 건데?"

"나는 사랑 이야기가 아니라 신과 인간의 이야기라고 말하겠어." 카라의 목소리가 아주 낮게 잦아들어 다들 이야기를 들으려고 몸을 기울여야 했다. "테르자 여왕은 불새를 소환해 섬을 구할 수도 있었어. 테르자 여왕이 불꽃을 소환했다면 니칸은 절대로 스피어를 병합할 수 없었을 거야. 또 테르자 여왕이 원했다면 붉은 황제의 군대는 감히 스피어에 발을 들이지 못했을 거야. 테르자 여왕은 적어도 천 년 동안은 침략당하지 않을 만큼 힘을 불러올 수 있었어."

카라가 잠시 말을 멈추었다. 그녀는 린에게서 눈을 떼지 않았다.

"그런데?" 린이 물었다.

"그런데 테르자 여왕이 거절했어." 카라가 말했다. "테르자 여왕은 스피어의 독립이 불새가 요구하는 희생을 치를 정도로 중요하지 않다고 말했어. 불새는 테르자 여왕이 스피어의 군주로서 맹세를 깨뜨렸다고 주장했고, 그것 때문에 테르자 여왕에게 벌을 내렸어."

린은 잠시 침묵했다. 이윽고 린이 물었다. "너는 테르자 여왕이 옳았다고 생각해?"

카라는 어깨를 으쓱했다. "나는 테르자 여왕이 현명했다고 생각해. 그리고 통치자로서는 형편이 없었다고 생각해. 샤먼은 신

94

의 힘에 저항해야 할 때를 알아야 해. 그게 지혜야. 그러나 통치자는 나라를 구하기 위해서라면 할 수 있는 모든 일을 해야만 해. 그게 책임이야. 나라의 운명이 제 손에 달렸다면, 백성에 대한 자신의 의무를 인정한다면, 자기 목숨은 더 이상 자신의 것이 아니야. 통치자라는 지위를 받아들였다면 이미 선택을 내린 게 돼. 당시 스피어를 통치한다는 것은 불새를 섬긴다는 의미였어. 스피어는 자긍심이 대단한 부족이었어. 자유로운 사람들이었고. 테르자 여왕이 자결했을 때 이미 스피어인은 황제의 미친 개로 전락한 후였어. 테르자 여왕은 제 손에 스피어의 피를 묻힌 거야. 테르자 여왕은 그럴 수밖에 없었고."

✳

알탄이 군벌 회의를 마치고 돌아왔을 때 사이크 대원들은 대부분 잠들어 있었다. 린은 깜박이는 모닥불을 응시하며 깨어 있었다.

"이봐." 알탄이 린 옆에 앉았다. 그는 연기 냄새를 들이마셨다.

린은 무릎을 끌어안고 고개를 돌려 알탄을 보았다. "군벌들은 뭐라고 해?"

알탄이 웃었다. 쿠달라인에 온 후로 알탄이 웃는 모습을 처음 보았다. "믿을 수 없다고 하지. 너는 어때?"

"당황스러워." 린은 솔직하게 말했다. "그리고 아직도 약 기운이 조금 남았어."

알탄이 뒤로 몸을 기울이고 팔짱을 꼈다. 얼굴에 미소가 사라졌다. "어떻게 된 거야?"

"집중할 수가 없었어." 린이 말했다. '무서웠어. 억눌렸어. 대

장이 하지 말라고 한 모든 것을 했어.'

알탄은 조금 어리둥절해 보였고, 그보다는 약간 실망한 것 같았다.

"미안해." 린이 작은 소리로 말했다.

"아니야, 내 잘못이야." 그의 목소리는 신중하게 중립적이었다. "네가 준비되기도 전에 전투지로 내던졌어. 원래 밤의 성에서는 현장에 투입하기 전에 몇 개월을 훈련해."

린의 기분이 나아지라고 한 말이었지만 린은 부끄럽기만 했다.

"마음을 비울 수가 없었어."

"그러면 하지 마." 알탄이 말했다. "마음을 여는 명상은 원래 수도승을 위한 거였어. 명상은 널 신전으로 데려다주기는 하지만, 신을 여기로 데려올 수는 없어. 64명의 신 모두에게 마음을 열 필요가 없어. 오직 우리의 신만 필요하지. 오직 불만 필요해."

"하지만 지앙 사부는 그러면 위험하다고 했어."

린은 알탄의 얼굴이 초조하게 씰룩거리는 걸 봤다고 생각했지만, 그의 말투는 여전히 신중하고 중립적이었다. "지앙 사부는 두려워서 너를 말리는 거야. 시네가드에서 불새를 소환했을 때도 지앙 사부가 하라는 대로 했어?"

"아니." 린은 인정했다. "하지만…."

"지앙 사부가 하라는 대로 해서 신을 성공적으로 소환한 적이 있어? 지앙 사부가 방법을 가르쳐주기는 했고? 틀림없이 반대였겠지. 지앙 사부는 네가 신을 차단하기를 원했을 거야."

"사부님은 날 보호하려고 했던 거야." 이유는 모르겠지만, 린은 알탄에게 항의했다. 결국, 알탄은 린 자신이 지앙 사부에 관해 절망스럽게 생각했던 점을 정확히 지적했다. 하지만 어쨌든 시네가드 전투를 겪은 후 린은 지앙 사부의 경계심이 이해되기도 했다. "지앙 사부는 내가 그런 결과를 불러올지도 모른다고 경고했던 거야."

"커다란 힘은 언제나 커다란 위험과 얽혀 있어. 위대함과 평범함 사이의 차이는, 위대함은 그 위험을 기꺼이 무릅쓴다는 점이야." 알탄의 표정이 매섭게 일그러졌다. "지앙 사부는 겁쟁이야. 자신이 풀어놓은 힘을 두려워해. 지앙 사부는 자신이 어떤 재능을 가졌는지도 모르는 겁쟁이 도망자야. 네가 어떤 재능을 가졌는지도 모르고."

"그래도 여전히 내 사부님이야." 린은 지앙 사부를 방어하고 싶은 본능적인 충동을 느꼈다.

"지앙 사부는 이제 네 사부가 아니야. 네겐 사부가 없어. 사령관이 있지." 알탄이 린의 어깨에 손을 올렸다. "그 상태로 가는 가장 쉬운 지름길은 분노야. 분노를 쌓아. 분노를 '절대로' 풀어주지 마. 경계심이 아니라 분노가 네게 힘을 줄 거야."

린은 알탄의 말을 믿고 싶었다. 린은 알탄이 지닌 광범위한 힘을 경외했다. 그리고 스스로 허락한다면 린 자신에게도 그런 힘이 생길 것을 알았다.

그러나 여전히 마음 한쪽에서 지앙 사부의 경고가 울렸다.

'다시는 자기 육체를 되찾지 못하게 된 영혼들을 많이 보았다. 영적 세계로 가는 길 중간에 갇혀버린 사람들을 많이 보았다. 그들은 우리 세계와 다음 세계 사이에서 꼼짝도 하지 못했다.'

그게 힘을 얻는 대가였을까? 수니의 마음이 그랬던 것처럼 린의 마음도 산산이 부서지고 말까? 우네겐처럼 과민한 망상에 빠지게 될까?

그러나 알탄의 마음은 부서지지 않았다. 알탄은 사이크 가운데 가장 무모하게 자기 능력을 사용했다. 바지와 수니는 신을 소환하기 위해 환각제가 필요했지만, 알탄은 속삭임 한 번으로 불을 일으켰다. 그는 늘 린도 키우기를 원하는 분노의 상태에 빠진 것처럼 보였다. 그러나 단 한 번도 통제력을 잃지 않았다. 알탄의 냉정한 가면 아래서 무슨 일이 벌어지고 있는지는 몰라도 그는 믿을 수 없을 정도로 정신이 말짱하고 안정적이라는 환상을 주었다.

'출루 코리크에 누가 갇혀 있느냐?'

'비정상적인 죄를 저지른 비정상적인 죄인들요.'

이제 린은 지앙 사부의 그 질문이 무슨 뜻이었는지 알 것 같았다.

린은 자신이 두려워하고 있다는 사실을 인정하고 싶지 않았다. 스스로 통제할 수 없는 상태에 빠질지도 모르는 두려움을, 몸 밖으로 마구 쏟아지는 불을 제대로 제어하지 못할 거라는 두려움을, 불에 잡아먹히는 두려움을, 자신이 점점 더 큰 희생을 요구하는 신의 도관으로 전락할 거라는 두려움을.

"지난번 불을 소환했을 때 멈출 수가 없었어." 린이 말했다. "불새에게 매달려 애원해야 했어. 나는 불새를 소환했을 때 어떻게 통제해야 할지 모르겠어."

"촛불처럼 생각해." 알탄이 말했다. "초는 불을 붙이기가 더 어렵잖아. 하지만 이 일은 끄는 게 훨씬 더 어려워. 주의하지 않으면 자신까지 타버릴 테니까."

알탄의 말은 전혀 도움이 되지 않았다. 린은 촛불을 밝히듯이 해보려고 무수히 '노력'했지만, 아무 일도 일어나지 않았다. 린이 마침내 불을 불러오는 법을 이해하게 되더라도 불을 끌 줄 모른다면 어떻게 될까? "그럼 대장은 어떻게 해? 불을 어떻게 멈춰?"

알탄이 불꽃에서 몸을 떨어뜨렸다.

"나는 멈추지 않아." 그가 말했다.

15

양 군벌과 황소 군벌은 사이크가 1사단과 5사단과 8사단이 단합해 시도한 적도 없는 작전에 성공했다는 사실을 깨닫자마자 곧바로 알탄 편에 섰다. 그들은 사이크의 위업에 자신들도 한몫한 것처럼 보이는 소식을 병영 곳곳에 퍼뜨렸다.

쿠달라인 시민들은 사기진작을 위한 승리의 축하행렬을 벌였고, 병사들에게 전달할 보급품을 모았다. 민간인들이 병영에 음식과 의복을 기증했다. 군벌들이 축하행렬에 나가자 시민들은 과분한 환호를 보냈다.

민간인들은 습지 전투의 승리가 거대한 연합 작전을 통해 이루어졌다고 추측했다. 알탄은 굳이 사실을 바로잡으려 들지 않았다.

"허풍쟁이들." 람사가 불평했다. "저들이 대장의 신용을 훔쳐 갔어."

"내버려둬." 알탄이 말했다. "군벌들과 같이 일할 수 있다면 저 정도 거짓말은 얼마든지 참을 수 있어."

알탄에겐 그날의 승리가 꼭 필요했다. 이전 양귀비 전쟁에서 살아남은 장군들 가운데 알탄 혼자 수십 년 나이 차가 나는 최연소 사령관이었다. 습지 전투 덕분에 알탄은 제국군 안에서 필요했던 신용을 얻었고, 더 중요하게는 군벌들의 신임을 얻었다. 군벌들은 이제 알탄을 생색이 아닌 존경으로 대했고, 작전회의 때 자문을 구했으며, 사이크의 첩보에 진지하게 귀를 기울일 뿐만 아니라 그 첩보에 따라 행동하기도 했다.

단 한 사람, 준 장군만 어떠한 축하의 말도 건네지 않았다.

"너는 습지대에 굶주린 적군 천 명을 보급품도 식량도 없이 버려두었다." 준 장군이 천천히 말했다.

"예." 알탄이 말했다. "잘된 일 아닙니까?"

"바보 같은 자식." 준 장군이 말했다. 그는 집무실 안을 이리저리 돌아다니다가 제자리로 돌아와 알탄의 책상을 양 주먹으로 쾅 하고 내리쳤다. "이 바보야. 네가 무슨 짓을 저질렀는지 알기나 해?"

"승리를 확보했죠." 알탄이 말했다. "당신이 여기서 몇 주일을 보내면서 한 일보다 훨씬 더 큰 일입니다. 적군의 보급선은 다시 긴 활 섬으로 돌아갔습니다. 우린 적어도 2주일간 적의 계획을 뒤로 물렸고요."

"너는 보복을 불러들였다." 준 장군이 잘라 말했다. "적군은 춥고 축축하고 배가 고프다. 해협을 건너올 때 별생각이 없었던 병사도 이제 단단히 화가 났을 것이다. 그들은 분노했고 수치스럽고 무엇보다 보급품이 절실하다. 너는 위험 수위를 높여

놓았어."

"위험 수위는 원래 높았습니다." 알탄이 말했다.

"그랬지. 그리고 너는 거기에 자존심을 끌어왔고. 무겐군 사령관에게 명예가 얼마나 중요한지 아느냐? 우리는 도시 요새화 작업을 위한 시간이 필요한데 너는 적군의 일정표를 두 배로 앞당겼다. 적이 겁을 먹고 꼬리를 말아쥔 채 도망이나 칠 거라 생각했느냐? 이제 그들이 뭘 할지 알고 싶으냐? 적은 우리 때문에라도 반드시 올 것이다."

＊

그러나 무겐군은 백기와 전투 중지 요청을 들고 왔다.

카라의 새가 성문으로 들어오는 무겐 대표단을 발견하자 카라는 린을 보내 알탄에게 소식을 전하게 했다. 린은 전율을 느끼며 준 장군의 보좌관들을 뚫고 양 군벌의 집무실로 들어갔다.

"무겐군 대표단 세 명이 왔습니다." 린이 보고했다. "짐 마차 한 대를 끌고 왔습니다."

"쏴버려." 준 장군이 즉시 말했다.

"백기를 들고 왔습니다." 린이 말했다.

"책략이야. 쏴버려." 준 장군이 되풀이해 말하자 그의 하급 장교들이 동의하며 고개를 끄덕였다.

황소 군벌이 손을 들었다. 거구의 남자로 준 장군보다 머리 두 개는 더 컸고 몸통 둘레는 세 배였다. 그가 선택한 무기는 날이 두 개 달린 전투용 도끼로 린의 몸통만큼이나 컸다. 그는 탁자 위에 도끼를 올려놓고 집착하듯 쓰다듬는 버릇이 있었다. "평화사절단으로 왔을 수도 있잖소?"

"우리 우물에 독을 풀려고 왔거나 우리 중 한 사람을 암살하러 왔을 수도 있겠지." 준 장군이 잘라 말했다. "정말로 우리가 이번 전쟁에서 이토록 쉽게 이겼다고 생각하시오?"

"백기를 들고 왔다잖소." 황소 군벌이 어린아이에게 말하듯 느릿느릿 말했다.

양 군벌은 아무 말도 하지 않았다. 그는 미간이 넓은 눈으로 불안하게 준 장군과 황소 군벌을 번갈아 바라보았다. 린은 언젠가 람사가 한 말이 무슨 뜻이었는지 이해했다. 양 군벌은 지시를 기다리는 어린아이 같았다.

"백기는 그들에게 아무런 의미도 없소." 준 장군이 고집했다. "책략이 분명해요. 양귀비 전쟁을 치르는 동안 그자들이 얼마나 많은 거짓 조약에 서명했는지 아시오?"

"당신이라면 평화를 위해 도박을 하겠소?" 황소 군벌이 맞섰다.

"난 우리 시민들의 목숨을 걸고서라면 어떤 도박도 하지 않겠소."

"당신이 전투 중지에 반대할 입장은 아니지 않아요?" 양 군벌이 나섰다.

준 장군과 황소 군벌이 일제히 그를 노려보자, 양 군벌은 더듬거리며 서둘러 해명했다. "내 말은 이 문제는 저 아이에게 맡겨야 한단 뜻입니다. 습지 전투 승리는 저 애가 한 일이잖습니까? 적군은 지금 저 아이에게 항복하는 겁니다."

모든 시선이 알탄을 향했다.

린은 사단 간의 미묘한 정치 놀음을 목격하고 놀랐다. 양 군벌은 생각보다 더 약삭빨랐다. 그의 제안은 책임을 면하려는 영리한 방법이었다. 만약 협상이 어그러지면 모든 비난은 알탄에게 쏟아질 것이다. 그리고 협상이 잘되면 양 군벌은 여전히 아량을 베풀어 경쟁에서 이긴 셈이 될 것이다.

알탄은 더 나은 판단과 쿠달라인에서 거둔 승리를 전면적으로 확대하고 싶은 열망 사이에서 머뭇거렸다. 린은 알탄의 얼굴에서 분명히 희망을 보았다. 만약 무겐군의 항복이 진짜라면 그는 단독으로 이번 전쟁의 승리를 이끈 주역이 될 것이다. 이 정도 규모의 군사적 승리를 성취해낸 사상 최연소 사령관이 될 것이다.

"쏴버려." 준 장군이 되풀이했다. "평화협상 따위 필요 없어. 이제 양쪽 군사력은 동등해. 부두 공격이 성공한다면 7사단이 도착할 때까지 적군을 무한정 밀어낼 수 있어."

그러나 알탄은 고개를 저었다. "우리가 적의 항복을 거절한다면 이 전쟁은 한쪽이 전멸할 때까지 이어질 겁니다. 쿠달라인은 그렇게 오래 버틸 수 없습니다. 지금 전쟁을 끝낼 기회가 있다면 붙잡아야 합니다."

✳

시내 광장에서 만난 무겐군 대표단은 무기도 없고 갑옷도 입지 않았다. 소매 안에 무기를 감추지 않았음을 확실히 보여주려고 몸에 꼭 맞게 재단한 가벼운 푸른색 제복을 입었다.

높은 계급을 보여주는 줄무늬 제복 차림의 대표단장이 앞으로 걸어 나왔다.

"우리 말을 할 줄 아십니까?" 그는 오래된 니칸 방언으로 시네가드 억양을 서툴게 흉내 내며 말했다.

군벌들이 머뭇거리자 알탄이 나섰다. "내가 할 줄 압니다."

"좋습니다." 대표단장은 무겐어로 대답했다. "그럼 오해 없이 대화를 나눌 수 있겠군요."

난투극이 벌어지지 않는 곳에서 무겐 사람을 제대로 보는 게 처음이었다. 린은 무겐인이 니칸인과 너무 비슷해서 실망스러울 정도였다. 눈의 기울기와 입매가 교과서에서 배운 것과 전혀 닮지 않았다. 머리카락도 네자와 똑같은 칠흑색이었고 피부도 북쪽 지방 사람들처럼 하얀색이었다.

사실 그들은 린과 알탄보다는 시네가드 사람들과 더 비슷해 보였다.

시네가드 언어보다 더 짤막하고 빠른 언어를 쓴다는 점을 제외하면 겉모습은 니칸인과 전혀 구분되지 않았다.

무겐군이 니칸 국민과 이토록 닮았다고 생각하니 린의 마음이 불편해졌다. 적이 얼굴 없는 괴물로 느껴질 때가 더 좋았다. 아니면 머리카락이 연한 색깔인 바다 건너 헤스페리아인처럼 완전히 낯선 모습의 적이 더 나았다.

"조건이 무엇이냐?" 준 장군이 물었다.

"우리 장군께서 항복 조건을 협상하기 위해 만나는 향후 48시간 동안 전투 중지를 요청하셨습니다." 대표단장이 말하며 짐 마차를 가리켰다. "포위가 시작된 후 도시로 향신료를 반입할 수 없게 되었다고 들었습니다. 소금과 설탕을 가져왔습니다. 선의로 받아주십시오." 대표단장이 가장 가까운 궤짝 뚜껑에 손을 올렸다. "열어도 되겠습니까?"

알탄이 허락의 뜻으로 고개를 끄덕였다. 대표단장이 뚜껑을 열자 흰색과 캐러멜색 더미가 오후 햇빛을 받아 반짝였다.

"먹어봐라." 준 장군이 제안했다.

대표단장이 고개를 들었다. "예?"

"설탕 맛을 봐라." 준 장군이 말했다. "우릴 독살하려는 의도가 아님을 증명해 보이란 말이다."

"독살이라니요. 끔찍하게 비효율적인 방식입니다." 대표단장이 말했다.

"그렇더라도."

대표단장이 어깨를 으쓱하더니 준 장군의 말을 따랐다. 설탕을 삼키는 대표단장의 목울대가 출렁거렸다.

"독이 아닙니다." 대표단장이 말했다.

준 장군이 제 손가락을 핥은 다음 설탕 더미에 찔러 넣었다빼서 입에 넣었다. 그는 손가락을 빨아먹고는 다른 재료의 흔적을 감지하지 못해 실망한 표정을 지었다.

"설탕뿐입니다." 대표단장이 말했다.

"좋습니다." 황소 군벌이 말했다. "이것들을 강당으로 가져가라."

"안 됩니다." 알탄이 얼른 말했다. "여기 그대로 놔두십시오. 시내 광장에서 시민들에게 나눠줄 것입니다. 전 가구에 조금씩 배급할 겁니다."

알탄은 냉정한 눈빛으로 황소 군벌을 쳐다보았다. 린은 알탄이 왜 그렇게 말했는지 금세 깨달았다. 보급품을 강당으로 가져간다면 즉시 배급을 둘러싸고 사단 간에 싸움이 벌어질 것이다. 알탄은 시민들에게 배급하기로 결정함으로써 군벌들의 손을 묶어버렸다.

쿠달라인 시민들이 호기심을 품고 서서히 짐 마차 주위로 몰려오기 시작했다. 소금과 설탕은 포위가 시작된 이후 몹시 부족해진 식량이었다. 린은 군벌들이 군사용으로 저 궤짝을 몰수해 간다면 민간인들이 폭동을 일으키지 않을까 생각했다.

황소 군벌이 어깨를 으쓱했다. "뭐, 그러시든지."

알탄은 경계의 눈초리로 광장을 둘러보았다. 현재 모여 있는 제국군 병력 규모를 생각하면 무겐군 대표단 세 명 주위에 수많은 민간인이 몰려왔어도 안전해 보였다. 린은 시민들의 눈빛에서 노골적인 적의를 엿보았고, 제국군이 개입하지 않으면 당장 시민들이 무겐군 대표단을 찢어 죽일 것만 같았다.

"사람들이 없는 실내에서 협상을 계속하시지요." 알탄이 제안했다.

대표단장이 고개를 숙였다. "좋으실 대로."

✳

"료하이 황제께서 쿠달라인의 저항에 깊이 감명받으셨습니다." 대표단장이 말했다. 말의 내용에도 불구하고 그의 말투는 짤막하고 정중했다. "귀국은 잘 싸워왔습니다. 료하이 황제께서는 코훌쩍이 겁쟁이의 나라에서 나머지 국민보다 더 강인함을 입증해 보인 쿠달라인 시민들에게 치하의 말씀을 전하셨습니다."

준 장군이 군벌들에게 무겐어를 통역하자 황소 군벌이 어이없다는 표정으로 눈을 흘겼다.

"항복 부분으로 넘어갑시다." 알탄이 말했다.

대표단장이 한쪽 눈썹을 치켜올렸다. "안타깝게도 료하이 황제께서는 니칸 대륙을 향한 원대한 계획을 포기할 생각이 없으십니다. 대륙을 향한 영토 확장은 우리 무겐연맹국의 영광스러운 신권이니까요. 귀국 정부는 약하고 깨지기도 쉽습니다. 귀국의 기술은 서구에 비해 수백 년이나 뒤처져 있습니다. 귀국의 고립 정책 탓에 나머지 세계가 발전하는 동안 뒤처지고 말았습니다. 귀국의 소멸은 시간문제일 뿐입니다. 그러므로 이 대륙은 다음 세기로 힘차게 나아갈 나라가 차지해야 마땅합니다."

"지금 우리를 모욕하려고 여기 왔나?" 준 장군이 따져 물었다. "이게 현명한 항복 방식인가?"

대표단장이 입술을 비틀어 올렸다. "우리는 항복을 '논의'하고자 여기 왔을 뿐입니다. 료하이 황제께서는 쿠달라인 사람들을 벌줄 마음이 없습니다. 황제는 이들의 전투 정신을 높이 사고 계십니다. 황제는 귀국의 회복력이 우리 무겐연맹국의 속국이 될 가치를 입증했다고 말씀하십니다. 또한, 황제는 쿠달라인 시민이 우리 무겐연맹국 황위의 훌륭한 백성이 될 자격이 있다고 덧붙이셨습니다."

"아." 준 장군이 말했다. "이런 식의 협상을 말했군."

"우리는 이 도시를 파괴하고 싶지 않습니다." 대표단장이 말했다. "쿠달라인은 중요한 항구이자 국제무역의 중심지입니다. 만약 쿠달라인이 무기를 내려놓는다면 료하이 황제 폐하도 이곳을 무겐의 영토로 생각하시고 단 한 명의 남자, 여자, 아이도 건드리지 않을 것입니다. 모든 시민이 사면을 받고 황제의 은혜를 입을 것입니다. 료하이 황제 폐하에게 충성을 맹세하기만 하면 됩니다."

"잠깐." 알탄이 말했다. "지금 우리더러 '당신네'에게 항복하라고 요구하는 겁니까?"

대표단장이 고개를 숙였다. "꽤 관대한 조건입니다. 우리는 쿠달라인이 포위 아래 얼마나 힘들게 버티는지 잘 압니다. 귀국 백성들은 굶주리고 있습니다. 귀국 보급품으로는 몇 달도 더 버티지 못할 것입니다. 우리가 농성을 깨뜨리면 거리에서 공개전을 치를 것이고 그러면 귀국 백성들이 떼죽음을 당할 것입니다. 그런 결과를 피할 수 있습니다. 우리 무겐 함대가 지나가게 해준다면 료하이 황제께서도 보상을 내릴 것입니다. 모두 살아남게 은혜를 베풀 것입니다."

"어처구니가 없군." 준 장군이 중얼거렸다. "참으로 어처구니가 없어."

알탄이 앞쪽으로 팔짱을 꼈다. "지금 함대를 돌려 당장 해안에서 떠난다면 '당신네가' 살아남을 수 있게 해주겠다고 당신네 장군들에게 전하시오."

대표단장은 느긋한 호기심을 담고 알탄을 바라보았다. "당신이 그 습지 전투를 이끈 스피어인이로군요."

"그렇소." 알탄이 대답했다. "그리고 내가 바로 당신네 항복을 받아줄 사람입니다."

대표단장의 입꼬리가 위로 올라갔다. "하지만 당연하게도." 그는 부드럽게 말했다. "애송이만이 피 한 방울 흘리지 않고 재빨리 전쟁을 끝낼 수 있다고 생각하겠지요."

"이 아이는 우리 모두를 대표해서 말하고 있다." 준 장군이 냉혹한 목소리로 끼어들었다. 준 장군은 니칸어로 말했다. "료하이 황제한테 쿠달라인은 절대 긴 활 섬을 향해 고개를 숙이지 않는다고 전해라."

"그렇다면." 대표단장이 말했다. "쿠달라인에 남은 모든 남자와 여자와 아이가 죽을 것입니다."

"함대를 홀라당 태워먹은 자가 말하기엔 너무 심한 허풍이군."

준 장군이 코웃음을 쳤다.

대표단장이 딱딱하고 감정 없는 니칸어로 말했다. "습지 전투의 패배로 우리는 겨우 몇 주일 지체했을 뿐입니다. 하지만 우리는 이 전쟁을 20년 동안 준비했습니다. 우리 사관학교는 당신네 애처로운 시네가드 학당보다 훨씬 우월합니다. 당신네가 고립에 빠져 20년을 보내는 동안 우리는 서양의 군사기술을 공부했으니까요. 니칸 제국은 과거에 속해 있습니다. 우리는 당신네를 땅속 깊이까지 파괴할 것입니다."

황소 군벌이 도끼를 향해 손을 뻗었다. "당장 네놈 머리를 잘라주마."

대표단장은 미동도 없이 태연했다. "원한다면 나를 죽이십시오. 긴 활 섬에서 우리는 목숨이 아무 의미가 없다고 배웠습니다. 나는 수백만 집단 가운데 하나에 불과합니다. 나는 죽어도 다시 살아나 료하이 황제를 섬길 것입니다. 그러나 신의 황위에 머리를 조아리지 않는 당신네 이단자들은 죽음이 곧 끝일 테지요."

알탄이 일어섰다. 그의 얼굴이 분노로 하얗게 질렸다. "너희는 좁은 띠 모양 땅에 갇혔다. 수적으로도 열세. 보급품도 우리에게 뺏겼다. 배도 타버렸다. 군수품도 가라앉았다. 너희 병사들은 스피어인의 분노를 만나 전부 타버렸다."

"아, 스피어인은 어렵지 않게 죽일 수 있습니다." 대표단장이 말했다. "우리는 한 차례 성공한 적도 있고요. 다시 할 것입니다."

방문이 벌컥 열렸다. 람사가 눈을 부릅뜨고 뛰어들어 왔다.

"초석이야!" 람사가 소리쳤다. "소금이 아니라 '초석'이라고."

방 안이 침묵에 빠졌다.

군벌들은 무슨 말인지 이해가 안 된다는 표정으로 람사를 보았다. 알탄의 입이 혼란으로 벌어졌다.

그때 대표단장이 곧 죽을 것을 아는 자답게 고개를 뒤로 젖히고 체념의 웃음을 터뜨렸다.

"잊지 마시오." 그가 말했다. "당신네는 쿠달라인을 구할 수도 있었소."

린과 알탄이 동시에 일어났다.

린이 검을 향해 손을 뻗자마자 폭발이 벼락처럼 공기를 갈랐다.

✳

린은 분명 알탄 뒤에 서 있었는데, 순간 어떤 소리도 들리지 않을 정도로 귀가 광포하게 울리며 어지럽더니 어느새 바닥에 쓰러져 있었다.

얼굴에 손을 올리자 피가 묻어났다.

귀가 안 들리는 대신 보상이라도 해주는 듯이 시야가 지나치게 밝아지더니 눈앞이 그림자 인형극 막에 비친 모습처럼 보였다. 어떤 것은 너무 빠르고 어떤 것은 너무 느려서 이해할 수가 없었다. 약에 취해 열에 들뜬 꿈을 꾸는 것처럼 움직임이 감지되었지만, 꿈은 아니었다. 린의 감각에 무슨 일이 일어났는지 지각에 순응하지 않았다.

집무실 벽이 흔들리더니 옆으로 쓰러지는 것을 보고 건물이 벽과 함께 그 안의 사람들을 데리고 한꺼번에 무너질 거라고 확신했다.

람사가 알탄에게 뛰어들어 바닥에 함께 쓰러지는 것을 보았다.

알탄이 비틀거리며 일어나 삼지창을 향해 손을 뻗는 것을 보았다.

황소 군벌이 공중에 도끼를 휘두르는 것을 보았다.

알탄이 "안 돼, 안 돼!"라고 소리쳤지만, 황소 군벌이 무겐군 대표단장의 목을 베어버리는 것을 보았다.

대표단장의 머리가 문간까지 굴러가다가 멈추었다. 번들거리는 눈을 뜬 채였다. 린은 그 머리가 웃는 걸 봤다고 생각했다.

강력한 팔이 린의 어깨를 붙잡고 일으켜 세웠다. 알탄이 린의 몸을 돌려 얼굴을 보았고, 부상을 확인하려는 듯 몸 곳곳을 마구 살펴보았다.

알탄의 입이 움직였지만 아무 소리도 들리지 않았다. 린은 미친 듯이 고개를 저으며 자기 귀를 가리켰다.

알탄이 입 모양으로 말했다. "괜찮아?"

린은 자기 몸을 살펴보았다. 어쨌든 팔다리 모두 움직였고, 머리에서 피가 흘렀지만, 통증은 없었다. 린은 고개를 끄덕였다.

알탄이 린을 놓아주고 람사 앞에 무릎을 꿇었다. 람사는 창백한 얼굴로 덜덜 떨면서 몸을 둥글게 말고 누워 있었다.

방 건너편에서 준 장군과 양 군벌이 몸을 일으켰다. 둘 다 다치지 않았다. 폭발과 함께 몸이 날아갔지만, 부상은 없었다. 군벌들의 주둔지역은 시내 광장에서 멀리 떨어져 있어서 폭발의 진동만 전해졌다.

람사도 괜찮아 보였다. 눈알이 번들거리고, 알탄이 일으켜 세웠을 때 휘청거렸지만, 고개를 끄덕이거나 말을 했고 다친 데도 없어 보였다.

린은 안도의 한숨을 내쉬었다.

다들 괜찮았다. 폭발의 영향은 없었다. 전부 무사했다.

그리고 잠시 후 린은 민간인들을 떠올렸다.

∗

귀가 들리지 않는데 다른 감각이 증폭되는 게 얼마나 이상한지.

쿠달라인은 시네가드의 겨울 초입 같았다. 린은 눈을 갸름하게 떠보았다. 처음에는 시력이 흐릿해졌다고 생각했다. 그러다가 곧 미세한 화약 가루가 공중에 떠돌고 있음을 깨달았다. 안개와 눈송이가 기묘하게 결합한 것처럼, 피가 섞인 순수의 담요처럼 화약 가루가 폭발이 미친 전 범위를 흐릿하게 가렸다.

광장은 푹 꺼졌고, 상점과 주거지는 무너졌으며, 파편이 폭발 지점에서 방사선 모양으로 기이한 대칭을 이루며 흩어졌다. 모든 게 거인의 발자국 안에 서 있는 것만 같았다.

폭발 지점에서 멀리 떨어진 건물들은 무너지지는 않지만, 지붕이 날아가거나 기괴한 각도로 기울거나 벽 전체가 무너졌다. 건물 내부가 드러나면서 사적인 방과 화장실이 겉으로 보이자 이상하게 변태적인 친밀함이 느껴졌다.

사람들이 날아가 건물 벽에 부딪혔다. 곤충채집을 당한 나비가 핀에 꽂힌 것처럼 무시무시한 모습으로 벽에 꽂혀 있었다. 폭발의 압력이 옷을 찢어버리는 바람에 기괴한 인체 전시처럼 사람들이 나체로 매달려 있었다.

석탄과 피와 불타버린 살에서 풍기는 악취가 너무 지독해 린은 혀로 그 맛을 느낄 수 있을 정도였다. 설탕이 타고 난 다음 구역질 나게 달콤한 저류가 떠도는 게 더 기분 나빴다.

린은 거기 얼마나 오래 서서 보고 있었는지 알 수 없었다. 들

것을 들고 급히 달려가는 한 쌍의 병사들이 밀쳤을 때에야 화들짝 놀라 자신에게도 할 일이 있다는 사실을 상기하고 움직였다.

'생존자를 찾아라. 생존자를 도와라.'

린은 거리를 지나갔지만, 청력과 함께 균형감각이 완전히 사라진 모양이었다. 똑바로 걸으려고 해도 좌우로 비틀거렸고 술에 취한 사람처럼 집기에 매달려 겨우 길을 지나갔다.

왼쪽에 병사들이 잡석 더미에서 어린아이 두 명을 끌어내는 게 보였다. 아이들이 살아 있다고는 믿을 수가 없었다. 폭발 지점에서 이렇게 가까운 곳에서는 불가능했다. 그러나 병사들이 파편 속에서 끌어올린 어린 소년은 움직이고 있었다. 울부짖고 몸부림쳤지만, 어쨌든 움직였다. 소년의 누이는 그렇게 운이 좋지 않았다. 소년의 다리는 집 토대에 눌려 엉망이 되었다. 아이는 하얗게 질린 얼굴로 병사의 품에 매달렸지만, 너무 고통스러워서 울지도 못했다.

"도와줘요! 도와주세요!"

린의 귀를 뚫고 작은 목소리가 들려왔다. 넓은 들판 너머에서 누가 고함치는 것처럼 들렸지만, 그게 린이 들을 수 있는 유일한 소리였다.

고개를 들어보니 한 남자가 무너지고 남은 벽에 한 손으로 절박하게 매달려 있었다.

건물 바닥이 폭발로 무너져 남자의 발밑은 까마득한 허공이었다. 건물은 5층짜리 여관이었다. 벽 한쪽이 통째 허물어져서 언젠가 시장에서 본 적 있는, 열면 안쪽이 고스란히 보이는 도자기 인형의 집처럼 보였다.

건물 바닥이 전부 무너진 쪽을 향해 기울었다. 여관의 가구와

거주자들은 이미 미끄러져 내려 아래쪽에 부서진 의자와 시체가 기괴한 모양으로 쌓여 있었다.

사람들이 여관 아래 모여 남자를 쳐다보았다.

"도와줘요." 그가 신음했다. "누가, 나 좀⋯."

린은 남자가 이 세상에서 유일하게 중요한 존재인 것처럼, 구경꾼이 되어 연극을 보는 기분이었다. 하지만 뭘 할 수 있을지 생각이 나지 않았다. 건물은 폭발했고, 곧 무너질 것처럼 보였으며, 남자는 주변 건물 지붕에 올라가 구해주기엔 너무 높이 매달려 있었다.

린이 할 수 있는 일이라곤 입을 살짝 벌리고 서서 남자가 헛되이 몸을 추슬러 올리려고 애쓰는 모양을 지켜보는 것뿐이었다.

순간 린은 자신이 완전히 쓸모없다고 느꼈다. 불새를 소환할 능력이 있더라도 지금 불을 소환해봐야 남자를 죽음에서 구할 수는 없었다.

사이크 전원이 아는 거라곤 파괴뿐이었다. 그토록 강력한 힘을 가졌어도, 신을 소환할 수 있어도, 그들은 사람을 지킬 수 없었다. 시간을 되돌릴 수 없었다. 죽은 자를 되살릴 수도 없었다.

그들은 습지 전투에서 이겼지만, 결과를 감당해야 할 때는 무기력하기만 했다.

알탄이 뭐라고 소리를 질렀다. 병사 몇 명이 광장 쪽으로 뛰어가는 것을 보면 남자가 떨어질 때 받아낼 이불을 가져오라고 명령한 것 같았다.

그러나 병사들이 거리 끝에 도착하기도 전에 여관 건물이 위태롭게 기울었다. 건물이 그대로 지면까지 무너지면서 남자를 깔아뭉갤 것처럼 보였지만, 나무판자만 아래로 기울고 아슬아슬한 상태로 멈추었다.

남자는 이제 4층 높이에 있었다. 그는 잡기 편한 곳을 확보하려고 반대편 손을 지붕으로 뻗었다. 어쩌면 지면에 더 가까워진 덕분에 대담해졌을지도 몰랐다. 순간 린은 그가 해낼 거라고 생각했다. 그러나 남자의 손이 깨진 유리로 미끄러지면서 뒤로 움찔 물러났고, 그 반동으로 지붕에서 완전히 떨어졌다.

남자는 한순간 공중에 매달린 것처럼 보이다가 추락했다.

군중들이 뒤로 물러났다.

린은 얼른 몸을 돌렸다. 남자의 몸이 바닥에 부딪히는 소리를 들을 수 없어서 고마울 지경이었다.

✳

도시는 긴장된 침묵에 빠졌다.

지상공격을 예견하고 전 병사가 쿠달라인 방어선에 배치되었다. 린은 몇 시간 동안 주위를 살피며 바깥 성벽의 담당 구역을 지켰다. 만약 무겐군이 성벽을 부수고 들어오려고 한다면 확실히 지금일 것이다.

그러나 날이 저물어도 공격의 기미는 보이지 않았다.

"적이 두려워할 리가 없는데." 린은 중얼거리다가 흠칫 놀랐다. 마침내 청력이 돌아왔다. 비록 고주파 이명이 끊임없이 들려오기는 했지만.

람사가 고개를 저었다. "적은 장기전을 준비하고 있어. 우리를 약화하려고 하는 거야. 우릴 두려움에 빠뜨리고, 굶주리고 피곤하게 하고 있어."

결국, 방어선이 해제되었다. 만약 무겐군이 자정에 침공을 시작한다면 경보체계를 작동해 병력을 다시 성벽으로 되돌려놓기로 했다. 그사이 더 급하게 처리할 일이 있었다.

불과 몇 시간 전에 이 거리에서 민간인들이 무겐군의 항복을 축하하며 춤을 추었다는 사실이 잔혹한 모순으로 느껴졌다. 쿠달라인은 이 전쟁의 승리를 기대했다. 모든 상황이 평소대로 돌아갈 거라 생각했다.

그러나 쿠달라인은 회복력이 있었다. 이곳은 두 번의 양귀비 전쟁에서 살아남은 도시였다. 쿠달라인은 재난을 다루는 법을 알았다.

민간인들은 조용히 사랑하는 이들을 찾아 잔해를 뒤졌고, 여러 시간이 지나 결국 죽은 채로 발견되자 장례용 관대를 짓고, 거기에 불을 붙여 바다에 떠내려 보냈다. 사람들은 슬픈 와중에도 효율적으로 일했다.

세 사단의 의료부대가 연합해 시내 한가운데에 선별진료소를 설치했다. 곧 여기저기서 민간인들이 절단당한 팔다리에, 발목과 손목이 뭉개지고 뭉툭한 끝만 남은 데다 임시변통 지혈대를 어설프게 묶고 진료소를 찾아왔다.

린은 엔로 사부에게 1년간 현장 의료를 배웠기 때문에 피를 흘리며 줄을 서서 처치를 기다리는 사람들에게 엔키와 함께 새로 지혈대를 묶어주는 작업에 배치되었다. 첫 번째 환자는 린보다 나이가 더 많아 보이지도 않는 젊은 여자였다. 여자는 낡은 치마로 보이는 천으로 감싼 팔을 내밀었다.

린은 피에 흠뻑 젖은 천을 열어보고 저도 모르게 헉 소리를 냈다. 팔꿈치까지 뼈가 다 보일 지경이었다. 그쪽 손 전체를 치료해야 했다.

린이 상처를 살피는 동안 여자는 반들거리는 눈으로 참을성 있게 기다렸다. 이미 오래전에 새롭게 장애를 입게 되었음을 알고 체념한 사람 같았다.

린은 끓는 물 냄비에서 아마천 띠 하나를 꺼내 팔 윗부분을 처매고 반대쪽 끝은 막대를 두른 채 매듭을 지어 단단히 묶었다. 여자는 고통으로 신음했지만 이를 악물고 앞을 똑바로 노려보았다.

"저쪽에서 아마 손을 잘라낼 거예요. 이렇게 묶어놓아야 지혈이 돼요. 절단하기도 더 쉬워지고요." 린은 매듭을 꼭 조이고 뒤로 물러났다. "미안해요."

"진작 떠났어야 했어요." 여자가 말했다. 여자가 린에게 말하는 것인지 확실하지 않았다. "함대가 해안에 도착했을 때 곧바로 떠났어야 했어요."

"왜 떠나지 않았어요?" 린이 물었다.

여자가 린을 쏘아보았다. 그 눈은 비난하듯 깊이 패어 있었다. "갈 곳이 있었을 것 같아요?"

린은 땅바닥만 내려다보며 다음 환자 쪽으로 옮겨 갔다.

16

몇 시간 후 린은 선별진료소를 떠나도 좋다는 허락을 받았다. 잠이 부족해 퀭한 눈과 어질어질한 머리를 하고 사이크 구역으로 비칠비칠 돌아갔다. 일단 알탄에게 보고한 다음 침대에 쓰러져 누가 당직을 서라고 불러낼 때까지 그대로 잠을 잘 생각이었다.

"드디어 엔키의 손아귀에서 벗어났구나?"

어깨너머로 돌아보았다.

우네겐과 바지가 순찰을 나갔다가 모퉁이를 돌아오는 중이었다. 두 사람은 으스스하게 빈 거리를 걷고 있던 린에게 합류했다. 군벌들은 도시에 계엄령을 선포했고 현재 민간인들은 엄격한 야간통행금지령이 내려져서 제국군의 허가 없이 자기 구역을 벗어나 돌아다닐 수가 없었다.

"6시간 만에 돌아가는 거야." 린이 말했다. "여러분은?"

"더 재미난 일이 생길 때까지 무한 순찰 중이지." 우네겐이 말했다. "엔키가 사상자 수를 집계했어?"

"6백 명이 죽었어." 린이 말했다. "부상자는 1천 명. 사단 병사가 50명, 나머지는 전부 민간인."

"망할." 우네겐이 중얼거렸다.

"그러게." 린은 생기 없이 대꾸했다.

"군벌들이 수수방관하고 있어." 바지가 불평했다. "그놈의 폭탄 때문에 잔뜩 겁을 먹고 어쩔 줄을 모르지. 쓸모없는 인간들. 그자들 눈에는 안 보이나? 우린 가만히 앉아 공격을 받아들일 수는 없어. 반격해야 한다고."

"반격?" 린이 되물었다. 린에겐 바지의 생각이 성의 없고, 불손하고, 무의미하게 들렸다. 그저 몸을 둥글게 웅크리고 손바닥으로 귀를 막고 아무 일도 없는 척하고 싶었다. 이 전쟁을 다른 사람에게 맡기고 싶었다.

"우리가 뭘 해야 하지?" 우네겐이 물었다. "군벌들은 공격에 나서지 않고, 우린 들판에서 살육당할 거야."

"7사단이 올 때까지 마냥 기다릴 수는 없어. 몇 주일이 걸릴지 몰라."

일행이 본부에 가까이 다가가는데 알탄의 집무실에서 카라가 막 걸어 나오는 게 보였다. 조심스럽게 문을 닫던 카라가 일행을 알아보고 얼굴이 굳었다.

바지와 우네겐도 걸음을 멈추었다. 갑자기 드리운 침묵 속에서 린은 자신을 제외한 모두가 아는 어떤 일이 있음을 알아챘다.

"또 그런 거지, 어?" 우네겐이 말했다.

"더 나빠." 카라가 말했다.

"무슨 일이야?" 린이 물었다. "알탄은 안에 있어?"

카라가 경계의 눈초리로 린을 보았다. 카라에게서 진한 연기 냄새가 풍겼다. 카라의 표정은 읽을 수가 없었다. 린은 카라의 뺨에서 눈물 자국이 반짝이는 걸 얼핏 본 것 같았다. 아니면 그저 등불의 장난일 수도 있었다.

"알탄은 몸이 안 좋아." 카라가 말했다.

✳

무겐군의 보복은 폭탄으로 끝나지 않았다.

시내 폭발 이틀 후 무겐군은 니칸어에 능통한 요원을 쿠달라인 남쪽의 어촌 마을 자베이로 보내 굶주린 어부들과 협상을 진행했다. 무겐군은 어부들이 마을에 돌아다니는 모든 고양이와 개를 모아준다면 부두에서 무겐군 배를 당장 빼겠다고 제안했다.

굶주린 민간인만이 무겐군의 기이한 주문에 따랐을 것이다. 자베이의 어부들은 절박했기에 묻지도 따지지도 않고 찾을 수 있는 모든 떠돌이 동물을 찾아 무겐군에게 건넸다.

무겐군은 동물 꼬리에 불쏘시개를 묶고 거기에 불을 붙인 다음 자베이 전역에 풀어놓았다.

이후 일어난 화재가 사흘 내리 자베이를 태웠고, 비가 내려서야 겨우 불이 꺼졌다. 연기마저 걷혔을 때 자베이에는 잿더미 말고는 아무것도 남지 않았다.

하룻밤 사이 수천 민간인이 집을 잃었고, 쿠달라인의 피난민 문제가 손을 쓸 수 없는 지경에 도달했다. 자베이 주민들은 남녀노소를 막론하고 아직 무겐군이 점령하지 않은 쿠달라인 시내로 모여들었다. 위생이 허술하고 깨끗한 물도 부족하고 콜레라까지 발발하면서 안 그래도 점점 좁아지는 민간인 구역은 지옥이 되어버렸다.

대중들의 울분이 제국군을 향했다. 1사단, 5사단, 8사단은 계엄령을 유지하고자 했지만, 공개적인 반항과 폭동이 늘어났다.

절박하게 희생양이 필요했던 군벌들은 운이 크게 뒤집힌 것을 모두 알탄 탓으로 돌렸다. 시내 폭발사건이 사령관으로서 알탄의 신용을 크게 부숴버렸다. 알탄은 첫 번째 전투에서 승리했지만, 승리의 영광은 곧바로 비극적인 패배로 돌변했고, 이는 생각 없이 행동한 결과의 본보기가 되어버렸다.

마침내 알탄이 자기 집무실 밖으로 나왔을 때, 그는 이번 일을 대수롭지 않게 여기는 것처럼 보였다. 누구도 그의 부재를 언급하지 않았다. 사이크는 단체로 아무 일도 없었던 양 굴었다. 알탄은 불안의 징후를 전혀 보이지 않았고, 오히려 들뜬 사람처럼 행동했다.

"우린 출발점으로 돌아왔어." 그는 빠른 걸음으로 방 안을 오락가락했다. "괜찮아. 다시 싸우면 돼. 다음에는 철저하게 할 거야. 다음엔 우리가 이겨."

알탄은 사이크가 실행할 수 있는 정도를 훌쩍 뛰어넘는 작전들을 계획했다. 그러나 사이크는 군인이 아닌 암살자들이었다. 습지 전투는 그들에게 전례 없는 협업으로 일군 성취였다. 그들은 전 대대가 아닌 핵심 인사만 골라 제거하게 훈련을 받았다. 그러나 암살은 전쟁 승리에 크게 도움이 되지 않았다. 무겐군은 머리만 잘라내면 무찌를 수 있는 뱀과 달랐다. 한 병영의 장군이 죽으면 대령이 곧바로 그 자리에 진급했다. 사이크가 평소처럼 차례차례 암살을 수행한다면 매우 느리고 비효율적인 전투 방식이 될 것이다.

그래서 알탄은 사이크를 유격대로 활용했다. 그들은 보급품을 훔치고, 치고 빠지는 공격을 수행했고, 적의 병영에 가능한 많은 분란을 일으켰다.

"여기 교차로 전체를 봉쇄하고 싶어." 알탄이 지도에 커다란 원을 그리며 말했다. "모래주머니. 철조망. 이후 24시간 안에 모든 진입 지점을 최소화해야 해. 이 창고도 되찾고 싶어."

"우린 못 해." 바지가 불편한 기색으로 말했다.

"왜지?" 알탄이 딱 잘라 물었다. 그의 목에 핏줄이 불거지고 눈자위에 검은 그림자가 드리웠다. 알탄은 며칠 동안 잠을 제대로 못 잔 모양이었다.

"대장이 그린 원 안에 천 명이 있기 때문이지. 불가능해."

알탄이 지도를 살폈다. "보통 병사들은 그럴 수 있지. 하지만 우리에겐 '신들'이 있어. 적군은 탁 트인 벌판에서도 우릴 이길 수 없어."

"천 명이면 이길 수 있어." 바지가 끽 소리가 나게 의자를 뒤로 밀어내며 일어섰다. "네 자신감은 감동이지만, 알탄, 이건 자살행위야."

"그렇지 않…."

"우리에겐 단 여덟 명의 병사뿐이야. 카라와 우네겐은 며칠째 못 잤고 수니는 돌산에서 험한 길을 오고 있어. 람사는 그날 폭발 이후 아직 정신을 못 차리고 있지. 혹시 차간이 돌아온다면 어찌어찌 해볼 수 있을지 몰라도, 내 생각엔 대장이 차간을 더 중요한 임무에 보냈겠지."

알탄의 손에서 붓대가 툭 부러졌다. "지금 나에게 반기를 드는 건가?"

"너의 망상을 지적할 뿐이야." 바지가 의자를 옆으로 밀치고 등에 쇠스랑을 둘러멨다. "넌 좋은 사령관이야, 알탄. 그리고 나는 요청받은 위험을 감수할 거고. 하지만 이해가 되는 명령만 복종할 거야. 이건 전혀 이해되지 않아."

바지가 집무실 밖으로 나가버렸다.

지금껏 사이크가 실행해온 작전에는 운명적이고 절박한 분위기가 있었다. 그동안 그들이 설치한 모든 폭탄과 불을 지른 모든 병영도 그저 무겐군의 짜증을 돋우는 데 그쳤던 게 아닐까, 린은 생각했다. 카라와 우네겐은 귀한 정보를 전해주었지만, 5사단은 그 첩보에 맞춰 행동에 나서지 않았다. 그리고 수니와 바지와 람사가 협력해 일으킨 모든 분란은 해안에 점점 많은 배가 정박해 적군을 내려놓아 점점 커지는 병영 규모에 비교하면 양동이에 물 한 방울 첨가하는 정도에 불과했다.

사이크는 한계에 달했다. 특히 린이 그랬다. 린은 작전을 수행하지 않는 시간은 늘 순찰을 돌았다. 그리고 비번인 시간에는 알탄과 훈련을 했다.

그러나 알탄과의 훈련도 정체 상태였다. 린의 검 솜씨는 빠르게 발전했고 알탄이 린을 무장해제하는 것과 비슷하게 린도 알탄을 무장해제 할 수 있게 되었지만, 불새를 소환하는 일은 습지 전투 때와 비교해 조금도 나아지지 않았다.

"이해가 안 돼." 알탄이 말했다. "전에도 해봤잖아. 시네가드에서 말이야. 지금은 왜 안 되는 거지?"

린은 문제가 무엇인지 알고 있었지만 인정할 수가 없었다.

그녀는 두려워하고 있었다.

그 힘이 자신을 집어삼킬까 봐 두려웠다. 지앙 사부가 그랬던 것처럼 허공에 구멍을 뚫을까 봐 겁이 났고, 스스로 불러낸 그 힘 속으로 자신이 사라져버릴까 봐 두려웠다. 알탄이 아무리 말해도 린은 지앙 사부가 2년간 가르쳐준 것들을 무시할 수만은 없었다.

게다가 린의 두려움을 감지라도 한 것처럼 명상할 때마다 그 스피어 여인이 점점 생생하게 나타났다. 이전에는 볼 수 없었던 세세한 모습이 보였다. 여인의 살갗에는 찢어졌다가 다시 붙인 것처럼 틈새가 보였고, 조각과 조각이 만나는 자리에 화상 흉터가 있었다.

"굴복하지 마라." 여인이 말했다. "너는 무척 용감했지만⋯ 그 힘에 저항하려면 더 큰 용기가 필요하다. 그 소년은 할 수 없었고 너도 굴복 직전에 와 있다⋯. 그러나 그건 전부 신이 원하는 것, 정확히 계획한 것이다."

"신은 아무것도 원하지 않아요." 린이 말했다. "신은 그저 힘에 불과해요. 이용할 수 있는 힘 말이에요. 자연에 존재하는 힘을 이용하는데 어떻게 잘못될 수 있죠?"

"이 신은 그렇지 않아." 여인이 말했다. "이 신의 본성은 파괴란다. 이 신의 본성은 탐욕이고, 어떤 것을 소모해도 만족하지 못할 것이다. 조심해라⋯."

스피어 여인의 안쪽에서 조명을 밝힌 것처럼 피부 틈새로 빛이 흘러나왔다. 여인의 얼굴이 고통으로 일그러지더니, 이윽고 허공의 공간을 부수며 사라졌다.

＊

시내 폭발로 민간인 희생이 훨씬 더 커지자 도시는 극도로 의심이 넘치는 분위기에 젖어들었다. 초석 폭발 2주일 만에 니칸 농부 여섯 명이 무겐군을 위한 첩보 활동을 했다는 이유로 준 장군의 병사들에게 처형당했다. 아마 귀중한 정보 몇 개를 알려주면 포위당한 도시 밖으로 무사히 빠져나갈 수 있게 해주겠다는 약조를 받았을 것이다. 아니면 그저 먹고살기 위해서 첩보 활동에 나섰을지도 모른다. 어느 쪽이었든지, 준 장군이 농부들을 공개처형하고 참수당한 머리를 장대에 걸어 바깥 성벽 높은 곳에 나란히 매달아 전시해두었을 때, 수천 명의 주민이 기쁨과 역겨움이 혼합된 감정을 품고 그 모습을 지켜보았다.

민간인들이 서로를 의심하며 가한 처벌은 제국군이 강요할 수 있는 정도보다 더 심하고 잔혹해졌다. 무겐군이 도시 중앙의 수원지에 독을 풀 계획이라는 소문이 돌자 완장을 찬 남자들이 곤봉을 들고 거리를 돌아다니며 마구잡이로 사람들을 붙잡고 수색했다. 가루 물질을 소지한 사람은 심하게 두들겨 맞았다. 결국, 사단 병사들이 개입해 의원에 약초를 배달하는 상인들이 자경단에게 심하게 얻어맞지 않도록 보호해주어야 했다.

✳

몇 주가 흐르자 알탄의 어깨는 굽고 얼굴에는 주름이 생기고 초췌해졌다. 눈자위의 검은 그림자는 가실 틈이 없었다. 거의 자지 않았고, 일행 중 가장 늦게까지 일했으며, 가장 일찍 일어났다. 아주 짧고 초조한 이동 시간에나 잠깐 쉬었다.

수없이 많은 시간을 미친 듯이 성벽 요새를 걸으며 혹시 무겐군이 움직이는 징후가 있는지 수평선을 살펴보며 보냈다. 마치 다음 공격이 일어나면 혼자서 무겐군 전체를 상대할 수 있다는 듯이 굴었다.

한번은 린이 정보를 보고하려고 알탄의 집무실에 들어갔다가 그가 책상에 엎드려 잠든 것을 보았다. 몇 시간 동안 심사숙고한 전쟁 계획안에 눌린 뺨엔 먹물이 묻었고 책상 나무 표면에 어깨가 닿아 있었다. 자는 동안에는 평소 얼굴에 패인 긴장의 주름이 사라져 적어도 다섯 살은 어려 보였다.

린은 늘 알탄이 실제로 얼마나 어린지를 잊었다.

그는 무척 취약해 보였다.

연기 냄새가 났다.

어쩔 수 없이 손을 뻗어 알탄의 어깨를 흔들었다.

그는 즉시 일어났다. 본능적으로 한 손을 허리춤의 단검을 향해 뻗고, 다른 손을 앞으로 내밀어 불꽃을 일으켰다. 린은 재빨리 뒤로 물러났다.

알탄은 공포에 질린 숨을 몇 차례 들이켜고 린을 보았다.

"나야." 린이 말했다.

그의 가슴팍이 오르내리다가 이내 숨결이 잦아들었다. 린은 알탄의 눈에서 공포를 엿보았다고 생각했지만, 그는 마른침을 삼키고 얼굴에 태연한 가면을 썼다.

그의 동공이 이상하게 수축해 있었다.

"모르겠다." 한참 후에 알탄이 말했다. "내가 도대체 뭘 하는지 모르겠어."

'아무도 몰라.' 린은 이렇게 말하고 싶었지만, 신호용 종소리가 크게 울렸다.

누군가가 성문 앞에 나타났다는 뜻이었다.

＊

두 사람이 계단을 올라가자 카라가 벌써 서쪽 성벽 위에 보초를 서고 있었다.

"그들이 도착했어." 알탄이 묻기도 전에 카라가 간략하게 말했다.

린이 성벽 너머로 몸을 숙이고 바라보자 성문을 향해 천천히 올라오는 군대가 보였다. 2천 명 규모의 병력이었다. 순간 바짝 긴장했지만, 다시 보니 다들 니칸군의 갑옷을 입고 있었다. 대열 맨 앞에 열두 군벌의 문장 위에 붉은 황제의 상징이 그려진 니칸의 깃발이 휘날렸다.

증원군이었다.

린은 솟구치는 희망을 억눌렀다. 그럴 리가 없었다.

"함정일지도 몰라." 알탄이 말했다.

그러나 린은 깃발 너머 대열에서 한 얼굴을 보았다. 새하얀 피부에 사랑스러운 아몬드 모양 눈이 돋보이는 아름다운 소년이 척추가 부러진 적이 없었던 사람처럼 두 다리로 걷고 있었다. 소년은 무겐 장군의 미늘창에 찔려본 적이 없는 사람처럼 걸었다.

린의 시선을 감지하기라도 한 듯 네자가 위를 쳐다보았다.

달빛 아래 두 사람의 시선이 만났다. 린의 가슴이 뛰었다.

드디어 용의 군벌이 부름에 응답했다. 7사단이 도착했다.

"함정이 아니야." 린이 말했다.

제 5 부

17

"정말로 다 나은 거야?"

"거의." 네자가 말했다. "걸을 수 있게 되자 곧바로 다음 배에 태워줬어."

7사단은 3천 명의 신병과 절실했던 보급품(붕대, 약품, 쌀자루, 향신료 등)을 실은 짐 마차를 보냈다. 몇 주 동안 쿠달라인에서 일어난 일 중 가장 반가운 일이었다.

"석 달 만이네." 린은 경이로웠다. "키테이는 네가 다시는 걸을 수 없을 거라고 했거든."

"과장한 거야." 네자가 말했다. "운이 좋았어. 미늘창 날이 위장과 콩팥 사이에 박혔거든. 뚫고 나가면서 어떤 장기도 구멍 내지 않았어. 지옥처럼 아팠지만 깨끗하게 나았어. 흉터는 좀 흉하지만. 보여줄까?"

"아니, 옷은 입고 있어." 린이 서둘러 말했다. "그래도 석 달

만에 다 낫다니. 기적 같다."

네자가 시선을 돌려 순찰을 지정받은 성벽 위에서 고요하게 뻗어 있는 도시를 굽어보았다. 그는 뭔가 말할까 말까 결정하려고 애쓰는 사람처럼 머뭇거리다 돌연 화제를 바꾸었다. "그런데 바위에 대고 비명을 지르는 사람이 있던데. 여기선 그런 행동이 정상인가?"

"그건 수니야." 린은 밀 빵을 반으로 잘라서 한 조각을 네자에게 건넸다. 그사이 빵 배급이 일주일에 두 번으로 늘어났고, 음미할 가치가 있는 맛이었다. "그냥 못 본 척해."

네자는 빵을 받아들고 한입 씹어보더니 얼굴을 찡그렸다. 전쟁 통에도 네자는 더 나은 사치를 기대하는 양 행동했다. "자기 막사 바로 앞에서 소리를 질러대면 못 본 척하기가 쉽지 않지."

"수니에게 네 막사는 피해달라고 말해볼게."

"그래줄래?"

신랄함은 제쳐두고 린은 네자가 와줘서 무척 고마웠다. 둘은 학당 시절 서로를 지독히 미워했지만, 린은 시네가드에서 멀리 떨어진 이곳에 학당 사람과 함께 있다는 사실에 마음이 놓였다. 자신이 지금 겪는 일을 어느 정도 공감할 수 있는 사람이 있어서 좋았다.

네자가 재수 없게 구는 것을 그만둔 것도 도움이 되었다. 전쟁은 어떤 사람에게는 최악의 모습을 끌어낸다. 그러나 네자의 경우 전쟁이 그를 변모시켰고 젠체하는 가식을 벗겨냈다. 지금껏 예전의 원한을 품고 있다면 쩨쩨해 보일 것이다. 게다가 자신의 목숨을 구해준 사람을 싫어하기란 어려운 법이다.

그리고 인정하고 싶지는 않았지만, 알탄을 생각해도 네자가 곁에 있는 게 반갑고 안심이 되었다. 알탄은 이제 사소한 불복종의 기미만 보여도 방 건너편으로 물건을 집어 던지는 지경에 이르렀다. 린은 네자와 왜 더 빨리 친구가 되지 못했을까, 생각하는 자신을 발견했다.

"너희 부대를 괴물 전시장이라고 부르는 거 알아?" 네자가 물었다.

물론 그런 말을 들을 만도 했다. 린은 화가 났다. 그들은 괴물이 맞았다. 그러나 그들은 린의 괴물이었다. 오직 사이크만이 사이크를 괴물이라고 말할 수 있다. "사이크는 제국군 안에서도 최고로 끝내주는 병사들이야."

네자가 한쪽 눈썹을 치켜올렸다. "그중 한 명이 외국 대사관을 폭파했다던데?"

"사고였어."

"그리고 그 거인 털북숭이는 강당에서 너희 사령관 목을 졸랐다지?"

"그래, 수니는 꽤 이상해. 하지만 나머지는 완벽하게…."

"완벽하게 정상이라고?" 네자가 큰 소리로 웃음을 터뜨렸다. "진심이야? 너희 부대 사람들은 일상적으로 마약을 복용하고 동물과 중얼중얼 대화를 나누고 한밤중에 비명을 질러대는데?"

"전투 사기의 부작용이야." 린은 억지로 경솔한 말투로 말했다.

네자는 미심쩍어 보였다. "전투 사기가 마치 광기의 부작용처럼 들리네."

린은 그 문제를 생각하고 싶지 않았다. 끔찍한 예견이었고, 린도 단순한 소문이 아니라는 것을 알았다. 그러나 두려워할수록 불새를 소환하는 게 더 어려워질 것이고 알탄은 더 화를 낼 것이다.

"네 눈은 왜 빨갛지 않아?" 네자가 갑자기 물었다.

"뭐?"

네자가 손을 뻗어 린의 왼쪽 눈 옆, 관자놀이께를 만졌다. "알탄의 홍채는 붉은색이잖아. 스피어인은 전부 눈이 빨갛다고 생각했어."

"모르겠어." 린은 갑자기 혼란스러워졌다. 그런 생각은 한 번도 해본 적이 없었다. 알탄도 눈 이야기는 꺼낸 적이 없었다. "내 눈은 처음부터 갈색이었어."

"어쩌면 너는 스피어인이 아닐지도 몰라."

"그럴지도 모르지."

"하지만 네 눈이 붉은색이었을 때가 있었어." 네자는 혼란스러워 보였다. "시네가드에서 네가 무겐 장군을 죽였을 때."

"너는 그때 의식이 없었잖아." 린이 말했다. "배에 미늘창이 꽂혀 있었어."

네자가 한쪽 눈썹을 휘었다. "내가 뭘 봤는지는 알아."

뒤쪽에서 발소리가 들렸다. 린은 죄책감을 느낄 이유가 없었으면서도 벌떡 일어났다. 린은 그저 보초를 서고 있었지, 잡담까지 금지당하지는 않았다.

"여기들 있었구나." 엔키가 말했다.

네자가 재빨리 일어섰다. "나, 갈게."

린은 혼란스러워하며 네자를 쳐다보았다. "아니야, 그럴 필요 없어."

"아니, 저 친구는 가야 해." 엔키가 말했다.

네자는 엔키에게 뻣뻣하게 고개를 한 번 끄덕이고 재빨리 벽 모퉁이를 돌아 사라졌다.

엔키는 계단을 내려가는 네자의 발소리가 완전히 사라질 때까지 잠시 기다렸다. 그러곤 린을 보았다. 입가에 진지한 주름이 잡혔다. "왜 용의 군벌 아들이 샤먼이라고 말하지 않았지?"

린이 얼굴을 찌푸렸다. "무슨 말이야?"

"그 문장." 엔키가 몸을 돌리며 자기 등을 가리켰다. 네자의 그 부위에는 군복 위에 가문의 문장이 붙어 있었다. "용의 표식이잖아."

"그건 네자의 가문 문장이야." 린이 말했다.

"혹시 네자가 시네가드에서 다치지 않았어?" 엔키가 물었다.

"응." 린은 엔키가 어떻게 알았는지 궁금했다. 하지만 다시 생각해보니 네자는 용의 군벌 아들이고 그의 사생활은 이미 제국군 사이에 널리 퍼져 있었다.

"얼마나 심하게 다쳤지?"

"잘 몰라." 린이 말했다. "그 일이 있었을 때 나도 반쯤 의식이 없었거든. 무겐 장군이 미늘창으로 찔렀어. 두 번. 아마 복부에 부상을 입었을 거야. 그런데 왜?" 린도 네자의 빠른 회복에 놀라 혼란스러웠지만, 엔키가 왜 그 일로 린을 심문하는지는 알 수가 없었다. "다행히 급소를 피했나 봐." 그 말을 내뱉자마자 별로 그럴듯하게 들리지 않는다는 것을 깨달았으면서도 이렇게 덧붙였다.

"복부 부상 두 번이라." 엔키가 되풀이했다. "급소를 빗나갈 가능성이 별로 없는, 고도로 숙련된 무겐군 장군이 두 번이나 부상을 입혔어. 그런데 몇 달 만에 일어나 걸어 다닌다고?"

"우리 대원 하나는 말 그대로 '물통' 속에서 살아가는 걸 생각하면 네자가 운이 좋았다는 게 그렇게 터무니없지는 않잖아?"

그래도 엔키는 뭔가 미심쩍은 모양이었다. "네 친구는 뭔가를 숨기고 있어."

"그럼 직접 물어보든가." 린이 짜증스럽게 말했다. "그런데 볼 일이 뭐였어?"

엔키는 얼굴을 찌푸리고 곰곰이 생각하다가 고개를 끄덕였다. "아, 알탄이 보자더라. 자기 방에서. 지금."

✳

알탄의 방은 엉망이었다.

책과 붓이 바닥에 흩어져 있었다. 지도는 책상 위에 마구잡이로 흩어져 있고 벽마다 도시 설계도가 촘촘히 붙어 있었다. 설계도마다 알탄이 흘려 쓴 글씨가 가득했고, 알탄 말고는 아무도 이해할 수 없게 전략을 짠 표시가 그려져 있었다. 주요 지역은 하도 세게 원을 그려놔서 마치 벽에 칼끝으로 자국을 새겨놓은 것처럼 보였다.

린이 들어갔을 때 알탄은 혼자 책상 앞에 앉아 있었다. 눈자위에 멍처럼 뚜렷한 진청색 그림자가 드리웠다.

"불렀어?" 린이 물었다.

알탄이 붓을 내려놓았다. "요즘 용 군벌의 아들 녀석과 너무 많은 시간을 보내고 있더군."

린은 노여움이 솟구쳤다. "그게 대체 무슨 뜻이지?"

"내가 허락하지 않겠다는 뜻이야." 알탄이 말했다. "네자는 준 장군의 부하야. 그런 자를 신뢰할 만큼 바보는 아니겠지."

린은 입을 열었다가 다시 다물었다. 알탄의 말이 진담인지 아닌지 헤아려야 했다. 이윽고 린이 말했다. "네자는 5사단 소속이 아니야. 준 장군은 네자한테 명령을 내릴 수 없어."

"준 장군은 그 애의 사부였어." 알탄이 말했다. "나도 그 녀석 완장을 보았어. 전투 문하생이었더군. 그러니 준 장군에게 충성할 수밖에 없겠지. 뭐든 일러바칠 거야."

린은 믿을 수가 없어서 알탄을 빤히 바라보았다. "네자는 그냥 내 친구야."

"사이크에게 친구 같은 건 없어. 그 자식, 우리를 염탐하고 있다고."

"우릴 '염탐'한다고?" 린이 되풀이했다. "대장, 우리는 같은 군대에 있어."

알탄이 일어나 양 손바닥으로 책상을 내리쳤다.

린은 움찔하며 뒤로 물러났다.

"우린 '같은 군대'에 있지 않아. 우린 사이크야. '별난 아이들'이라고. 우린 존재해서는 안 되는 병력이고, 준 장군은 우리가 실패하는 걸 원해. 내가 실패하는 걸 원해." 알탄이 말했다. "다들 원하지."

"다른 사단은 우리 적이 아니야." 린이 조용히 말했다.

알탄은 갑자기 방 안을 마구 돌아다니며 자기도 모르게 팔을 움찔대며 지도를 노려보았다. 마치 존재하지도 않는 대형을 자유자재로 만들어낼 수 있다는 듯이. 그는 무척 혼란스러워 보였다.

"전부 우리 적이야." 알탄이 말했다. 그는 린이 아니라 자신에게 말하는 것처럼 보였다. "다들 우리가 죽어 사라지길 바라…. 하지만 난 이런 식으로 물러나지는 않아…."

린은 마른침을 삼켰다. "알탄…."

알탄이 린을 향해 고개를 홱 돌렸다. "넌 아직도 불을 소환할 수 없는 건가?"

린은 죄책감을 느꼈다. 노력했지만, 아직도 신에게 다가갈 수 없었고, 시네가드에서처럼 신을 불러올 수도 없었다.

린이 대답하기도 전에 알탄이 염증이 치민다는 소리를 냈다. "됐어. 당연히 안 되겠지. 넌 아직도 놀이를 한다고 생각하니까. 아직도 학당에 있는 줄 아니까."

"그렇지 않아!"

알탄은 방을 가로질러 린에게 다가와 어깨를 붙잡더니 린이 크게 소리를 지를 만큼 거칠게 어깨를 흔들었다. 그러나 알탄은 아랑곳하지 않고 린을 더 가까이 끌어당겼다. 얼굴과 얼굴이, 눈과 눈이 맞닿을 만큼 가까웠다. 그의 홍채는 분노의 진홍색으로 이글거렸다.

"그게 왜 그렇게 어려워?" 알탄이 물었다. 그의 손아귀 힘이 더욱 강해졌고 손가락이 린의 빗장뼈를 아프게 파고들었다. "말해봐. 도대체 '왜' 그렇게 어려워? 전혀 새로운 일도 아니잖아. 해본 적이 있잖아. 그런데 지금은 왜 안 되는 거야?"

"알탄, 나 아파."

그의 손아귀 힘이 더 세졌다. "적어도 '노력'이라는 걸 해보란 말이야…."

"노력했어!" 린이 폭발했다. "그게 그렇게 쉬운 일이 아니잖아! 나는 그저… 할 수가… 난 '네가' 아니잖아."

"너 어린애야?" 알탄이 진짜 궁금한 사람처럼 물었다. 소리를 지르지는 않았지만, 목소리는 억눌린 사람처럼 단조로웠고 신중하게 통제되고 죽은 듯이 고요했다. 린은 그게 분노한 목소리임을 알아챘다. "아니면 군인인 척하는 바보 광대놀음 중이신가? 네 입으로 시간이 필요하다고 했지? 나는 몇 달을 줬고. 스피어였다면 너와는 이대로 인연을 끊었을 거야. 네 가족은 순전히 수치스러워서 널 바닷물에 던져버렸을 거라고."

"미안해." 린은 속삭였지만, 곧바로 후회했다. 알탄이 원하는 건 린의 사과가 아니었다. 그는 린의 수치심을 원했다. 린이 수치심으로 불타오르기를, 너무도 비참해 도저히 참을 수 없는 지경에 다다르기를 원했다.

그리고 린은 정말로 그렇게 되었다. 알탄 때문에 린은 자신이 세상에서 가장 보잘것없는 존재처럼 느껴졌다. 시네가드에서 급우들이 보는 앞에서 준 사부에게 모욕을 당했을 때보다 더 자신이 쓸모없게 느껴졌다. 지금이 더 나빴다. 천 배는 더 나빴다. 준 장군과 달리 알탄은 린에게 소중한 사람이었으니까. 알탄은 스피어인이고, 알탄은 린의 '사령관'이었으니까. 공기가 꼭 필요하듯이 알탄의 인정이 절실했으니까.

알탄이 린을 거칠게 떠밀었다.

린은 빗장뼈를 만져보고 싶은 충동과 싸웠다. 잠시 후 빗장뼈에 알탄의 엄지가 남긴 멍 자국 두 개가 생긴 것을 알았다. 눈물방울 모양으로 푹 파인 자국이. 린은 힘겹게 마른침을 삼키고 시선을 돌리고 아무 말도 하지 않았다.

"네가 그러고도 시네가드에서 훈련받은 군인이라고 할 테야?" 알탄의 목소리는 속삭임에 가깝게 잦아들었는데, 고함을 지를 때보다 훨씬 나빴다. 린은 차라리 그가 고함을 질러주길 바랐다. 뭐든 이렇게 냉정하게 정곡을 찌르는 말보다는 나을 것이다. "넌 군인이 아니야. 넌 짐 더미야. 불을 소환하기 전에는 넌 나한테 조금도 쓸모가 없어. 네가 여기 온 것은 스피어인이라고 생각되었기 때문이야. 하지만 난 지금까지 네가 스피어인이라는 증거를 보지 못했어. 이 문제를 해결해. 네 가치를 증명해. 빌어먹을 네 소임을 해내든지, 아니면 나가."

✳

린은 집무실 밖으로 나가서야 참았던 울음을 터뜨렸다. 강당에 들어갔을 때도 여전히 눈이 빨갰다.

"너 울었어?" 네자가 맞은편에 앉으면서 물었다.

"저리 가." 린이 중얼거렸다.

네자는 가지 않았다. "무슨 일이 있었는지 말해."

린은 아랫입술을 깨물었다. 네자에겐 절대로 말하지 않을 것이다. 네자에게 알탄에 대한 불만을 말한다면 이중의 배신이 될 것이다.

"알탄 때문이야? 그에게 무슨 소리라도 들었어?"

그녀는 매몰차게 시선을 돌렸다.

"잠깐. 이게 뭐야?" 네자가 린의 빗장뼈를 향해 손을 뻗었다.

린은 그의 손을 찰싹 쳐내고 도복을 잡아당겼다.

"그냥 가만히 앉아서 받아들일 셈이야?" 네자가 믿을 수 없다는 듯이 물었다. "자기 훈장님을 조롱했다고 내 얼굴을 주먹으로 때렸던 여자애는 어디 갔어?"

"알탄은 달라." 린이 말했다.

"너한테 그런 식으로 말했다면 별로 다르지 않아." 네자가 말했다. 그의 눈이 린의 빗장뼈 위로 미끄러졌다. "알탄은 이런 사람이었군. 5사단 사람들이 그가 미쳤다고 수군거릴 때도 이 지경에 이르렀을 거라곤 생각하지도 못했어."

"너는 그런 말 할 자격 없어." 린이 딱 잘라 말했다. 네자는 왜 이제 와서 자기가 절친의 역할을 맡을 수 있다고 생각하는 걸까? "넌 시네가드에서 몇 년 동안 날 놀렸어. 무젠군이 우리 코앞까지 쳐들어왔을 때까지 넌 내게 다정한 말 한마디 건넨 적 없잖아."

놀랍게도 네자는 정말로 죄책감을 느끼는 것 같았다. "린, 나는…."

린은 네자가 더 말하기 전에 말을 잘라버렸다. "난 남부에서 온 전쟁고아였고, 넌 시네가드의 부잣집 도련님이었어. 그런 네가 날 괴롭혔지. 너 때문에 시네가드는 살아 있는 지옥이었어, 알아?"

입 밖에 내고 말하니 기분이 조금 나아졌다. 충격받은 네자의 얼굴을 보니 한결 나았다. 네자가 도착한 후로 두 사람은 이 문제를 회피해왔고, 마치 학당 시절부터 친구 사이였던 것처럼 굴었다. 지금 그들이 직면한 진짜 전쟁과 비교하면 과거 일은 유치한 싸움으로 보였다. 그러나 네자가 린의 사령관을 힐뜯고자 한다면, 린은 네자에게 정확한 자신의 위치를 일깨워줄 것이다.

네자는 좀전의 알탄처럼 한 손으로 탁자를 쾅 내리쳤다. 린은 이번에는 움찔하지 않았다.

"너만 피해를 본 게 아니었어!" 그가 말했다. "우리가 처음 만난 날, 너는 내 얼굴을 주먹으로 때렸어. 그리고 내 낭심을 발로 찼지. 또 수업 시간에 내게 덤벼들었어. 준 사부가 보는 앞에서. 다들 보는 앞에서. 그게 어떤 기분인지 알아? 얼마나 당혹스러운지 알아? 이봐, 미안해. 진심으로 미안해." 네자의 목소리에 묻어나는 참회는 진심으로 들렸다. "하지만 난 네 목숨을 구해줬어. 적어도 그 사실이 우리 사이를 조금은 공정하게 만들어주지 않아?"

공정? '공정'하다고? 린은 웃음을 참을 수가 없었다. "너 때문에 나는 퇴학당할 뻔했어!"

"그리고 넌 나를 거의 죽일 뻔했고." 네자가 말했다.

그 말에 린은 입을 다물었다.

"네가 두려웠어." 네자가 계속 말했다. "그래서 내가 너무 막나갔어. 내가 어리석었어. 나는 버르장머리없는 자식이었어. 진짜 재수 없는 새끼였어. 내가 너보다 낫다고 생각했지만, 아니야. 미안해."

린은 너무 놀라 뭐라고 대답해야 할지 몰랐다. 그래서 그냥 고개를 돌려버렸다. "너랑 이야기하고 싶지 않아." 린은 벽에 대고 딱딱하게 말했다.

"알았어." 네자가 말했다. "미안해. 그럼 나는 이만 갈게."

네자는 쟁반을 들고 일어서서 서둘러 멀어졌다. 린은 그를 붙잡지 않았다.

＊

네자 없는 야간 보초는 외롭고 지루했다. 사이크 대원 전원이 돌아 가며 야간 보초를 섰지만, 그 순간 린은 알탄이 처벌 삼아 린을 거기 세워두었다고 확신했다. 아무 일도 일어나지 않는 해안선을 멍하니 내려다보는 게 무슨 소용이 있겠는가? 만약 함대가 또 나타난다고 해도 카라의 새들이 며칠 앞서 볼 것이다.

린은 성벽에 등을 기대고 몸을 웅크리고 손을 비비며 몸을 덥히려고 애썼다. '바보 같아.' 린은 자신의 손을 노려보며 생각했다. 불꽃 한 점만 소환할 수 있었어도 이렇게 춥지는 않을 것이다.

모든 게 끔찍하게 느껴졌다. 알탄도 네자도 생각만 해도 움츠러들었다. 자신이 일을 망쳤다고, 해서는 안 되는 일을 해버렸다고, 흐릿하게는 알고 있었지만, 이 궁지에서 빠져나올 방법은 알수 없었다. 심지어 그 문제가 무엇인지조차 확실히 알지 못했고, 두 사람 모두 린에게 몹시 화가 났다는 것만 알았다.

순간 웅웅대는 소리가 들렸다. 처음에는 너무 희미한 소리라 상상인 줄만 알았다. 그러나 잠시 후 그 소리가 점점 커졌다. 마치 빠른 속도로 몰려오는 벌 떼 소리 같았다. 소리가 최고조에 이르자 사람들의 고함이라는 게 확실해졌다. 린은 눈을 가름하게 뜨고 소리의 방향을 가늠해보았다. 소란은 해안선 쪽이 아니라 성벽 뒤쪽의 시내에서 들려왔다. 린은 얼른 횟대에서 뛰어내려 반대편을 바라보았다. 골목마다 민간인들이 넘쳐났다. 사람들은 미친 듯이 앞다퉈 달아나고 있었다. 군중을 살피다가 카라와 우네겐이 막사에서 나오는 모습을 보았다. 린은 성벽을 타고 내려가 인파를 헤치고 그들에게 다가갔다.

"무슨 일이야?" 린이 우네겐의 팔을 붙잡고 물었다. "왜 다들 뛰고 있는 거지?"

"모르겠어." 우네겐이 말했다. "다른 대원들을 찾아보자."

나이 많은 여자 하나가 린을 밀치고 나가려다 휘청거렸다. 린은 무릎을 숙이고 노인을 도와주었지만, 노인은 이미 스스로 몸을 일으켜 나이 많은 사람이라기엔 지나치게 빠른 속도로 허둥지둥 달아났다. 남녀노소 할 것 없이 린 옆을 지나 달려갔다. 맨발인 사람도 있고 옷을 걸치다 만 사람도 있었지만 하나같이 겁에 질린 얼굴로 미친 듯이 성문 밖으로 달아나려고 했다.

"대체 무슨 일이야?" 바지가 흐릿한 눈으로 윗옷도 입지 않고 군중을 헤치고 그들에게 다가왔다. "맙소사. 우리 피난 중이야?"

뭔가 린의 무릎에 와서 부딪혔다. 작은 아이였다. 케세기 나이의 반밖에 안 되어 보이는 어린아이였다. 아이는 바지도 입고 있지 않았다. 아이는 큰 소리로 울부짖으며 맹목적으로 린의 정강이를 더듬거렸다. 혼란 속에서 부모를 잃은 모양이었다. 린은 케세기가 울 때마다 그랬던 것처럼 손을 뻗어 아이를 안아 들었다.

린은 아이를 찾아 헤매는 것처럼 보이는 사람을 찾아 군중 사이를 살펴보다가 공중에 거대한 불줄기 세 개가 솟구치는 것을 보았다. 세 마리 작은 용이 승천하는 모양이었다. 알탄의 신호가 확실했다.

소란 속에서 알탄의 목쉰 외침이 들렸다. "사이크는 내게로 집결!"

린은 처음 마주친 민간인 품에 아이를 넘겨주고 군중을 헤치고 알탄이 서 있는 곳으로 갔다. 준 장군도 열 명 남짓한 부하를 거느리고 거기 서 있었다. 그중에 네자도 있었다. 네자는 린을 보고도 눈을 마주치지 않았다.

알탄은 그 어느 때보다 분노를 마구 드러냈다. "미리 알리지도 않고 민간인을 피난시켜서는 안 된다고 내가 경고하지 않았습니까!"

"내가 그런 게 아니다." 준 장군이 말했다. "뭔가에 놀라 달아나는 거다."

"그게 뭡니까?"

"그야 나도 모르지." 준 장군이 딱 잘라 말했다.

알탄은 초조하게 큰 숨을 들이마시더니 군중 사이로 들어가 아무나 닥치는 대로 잡아당겼다. 린보다 조금 나이가 많은 젊은 여자였는데, 잠옷 바람이었다. 여자는 저항하며 날카롭게 비명을 질렀다가 제국군 군복을 알아보고 입을 다물었다.

"무슨 일입니까?" 알탄이 물었다. "왜 다들 달아나고 있는 겁니까?"

"이매예요!" 여자가 겁에 잔뜩 질린 얼굴로 숨 가쁘게 말했다. "시내에 이매가 나타났어요. 광장 근처에요."

이매? 이상하게 낯익은 이름이었다. 그 이름을 마지막으로 본 게 언제였는지 되짚어보았다. 도서관이었다. 아마도 지앙 사부가 인류의 온갖 불가사의한 지식을 철저히 조사해 오라고 숙제를 냈을 때, 그가 읽게 한 터무니없는 책에서 본 기억이 났다. 이매는 일종의 야수였고 기이한 능력을 지닌 신화 속 동물이었다.

"정말로…." 준 장군이 회의적으로 말했다. "그게 이매인지 어떻게 알지?"

여자가 준 장군의 눈을 똑바로 보았다. "시체에서 얼굴을 떼어내고 있었어요." 여자는 떨리는 목소리로 말했다. "시체를 봤어요…. 내 눈으로 봤어요…." 여자가 말을 멈췄다.

"어떻게 생겼습니까?" 알탄이 물었다.

여자가 흠칫 몸을 떨었다. "가까이서 보지는 못했지만, 네 발 달린 커다란 야수처럼 생겼어요. 크기는 말만 하고, 팔은 원숭이 같고."

"야수라." 알탄이 되풀이했다. "그밖에 또 다른 점은요?"

"털이 검었고 눈은…." 여자가 마른침을 삼켰다.

"눈이 어쨌다고?" 준 장군이 닦달했다.

여자가 움찔했다. "이 사람 같아요." 여자는 알탄을 가리켰다. "눈이 피처럼 붉어요. 불꽃처럼 밝고요."

알탄이 놓아주자 여자는 곧바로 달아나는 군중 사이로 사라졌다.

두 사령관이 서로 마주 섰다.

"누굴 보내야겠습니다. 그 야수를 죽여야 합니다." 알탄이 말했다.

"그래." 준 장군이 곧바로 동의했다. "내 부하들은 군중을 통제하고 있지만, 분견대를 모을 수 있다."

"분견대까지 필요 없습니다. 우리 대원 한 명이면 됩니다. 많은 인원을 파견할 수 없습니다. 무젠군이 이 기회를 틈타 우리 기지를 공격할 수도 있으니까요. 그랬다간 병력이 분산될 수 있습니다."

"제가 갈게요." 린이 즉시 자원했다.

알탄이 린을 보고 얼굴을 찡그렸다. "이매를 상대하는 법을 알아?"

몰랐다. 그저 이매가 뭔지 기억할 뿐이었다. 게다가 시네가드 학당에서 읽었다는 것 말고는 거의 기억나지 않았다. 그래도 다른 사단 병사나 사이크 대원보다는 많이 안다고 확신했다. 시네가드에서 다른 학생들은 불가사의한 짐승들에 관해 읽을 필요가 없었다. 그리고 린은 준 장군 앞에서 알탄에게 모른다고 인정하고 싶지 않았다. 린은 이 임무를 처리할 수 있을 것이다. 처리해야만 했다.

"다른 사람들만큼은 압니다. 동물우화집을 읽었습니다."

알탄은 잠시 생각해보더니 짤막하게 고개를 끄덕였다. "군중들을 거슬러 올라가. 골목에서 벗어나지 말고."

"저도 가겠습니다." 네자가 나섰다.

"그럴 필요 없다." 알탄이 곧바로 말했다.

하지만 준 장군이 나섰다. "만일을 대비해서 제국군 남자 병사와 함께 가는 게 좋다."

알탄은 준 장군을 노려보았는데, 린은 그 이유를 깨달았다. 준 장군은 혹시라도 린이 보게 될 것을 알탄이 자기에게 보고하지 않을까 봐 누군가를 딸려 보내고 싶은 것이었다.

린은 이런 순간에도 사단 간의 정치 논리가 작용한다는 사실을 믿을 수가 없었다.

알탄은 준 장군에게 항의하고 싶은 얼굴이었지만, 시간이 없었다. 그는 네자를 밀치고 군중에게 다가가 지나가는 민간인 손에서 횃불 하나를 뺏었다.

"야! 그거 내 거야!"

"닥쳐." 알탄이 말하고 그 민간인을 밀어냈다. 알탄은 린에게 횃불을 건네고 사람들을 피할 수 있는 옆 골목으로 밀었다. "어서 가."

＊

달아나는 사람들을 밀쳐내며 반대방향으로 길을 거슬러 간다면 시내에 제때 도착할 수 없을 것이다. 그러나 이 구역 건물은 낮고 지붕에 올라가기도 수월했다. 린과 네자는 지붕 사이를 건너며 달려갔다. 횃불이 마구 흔들렸다. 마침내 구역 끝에 도착하자 골목길로 뛰어내려 조용히 다른 구역으로 넘어갔다.

이윽고 네자가 물었다. "이매가 뭐야?"

"그 여자 이야기 들었잖아." 린이 무뚝뚝하게 말했다. "거대한 야수. 붉은 눈."

"나는 들어본 적이 없어."

"그런데 왜 따라와?" 린이 모퉁이를 돌았다.

"나도 동물우화집을 읽었어." 네자가 린을 따라잡으며 말했다. "이매에 관한 내용은 없었어."

"넌 고문서를 읽지 않았잖아. 지하 문서 보관실에 있어." 린이 말했다. "붉은 황제 시절 문서야. 이매에 관해서는 몇 마디 없지만, 내용이 있기는 해. 때로는 붉은 눈을 가진 어린아이라고 묘사하고 때로는 검은 그림자로 묘사해. 희생자의 얼굴만 뜯어가고 시체의 다른 부분은 건드리지 않아."

"으스스하네." 네자가 말했다. "얼굴로 뭘 하려는 거지?"

"나도 자세히는 몰라." 린이 인정했다. 린은 이매에 관해 읽었던 내용을 떠올리려고 기억 속을 뒤졌다. "우화집에는 그런 설명이 없었어. 내 생각에는 얼굴을 모으는 것 같아. 책에는 이매가 어떤 사람이든 흉내 낼 수 있다고 했거든. 우리가 소중히 여겨서 절대로 해칠 수 없는 사람을 흉내 내는 거야."

"놈이 죽이지 않은 사람도 흉내 낼 수 있나?"

"아마도." 린은 추측했다. "이매는 수천 년 동안 얼굴을 모아왔어. 그렇게 많은 얼굴을 가지고 있으면 누구라도 대충 비슷하게 흉내를 낼 수는 있겠지."

"그런데 놈이 왜 위험한 거지?"

린은 어깨너머로 네자를 흘깃 보았다. "넌 네 어머니의 얼굴을 한 야수를 칼로 찌를 수 있어?"

"가짜라는 걸 알잖아."

"마음 한쪽으로는 진짜가 아니라는 걸 알겠지. 하지만 순간적으로 흔들리지 않을 수 있어? 네 어머니의 눈동자를 보고, 어머니의 애원을 들으면서 그 목에 칼을 찔러 넣을 수 있겠어?"

"그게 내 어머니일 리가 없다는 걸 알면 할 수 있지." 네자가 말했다. "이매가 뭔지 모를 때만 무섭지. 정체를 알면 하나도 무섭지 않아."

"그렇게 간단한 문제가 아니야." 린이 말했다. "놈은 한두 사람만 두려움에 빠뜨린 게 아니야. 도시 전체가 놈 때문에 두려워 달아났어. 게다가 동물우화집에는 놈을 무찌를 방법이 안 나왔어. 역사상 이매를 이겼다는 기록도 없고. 우린 지금 아무것도 모른 채로 놈과 싸우는 거야."

✳

시내 한가운데 거리는 고요했다. 문들은 닫혔고 마차는 서 있었다. 한창 수선스러울 시장은 먼지만 날릴 뿐 조용했다.

그러나 시장이 텅 비어 있지는 않았다.

거리 곳곳에 다양한 상태의 시체가 흩어져 있었다.

린은 가장 가까운 시체를 뒤집어보았다. 시체는 머리를 제외하고 어떤 흔적도 없었다. 얼굴이 아주 기괴한 모습으로 뜯겨 나가고 없었다. 눈구멍이 비어 있고 코가 사라졌고 입술은 깨끗이 찢겨 나갔다.

"농담한 게 아니었군." 네자가 한 손으로 입을 가렸다. "맙소사. 우리가 놈을 발견하면 어떻게 되는 거지?"

"내가 죽이겠지." 린이 말했다. "넌 도와줘도 되고."

"넌 밉살스러울 만큼 전투 능력에 자신만만하구나."

"학당 시절 내가 널 완패시켰잖아. 난 내 전투 능력에 솔직할 뿐이야." 린이 말했다. 이렇게 허풍을 떨면 공포가 물러나고 도움이 되었다.

몇 발자국 떨어진 곳에서 네자가 또 다른 시체를 발로 차 뒤집었다. 시체는 무겐군의 검푸른 제복 차림이었다. 오른쪽 가슴에 노란색 오각형 별이 하나 있는 걸 보니 장교인 모양이었다.

"딱한 녀석." 네자가 말했다. "제대로 소식을 전달받지 못한 모양이야."

린이 네자 옆을 지나 피가 묻은 보도를 횃불로 비춰보았다. 살해당한 무겐군 분견대가 전부 자갈길 여기저기에 흩어져 있었다.

"무겐군이 놈을 보낸 것 같지는 않아." 린이 천천히 말했다.

"어쩌면 무겐군이 놈을 내내 감금해두었을지도 모르지." 네자가 추측했다. "놈이 무슨 짓을 저지를 수 있는지 몰랐을 수도 있고."

"무겐군은 이런 식의 위험을 무릅쓰지는 않아." 린이 말했다. "무겐군이 시네가드에서 투석기를 얼마나 조심스럽게 다루는지 너도 봤지? 그자들은 통제할 수 없는 야수를 풀어놓지는 않았을 거야."

"그럼 놈이 제 발로 왔단 말이야? 수백 년 동안 아무도 목격한 적 없는 괴물이 하필 포위당한 도시에 나타나기로 했다?"

린은 이매가 어디에서 왔는지 짐작해보고 마음이 가라앉았다. 린은 그 괴물을 본 적이 있었다. 옥의 황제 시절 동물원 그림에서 보았다.

'이 세상에 있으면 안 되는 존재를 불러들일 것이다.'

지앙 사부가 시네가드에서 허공을 열었을 때 이 세계와 저 세계 사이 장막에 구멍이 뚫렸다. 그리고 문지기가 사라진 지금 악마들이 자유자재로 그 구멍을 통해 세상으로 나오고 있었다.

'대가가 있을 것이다. 언제나 대가가 있어.'

이제 린은 지양 사부의 말이 무슨 뜻이었는지 이해할 수 있었다.

린은 그 생각을 몰아내고 무릎을 꿇고 앉아 시체들을 더 자세히 살펴보았다. 쓰러진 병사들은 무기를 꺼낸 흔적이 없었다. 이해가 안 됐다. 병사들이 무방비 상태였을 리가 없었다. 괴물 같은 야수와 싸우고 있었다면 검을 뽑은 상태로 죽었어야 했다. 몸부림을 친 흔적이라도 있어야 했다.

"놈이 어디에…." 린이 말을 시작하자 네자가 차가운 손으로 린의 입을 막았다.

"잘 들어봐." 그가 속삭였다.

아무것도 들리지 않았다. 그러나 잠시 후 두 사람이 서 있는 시장 건너편에서 희미한 소리가 들려왔다. 뒤집힌 마차 안에서 뭔가 떨고 있었다. 이윽고 떨림이 멈추고 고음으로 흐느끼는 소리가 들렸다.

린이 뭔지 살펴보려고 횃불을 들고 그쪽으로 다가갔다.

"미쳤어?" 네자가 린의 팔을 붙잡았다. "야수일지도 몰라."

"그럼 이대로 도망칠 거야?" 린은 네자를 떨쳐내고 계속 마차 쪽으로 재빨리 다가갔다.

네자는 머뭇거렸지만, 린은 그가 따라오는 소리를 들었다. 마차에 다다른 두 사람은 횃불 빛 아래서 서로 눈을 마주치고 곧 린이 고개를 끄덕였다. 린이 검을 꺼내고 둘이 함께 마차 덮개를 잡아당겼다.

"저리 가!"

덮개 아래 있는 것은 야수가 아니었다. 키가 네자 허리 정도 오는 어린 여자애가 마차 뒤쪽 끝에 웅크리고 있었다. 아이의 허술한 치마가 피투성이였다. 아이는 두 사람을 보고 날카롭게 비명을 지르며 무릎에 얼굴을 묻었다. 온몸을 격렬하게 떨며 겁에 질려 흐느꼈다. "저리 가! 저리 가란 말이야!"

"칼을 내려. 아이가 무서워하잖아!" 네자가 린의 앞으로 끼어들며 아이가 린을 보지 못하게 막았다. 그는 횃불을 다른 손으로 옮겨 쥐고 아이의 어깨에 가만히 손을 올렸다. "얘. 얘. 괜찮아. 우린 널 도와주러 왔어."

아이가 훌쩍훌쩍 울었다. "끔찍한 괴물이…."

"그래, 알아. 괴물은 여기 없어. 우리는, 어, 우리가 괴물을 물리치러 왔어. 널 해치려고 온 게 아니야. 내 말 믿어. 날 볼 수 있겠니?"

아이가 천천히 고개를 들고 네자의 눈을 보았다. 아이의 눈은 무척 크고 겁에 질려 있었다. 얼굴이 온통 눈물로 얼룩져 있었다.

린이 네자의 어깨너머로 아이의 눈을 보았을 때 정말 이상한 감각에 사로잡혔다. 어떤 일이 있어도 이 어린 소녀를 지키고 싶다는 맹렬한 바람이 솟구쳤다. 마치 물리적인 충동처럼 낯설기만 했던 모성애가 샘솟았다. 이 순진무구한 아이에게 어떤 해악이 찾아오게 놔둔다면 린은 차라리 죽고 말 것이다.

"당신은 괴물이 아니에요?" 아이가 훌쩍거렸다.

네자가 아이를 향해 양팔을 내밀었다. "우린 순전히 사람이야." 그가 부드럽게 말했다.

아이가 네자의 품에 안겼고 곧 흐느낌이 잦아들었다.

린은 놀라워하며 네자를 바라보았다. 그는 어린아이를 어떻게 대해야 하는지 정확히 아는 것 같았다. 되도록 목소리를 편안하게 하고 몸동작도 세심하게 조정했다.

네자는 횃불을 린에게 건네고 아이의 머리를 쓰다듬었다. "그럼 내가 널 도와줘도 될까?"

아이가 머뭇거리다 고개를 끄덕이고 일어났다. 네자는 아이의 허리를 붙잡고 부서진 마차 밖으로 아이를 끌어내 가만히 땅에 내려놓았다.

"자, 이제 괜찮아. 걸을 수 있겠어?"

아이는 다시 고개를 끄덕이고 떨리는 손을 내밀었다. 네자가 늘씬한 손가락으로 아이의 작은 손을 꼭 잡았다. "걱정하지 마. 나는 아무 데도 가지 않아. 이름이 뭐니?"

"쿠달리." 아이가 속삭였다.

"쿠달리. 넌 이제 무사해." 네자가 약속했다. "우리랑 함께 있잖아. 우리는 괴물을 죽이는 사람들이야. 하지만 네 도움이 필요해. 우리를 위해 용기를 낼 수 있겠니?"

쿠달리가 마른침을 삼키고 고개를 끄덕였다.

"착하구나. 이제 무슨 일이 있었는지 우리에게 말해줄래? 기억나는 건 뭐든 좋아."

쿠달리가 깊은숨을 들이마시고 더듬더듬 떨리는 목소리로 말하기 시작했다. "엄마 아빠랑 언니랑 같이 있었어요. 마차를 타고 집으로 가고 있었어요. 제국군이 너무 늦게 돌아다니면 안 된다고 해서 서두르고 있었어요. 그때…." 쿠달리가 다시 울기 시작했다.

"괜찮아." 네자가 급히 말했다. "우리도 야수가 왔다는 걸 알아. 네가 자세한 이야기를 해주면 좋겠어. 뭐든 떠오르는 대로."

쿠달리가 고개를 끄덕였다. "다들 비명을 질렀지만, 군인들은 아무것도 하지 않았어요. 괴물이 우리 근처에 왔을 때도 무겐군은 그저 가만히 보고만 있었어요. 나는 마차 안에 숨었어요.

괴물 얼굴은 보지 못했어요."

"괴물이 어디로 갔는지 봤어?" 린이 날카롭게 물었다.

쿠달리가 움찔하며 네자 뒤로 숨었다.

"너 때문에 아이가 겁을 먹었잖아." 네자가 낮은 목소리로 말하고 린에게 뒤로 물러나라고 손짓했다. 그는 다시 쿠달리에게 말했다. "괴물이 어느 쪽으로 달아났는지 알려줄 수 있어?" 네자가 부드럽게 물었다. "어디로 갔지?"

"나는… 나는 어디로 갔는지 말로 할 수는 없어요. 하지만 데려다줄 수는 있어요." 아이가 말했다. "기억이 나거든요."

아이가 두 사람을 데리고 골목 모퉁이 쪽으로 몇 걸음 가다가 멈춰 섰다.

"저기서 괴물이 우리 오빠를 먹었어요." 아이가 말했다. "그러곤 사라졌어요."

"잠깐." 네자가 말했다. "아까는 언니랑 같이 왔다고 했잖아."

쿠달리가 다시 그 커다란 눈으로 애원하듯 네자를 쳐다보았다.

"그랬던 것 같아요." 아이가 말했다.

그리고 씩 웃었다.

순간 어린 여자애였던 것이 순식간에 팔다리가 긴 야수로 변했다. 얼굴을 제외한 온몸이 칠흑빛 거친 털로 덮여 있었다. 성큼성큼 걷는 팔은 수나나 원숭이의 팔처럼 땅에 닿았다. 머리는 아주 작았는데 아직도 쿠달리의 머리를 하고 있어서 더욱 기괴해 보였다. 야수가 굵은 손가락을 뻗어 네자의 옷깃을 붙잡고 공중에 들어 올렸다.

린은 검을 뽑아 야수의 다리와 팔과 상체를 마구 찔렀다. 그러나 이매의 뻣뻣한 털은 철 바늘 같아서 어느 방패보다 린의 검을 잘 튕겨냈다.

"얼굴이야!" 린이 소리쳤다. "놈의 얼굴을 노려!"

그러나 네자는 움직이지 않았다. 그의 손이 양옆으로 축 늘어져 있었다. 그는 넋을 잃고 이매의 작은 얼굴을, 쿠달리의 얼굴을 응시했다.

"뭐 해?" 린이 소리쳤다.

이매가 천천히 고개를 돌려 린을 내려다보았다. 놈은 린의 눈을 찾았다.

린은 숨을 헐떡이며 비틀비틀 뒤로 물러났다.

린이 놈의 눈을 바라보자 최면을 거는 그 눈이 린의 시야에서 괴물 같은 몸을 지워버렸다. 린의 눈에 검은 털과 야수의 몸과 피범벅이 된 거친 상체는 보이지 않았다. 오직 얼굴만 보였다.

야수의 얼굴이 아니었다. 아름다운 어떤 것의 얼굴이었다. 그 얼굴은 무엇이 되고 싶은지 아직 결정하지 못한 것처럼 순간 흐릿해지더니 이윽고 린이 몇 년 동안 보지 못했던 얼굴로 변했다.

부드러운 진흙 빛깔 뺨. 헝클어진 검은 머리. 나머지보다 살짝 큰 유치 하나. 유치가 빠진 자국 하나.

"케세기?" 린이 말했다.

린은 횃불을 떨어뜨렸다. 케세기가 애매하게 웃었다.

"나를 알아보겠어?" 케세기가 그 달콤한 어린애의 목소리로 물었다. "이렇게 시간이 많이 흘렀는데도?"

린의 심장이 아프게 부서졌다. "당연히 알아보지."

케세기가 희망을 담은 얼굴로 린을 보았다. 그러더니 입을 벌리고 비명을 질렀는데, 그 소리는 전혀 인간의 것이 아니었다. 이매가 린에게 달려들었다. 린은 양손을 들어 얼굴을 막았지만 뭔가가 야수를 붙들었다.

네자가 어느새 괴물의 손아귀에서 벗어나 있었다. 이제 네자는 야수의 얼굴을 보지 않도록 놈의 등에 매달려 있었다. 네자가 칼을 휘둘렀지만, 칼은 이매의 빗장뼈에 맞아 하릴없이 쩽강거리기만 했다. 네자는 다시 놈의 얼굴을 노렸다. 케세기의 얼굴을.

"안 돼!" 린이 소리쳤다. "케세기, 안 돼⋯."

네자의 칼이 빗나갔다. 칼날이 철 바늘 같은 털에 스칠 뿐이었다. 그는 두 번째 공격을 위해 칼을 들었지만, 린이 앞으로 뛰어들어 네자의 칼과 이매 사이에 자기 칼을 밀어 넣었다.

린은 케세기를 지켜야 했다. 네자가 죽이게 놔둘 수는 없었다. 케세기를 죽일 수는 없었⋯. 그는 한낱 아이에 불과했고, 아직 무기력하고 어렸다⋯.

린이 케세기 곁을 떠난 지도 벌써 3년이 되었다. 린은 아편 장수 부부에게 아이를 남겨두고 시네가드에 왔고, 3년 동안 편지 한 장 보내지 않았다. 3년은 믿기 힘들 정도로 긴 세월이었다.

한없이 오래전처럼 느껴졌다. 평생처럼 느껴졌다.

그런데 왜 케세기는 아직도 저렇게 작지?

린은 어지러웠다. 정신이 몽롱했다. 불쑥 떠오른 질문에 대답하기가 마치 짙은 안개를 뚫고 앞을 보려고 애쓰는 것만큼이나 어려웠다. 이해가 되지 않는 이유가 있다는 건 알았지만, 그 이유가 무엇인지 생각을 모을 수가 없었다. 오직 눈앞의 케세기가 뭔가 잘못되었다는 생각만 들었다.

이것은 그녀의 케세기가 아니었다.

케세기가 절대로 아니었다.

린은 정신을 차리려고 애썼다. 안개를 몰아낼 때처럼 눈을 빠르게 깜박였다. '이건 이매잖아, 바보야.' 린은 스스로에게 말했다. '놈이 네 감정을 가지고 노는 거야. 원래 이매는 그래. 놈은 이런 식으로 사람을 죽여.'

그제야 정신이 들면서 케세기의 얼굴에서 뭔가 잘못된 점들이 눈에 들어왔고…. 지금 케세기의 눈은 부드러운 갈색이 아니라 밝은 빨간색이었다. 린의 시선을 빨아들이는 두 개의 불타는 등불….

마침내 이매가 울부짖으며 네자를 등에서 떼어내는 데 성공했다. 네자는 공중을 날아 골목 담벼락에 부딪혔다. 그의 머리가 돌에 부딪혔다. 그러고는 바닥으로 미끄러지더니 움직이지 않았다.

이매가 그늘을 향해 튀어 가더니 사라졌다.

린은 네자를 향해 달려갔다.

"망할. 망할…." 린은 네자의 뒤통수에 손을 대보았다. 손이 끈적거렸다. 더듬거리며 상처를 찾았는데, 다행히 상처가 얕았다. 원래 머리는 가벼운 부상일 때 피를 많이 흘린다. 네자는 괜찮을 것이다.

그러나 이매는 어디로 갔을까…?

머리 위에서 바스락 소리가 들렸다. 돌아보았을 때는 이미 너무 늦었다.

이매가 린의 등으로 뛰어내리더니 끔찍하게 강력한 손아귀 힘으로 린의 어깨를 붙잡았다. 린은 맹렬히 몸부림치면서 뒤를 향해 칼을 마구 찔러댔다. 그러나 린의 공격은 전부 빗나갔다. 이매의 털은 여전히 난공불락의 방패였고, 린의 칼은 하릴없이 표면을 긁을 뿐이었다.

이매가 거대한 손으로 린의 칼날을 붙잡고 부러뜨려버렸다.

괴물은 얕잡는 듯한 소리를 내더니 어둠을 향해 동강 난 칼을 내던졌다. 이윽고 양팔로 린의 목을 감싸고 아이처럼 등에 매달렸다. 거대한 괴물 아이였다. 놈의 팔이 린의 숨통을 조였다. 린은 눈이 튀어나올 것만 같았다. 숨을 쉴 수가 없었다. 린은 무릎을 꿇고 떨어뜨린 횃불을 잡으려고 절박하게 흙바닥을 움켜쥐었다.

목에 뜨거운 이매의 숨결이 닿았다. 놈은 린의 얼굴을 할퀴고 어린애처럼 입술과 콧구멍을 잡아당겼다.

"나랑 놀자." 놈이 케세기의 목소리로 졸라댔다. "왜 나랑 놀아주지 않아?"

'숨을 쉴 수가 없어….'

린의 손이 횃불을 되찾았다. 그녀는 횃불을 붙잡고 무조건 위를 향해 찔러댔다.

불꽃이 지글거리는 소리와 함께 이매의 얼굴을 맞혔다. 야수는 비명을 지르며 린의 몸에서 떨어져 나갔다. 놈은 고통스럽게 울부짖으며 흙바닥에 누워 팔다리를 기이한 방향으로 뻗으며 몸부림쳤다.

린도 비명을 질렀다. 머리카락에 불이 붙었다. 린은 모자를 끌어 올려 천으로 머리를 문질러 불을 껐다.

"누나, 제발." 이매가 숨을 헐떡였다. 고통 속에서도 놈의 목소리는 케세기와 똑 닮았다.

린은 놈의 눈을 외면한 채 개처럼 기어서 놈에게 다가갔다. 오른손으로 횃불을 단단히 붙잡고 다시 놈을 지졌다. 불로 태우는 것이 놈을 물리치는 유일한 방법 같았다.

"린."

놈이 이제는 알탄의 목소리로 말했다.

그쪽을 보지 않을 수가 없었다.

처음에는 얼굴만 알탄이었는데, 곧 알탄 자체가 되었다. 알탄이 바닥에 드러누워 관자놀이에 피를 흘리고 있었다. 알탄의 눈이었다. 알탄의 흉터였다.

알탄이 불에 그을린 모습으로 연기를 피우며 린을 향해 으르렁거렸다.

얼굴을 할퀴려는 이매의 손을 피해 가며 린은 무릎으로 놈의 양팔을 바닥에 찍어눌렀다.

놈의 얼굴을 태워야 했다. 얼굴이야말로 힘의 원천이었다. 이매는 사람을 죽이고 얼굴을 잡아 뜯어서 모았고, 그 모든 얼굴로부터 비슷한 얼굴을 수집했다. 놈은 인간의 닮음을 먹고 살아왔다. 이제 놈은 린의 얼굴을 획득하려고 했다.

린은 놈의 얼굴에 횃불을 가져다 댔다.

이매가 다시 비명을 질렀다. '알탄'이 다시 비명을 질렀다.

실제로 알탄의 비명을 들어본 적이 없었지만, 이런 소리일 거라고 확신했다.

"제발." 알탄이 원초적인 목소리로 흐느꼈다. "제발, 하지 마."

린은 이를 악물고 횃불을 더 단단히 쥐고 더 세게 이매의 얼굴을 지졌다. 살 타는 냄새가 콧속 가득 차올랐다. 숨이 막혔다. 연기 때문에 눈이 매웠지만 멈추지 않았다. 시선을 돌리려고 애썼지만, 이매가 눈길을 끌어당겼다. 놈이 린의 시선을 붙들었다. 볼 수밖에 없게 만들었다.

"넌 나를 죽일 수 없어." 알탄이 씩씩거렸다. "넌 나를 사랑하니까."

"난 너를 사랑하지 않아." 린이 말했다. "그리고 난 뭐든 죽일 수 있어."

얼굴이 더 탈수록 더욱 알탄처럼 보이는 게 이매가 지닌 끔찍한 힘이었다. 린의 심장이 마구 뛰었다. '마음을 닫아. 생각을 차단해. 생각하지 마. 생각하지 마. 생각하지 마. 생각하지….'

그러나 이매에게서 알탄과 비슷한 점을 떼어내 생각할 수 없었다. 그들은 하나였고 똑같았다. 린은 그것을 사랑했고, 그를 사랑했고, 그는 그녀를 죽이려고 했다. 그녀가 먼저 죽이지 않으면 그녀가 죽을 것이다.

하지만 조금도, 이해가 되지 않았다….

린은 다시 집중하려고 애썼다. 공포를 잠재우고 이성을 회복하려고 했다. 이번에는 알탄과 이매를 분리해 생각하는 게 아니라, 그것이 누구라고 생각되든 상관없이 그것을 죽이겠다고 결심하는 데 집중했다.

린은 이매를 죽이고 있었다. 린은 알탄을 죽이고 있었다. 둘 다 사실이었다. 둘 다 해야 했다.

린에겐 양귀비 씨앗이 없었지만, 그 순간 불새를 소환하기 위해 씨앗이 필요하지 않았다. 린에겐 횃불이 있었고, 고통이 있었고, 그것으로 충분했다.

린은 횃불의 뭉툭한 나무 손잡이로 알탄의 얼굴을 힘껏 쳤다. 또 쳤다. 가능하다고 생각했던 것보다 훨씬 더 강력한 힘으로 때렸다. 나무가 뼈에 닿았다. 그의 뺨이 푹 패더니 살과 뼈가 있어야 할 자리에 동굴 같은 구멍이 생겼다.

"넌 날 아프게 하고 있어." 알탄이 충격받은 목소리로 말했다.

'아니, 난 널 죽이고 있어.' 린은 다시, 또다시, 반복해서 횃불로 때렸다. 일단 팔이 움직이기 시작하자 멈출 수가 없었다. 알탄의 얼굴이 조각난 뼈와 살이 엉킨 얼룩덜룩한 덩어리가 되었다. 갈색 피부가 밝은 빨간색으로 변했다. 그의 얼굴은 형체를 완전히 잃었다. 린이 눈을 피투성이가 되도록 치고 또 쳐서 더 이상 그 눈을 들여다볼 필요도 없었다. 그가 몸부림을 치는 동안 린은 횃불의 방향을 돌려 상처를 태우기 시작했다. 그가 비명을 질렀다.

마침내 린 아래서 이매가 몸부림을 멈췄다. 근육의 긴장도 풀리고 다리도 발길질을 멈췄다. 린은 무겁게 숨을 헐떡이며 놈의 머리 쪽으로 가까이 갔다. 그녀는 놈의 얼굴을 뼈까지 태웠다. 까맣게 타버린 연기 나는 피부 아래 작고 새하얀 해골이 드러났다.

린은 시체에서 내려와 크게 숨을 들이마셨다. 그리고 왈칵 토했다.

*

"미안해." 네자가 깨어나서 말했다.

"그러지 마." 린이 말했다. 린은 네자하고 나란히 벽에 기대 늘어져 있었다. 위장에 든 내용물을 전부 길바닥에 토해낸 후였다. "네 잘못이 아니잖아."

"내 잘못 맞아. 넌 그걸 보고도 최면에 걸리지 않았잖아."

"아니, 나도 최면에 걸렸어. 전 중대가 최면에 걸렸어." 린이 엄지를 들고 시장 바닥 곳곳에 쓰러진 무겐군 주검을 가리켰다. "게다가 네 덕분에 놈에게서 벗어날 수 있었어. 자책하지 마."

"내가 어리석었어. 여자아이를 보고 알아봤어야 했는데…."

"우리 둘 다 못 알아봤어." 린이 딱딱하게 말했다.

네자는 아무 말도 하지 않았다.

"여동생이 있어?" 한참 후에 린이 물었다.

"남동생이 있었어." 네자가 말했다. "어린 남동생. 어렸을 때 죽었어."

"아." 린은 뭐라고 말해야 할지 몰랐다. "안됐다."

네자가 몸을 일으켜 앉았다. "이매가 나한테 소리를 질렀을 때 느낌이… 그때 일이 전부 내 잘못 같았어."

린이 힘겹게 침을 삼켰다. "나는 놈을 죽일 때 살인을 하는 것 같았어."

네자가 오래도록 린을 바라보았다. "너한테는 누구로 보였어?"

린은 대답하지 않았다.

*

두 사람은 아무 말 없이 다리를 절며 기지로 돌아갔다. 가끔 혹시 누가 따라오는지 확인하려고 어두운 모퉁이를 돌 때마다 몸을 숨겼다. 필요해서라기보다는 습관적이었다. 린은 당분간 이 구역에 무겐군 병사는 없겠다고 생각했다.

사이크 본부와 7사단 기지 사이 갈림길에 도착하자 네자가 문득 걸음을 멈추고 린을 향해 돌아섰다.

린의 심장이 쿵 내려앉았다.

얼굴 한쪽은 달빛을 받아 밝게 빛나고 반대쪽은 긴 그림자를 드리운 채 도로 한가운데 서 있는 네자는 정말이지 아름다웠다.

그는 반들반들하게 윤이 나는 도자기, 잘 보존된 유리 같았다. 인간이 아니라 조각가가 인간에 가깝게 조각한 작품이었다. '진짜 사람일 리가 없어.' 린은 생각했다. 살과 뼈로 이루어진 소년이 어떤 흠도 결점도 없이, 보고 있으면 고통스러울 정도로 아름다울 수는 없었다.

"저기, 그때 그 이야기 말인데." 네자가 말했다.

린은 앞으로 단단히 팔짱을 꼈다. "그런 이야기를 할 때가 아니야."

네자가 재미없게 웃었다. "우린 전쟁 중이야. 그런 이야기를 할 만한 좋은 때는 영원히 없어."

"네자…."

네자가 린의 팔에 손을 올렸다. "그냥 미안하다고 말하고 싶었어."

"그러지 않아도 돼…."

"아니, 그래야 해. 난 정말 개자식이었어. 게다가 네 사령관에 대해 그렇게 말할 권리도 없었고. 정말 미안해."

"용서할게." 린은 조심스럽게 말했고, 그 말이 진심임을 깨달았다.

✳

기지로 돌아가자 알탄이 집무실에서 기다리고 있었다. 린이 문을 두드리기도 전에 알탄이 문을 열었다.

"해치웠어?"

"해치웠어." 린이 보고했다. 린은 마른침을 삼켰다. 아직도 심장이 뛰었다. "대장."

그는 짤막하게 고개를 끄덕였다. "잘했어."

두 사람은 잠시 침묵하며 서로를 보았다. 알탄은 문 그림자 속에 잠겨 있었다. 린에게 그의 표정이 보이지 않아서 다행이었다. 지금은 그를 마주 볼 자신이 없었다. 그를 보고 있으면 어쩔 수 없이 그녀의 손 아래서 그의 얼굴이 불타고 부서지며 살과 핏덩이와 힘줄이 곤죽처럼 녹아내리는 모습이 겹쳐 떠오를 것이다.

순간 네자에 관한 생각이 전부 마음 밖으로 밀려났다. 그 이야기는 지금 당장 중요한 문제가 될 수 없었다.

그녀는 방금 알탄을 죽였으니까.

그게 무슨 의미였을까? 이매는 린이 알탄을 절대로 죽이지 못한다고 생각했지만, 린은 기어코 알탄을 죽이고 말았다는 사실은 대체 무슨 의미를 담고 있을까?

이런 일까지 할 수 있다면, 어떤 일은 할 수 없을까?

누군들 죽이지 못할까?

어쩌면 그것은 알탄처럼 쉽고 일상적으로 불새를 소환하기 위해 꼭 필요한 종류의 분노일지도 모른다. 단순한 분노나 단순한 공포가 아닌, 특별히 잔혹한 학대가 부채질한 깊이 불타오르는 원한일지도 모른다.

결국, 린은 뭔가를 배웠다.

"다른 일은 없고?" 알탄이 물었다.

그가 그녀를 향해 한걸음 다가왔다. 린은 움찔했다. 알탄은 린이 움찔한 것을 분명히 알아챘을 텐데도 더 가까이 다가왔다. "하고 싶은 말은 없고?"

"없어." 린은 속삭였다. "아무것도."

18

"강둑 쪽은 깨끗해." 린이 말했다. "서북쪽 구석에 소소한 활동 징후가 보이긴 하지만, 새로운 활동은 전혀 없어. 아마 병영 깊숙한 곳으로 보급품을 더 옮기고 있는 모양이야. 오늘 공격을 시도할 것 같지는 않아."

"좋아." 알탄이 말했다. 그는 지도의 한 지점에 표시를 하고 붓을 내려놓았다. 그러더니 관자놀이를 문지르며 무슨 말을 할지 잊은 사람처럼 잠시 동작을 멈추었다.

린은 초조하게 옷소매를 만지작거렸다.

두 사람은 몇 주째 함께 훈련하지 않았다. 차라리 다행이었다. 지금은 훈련할 시간도 없었다. 포위에 들어간 지 몇 달째였고, 쿠달라인 안에 주둔한 니칸군의 상황은 매우 절박했다. 7사단에서 증원군을 보내왔는데도 항구도시는 무겐군에 점령될 위험이 무척 커졌다. 사흘 전 5사단은 쿠달라인의 이송 중심지로 삼았던 외곽의 중요한 마을 하나를 잃었고, 무겐군에게 도시 동쪽 상당 부분을 노출하고 말았다.

그뿐 아니라 새로 유입한 보급품의 상당량을 잃는 바람에 병사들의 배급도 훨씬 더 빈약해질 수밖에 없었다. 니칸 병사들은 쌀죽과 고구마만으로 연명했고, 바지는 이번 전쟁이 끝나면 다시는 두 가지 음식에 손도 대지 않겠다고 선언했다. 그런 상황이라 병사들은 강당에서 완전히 조리된 음식을 배식받는 날보다 차라리 쌀 한 줌을 씹어 삼키는 때가 더 많았다.

준 장군의 최전방 부대는 조금씩 후퇴하고 있었고 사망자와 중상자 수가 늘어났다. 무겐군은 점점 강둑의 요새를 장악해 들어오고 있었다. 며칠 동안 개울물이 핏빛이 되었고 준 장군은 어쩔 수 없이 부하들을 멀리 보내 썩은 시체로 오염되지 않은 물을 길어 오게 했다.

쿠달라인 시내 외에 니칸군은 부두의 핵심 건물 세 곳을 여전히 점령하고 있었다. 두 군데는 창고였고 한군데는 과거 헤스페리아의 무역사무소로 썼던 건물이었다. 그러나 제한된 인력이 도시 곳곳에 드문드문 퍼져 있는 상황이라 그 건물들을 무기한으로 점유하고 있을 수가 없었다.

그래도 무겐군이 쉽게 승리할 거라는 처음 환상은 깨졌다. 첩보부대가 가로챈 문서를 통해서 무겐군이 쿠달라인을 일주일 안에 점령할 수 있다고 기대했었다는 사실을 알게 되었다. 그러나 포위는 몇 달째 이어지고 있었다. 린은 니칸군이 쿠달라인에서 무겐군을 더 오래 막아낼수록 전시 수도 골린니스가 방어력을 구축할 시간이 그만큼 늘어난다는 사실을 깨달았다. 그들은 바랐던 정도보다 더 많은 시간을 벌어주었다.

그렇다고 쿠달라인의 니칸군이 철저히 패배한 기분을 덜 느끼는다는 뜻은 아니었다.

"한 가지 더 있어."

알탄은 계속하라는 뜻으로 고개를 끄덕였다.

린은 서둘러 말했다. "5사단이 해안 공격에 관한 회의를 하고 싶대. 창고 쪽 병력을 더 잃기 전에 작전을 펼쳐야 한다고. 늦어도 내일모레."

알탄이 한쪽 눈썹을 치켜올렸다. "5사단이 왜 너를 통해 요구 사항을 전달하는 거지?"

사실 요구사항은 용의 군벌인 아버지를 대신해 네자가 전달했다. 준 장군은 직접 알탄을 찾아와서 요구사항을 전달하면 알탄의 정통성을 입증하는 셈이 되므로 그게 싫어서 용의 군벌을 찾아갔던 것이다. 린은 사단 사이 정치 놀음이 믿을 수 없을 정도로 화가 났지만, 여기서 자신이 할 수 있는 일은 하나도 없었다.

"적어도 한 사람은 나를 좋아하나 봐, 대장."

알탄이 눈을 깜박였다. 린은 즉시 그렇게 말한 걸 후회했다.

그가 뭐라고 대답하기 전에 비명이 아침 공기를 갈랐다.

✳

알탄이 먼저 파수 탑 위에 도착했고, 린은 곧바로 뒤를 따랐다. 심장이 미친 듯이 날뛰었다. 적의 공격이 시작된 걸까? 그러나 무겐군 병사는 보이지 않았고, 머리 위로 날아오는 화살도 없는데….

카라가 파수 탑 바닥에 쓰러져 있었다. 카라 혼자였다. 두 사람이 지켜보는 가운데 카라는 돌바닥에서 몸부림을 치면서 목구멍 깊은 곳에서 고통스러운 신음을 냈다. 카라의 눈동자가 뒤로 돌아가 있고 팔다리는 통제할 수 없이 경련했다.

부상을 입고 이렇게 반응하는 사람은 본 적이 없었다. 혹시 카라가 독을 맞았나? 하지만 무겐군이 왜 보초를 과녁으로 삼는단 말인가? 다른 병사도 없는데? 린과 알탄은 잠재적인 사격 범위에서 벗어나려고 본능적으로 몸을 웅크리고 있었지만, 화살이 날아오지는 않았다. 카라가 몸을 움찔거리는 것을 제외하곤 어떠한 움직임도 감지되지 않았다.

알탄이 무릎을 꿇고 앉았다. 그는 카라의 어깨를 붙잡아 일으켜 앉혔다. "무슨 일이야? 무슨 일이 있었어?"

"아파…."

알탄이 카라를 거칠게 흔들었다. "내 말에 대답해."

카라가 다시 신음했다. 카라가 분명히 고통스러워하는데도 알탄이 그녀를 거칠게 다루는 모습을 보고 린은 경악했다. 그러나 뒤늦게야 카라의 몸에 보이는 상처가 없다는 것을 발견했다. 바닥이나 옷에도 핏자국이 없었다.

알탄이 카라의 얼굴을 가볍게 때리면서 정신이 들게 했다. "그가 돌아온 거야?"

린은 혼란스럽게 두 사람을 보았다. 누구 이야기를 하는 거지? 카라의 쌍둥이?

"동문으로 가." 카라가 겨우 말했다. "그가 왔어."

린이 카라를 부축해 계단을 내려갈 무렵 알탄은 이미 시야에서 사라졌다.

린은 고개를 들었다가 성벽 꼭대기에서 5사단 궁수들이 활에 화살을 끼우고 꼼짝 않고 선 모습을 보았다. 반대편에서 쇳끼리 부딪치며 쩽강거리는 소리가 들렸지만, 궁수들 가운데 화살을 쏘는 사람은 없었다.

반대편에 알탄이 가 있는 게 틀림없었다. 궁수들은 행여 알탄이 화살에 맞을까 봐 두려운 걸까, 아니면 그냥 도와주기 싫은 걸까?

린은 카라를 가장 가까운 성벽에 기대어 앉게 하고, 동문이 내려다보이는 쪽 성벽으로 미친 듯이 달려갔다.

성문 너머에 무겐군 전 중대가 알탄을 에워싸고 서 있었다. 알탄은 말에 올라탄 채 성문 쪽으로 길을 뚫으려고 고군분투하고 있었다. 알탄은 린의 시선이 따라잡을 수 없을 정도로 재빨리 팔을 움직였다. 그의 삼지창이 정오의 태양 아래서 한 번, 그리고 두 번 번쩍이자 곧 날이 피로 물들었다. 그가 삼지창을 한 번 비틀어 뺄 때마다 무겐군 병사가 한 명씩 쓰러졌다.

무겐군이 한 명씩 쓰러질 때마다 적군의 무리가 점점 줄어들었고, 마침내 린은 왜 알탄이 불꽃을 소환하지 않았는지 알 수 있었다. 알탄이 탄 말에 웬 젊은 남자가 알탄의 품에 기댄 채 축 늘어져 있었다. 남자의 얼굴과 가슴은 온통 피투성이였다. 그의 피부는 머리카락과 똑같이 푸르스름한 백색이었다. 순간 린은 지앙 사부인가 생각했지만(그러길 바랐지만) 남자는 지앙 사부보다 키가 더 작고, 눈에 띄게 더 젊고, 훨씬 더 야위었다.

알탄은 최선을 다해 무겐군 중대를 상대했지만, 적군은 알탄이 성문에 다가가지 못하게 막고 있었다.

성문 반대편에 사이크 대원들이 모여 있는 게 보였다.

"성문을 열어!" 바지가 소리쳤다. "두 사람을 들여보내!"

병사들은 머뭇거리는 표정을 주고받을 뿐 아무 일도 하지 않왔다.

"대체 뭘 기다리는 거야?" 카라가 외쳤다.

"준 사령관님의 명령이야." 한 병사가 더듬거리며 말했다. "어쨌든 성문을 열 수 없어."

린이 다시 성문 건너편을 보자 또 다른 무겐군 중대가 증원군으로 몰려오고 있었다. 린은 성벽 너머로 몸을 내밀고 손을 마구 흔들며 바지의 주의를 끌었다. "적군이 더 몰려오고 있어!"

"염병할." 바지가 병사 한 명을 발로 차내고 또 다른 병사의 배에 쇠스랑 끝을 겨누며 직접 성문을 열기 시작하자, 그사이 수니가 바지 뒤에서 경비대를 상대했다.

묵직한 성문이 조금씩 조금씩 힘겹게 열리기 시작했다.

카라가 열린 문틈 바로 뒤에 서서 한바탕 화살을 쏘아 무겐군 병사를 차례차례 쓰러뜨렸다. 화살 공격 아래 무겐군 병사들이 뒤로 물러나자 알탄은 그 틈을 타 성문을 지나 들어왔다.

바지가 성문을 반대편으로 밀어 쿵 소리 나게 닫았다.

알탄이 고삐를 잡아당겨 급히 말을 멈췄다.

카라가 린은 전혀 알아들을 수 없는 언어로 소리치며 알탄에게 달려갔다. 카라의 길고 신랄한 비난에 다양하고도 화려한 니칸어 욕설이 드문드문 섞여 있었다.

알탄이 한 손을 들어 카라를 조용히 시켰다. 그는 단 한 번의 우아한 동작으로 말에서 내렸고, 이어 젊은 남자가 말에서 내리는 걸 도왔다. 남자는 땅에 발이 닿자마자 비틀거리며 말 옆구리에 부딪혔다. 알탄이 기대라고 어깨를 내주었지만, 남자는 손을 저어 물리쳤다.

"그가 있었어?" 알탄이 물었다. "그를 보았어?"

남자가 가슴을 오르내리며 고개를 끄덕였다.

"설계도를 가지고 왔어?" 알탄이 물었다.

남자가 다시 고개를 끄덕였다.

두 사람은 대체 무슨 말을 하는 걸까? 린은 우네겐에게 묻는 눈빛을 쏘아 보냈지만, 우네겐도 어리둥절하기는 마찬가지였다.

"좋아." 알탄이 말했다. "좋아. 그렇다면. 넌 바보야."

그러자 남자와 카라가 동시에 알탄에게 소리를 지르기 시작했다.

"너야말로 바보같이…."

"…죽을 수도 있었어…."

"…무모하기 짝이 없어…."

"…네가 얼마나 강력한지 몰라도, 어떻게 감히 그런…."

"이봐." 남자가 말했다. 남자의 뺨은 눈처럼 새하얗게 질려 있었다. 그가 떨기 시작했다. "이 문제를 논의하려니 기쁘기 짝이 없지만, 난 지금 상처 세 군데에서 생명이 줄줄 새어 나오고 있고, 이러다가 죽을지도 모르겠어. 내게 시간을 좀 주겠어?"

✳

알탄과 카라와 새로 온 남자는 그날 오후 내내 알탄의 집무실에 들어가 나오지 않았다. 린은 의료 처치를 위해 엔키를 데려오라는 지시를 받았을 뿐, 알탄에게서 전혀 불확실하지 않은 용어로 밖에 나가 돌아다니라는 말만 들었다. 린은 어떤 지시사항도 없이 지루하고 불안하게 도시 곳곳을 돌아다녔다. 사이크 대원 누구에게라도 대체 무슨 일인지 설명을 듣고 싶었지만, 우네겐과 바지는 정찰 임무를 나갔고 저녁 식사 때까지 돌아오지 않았다.

"그 남자 누구야?" 두 사람이 강당에 나타나자마자 린이 물었다.

"극적으로 등장한 그 남자 말이지? 알탄의 부관이야." 우네겐이 말했다. 우네겐은 린 맞은편에 앉아 젠체하며 허세를 부렸다. "힌터랜드의 유일무이한 '차간 수렌'이란다."

"더럽게 오래 걸렸네." 바지가 불퉁거렸다. "차간은 대체 어딜 다녀온 거야? 휴가라도 다녀오셨나?"

"카라의 쌍둥이지? 그래서 카라가…." 린은 카라의 발작에 관해 예의를 갖춰 물어보려면 뭐라고 해야 할지 몰라 망설였는데, 바지가 그런 린의 얼굴에서 당혹스러운 표정을 읽었다.

"걔들은 닻 쌍둥이야. 뭐랄까… 서로 영혼이 얽혀 있는 쌍둥이지." 바지가 말했다. "언젠가 카라가 설명해준 적이 있는데, 자세한 이야기는 까먹었어. 간단히 말하자면 두 사람은 하나로 묶여 있어. 차간을 베면 카라가 피를 흘리지. 카라를 죽이면 차간이 죽어. 뭐, 그런 식이야."

린에게 완전히 새로운 개념은 아니었다. 전에 지앙 사부가 이런 식의 의존성을 설명해준 적이 있었다. 또 힌터랜드의 샤먼들이 가끔 서로에게 닻을 내려 함께 능력을 향상한다는 이야기를 책에서 읽은 적도 있었다. 하지만 카라가 바닥에 쓰러져 그런 식으로 발작하는 모습을 보니 닻 쌍둥이는 이점이라기보다는 끔찍한 취약점이라는 생각이 들었다.

"차간은 어디에 다녀온 거야?"

"여기저기?" 바지가 어깨를 으쓱했다. "몇 달 전에 알탄이 차간을 쿠달라인 밖으로 보냈어. 적군이 시네가드를 공격할 거라는 말을 들었던 그 무렵에."

"그런데 왜? 차간의 볼일이 뭐였는데?"

"그런 말은 없었어. 네가 직접 물어보면 되겠네." 바지가 린의 어깨너머를 바라보며 고개를 끄덕였다.

린은 뒤를 돌아보았다가 깜짝 놀라 풀쩍 뛰어올랐다. 누가 다가오는 소리도 들리지 않았는데 바로 뒤에 차간이 서 있었다.

아침에 그토록 많은 피를 흘린 사람치고 차간은 눈에 띄게 말짱해 보였다. 왼쪽 팔을 붕대로 감아 삼각건으로 싸맸지만, 그곳을 제외하면 전혀 다친 사람으로 보이지 않았다. 이토록 빠른 치유를 위해 엔키가 정확히 무슨 처치를 했을까, 린은 궁금했다.

가까이서 보니 차간과 카라는 분명히 닮았다. 차간은 카라보다 키가 더 컸지만, 똑같이 여위고 체구가 새 같았다. 그의 뺨은 광대가 높이 솟았다가 아래로 푹 꺼졌고 눈구멍이 깊이 파여 하얀 시선 주위로 그늘이 뚜렷했다.

"합석해도 될까?" 차간이 물었다. 그의 말투는 질문이라기보다 명령에 가깝게 들렸다.

우네겐이 즉시 움직여 자리를 만들었다. 차간은 탁자를 돌아 린 바로 맞은편에 앉았다. 그는 탁자 위에 팔꿈치를 대고 손끝으로 턱을 괴었다.

"네가 새로 온 스피어인이군." 차간이 말했다.

그의 여러 면이 지앙 사부를 연상시켰다. 흰색 머리카락이나 야윈 몸매뿐만 아니라, 마치 린을 꿰뚫어 보는 듯한, 린 자체가 아니라 린 너머 어느 곳을 바라보는 것 같은 시선이 지앙 사부와 흡사했다. 차간이 이쪽을 보자 린은 왠지 탐색당하는 듯한 불안감을 느꼈다. 차간은 린의 옷을 뚫고 볼 수 있을 것만 같았다.

차간 같은 눈을 본 적이 없었다. 그의 눈은 비정상적으로 커서 작은 얼굴을 거의 차지하다시피 했다. 그리고 그 눈에는 동공도 홍채도 없었다.

린은 애써 침착한 표정을 짓고 숟가락을 집어 들었다. "응, 그게 나야."

그의 입꼬리가 위쪽으로 움찔 올라갔다. "알탄 말로는, 너한테 수행의 문제가 있다던데?"

바지가 헉하고 숨을 들이켜다가 자기 음식에 대고 기침을 토해냈다.

린의 뺨이 뜨겁게 달아올랐다. "뭐라고?"

알탄과 차간이 오후 내내 나눈 이야기가 이런 거였나? 알탄이 새로 온 사람에게 자신의 결점을 말했다는 사실이 몹시 수치스러웠다.

"시네가드에서 한 번 성공한 후 불새를 소환한 적이 있어?" 차간이 물었다.

'지금 당장 너에게 불을 붙일 수도 있어, 이 새끼야.' 숟가락을 쥔 린의 손이 긴장했다. "노력하고 있어."

"알탄은 네가 틀에 갇혀 있다고 생각하던데."

우네겐은 여기 말고 다른 데 앉아 있었으면, 하고 간절히 바라는 얼굴이었다.

린은 이를 악물었다. "틀린 생각이야."

차간이 잘난 척하는 미소를 지었다. "내가 도와줄 수도 있어. 나는 알탄의 예언자니까. 내가 썩 잘하는 일이거든. 나는 영적 세계로 건너가 신들과 대화를 나누지. 신을 소환하지는 않지만, 누구보다 신전으로 가는 길을 잘 알아. 네게 문제가 있다면 내가 너의 신에게 돌아가는 길을 찾게 도와주지."

"나는 '문제 같은 거' 없어." 린이 딱 잘라 말했다. "습지 전투 날에는 겁에 질렸을 뿐이야. 지금은 아니고."

그 말은 사실이었다. 린은 알탄이 요구하면 지금 당장 이 강당으로 불새를 소환할 수 있을까 생각해봤다. 알탄이 명령을 내리는 것에 그치지 않고 송구스럽게도 말씀을 내려주신다면. 아무 일도 일어나지 않을 도시를 순찰하게 하는 것 말고 과제를 내려줄 만큼 린을 신뢰한다면.

차간은 한쪽 눈썹을 치켜올렸다. "알탄은 그렇게 생각하지 않던데."

"그럼 알탄은 약에 취하지 말고 정신부터 바짝 차려야겠네." 린은 모질게 말하고 곧바로 그 말을 후회했다. 알탄에게 실망하는 것과 그것에 관해 그의 부관에게 불평하는 것은 별개의 문제였다.

탁자에 둘러앉은 사람 누구도 이제 먹는 시늉조차 하지 않았다. 바지와 우네겐은 한시라도 빨리 자리를 뜨고 싶어서 안절부절못하며 다른 곳을 두리번거렸다.

그러나 차간은 퍽 재미있다는 표정을 지었다. "그래서 넌 알탄이 개자식이라고 생각하는구나?"

마지막 남은 한 조각 경계심마저 사라지고 린의 안쪽에서 분노가 화르르 타올랐다. "알탄은 안절부절못하고, 이래라저래라하고, 강박적이고…."

"야, 불안하고 초조하지 않은 사람이 어디 있어?" 바지가 서둘러 끼어들었다. "우린 불평하면 안 돼. 차간, 이런 이야기를 꼭 나눠야 해? 내 말은…."

차간이 손끝으로 탁자를 두드렸다. "바지. 우네겐. 나는 린하고 이야기하고 싶어."

차간이 너무도 오만하고 고압적으로 말해서, 린은 바지가 가만두지 않겠다고 화를 낼 줄 알았는데, 바지와 우네겐은 그저 그릇을 들고 탁자를 떠나버렸다. 린은 너무 놀라, 말없이 방 건너편으로 걸어가는 두 사람을 그저 지켜보았다. 알탄마저도 이런 식으로 의문의 여지가 없는 복종을 요구한 적이 없었다.

대화가 들리는 범위에 아무도 남지 않게 되자 차간이 앞쪽으로 몸을 숙였다. "한 번만 더 알탄에 관해 그딴 식으로 말했다간." 그가 흡족한 얼굴로 말했다. "그땐 넌 죽은 목숨일 줄 알아."

바지와 우네겐은 차간에게 겁을 먹었는지 몰라도 린은 너무도 화가 나서 차간이 조금도 두렵지 않았다.

"어디 한번 해보시지." 린이 말했다. "우린 남아도는 병사도 없을 텐데."

차간의 입이 비틀어지더니 씩 웃었다. "네가 쉬운 애가 아니라고 알탄이 그러더라."

린은 경계의 눈초리로 차간을 보았다. "알탄 생각이 틀리진 않아."

"그래서 그를 존경하지 않는 거야?"

"나는 알탄을 존경해." 린이 말했다. "하지만… 알탄은…." '달라졌어. 강박증에 빠졌어. 내가 알던 그 사령관이 아니야.'

알탄 때문에 무섭다는 것은 인정하고 싶지 않았다.

그러나 차간은 놀랍게도 동감하는 듯 보였다. "네가 이해해야 해. 알탄은 사령관이 된 지 얼마 되지도 않았어. 그는 너만큼이나 자신이 뭘 하고 있는지 이해하려고 애쓰는 중이야. 그는 두려운 거지."

알탄이 두려워한다고? 린은 웃음을 터뜨릴 뻔했다. 알탄의 작전은 지난 2주일 동안 점점 대규모로 변해서 마치 혼자서 무겐군 전체를 상대하려는 느낌이 들 정도였다. "알탄은 '두려운' 게 뭔지 몰라."

"알탄은 아마도 현재 니칸에서 가장 강력한 무술가일 거야. 어쩌면 세계에서 가장 강력할지도 모르지." 차간이 말했다. "그렇지만 그는 살면서 내내 명령을 따르는 일에 익숙했어. 티르의 죽음은 우리에게 큰 충격이었어. 알탄은 사령관 지위를 물려받을 준비가 되지 않았고. 그에게 지휘란 꽤 어려운 임무야. 군벌들과 사이좋게 지내는 법도 모르고. 그는 한껏 무리하고 있어. 겨우 열 명도 안 되는 분견대를 가지고 전쟁 전체를 상대하려고 해. 그리고 그는 패배하고 말 거야."

"우리가 쿠달라인을 지킬 수 없다고 생각해?"

"아니, 난 우리가 쿠달라인을 지켜서는 안 된다고 생각해." 차간이 말했다. "쿠달라인 방어는 피를 흘리며 시간을 벌기 위한 희생양이야. 쿠달라인은 결코 이길 수 없는 지역이기 때문에 알탄은 패배하고 말 거야. 그리고 패배하면 알탄은 무너지고 말 거야."

"알탄은 무너지지 않아." 린이 말했다. 알탄은 지금껏 목격한 최강의 전사였다. 그는 '무너질 수가 없었다.'

"알탄은 네 생각보다 상처받기 쉬워." 차간이 말했다. "지휘의 부담에 짓눌려 점점 금이 가고 있어. 보이지 않아? 알탄에게 이건 새로운 영역이고, 그는 승리에 지나치게 의존하고 있어서 심각하게 무리하고 있어."

린은 허공을 흘겨보았다. "전국이 우리의 승리에 의존하고 있어."

차간이 고개를 저었다. "내 말은 그게 아니야. 알탄은 '이기는'

데 익숙해졌어. 평생 주목을 받아왔어. 그는 최후의 스피어인이었고, 국가적으로 진귀한 존재였잖아. 시네가드 학당에서는 최우수 학생이었고. 사이크에 와서는 티르의 총애를 받았어. 평생 뭔가를 파괴하는 일에 능하다고 끊임없이 인정받아왔지만, 여기 온 후로 칭찬을 받아본 적이 없어. 특히, 자기 부하가 대놓고 불복종할 때 그랬지."

"나는 그런 뜻이…."

"제발 인정해, 린. 너는 아주 못되게 굴었고, 지금도 그러고 있어. 전부 알탄이 네 머리통을 쓰다듬으며 잘하고 있다고 칭찬해주지 않아서 그러는 거잖아."

린은 자리에서 벌떡 일어나 양손으로 탁자를 내리쳤다. "나한테 이래라저래라 잘난척하지 마, 개자식아!"

"하지만 알탄의 부관으로서 그게 정확히 내가 할 일인걸?" 차간은 천천히 그녀를 올려다보았다. 그 표정이 하도 재수 없어서 린은 그 얼굴을 붙잡아 탁자에 내리치지 않으려고 참느라 부들부들 떨었다. "네 임무는 복종이야. 내 임무는 네가 그만 일을 망치도록 막는 거고. 그래서 말인데, 이제 그만 정신 바짝 차리고 망할 놈의 불꽃을 소환하는 법이나 배우시지. 알탄의 걱정거리를 하나라도 덜어주란 말이야. 내 말 알아들었어?"

19

"그 새로 온 사람은 누구야?" 네자가 아무렇지 않게 물었다.

린은 무엇이든 발길질하지 않고는 차간에 대해 제대로 말할 수 있을지 확신이 서지 않았지만, 이렇게 몸을 숨기고 있는 동안에는 발길질을 할 수가 없었다. 지금 두 사람은 몇 시간 동안 방책을 지켰고, 린은 슬슬 지루해지고 있었다.

"알탄의 부관이야."

"처음 보는 얼굴인데?"

"멀리 떠나 있다가 이제 막 돌아왔어." 린이 말했다.

머리 위로 한바탕 화살이 날아갔다. 네자가 얼른 방책 밑으로 몸을 숙였다.

7사단과 사이크가 합동으로 부두 옆 대사관 구역을 향해 공격을 개시했다. 무겐군 주요 병력을 둘로 쪼개려는 의도였다. 이론상으로는 니칸이 예전 헤스페리아 거주지역을 점령할 수만 있으면 적의 병력을 분리해 적군이 부두에 접근하지 못하게 막을 수 있었다. 니칸군은 두 개 연대를 파견해 한 연대는 강의 급경사 절벽을 공격하고 또 한 연대는 운하에서 부두로 거슬러 올라가게 했다. 그동안 무겐군은 그럴 필요가 없어서 벌판에서 니칸군과 대치하지 않았다. 부두 쪽 점령한 건물 벽 뒤에 안전하게 숨어 있다가 지붕에 올라가거나 대사관 건물 위층 창을 통해 무기를 발사하는 식으로 니칸군을 공격해왔다.

결국, 7사단에 주어진 유일한 선택은 무겐군 요새 지역에 대규모 보병대를 일제히 파견하는 것이었다. 니칸군이 대규모로 압박해 들어가 무겐군을 밖으로 불러내는 도박을 해야 했다. 그것은 살과 철의 대결이었고, 니칸군은 육체로 무겐군을 부수기로 결심한 셈이었다.

"그렇다면 너도 그 사람을 잘 모른다는 뜻이네?" 머리 위에서 불 폭탄이 터지자 네자가 말했다.

"내 말은 네가 물어볼 일이 아니라는 뜻이야."

린은 네자가 자기 아버지를 위해 정보를 수집하고 있는 것인지, 아니면 그저 한담을 나누고 싶은 것인지 알 수 없었다. 뭐든 중요하지 않다고 생각했다. 알탄이 동문 밖에서 그토록 극적인 장관을 펼치며 차간을 구해 온 마당에 차간의 출현은 니칸군 안에서 거의 비밀이 아니었다. 어쩌면 그런 사실 때문에 니칸군은 사이크 대원 나머지를 전부 합한 것보다 차간을 훨씬 더 두려워했다.

몇 걸음 떨어진 곳에서 수니가 람사의 특별 폭탄에 불을 붙여 방책 너머로 던졌다.

그들은 이제는 익숙해진 매운 유황 냄새가 콧속을 가득 채울 때까지 귀를 막고 몸을 웅크렸다.

적의 화살이 멈추었다.

"저게 그 '똥' 폭탄이야?" 네자가 물었다.

"묻지 마." 린이 말했다. 람사의 똥 폭탄 덕분에 일시적으로 소강상태가 찾아왔고, 그들은 그 틈을 타 방책을 지나 거리를 마구 내달려 다섯 군데 교차로 가운데 다음 지점에 이르렀다.

"그 사람, 어딘가 섬뜩하다며?" 네자가 계속 물었다. "힌터랜드 출신이라고 들었어."

"카라도 힌터랜드 출신이야. 그래서 뭐?"

"그리고 그 사람, 비정상이라며?" 네자가 말했다.

린이 코웃음을 쳤다. "여긴 사이크 부대야. 우린 '전부' 비정상이야."

거대한 폭발이 눈앞의 공기를 흔들었고 이어 불꽃이 연달아 터졌다.

알탄이었다.

그가 공격을 지휘하고 있었다. 알탄이 피워 올린 불꽃이 람사가 만든 무수한 화약과 함께 수많은 불덩이를 일으켰고, 야간 시야가 극적으로 밝아졌다.

알탄이 다음 교차로로 가는 길을 뚫었다. 니칸군은 계속 전진했다.

"하지만 그 사람은 스피어인이 할 수 없는 일을 할 수 있대." 네자가 전진하며 계속 말했다. "그 사람은 미래를 읽을 수 있대. 사람의 정신을 산산이 부술 수도 있고. 우리 아버지가 그러는데, 군벌들도 그 사람에 대해 안대. 너도 알았어? 몰랐구나. 알탄의 부관이 군벌들도 덜덜 떨 만큼 강력하다면, 알탄은 무슨 일로 그 사람을 쿠달라인 밖으로 멀리 보냈을까? 두 사람은 대체 무슨 계획을 꾸미고 있는 거지?"

"내가 널 위해 우리 사단을 염탐할 것 같아?" 린이 말했다.

"그러라고 부탁하지도 않았어." 네자가 미묘하게 말했다. "난 그저 너도 마음을 열어두는 게 좋겠다고 말하는 거야."

"넌 우리 사단 문제에 참견을 그만두는 게 좋겠고."

하지만 네자는 더 이상 린의 말을 듣지 않고 린의 어깨너머로 니칸군 첫 번째 대열이 전진 중인 부두 저 멀리에 있는 어떤 것을 응시했다. "저게 뭐지?"

린은 목을 죽 빼고 네자가 보는 쪽을 쳐다보았다. 곧 린은 혼란스러운 표정으로 눈을 갸름하게 떴다.

기묘하고 푸르스름하니 노란 안개가 봉쇄 지역을 넘어서 두 사람 앞의 니칸군 중대를 향해 스멀스멀 다가왔다.

꿈결처럼 싸움이 멈추었다. 선두 중대가 움직임을 멈추더니 최면에 빠진 사람들처럼 무기를 내려놓았다. 어느새 안개가 벽에 도달해 잠시 전진을 멈추더니 파도처럼 스스로 집결하고 다시 느릿느릿 대피호를 감싸고 안으로 들어갔다.

잠시 후 비명이 시작되었다.

"퇴각이다." 중대 장교가 외쳤다. "퇴각!"

니칸군이 즉시 방향을 틀어 안개를 피해 정신없이 달아나기 시작했다. 힘겹게 손에 넣은 부두의 적 주둔지를 포기하고 안개로부터 달아나기 위해 미친 듯이 뛰었다.

린도 기침을 하며 어깨너머를 흘낏 바라보며 달렸다. 그 기체에서 벗어나지 못한 병사들은 대부분 바닥에 누워 숨을 헐떡이며 몸부림쳤고, 마치 목을 공격당하는 사람처럼 미친 듯이 자기 얼굴을 할퀴었다. 어떤 병사들은 미동도 없이 누워 있었다.

화살촉이 린의 뺨을 스치듯 날아가 바로 앞의 땅바닥에 박혔다. 입가에 고통이 폭발했다. 린은 손으로 입을 감싼 채 계속 달렸다. 무겐군 병사들이 안개 뒤쪽에서 화살을 쏘았고, 아군을 차례차례 쓰러뜨렸다.

눈앞에 숲 언저리가 나타났다. 일단 나무 뒤에 숨으면 괜찮을 것이다. 린은 고개를 숙이고 나무를 향해 질주했다. 겨우 백 미터… 50미터… 20미터….

뒤쪽에서 목이 졸린 비명이 들렸다. 고개를 돌리다가 돌부리에 걸려 넘어졌고 순간 머리 위로 화살 하나가 휙 날아갔다. 뺨에서 눈으로 피가 흘렀다. 정신없이 피를 닦아내고 땅바닥에 납작 엎드렸다.

비명을 지른 사람은 네자였다. 네자는 미친 듯이 앞으로 기어갔지만, 순간 안개가 그를 덮쳤다. 안개 속에서 린과 네자의 눈길이 마주쳤다. 네자가 이쪽을 향해 한쪽 손을 들어 올리는 것 같았다.

린은 공포로 가득 차 침묵의 비명을 지르며 안개가 네자를 감싸는 모습을 지켜보았다.

안개를 뚫고 어떤 형체들이 다가오는 게 보였다. 무겐군 병사들이었다. 그들은 머리에 부피가 큰 기이한 장치를 뒤집어쓰고 목과 얼굴을 감싸고 있었다. 그 장치 때문인지 안개에 영향을 받지 않는 것처럼 보였다.

그중 한 명이 부피가 큰 장갑 낀 손을 들어 네자가 누운 자리를 가리켰다.

린은 아무 생각 없이 숨을 크게 한 번 들이마시고 안개 속으로 뛰어들었다.

기체가 닿자마자 피부가 타들어 갔다.

린은 이를 악물고 고통을 참으며 앞으로 꾸준히 나갔다. 그러나 열 발자국도 제대로 못 가서 누군가가 린의 어깨를 붙잡아 안개 밖으로 끌어냈다. 린은 그 손아귀에서 벗어나려고 미친 듯이 몸부림을 쳤다.

알탄은 린을 놓아주지 않았다.

"이거 놔!" 린은 팔꿈치로 알탄의 얼굴을 쳤다. 알탄은 코를 감싸 쥐고 뒷걸음질 쳤다. 린이 다시 앞으로 가려고 하자 알탄이 손목을 붙잡아 뒤로 끌어당겼다.

"뭐하는 짓이야?" 그가 물었다.

"네자가 붙잡혔어!" 린이 소리쳤다.

"상관없어." 알탄이 린을 숲 언저리 쪽으로 밀었다. "퇴각이야."

"우리 병사를 죽게 놔두란 말이야?"

"우리 병사가 아니야. 7사단 병사지. 어서 가."

"친구를 놔두고 갈 순 없어!"

"내 명령에 복종해."

"하지만 네자가…."

"전혀 미안하지 않다." 알탄이 이렇게 말하더니 린의 명치에 주먹을 꽂았다.

린은 온몸이 마비되어 경악하며 무릎을 꿇고 주저앉았다.

알탄이 큰 소리로 명령하는 소리가 들리자 이윽고 누군가가 린을 들어 올려 어린아이처럼 어깨 위로 둘러멨다. 그 병사가 막사 방향으로 달리기 시작하자 린은 그 사람을 마구 때리며 비명을 질렀다. 그 병사의 등에 업힌 채 린은 복면을 쓴 무겐군 병사들이 네자를 끌고 가는 것을 얼핏 보았다.

✳

기체 공격은 무겐군이 의도한 효과를 정확하게 불러왔다. 설탕 폭탄이 재앙이었다면 기체 공격은 괴물이었다. 쿠달라인은 완전한 공황 상태에 빠졌다. 기체는 1시간도 안 되어 흩어졌지만, 기체에 관한 소문은 재빨리 퍼져갔다. 안개는 보이지 않는 적, 분별없이 죽이는 적이었다. 안개로부터 숨을 곳은 없었다. 민간인들은 이제 니칸군이 자신을 지켜줄 능력이 없다고 확신하고 떼를 지어 도시를 떠나기 시작했다. 공포가 거리를 감쌌다.

준 장군의 부하들이 골목마다 다니며 민간인들을 향해 도시 성벽 뒤쪽은 안전하다고 고함치며 설득에 나섰다. 그러나 사람들은 그 말을 믿지 않았다. 사람들은 덫에 빠졌다고 생각했다. 쿠달라인 특유의 좁고 구불구불한 길에 또 다른 기체 공격이 시작되면 죽을 게 분명했다.

도시가 혼란으로 무너지는 사이 사령관들은 가장 가까운 본부에서 비상 회의를 열었다. 사이크 대원들은 군벌들과 하급 장교들과 함께 양 군벌의 집무실에 들어갔다. 린은 구석의 벽에 기대서서 사령관들이 즉각적인 전략을 세우며 언쟁을 벌이는 소리를 멍하니 흘려듣고 있었다.

해안에 나갔던 준 장군의 부하 중 기체 공격에서 살아남은 사람은 단 한 명이었다. 그는 뒤쪽에 서 있다가 동료들이 질식해 쓰러지는 것을 보자마자 무기를 버리고 달아났다.

"꼭 불을 마시는 느낌이었습니다." 그 병사가 보고했다. "빨갛게 달군 바늘로 허파를 마구 찌르는 기분이었어요. 보이지 않는 악마가 목을 조른다고 생각했습니다. 목이 막히고 숨을 쉴 수가 없었어요." 그는 몸서리를 쳤다.

린은 그 말을 들으며 그 병사가 네자가 아니라는 사실에 분개했다.

'겨우 50미터 떨어져 있었어. 나는 네자를 구할 수 있었어. 우리 둘 다 빠져나올 수 있었어.'

"당장 도심의 민간인을 피난시켜야 합니다." 준 장군이 말했다. 그는 독 안개에 부하를 백 명 넘게 잃은 사람치고 눈에 띄게 침착했다. "내 부하들이…."

"귀관의 부하들은 군중 통제에 나서면 됩니다. 민간인들이 도시를 빠져나가려고 허둥거리다 서로 짓밟혀 죽을 위험이 있어요. 질서 있게 떠나지 않는다면 무겐군에 당할 가능성이 큽니다." 알탄이 말했다.

놀랍게도 준 장군은 맞서지 않았다.

"우리는 본부 짐을 싸서 시항 창고 쪽으로 더 깊숙이 물러나야 합니다." 알탄이 계속 말했다. "창고 지하에 포로를 집어넣을 수도 있고요."

린이 고개를 홱 들었다. "무슨 포로요?"

그때서야 린은 자신에겐 발언권이 없다는 사실을 희미하게 자각했다. 계급도 없는 사이크의 일개 부대원으로서 자신은 사실상 이 회의의 참석자가 아니었으므로 지금 해서는 안 되는 행동을 하고 있었다. 그러나 지독한 슬픔에 빠져 있고 너무 지쳐서 신경 쓰지 못했다.

우네겐이 고개를 숙여 린의 귀에 대고 속삭였다. "무겐군 병사 하나가 안개 속에서 붙잡혔어. 알탄이 놈의 복면을 벗기고 이리로 끌고 왔어.”

린은 믿을 수가 없어 눈을 깜박였다.

“안개 속에 갔다 왔다고?” 린이 물었다. 자신의 목소리가 귓가에 지나칠 정도로 크게 울렸다. “복면을 가지고 있었다고?”

알탄이 짜증스러운 표정으로 린을 쏘아보았다. “지금은 그런 말을 할 때가 아니야.” 그가 말했다.

린이 몸을 일으켰다. “우리 병사는 죽게 놔두었으면서?”

“그 문제는 나중에 따로 논의할 것이다.”

추상적으로는 무겐군 포로를 잡아두었을 때의 전략적 이점을 이해했다. 지난번 둑 근처를 염탐하다 붙잡힌 무겐군 병사들은 성난 민간인들 손에 곧바로 갈가리 찢겨 죽었다. 그러나 아무리 그렇다고 해도….

“정말 믿을 수가 없어.” 린이 말했다.

“우리가 본부 피난을 맡는다.” 알탄이 큰 소리로 린에게 말했다. “우리 부대는 창고에서 다시 집결한다.”

준 장군이 짤막하게 고개를 끄덕이고 자기 부하들에게 뭐라고 중얼거렸다. 그들은 곧 경례하고 뛰어나갔다.

동시에 알탄은 사이크에게 지시를 내렸다.

“카라, 우네겐, 람사는 창고로 가는 안전한 경로를 확보하고 준 장군의 장교들을 그쪽으로 안내한다. 나머지는 또 다른 기체 공격에 대비해 각자 위치로 간다.” 알탄이 문 앞에서 멈추었다. “린, 너는 남아.”

린은 나머지 부대원들이 집무실을 나가는 동안 뒤에 물러서서 기다렸다. 우네겐이 나가면서 걱정스러운 시선을 던졌다.

알탄은 둘만 남을 때까지 기다렸다가 문을 닫았다. 그는 방을 가로질러 둘 사이 공간이 거의 남지 않을 정도로 바짝 다가섰다.

"내 말에 반박하지 마." 알탄이 조용히 말했다.

린이 앞쪽으로 팔짱을 꼈다. "영영? 아니면 준 장군 앞에서만?"

알탄은 미끼를 물지 않았다. "사령관을 대하는 병사로서 내 말에 대답해."

"안 그러면 어쩔 건데? 수니를 시켜 나를 집무실 밖으로 끌어낼 거야?"

"너는 선을 넘었어." 알탄의 목소리가 위험할 정도로 낮아졌다.

"그리고 대장은 내 친구를 죽게 했고." 린이 대꾸했다. "걔는 거기 누워 있었는데 대장은 그냥 버리고 왔어."

"너는 그 애를 끌고 올 수 없었어."

"아니, 할 수 있었어." 분노가 끓어올랐다. "행여 내가 할 수 없었어도 대장은 할 수 있었잖아. 대장은 죽어 마땅한 적군 병사를 끌고 오는 대신 내 '친구'를 구해 올 수 있었어."

"일개 병사보다 전쟁 포로가 전략적으로 훨씬 더 중요해." 알탄이 침착하게 말했다.

"무슨 개소리야!" 린이 으르렁거렸다.

알탄은 대답하지 않았다. 그저 두 걸음 앞으로 다가와 린의 뺨을 쳤다.

린은 어떤 방어도 하지 않았다. 아무런 준비도 없이 온 힘을 실은 타격을 받았다. 너무 강력해 머리가 옆으로 휙 돌아갔다. 갑작스러운 충격에 무릎이 꺾이며 바닥에 쓰러졌다. 린은 너무 놀라 뺨에 손을 올렸다. 손끝에 피가 묻어났다. 화살에 맞았던 상처가 다시 찢어졌다.

린은 천천히 알탄을 올려다보았다. 귓속이 쟁쟁 울렸다.

알탄의 심홍색 눈동자가 린의 시선과 부딪쳤다. 그의 얼굴에 실린 노골적인 분노를 보고 린은 경악했다.

"네가 감히." 그가 말했다. 그의 목소리는 천둥소리가 울리는 린의 귓속에 들어와 지나치게 큰 소리로 왜곡되었다. "넌 우리 관계의 본질을 오해하고 있어. 난 네 친구가 아니야. 네 오빠도 아니야. 우리가 아무리 동족일지라도, 나는 너의 사령관이다. 넌 내 명령에 반박할 수 없어. 의문 없이 내 명령에 따라야 해. 내게 복종하지 않으려거든 제국군을 떠나."

알탄의 목소리는 지앙이 시네가드에서 허공을 열었을 때처럼 이중 음색으로 겹쳐서 들렸다. 알탄의 눈동자가 붉게 이글거렸다. 아니, 붉은색이 아니라 불의 색깔 그 자체였다. 그의 몸 뒤에서 불꽃이 이글거렸다. 불꽃은 린이 소환할 수 있는 그 어떤 불보다 하얗게 작열했다. 자신의 불에는 면역이 되었지만, 그의 불에는 그러지 못했다. 알탄의 불꽃이 린의 얼굴을 뜨겁게 달궜고 숨막히게 했다. 린은 뒷걸음질 쳤다.

귓속에 쟁쟁거리는 소리가 최고조에 달했다.

'그는 이러면 안 돼.' 머릿속에서 어떤 목소리가 말했다. '널 겁주면 안 돼.' 린은 겁에 질려 이 정도로 움츠러든 적이 없었다. 알탄 앞에서 이런 적이 없었다. 누구 앞에서도 이런 적이 없었다.

린의 내면이 원한 서린 어둡고 무시무시한 어느 곳에 도달해, 호출을 기다리는 존재들에게 향하는 통로를 열어젖혔지만, 린은 그냥 자리에서 일어났다. 방 안이 선홍색 색안경을 끼고 바라보는 것처럼 온통 붉은빛이 되어 앞으로 달려들었다. 핏줄에 익숙한 뜨거움이 찾아왔다. 피와 재를 요구하는 뜨거움이었다.

붉은 안개 너머로 알탄의 눈이 놀라 휘둥그레지는 것이 보였다.

린은 어깨를 반듯하게 폈다. 어깨와 등에서 불꽃이 피어올랐다. 알탄과 같은 불꽃이었다.

린은 알탄을 향해 한 걸음 다가갔다.

탁탁 불꽃이 타오르는 소리가 방 안을 가득 채웠다. 엄청난 압력이 느껴졌다. 그 무게 때문에 몸이 덜덜 떨렸다. 새의 웃음소리가 들렸다. 새는 재미있어 죽겠다는 듯이 탄식했다.

'이 녀석들.' 불새가 중얼거렸다. '어처구니없고, 터무니없는 아이들. 나의 아이들.'

알탄은 멍할 만큼 놀랐다.

그러나 린의 불꽃과 알탄의 불꽃이 부딪치자 린은 다시 불편한 뜨거움을 느끼기 시작했다. 그의 불이 그녀의 불을 태우기 시작했다. 린의 불은 발화하는 섬광이자 분노의 충동적인 화염이었다. 알탄의 불은 끊임없는 증오를 원천으로 삼았다. 그의 불이 더 깊고 느렸다. 린은 독기 어린 원한과 오래 묵은 불행의 맛을 느꼈고, 그래서 끔찍하게 두려웠다.

한 사람의 증오가 어쩌면 이토록 깊을 수가 있을까?

대체 그는 무슨 일을 겪었던 걸까?

린은 더 이상 불을 유지할 수 없었다. 알탄의 불이 린의 불보다 더 뜨겁게 타올랐다. 두 사람은 의지력을 겨루었고, 린이 졌다.

린이 한순간 몸부림을 치자 그녀의 불꽃이 타오를 때만큼이나 빠른 속도로 잦아들었다. 린의 불이 꺼지자 알탄의 불도 곧바로 희미해졌다.

'끝났어.' 린은 생각했다. '나는 선을 넘고 말았어. 이제 다 끝났어.'

그러나 알탄은 화가 난 것 같지 않았다. 당장 린을 처형할 사람처럼 보이지 않았다.

아니, 오히려 그는 흡족해 보였다.

"그게 비결이었군." 알탄이 말했다.

린은 불이 내면의 것을 전부 태워버린 것만 같은 고갈을 느꼈다. 심지어 분노도 느껴지지 않았다. 거의 서 있을 힘도 없었다.

"개자식." 그녀가 말했다. "이 개자식아."

"제자리로 돌아가, 병사." 알탄이 말했다.

린은 문을 쾅 닫고 그의 방을 나왔다.

'제길.'

20

"여기 있었네."

차간은 북쪽 성벽에 있었다. 그는 팔짱을 끼고 무너진 언덕을 탈출하는 개미 떼처럼 민간인들이 빽빽한 거리를 빠져나가는 모습을 지켜보고 있었다. 사람들은 일용품을 마차에 싣거나, 황소나 말 옆구리에 끈으로 매거나, 물을 길어 올 때 쓰는 장대 양옆에 싣고 어깨에 메거나, 그냥 보따리에 싸서 끌고 성문을 빠져나가 뿔뿔이 흩어졌다. 그들은 가망 없는 도시에 하루 더 머무느니 차라리 탁 트인 시골에 운명을 맡기자고 선택했다.

니칸군은 쿠달라인에 남았다. 이곳은 여전히 지켜야 할 전략기지였다. 그러나 여기 남아 빈 건물만 지키게 될 것이다.

"쿠달라인은 끝났어." 차간이 벽에 기댄 채 말했다. "니칸군도 마찬가지야. 이제 더는 보급품이 오지 않을 거야. 병원도 없고 식량도 없어. 군대가 전투에서 싸우려면 민간인이 필요해. 그 원천을 잃으면 전쟁에서 패배할 수밖에 없어."

"할 말이 있어." 린이 말했다.

차간이 고개를 돌려 린을 보자, 린은 동공 없는 그 눈을 보고도 흠칫 놀라지 않도록 자신을 억눌러야 했다. 차간의 시선이 린의 뺨에 도드라진 주홍색 손자국에 머물렀다. 그가 입술을 꾹 다물었다. 그 자국이 어떻게 생겼는지 정확히 아는 것 같았다.

"연인끼리 승강이라도 벌였나 봐?" 차간이 길게 끌며 말했다.

"내 생각은 달라."

"그 남자애에 관한 불평은 적당히 했어야지." 그가 혀를 찼다. "알탄은 그런 식의 개똥 같은 소리는 참아주지 않아. 알탄은 참을성이 아주 많이 모자라다고."

"그 사람은 '인간'이 아니야." 린은 알탄의 힘 뒤에 숨은 끔찍한 분노를 떠올리며 말했다. 린은 알탄을 이해한다고 생각했었다. 사령관이라는 직함 뒤에 숨은 사람을 알아봤다고 여겼다. 그러나 이제 린은 알탄에 대해 아는 게 전혀 없음을 깨달았다. 린이 한때 알았던 알탄, 적어도 그녀의 마음속에 있는 알탄은 자기 군사를 위해서라면 무슨 일이든 서슴지 않았을 것이다. 그는 독성 기체 속에 사람을 죽게 버려두고 갈 사람이 아니었다. "대체 알탄은… 어떤 사람인지 모르겠어."

"알탄은 한 번도 인간이길 허락받은 적이 없지." 차간이 말했다. 그의 목소리는 별다른 특징 없이 부드러웠다. "어릴 때부터 니칸 제국군의 자산으로 취급받았어. 너희 시네가드 학당의 사부들이 자기 급우를 공격하라고 알탄에게 아편을 먹였고, 전쟁용 개처럼 훈련시켰어. 그리고 이제 니칸군 창설 이래 가장 어려운 처지에 놓인 사령관 자리에 앉혔지. 그런 상황에서 너는 고작 장난감 같은 남자애 하나 때문에 알탄이 스스로 곤란을 겪지 않았다고 따져 묻는 거야?"

린은 그 말에 차간을 한 대 칠 뻔했지만, 이를 악물고 참아냈다. "난 알탄 이야기를 하러 여기 오지 않았어."

"그럼 왜 왔지?"

"네 능력을 보여줘." 린이 말했다.

"내 능력은 차고 넘친단다, 꼬마야."

린은 노기를 띠며 말했다. "날 신들에게 데려다달라는 말이야."

차간은 잘난 척하는 표정으로 말했다. "신을 부르는 데 문제가 없다며?"

"알탄처럼 쉽게는 안 돼."

"하지만 할 수는 있잖아."

린은 양 주먹을 꼭 쥐었다. "나도 알탄처럼 하고 싶어."

차간이 한쪽 눈썹을 치켜올렸다.

린은 깊은숨을 들이마셨다. 아까 집무실에서 무슨 일이 있었는지 차간은 알 필요가 없었다. "몇 달 동안 노력했어. 할 수 있다고 생각하지만, 확실하지 않아. 뭔가… 누군가가 자꾸 나를 가로막아."

차간은 살짝 호기심 어린 얼굴로 고개를 갸우뚱했다. 그 모습이 고통스럽게 지앙 사부를 떠올렸다. "누가 따라붙어?"

"여자야."

"그렇군."

"나랑 같이 가줘." 린이 말했다. "내가 보여줄게."

"왜 하필 지금?" 차간이 가슴 앞으로 팔짱을 꼈다. "무슨 일이 있었기에?"

린은 그 질문에 대답하지 않았다. "나도 알탄이 할 수 있는 만큼 해야 해." 린은 무뚝뚝하게 말했다. "나도 그가 할 수 있는 만큼 힘을 소환해야 해."

"왜 전에는 날 찾아오지 않았던 거야?"

"그땐 여기 없었잖아!"

"그런데 내가 돌아왔다?"

"그동안 난 사부가 당부한 경고를 따랐어."

차간은 왠지 고소해하는 것 같았다. "그런데 이제 그 경고를 따르지 않겠다?"

린은 이를 악물었다. "사부들 말이 어쩔 수 없이 실망스럽다는 걸 깨달았어."

차간은 천천히 고개를 끄덕였지만, 표정만 보면 아무것도 드러나지 않았다. "하지만 내가 그… 유령을 없애지 못하면 어쩌지?"

"그럼 적어도 넌 내 상황을 이해하겠지." 린이 양손을 내밀었다. "부탁해."

그 정도 애원만으로 충분했다. 차간은 고개를 살짝 끄덕이더니 린에게 자기 옆에 다가와 앉으라고 손짓했다. 린이 지켜보는 가운데 그는 배낭을 풀어 내용물을 돌바닥에 늘어놓았다. 인상적인 양의 환각제가 스무 개 넘는 작은 주머니에 깔끔하게 담겨 있었다.

"이건 양귀비 추출물이 아니야." 차간이 작은 유리병에 가루를 섞으며 말했다. "이건 훨씬 더 강력해. 조금만 과용해도 눈이 멀어. 그보다 더 먹으면 몇 분 안에 죽고. 날 믿어?"

"아니. 하지만 그런 건 상관없어."

차간이 작게 웃음을 터뜨리더니, 유리병을 흔들었다. 그는 가루 섞은 것을 손바닥에 쏟아붓고 검지에 침을 묻혀 약을 살짝 찍었다. 그의 손끝에 미세한 푸른 가루가 가볍게 묻었다.

"입을 벌려봐." 그가 말했다.

린은 부풀어 오르는 망설임을 밀쳐버리고 그의 말에 따랐다.

차간이 손끝을 린의 혀끝에 댔다.

린은 눈을 감았다. 환각제가 타액 속으로 스며드는 게 느껴졌다.

약효는 즉각적이고 충격적으로 시작되었다. 마치 먼바다 검은 파도가 정수리를 강타하는 느낌이었다. 신경계가 완전히 무너지면서 린은 앉아 있을 수도 없어서 차간의 발치에 그대로 쓰러졌다.

이제 린은 차간 앞에서 완전히 취약한 상태로 그의 손아귀에 들어가 있었다. '저자는 당장 나를 죽일 수도 있어.' 그녀는 둔한 머리로 생각했다. 왜 그런 생각이 먼저 떠올랐는지는 알 수 없었다. '원한다면 지금 당장 나를 없앨 수 있어.'

그러나 차간은 린 곁에 무릎을 꿇고 앉아 그녀의 양쪽 뺨을 감싸고 이마에 자기 이마를 가져다 댔다. 그의 눈이 커다랗게, 아주 커다랗게 벌어졌다. 린은 거기 사로잡힌 채 차간의 눈을 응시했다. 그의 눈은 하얗게 확대되어 마치 흰 눈이 내리는 풍경을 담은 창 같았다. 린은 그 창을 통해 어디론가 건너가고 있었다….

이윽고 두 사람이 위를 향해 솟구쳐 올랐다.

✳

린은 자신이 무엇을 기대했는지도 알지 못했다. 지앙 사부는 2년간 훈련을 하면서 단 한 번도 린을 영적 세계로 데려가지 않았다. 언제나 린의 마음속에서 일어난 일이었고, 린의 영혼이 단독으로 신들을 향해 허공을 여행했다.

차간과 함께 있으니 자신의 한 조각이 찢겨나가 그의 손에 붙들린 채 그가 선택한 어디론가 가는 느낌이 들었다. 그녀는 육체도 형태도 없는 비물질적인 상태였지만 차간은 그렇지 않았다. 차간은 변함없이 구체적이고 현실적이었다. 어쩌면 실제보다 훨씬 더 구체적이었다. 물질세계에서 차간은 수척하고 야윈 상태였지만 영적 세계에서 그는 견고하게 실재했다….

이제 린은 왜 차간과 카라가 전체를 구성하는 두 반쪽이어야 하는지 이해했다. 카라는 완전히 흙으로 빚어진 물질적인 존재, 현실에 기반을 둔 존재였다. 두 사람을 닻 쌍둥이라고 부르는 건 잘못이었다. 차간은 살과 피의 세계보다 영적 세계에 더 속해 있고, 카라만이 천상의 쌍둥이가 지상에 내린 닻이었다.

신전으로 가는 길은 어느덧 익숙했고 문도 낯익었다. 또다시 그 여인이 나타나 앞을 가로막았다. 그런데 이번에는 뭔가 달랐다. 눈앞의 여인은 유령보다는 시체에 더 가까워 보였다. 얼굴 절반이 뜯겨 나가 그 아래 뼈가 드러났고, 전사의 복장은 불타버렸다.

여인이 린을 향해 한 손을 내밀며 애원했다.

"널 산 채로 집어삼킬 것이다." 여인이 말했다. "불이 널 모조리 태울 것이다. 신을 발견한다는 건 지상의 지옥을 발견하는 것과 같다. 어린 전사여. 너는 불에 타고 또 타서 결코 평화를 찾지 못할 것이다."

"이상하기 짝이 없군." 차간이 말했다. "당신은 누구지?"

여인이 몸을 돌려 차간을 보았다.

"넌 내가 누군지 알지 않느냐?" 여인이 말했다. "나는 수호자. 나는 반역자이자 저주받은 자. 나는 구원. 그리고 나는 저 아이에게 마지막 구제의 기회다."

"그렇군." 차간이 중얼거렸다. "여기 숨어 있었군."

"무슨 말을 하는 거야?" 린이 물었다. "저 사람이 누군데?"

그러나 차간은 린을 지나쳐 곧바로 여인에게 말했다. "당신은 출루 코리크에 갇혀 있어야 하거늘."

"출루 코리크는 날 붙잡아두지 못해." 여인이 식식거렸다. "나는 스피어인. 내 재는 자유롭게 날아다닌다." 여인이 손을 뻗어 린의 상처 입은 뺨을 어머니처럼 어루만졌다. "넌 내가 가버리길 원하지 않지? 넌 내가 필요해."

여인의 손길이 닿자 린은 흠칫 몸을 떨었다. "난 나의 신이 필요해요. 나는 힘이 필요하고 불이 필요해요."

"지금 그걸 부르면 넌 지상의 지옥을 불러들이게 될 거야." 여인이 경고했다.

"쿠달라인이야말로 지상의 지옥이죠." 린이 말했다. 린은 네 자가 안개 속에서 비명을 지르는 모습을 두 눈으로 똑똑히 보았다. 린의 목소리가 흔들렸다.

"넌 진짜 고통이 뭔지 몰라." 여인이 노기를 띠고 말했다.

린은 양옆으로 주먹을 말아쥐고 왈칵 화를 냈다. 진짜 고통이라고? 그녀는 친구들이 미늘창에 찔리는 것을 보았고, 화살을 맞는 것을, 칼에 몸이 잘리는 것을, 독 안개 속에서 불타 죽는 것을 보았다. 시네가드가 화염에 휩싸이는 것을 보았다. 쿠달라인이 거의 하룻밤 사이에 무겐의 침략군에게 점령당하는 것을 보았다.

"고통이라면 지긋지긋하게 봤어요." 린이 으르렁거렸다.

"나는 너를 구하려고 한다, 어린 전사여. 왜 그걸 알아보지 못하느냐?"

"알탄은요?" 린이 도전했다. "왜 알탄은 막지 않아요?"

여인이 고개를 기울였다. "그게 문제였느냐? 너는 그 애의 능력을 질투하는 게냐?"

린은 입을 열었지만 아무 말도 할 수 없었다. 아니다. 그렇다. 그게 중요한가? 그녀가 알탄만큼 강했더라면 그도 그녀를 억누르진 못했을 것이다.

그녀가 알탄만큼 강했더라면 네자를 구했을 것이다.

"그 아이는 구원의 길에서 벗어났다." 여인이 말했다. "그 아이는 다른 사람들처럼 이미 부서졌다. 하지만 너는, 너는 아직 순수하다. 넌 아직 구원받을 수 있다."

"난 구원 따위 받고 싶지 않아!" 린이 날카롭게 외쳤다. "나는 힘을 원해! 나는 알탄의 힘을 원해! 나는 역사상 가장 강력한 샤먼이 되고 싶어. 그러면 내가 구할 수 없는 사람은 아무도 없을 테니까!"

"그 힘이 세계를 불태울 수도 있단다." 여인이 서글프게 말했다. "그 힘이 네가 사랑했던 모든 것을 무너뜨릴 것이다. 너는 적을 무찌르겠지만, 그 승리가 네 입에서 재로 변할 것이다."

차간이 마침내 냉정을 되찾았다.

"당신은 여기 머물 권리가 없어." 그가 말했다. 그의 목소리는 살짝 떨렸지만, 그는 가냘픈 손을 내밀어 여인을 쫓아내는 동작을 취했다. "너는 죽은 자의 땅에 속하니 죽은 자의 세계로 돌아가라."

"하지 마라." 여인이 비웃었다. "넌 날 쫓아내지 못해. 내가 살았을 때 난 너보다 훨씬 더 강력한 샤먼을 상대로 이겼다."

"나보다 더 강력한 샤먼은 없어." 차간이 말하고 자기 나라 말로 주문을 외우기 시작했다. 언젠가 지앙 사부가 말했던 거칠게 쉰 소리, 이제 힌터랜드의 언어라고 알게 된 말이었다.

차간의 눈이 금빛으로 빛났다.

여인이 지진 위에 선 것처럼 흔들리더니 갑자기 불꽃에 휩싸였다. 불꽃은 여인의 얼굴 속에서 이글거리는 숯처럼, 터지기 직전의 붉은 석탄처럼 일렁였다.

여인은 산산이 부서졌다.

✳

차간이 린의 손목을 잡고 잡아당겼다. 린은 다시 비물질 상태가 되어 현실이 아닌 공간으로 급히 내달렸다. 어디로 가는지는 린이 선택하지 않았다. 린은 오직 '자신'으로 머물 수 있게, 온전한 상태로 남을 수 있게 집중할 뿐이었다. 마침내 차간이 멈추자 린은 조금도 자신을 잃지 않고 모습을 되찾았다.

이곳은 신전이 아니었다.

린은 혼란스럽게 주위를 둘러보았다. 알탄의 집무실만 한 어두운 방이었다. 천장이 둥글고 낮아서 몸을 웅크려야 했다. 보이는 곳 어디에나 작은 타일이 모자이크 형태로 붙어서 언뜻 이해할 수 없는 풍경을 그림으로 표현했다. 어부가 갑옷 입은 전사들이 가득 잡힌 그물을 들고 있었다. 어린 소년이 용에게 포위당해 있었다. 한 여자가 머리를 길게 풀고 부러진 칼과 두 시체 앞에서 울고 있었다. 방 한가운데 거대한 육각형 제단이 있고, 제단에는 옛 니칸 문자 붓글씨로 64개의 복잡한 문자가 새겨져 있었다.

"여긴 어디지?" 린이 물었다.

"내가 선택한 안전한 곳." 차간이 말했다. 그는 눈에 띄게 동요한 듯 보였다. "그 여인은 예상보다 훨씬 더 힘이 셌어. 그래서 처음 생각난 곳으로 왔어. 여긴 예언의 방이야. 여기서 그 여인에 관해 물어볼 수도 있어. 제단으로 가."

린은 놀란 눈으로 주위를 둘러보며 세심하게 설계한 타일을 만져보며 차간 뒤를 따라갔다. "여긴 신전 일부야?"

"아니."

"그럼 실재하는 곳인가?"

"네 마음에 실재하지." 차간이 말했다. "다른 것들만큼 실재해."

"지앙 사부는 이런 걸 가르쳐주지 않았어."

"너희 니칸 사람은 아주 '원시적'이니까." 차간이 말했다. "넌 아직도 물질세계와 신전이 엄격하게 둘로 나누어졌다고 생각하는구나. 신을 소환하는 걸 마당에 있는 개를 집 안으로 불러들이는 것과 같이 생각해. 꿈의 세계를 물질적인 장소로 인식하지 못해. 신들은 화가야. 네 물질세계는 화폭이고. 그리고 이 예언의 방은 물감통 위 색깔을 볼 수 있는 시각이야. 여긴 진짜 '장소'가 아니라 '관점'이야. 하지만 넌 인간의 마음으로 달리 처리할 수 없기 때문에 이곳을 그저 방으로 해석하고 있어."

"이 제단은 뭐야? 이 모자이크는? 누가 지은 거야?"

"아무도 짓지 않았어. 아직도 이해를 못 하는구나. 이곳은 이미 쓰인 개념을 이해할 수 있게 만든 정신적인 구조물이야. 탈위의 눈에 이 방은 완전히 다르게 보여."

"탈위?"

차간은 눈앞의 무언가를 턱 끝으로 가리켰다.

"생각보다 빨리 돌아왔군요." 차갑고 낯선 목소리가 들렸다.

어둑한 빛 속이라 린은 육각형 제단 뒤에 서 있는 존재를 알아보지 못했다. 그것은 안정된 걸음으로 원을 돌아와 차간 앞에 깊숙이 엎드렸다. 린이 지금껏 보았던 그 어떤 존재와도 다르게 생겼다. 대체로 호랑이처럼 생겼지만, 털이 60센티미터나 되게 길었다. 여자의 얼굴에 사자의 발, 돼지의 이빨, 그리고 원숭이에게나 어울릴 법한 긴 털을 가졌다.

"여신이야. 육효(六爻)의 수호신." 차간이 린에게 말하고 탈위와 똑같이 고개를 깊이 숙여 절했다. 그는 린도 바닥으로 끌어당겼다.

탈위가 차간을 향해 고개를 숙였다. "당신의 질문 시간은 만료되었습니다. 하지만 당신은⋯." 탈위가 린을 보았다. "당신은 한 번도 내게 질문하지 않았군요. 당신은 물어봐도 됩니다."

"여긴 어디야?" 린은 차간에게 물었다. "이것이, 아니 이 '여신'이 뭘 말해줄 수 있지?"

"예언의 방은 육효점을 이용해." 차간이 대답했다. "육효점은 음양오행의 팔괘를 이리저리 맞추어 끊긴 선과 끊기지 않은 선이 모두 64개의 조합을 이뤄." 차간이 제단 옆의 글자를 가리켰다. 정말로 모든 글자가 6개의 선으로 이루어져 있었다. "탈위에게 질문을 하고 육효점을 치면 탈위가 점괘를 읽어줄 거야."

"미래를 알려준다고?"

"누구도 미래를 알려줄 수는 없어." 차간이 말했다. "미래는 언제나 변하고 늘 개인의 선택에 좌우되니까. 하지만 탈위는 어떤 힘이 작용하는지는 말해줄 수 있어. 사물의 근원적인 모양을, 지나가는 사건의 색깔을 알려주지. 미래는 현재의 움직임에 의존하는 하나의 양식이지만, 탈위는 그 흐름을 읽어줄 수 있어. 숙달된 뱃사람이 바다를 읽듯이. 넌 문제를 제시하기만 하면 돼."

린은 차간이 왜 두려움을 맘껏 통제할 수 있는지 알 것 같았다. 그는 지앙 사부와 똑같았다. 위협적이지 않고 기묘했다. 깨지기 쉬워 보이는 자신의 겉모습 뒤에 어떤 깊은 힘이 숨어 있는지 이해하는 사람 특유의 태도였다.

'지앙 사부라면 어떤 질문을 던졌을까?' 린은 어떤 질문을 해야 할지 곰곰이 생각했다. 그리고 탈위에게 다가갔다.

"불새는 내가 무엇을 알기를 바라나요?"

탈위가 살짝 웃음을 지었다.

"거기 동전들을 여섯 번 던지세요."

육각형 제단 위에 갑자기 동전 세 개가 나타났다. 니칸 제국의 동전은 아니었다. 동전은 아주 컸고 린에게 익숙한 은량이나 주괴처럼 둥글지 않고 육각형으로 잘려 있었다. 린은 동전을 집어 들고 무게를 가늠해보았다. 보기보다 묵직했다. 앞면에는 붉은 황제가 분명한 얼굴이 옆모습으로 새겨져 있고 뒷면은 린으로선 해독할 수 없는 옛 니칸 문자가 새겨져 있었다.

"각 동전의 앞면 뒷면이 육효의 선 하나씩을 결정하는 거야." 차간이 말했다. "이 선들은 우주에 새겨진 문양이야. 우리가 태어나기 훨씬 전부터 있었던 형상을 나타내는 먼 옛날의 조합이지. 아직 무슨 말인지 이해가 안 될 거야. 하지만 탈위가 점괘를 읽어줄 거고 나도 해석해줄게."

"왜 꼭 네가 해석을 해야 해?"

"나는 예언자니까. 이런 일을 하라고 훈련을 받았어." 차간이 말했다. "우리 힌터랜드는 너희처럼 신을 불러내지 않아. '신에게' 찾아가지. 우리 샤먼들은 몇 시간씩 신들린 상태로 보내고 우주의 비밀을 배워. 난 네가 이 세계에서 지낸 시간보다 훨씬 더 많은 시간을 신전에서 보냈어. 그리고 우리 세계의 형상을 설명하는 법을 알 만큼 육효를 충분히 해독해왔어. 너 혼자 해석하려면 혼란만 커질 거야. 내가 도와줄게."

"좋아." 린은 육각형 제단을 향해 동전 세 개를 던졌다.

셋 모두 뒷면이 위로 가게 떨어졌다.

"첫 번째 점괘, 양이오." 탈위가 점괘를 읽었다. "움직일 준비가 되었으나 발자국이 교차하는구나."

"저게 무슨 뜻이야?"

차간이 고개를 저었다. "여러 가지 뜻이 있어. 각 점괘가 서로 영향을 주고받으며 다양한 의미를 지닐 수 있어. 일단 육효점을 끝내."

린은 다시 동전을 던졌다. 모두 앞면이었다.

"두 번째 점괘, 음이오." 탈위가 말했다. "신하가 태양 아래 제자리에 오른다. 최고의 행운이 올 것이다."

"저건 좋은 말이지?" 린이 물었다.

"누구의 운이냐에 따라 달라." 차간이 말했다. "신하가 꼭 너를 뜻하지는 않아."

세 번째 동전을 던졌더니 앞면 한 개, 뒷면 두 개가 나왔다.

"세 번째 점괘, 음이오." 탈위가 말했다. "하루의 끝이 왔다. 지는 해를 향해 그물을 던졌다. 이는 불행을 부르니."

린은 갑자기 오싹한 한기를 느꼈다. 한 시기의 끝, 한 나라의 지는 해… 굳이 차간이 해석해주지 않아도 알 것 같았다.

"우린 이번 전쟁에서 이기지 못하는 거죠?" 린이 탈위에게 물었다.

"저는 오직 육효의 괘만 읽을 뿐입니다." 탈위가 말했다. "저는 긍정도 부정도 하지 않습니다."

"내가 걱정하는 말은 그물이야. 함정을 뜻하거든." 차간이 말했다. "우린 뭔가를 놓치고 만 거야. 우리 앞에 함정이 파였는데 우린 그걸 볼 수 없어."

탈위의 점괘보다 차간의 해석이 더 혼란스러웠지만, 차간은 어서 동전을 던지라고 했다. 뒷면 두 개 앞면 하나였다.

"네 번째 점괘, 양이오." 탈위가 말했다. "신하가 불과 함께, 죽음과 함께, 돌연히 왔다가 모두에게 거절당한다. 출구인 듯, 입구인 듯. 불타는 듯, 죽어가는 듯, 버림받은 듯."

"이건 분명해." 차간이 말했지만 린은 다른 점괘보다 이번 점괘가 더 의문스러웠다. 린이 입을 열자 차간이 고개를 저었다. "동전을 마저 던져."

탈위가 아래를 보았다. "다섯 번째 점괘, 음이오. 신하가 슬픔으로 신음하며 눈물과 함께 급류에 휩쓸려 가네."

차간은 몹시 충격을 받은 모양이었다. "정말입니까?"

"육효는 거짓말을 하지 않아요." 탈위가 말했다. 탈위의 목소리에는 감정이 실려 있지 않았다. "유일한 거짓말은 해석에 있습니다."

차간이 갑자기 손을 떨었다. 팔찌의 나무 구슬끼리 쟁강거리는 소리가 조용한 방 안에 울렸다. 린은 걱정스러운 눈길로 차간을 보았지만, 그는 고개를 저으며 계속하라는 신호를 보냈다. 린은 두려움에 무거워진 팔로 여섯 번째이자 마지막으로 동전을 던졌다.

"지도자가 백성을 버리니." 탈위가 말했다. "통치자가 전쟁을 시작한다. 적의 목을 베며 큰 기쁨을 맛본다. 이는 악을 뜻한다."

차간의 하얀 눈이 아주, 아주 크게 벌어졌다.

"당신이 던진 괘는 26괘입니다. 그물을 뜻하지요." 탈위가 말했다. "집착, 그리고 갈등이 있습니다. 오직 나란히 존재하며 지나갑니다. 불행과 승리가. 해방과 죽음이."

"하지만 불새는… 그 여인은…." 린은 원하는 답은 하나도 듣지 못했다. 탈위는 조금도 도움이 되지 않았다. 그저 훨씬 더 나쁜 상황이 올 거라고, 린으로선 막을 힘이 없는 일들이 다가올 거라고 경고했다.

탈위가 발톱 달린 손을 들었다. "당신의 질문 시간은 끝났습니다. 음력으로 한 달이 지나면 다시 오세요. 그러면 한 번 더 육효점을 볼 수 있습니다."

린이 뭐라고 말하기 전에 차간이 급히 앞으로 기어와 린을 잡아끌었다.

"감사합니다. 깨달은 자여." 차간이 말하고는 린에게 속삭였다. "아무 말도 하지 마."

린이 무릎을 꿇고 엎드리자 방 안이 사라지더니 찬물에 첨벙 뛰어든 것처럼 갑자기 차가움이 느껴지며 원래 몸으로 돌아왔다.

린은 깊은숨을 들이마셨다. 눈을 떴다.

옆에 차간이 몸을 일으켜 앉았다. 하얀 눈이 크게 벌어지고 눈자위에 깊은 그늘이 졌다. 그의 시선은 아주 멀리 떨어진 것도, 심지어 이 세상 것이 아닌 것도 집중해서 볼 수 있는 것 같았다. 그는 천천히 자신으로 돌아왔고 마침내 린의 존재를 깨닫고 깊은 우려의 표정을 지었다.

"알탄을 만나러 가야 해." 그가 말했다.

차간이 린을 데리고 시항 창고에 들이닥쳤을 때 알탄은 내심 놀랐을지 몰라도 겉으로는 조금도 내비치지 않았다. 그는 몹시 지쳐서 어떤 것을 보고도 당황할 것 같지 않았다.

"사이크를 소집해." 차간이 말했다. "이 도시를 떠나야 해."

"무슨 일이야?" 알탄이 물었다.

"육효점을 봤어."

"아직 한 달이 안 지나서 점을 칠 수 없는 거 아니었어?"

"내 점이 아니었어." 차간이 말했다. "이 애가 점을 봤어."

알탄은 린 쪽은 쳐다보지도 않았다. "쿠달라인을 떠날 수 없어. 그 어느 때보다 우리가 필요한 상황이야. 우린 이 도시를 잃을 위험에 처했어. 만약 무겐군이 우리를 뚫고 지나가면 곧장 내륙 한가운데로 들어갈 거야. 우리가 최후 전선이야."

"우린 무겐군이 이길 필요가 없는 전투를 하고 있어." 차간이 말했다. "육효 점괘가 커다란 승리와 커다란 파괴가 같이 온다고 말했어. 쿠달라인은 양쪽 모두에게 절망만 안겨줬어. 무겐이 원하는 다른 도시가 있다는 뜻이야."

"그건 불가능해." 알탄이 말했다. "무겐은 해안에서 골린니스로 그렇게 빨리 행군할 수가 없어. 골린 강길은 너무 좁아서 군대가 열을 지어 움직일 수가 없어. 산길을 뚫고 가야 해."

차간이 한쪽 눈썹을 치켜올렸다. "그렇다면 무겐이 그 산길을 찾아낸 게 분명해."

"그래. 좋아." 알탄이 일어섰다. "네 말을 믿어. 가자."

"그냥 이렇게?" 린이 물었다. "실사도 하지 않고?"

알탄이 방을 나가더니 빠른 걸음으로 복도를 내려갔다. 그들은 허둥지둥 알탄을 따라잡았다. 그는 창고 계단을 내려가 무겐군 포로가 갇혀 있는 지하감방 앞에 섰다.

"뭘 하려고?" 린이 물었다.

"실사." 알탄이 말하고 문을 잡아당겼다.

✳

지하감방에 지독한 오물 냄새가 풍겼다.

포로는 손과 발이 하나로 묶여 족쇄를 차고 방구석 말뚝에 묶여 있었다. 입은 천으로 재갈이 물렸다. 일행이 들어섰을 때 포로는 의식도 없었다. 알탄이 문을 쾅 닫아도, 방을 가로질러 그 옆에 무릎을 꿇고 앉아도 움직이지 않았다.

구타의 흔적이 강했다. 한쪽 눈이 부풀어 올라 자주색 멍이 들었고 부러진 코 주위에 피가 굳어 있었다. 그러나 최악의 상처는 독성 기체가 만든 것이었다. 멍이 들지 않은 부위는 빨간 발진이 마구 돋아 물집이 잡혀 있었다. 인간의 얼굴이 아니라 끔찍한 색깔들이 마구잡이로 뒤섞인 덩어리였다. 린은 불에 타고 엉망으로 일그러진 죄수의 모습을 보면서 잔혹한 만족감을 느끼는 자신을 발견했다.

알탄이 손가락 두 개를 들어 포로의 뺨에 벌어진 상처를 푹 찔렀다.

"일어나." 알탄이 유창한 무겐어로 말했다. "좀 어때?"

포로가 신음하며 부풀어 오른 눈을 천천히 떴다. 그는 알탄을 보자 헛기침을 하더니 발치에 침 한 덩어리를 뱉었다.

"대답이 틀렸잖아." 알탄이 말하고 벌어진 상처에 손톱을 박아녛었다.

포로가 큰 소리로 비명을 질렀다. 알탄이 손을 뺐다.

"뭘 원해?" 포로가 물었다. 그의 무겐어는 거칠고 발음이 분명하지 않았으며, 린이 시네가드 학당에서 배운 세련된 억양과 거리가 먼 울부짖음이었다. 린은 포로의 방언을 알아듣는 데 시간이 걸렸다.

"왠지 쿠달라인이 너희의 주요 목표가 아니라는 생각이 퍼뜩 들었지 뭐야." 알탄은 바닥에 엉덩이를 깔고 주저앉아 편안하게 말했다. "그곳이 어디인지 네가 우리에게 들려주고 싶을지도 모르잖아."

포로는 피범벅이 된 얼굴로 끔찍한 미소를 지었다. 그의 화상 흉터가 일그러졌다. "쿠달라인⋯." 그는 입안에 가래를 굴리듯이 니칸어를 굴리며 말했다. "누가 이런 똥구멍 같은 도시를 손에 넣고 싶어 하겠어?"

"그건 상관 말고." 알탄이 말했다. "주요 공격지가 어디야?"

포로가 그를 노려보며 코웃음 쳤다.

알탄이 손을 들어 물집이 잔뜩 잡힌 포로의 얼굴을 찰싹 때렸다. 린은 움찔했다. 알탄은 잔뜩 벌어져 쓰라린 상처를 공략해 그 어떤 가혹한 손의 공격보다 더 강력하고 격렬한 고통을 안겨 주었다.

"다른 공격지가 어디야?" 알탄이 반복해서 물었다.

포로가 알탄의 발에 피를 뱉었다.

"대답해!" 알탄이 외쳤다.

린은 깜짝 놀라 튀어 올랐다.

포로가 고개를 들었다. "이 니칸의 돼지 새끼." 그가 냉소했다.

알탄이 포로의 뒤통수에서 머리카락 한 주먹을 움켜쥐었다. 그리고 반대편 주먹으로 이미 멍든 눈을 또 때렸다. 한 번 더. 또 한 번 더. 방 안에 피가 튀어 흙바닥에 떨어졌다.

"그만해." 린이 새된 소리로 말했다.

알탄이 돌아보았다.

"여기서 나가든지, 아니면 그 입 닥쳐." 그가 말했다.

"그러다 기절하겠어." 린이 대꾸했다. 심장이 마구 뛰었다. "그러면 다시 깨울 시간이 없잖아."

알탄이 거친 눈빛으로 순간 린을 빤히 보았다. 그러곤 고개를 끄덕이더니 다시 포로에게 돌아갔다.

"똑바로 앉아."

포로가 아무도 이해할 수 없는 말을 중얼거렸다.

알탄이 그의 늑골을 걷어찼다. "똑바로 앉아!"

포로가 알탄의 군화에 또 한 번 핏덩어리를 뱉었다. 그의 머리가 옆으로 축 늘어졌다. 알탄이 일부러 천천히 바닥에 군화를 닦아내더니 포로 앞에 무릎을 꿇었다. 그는 포로의 턱에 손가락을 대고 거의 친근해 보이는 동작으로 포로의 얼굴을 들어 올렸다.

"이봐, 내가 말하고 있잖아." 알탄이 말했다. "이봐. 일어나."

그는 포로가 눈꺼풀을 퍼덕거리며 눈을 뜰 때까지 뺨을 찰싹 찰싹 때렸다.

"할 말 없어." 포로가 냉소했다.

"있을 걸." 알탄이 말했다. 목소리가 낮게 떨어지며 좀전의 고함과 극적인 대조를 이루었다. "너 스피어인이 어떤지 알아?"

포로의 눈이 혼란으로 주름졌다. "뭐?"

"분명히 알 거야." 알탄이 부드럽게 말했다. 그의 목소리는 낮고 벨벳처럼 가르랑거렸다. "분명히 우리 이야기를 들어봤겠지. 그 섬을 잊지는 않았을 거야. 네가 어린아이였을 때 너희가 스피어에서 학살을 일으켰잖아. 밤새 학살한 거 알지? 남녀노소 가리지 않고 전부 죽였어."

포로의 관자놀이에 땀방울이 맺히더니 아래로 흘러내리며 갓나온 핏줄기와 섞였다. 알탄이 포로의 눈앞에 손가락을 튕겼다. "이거 보여? 내 손가락이 보여? 응, 아니면 아니라고 대답해."

"응." 포로가 쉰 소리로 말했다.

알탄이 고개를 기울였다. "너희 무겐은 스피어인이 두려웠다지? 그래서 장군들이 스피어 아이를 단 한 명도 살려두지 말라고 명령했다지? 우리가 자라서 무엇이 될지 너무 두려워서 말이야. 왜 그렇게 두려워했는지 이유를 알아?"

포로가 멍하니 앞을 응시했다.

알탄이 다시 손가락을 튕겼다. 그의 엄지와 검지 사이에 불꽃이 피어올랐다.

"바로 이것 때문이야."

포로의 눈이 공포로 불룩 튀어나왔다.

알탄이 포로의 얼굴에 손을 가까이 들이대고 독성 기체가 만든 물집에 불꽃이 닿도록 했다.

"널 낱낱이 태워줄게." 알탄이 말했다. 그 말투가 어찌나 부드러운지 흡사 연인에게 하는 말 같았다. "우선 발바닥부터 시작할게. 한 번에 딱 한 입의 고통만 먹여줄 거야. 그래야 네가 의식을 잃지 않겠지. 상처가 드러나자마자 곧바로 뜸을 떠줄게. 그래야 피를 너무 많이 흘려 죽는 일을 막을 거 아니야? 네 발이 숯덩이가 되어 완전히 검어지면 이제 손가락으로 옮겨 갈게. 네 손가락을 하나씩 하나씩 떼어줄게. 그렇게 숯이 된 손가락 조각을 실에 엮어 네 목에 걸어줄게. 말단을 다 끝내면 이제 고환으로 넘어갈 거야. 천천히 그슬리면 넌 고통으로 미쳐버리겠지. 그러고 나면 너는 노래를 부를 거야."

포로의 눈이 미친 듯이 깜박였지만, 그는 여전히 고개를 저었다.

알탄의 말투가 훨씬 더 부드러워졌다. "이러지 않아도 돼. 널 여기 데려오게 한 건 바로 너희 군대야. 넌 그들에게 아무것도 빚지지 않았어." 알탄의 목소리는 상대를 부드럽게 달래고 최면을 거는, 다정하다고까지 할 만한 말투였다. "다른 사람이었다면 널 당장 죽였을 거야. 민간인들 앞에서 공개처형을 했겠지. 사람들이 널 갈가리 찢어버렸을 거야. 눈에는 눈, 이에는 이잖아." 알탄의 목소리는 너무도 사랑스러웠다. 그는 원한다면 얼마든지 아름답고, 카리스마가 넘칠 수 있는 사람이었다. "하지만 난 다른 사람들과 달라. 난 합리적이지. 널 해치고 싶지 않아. 난 그저 너의 협조를 원해."

포로의 목울대가 쿨럭 일렁였다. 그의 눈이 알탄의 얼굴 여기저기를 쳐다보았다. 그는 무기력하고 혼란스러웠고 뭔가를 읽어보려고 했지만 결국 아무 결론도 얻지 못했다. 알탄은 동시에 가면 두 개를 쓰고 대조적인 두 인격을 꾸며냈고, 포로는 어느 쪽에 기대를 걸거나 영합해야 할지 몰랐다.

"말해. 그럼 내가 널 풀어줄 수 있어." 알탄이 다정하게 말했다. "말해. 내가 널 보내줄게."

포로는 침묵을 지켰다.

"싫어?" 알탄이 포로의 얼굴을 탐색했다. "좋아." 그의 불꽃이 두 배로 강해지더니 공중으로 불꽃을 쏘아 올렸다.

포로가 비명을 질렀다. "골린니스!"

알탄이 포로의 눈 가까이 불꽃을 위태롭게 들이댔다. "자세히 말해."

"우린 쿠달라인을 점령할 필요가 없었어." 포로가 말했다. "목적은 언제나 골린니스였어. 전쟁이 시작되자마자 너희 최고 사단은 전부 이 바닷가로 몰려들었지. 바보들. 우린 이 바닷가 도시를 원한 적이 단 한 순간도 없어."

"하지만 함대가…." 알탄이 말했다. "쿠달라인은 너희의 모든 공격이 시작된 입구였어. 쿠달라인을 통과하지 않으면 골린니스에 갈 수 없으니까."

"또 다른 함대가 있어." 포로가 씩씩거렸다. "이 딱한 도시를 지나 남쪽으로 항해한 수많은 함대가 있었어. 그들은 산길을 발견했어. 이 불쌍한 바보들, 너희는 그 산길을 끝까지 비밀로 지킬 수 있다고 생각했어? 그 길은 곧장 골린니스로 이어져. 너희 전시 수도는 불에 탈 것이고 우리 군대는 곧바로 대륙의 심장부로 진군할 거야. 그사이 너희는 여전히 이 도시를 평계 삼아 구멍에 숨어 있겠지."

알탄은 손을 거두었다.

린은 알탄이 다시 구타를 시작하리라고 예상하고 본능적으로 움찔했다.

그러나 알탄은 불꽃을 끄고 포로의 머리를 쓰다듬었다. "기특해." 그는 낮게 속삭였다. "고마워."

"기다려." 포로가 서둘러 말했다. "풀어준다고 했잖아."

알탄이 천장을 향해 고개를 들고 한숨을 내쉬었다. 그의 귀밑뼈에서 목을 향해 가느다란 땀 줄기가 흘러내렸다.

"물론." 그가 말했다. "너를 풀어줘야지."

알탄이 손을 들어 포로의 목을 내리쳤다. 핏줄기가 바깥으로 튀어 올랐다.

포로는 깜짝 놀란 표정을 짓더니 마지막으로 목이 졸린 소리를 냈다. 이윽고 그의 눈이 천천히 감기고 머리가 앞으로 고꾸라졌다. 익은 고기 냄새, 불에 그슬린 피 냄새가 공기를 채웠다.

린은 목 뒤쪽에서 쓴 물이 올라오는 걸 느꼈다. 한참이 흘러서야 겨우 숨 쉬는 법을 기억해냈다.

알탄이 일어났다. 희미한 빛 아래 그의 목에 핏줄이 불거진 게 보였다. 그는 깊은숨을 들이마시고 천천히 내뱉었다. 마치 아편을 피우는 사람처럼, 막 마약 연기로 허파를 채운 사람처럼. 알탄이 일행을 향해 돌아섰다. 어둠 속에서 그의 눈이 밝은 빨간색으로 빛났다. 그 눈은 전혀 인간의 눈이 아니었다.

"좋아." 알탄이 부관에게 말했다. "네 말이 옳았어."

차간은 심문 내내 조금도 움직이지 않았다.

"나는 틀린 적이 없지." 차간이 말했다.

제6부

21

바지가 큰 소리로 하품하다가 몸을 움찔하고 목을 옆으로 쭉 돌렸다. 고요한 아침 대기에 삐거덕삐거덕 소리가 연달아 들려왔다. 거룻배 위에는 드러누울 만한 공간이 거의 없어서 다들 쥐가 나기 딱 좋은 자세로 웅크리고 잠깐씩 눈을 붙여야 했다. 바지가 멍하니 눈을 깜박이다가 좁은 배 건너편으로 발을 뻗어 린의 다리를 툭툭 건드렸다.

"이제 내가 보초 설게."

"괜찮아." 린이 말했다. 린은 겨드랑이 밑에 양손을 끼워 넣고 머리를 무릎에 기댈 수 있을 만큼 몸을 둥글게 말고 앉아 있었다. 린은 멍하니 흐르는 강물을 바라보았다.

"너도 눈 좀 붙여야지."

"잠이 오지 않아."

"노력은 해봐야지."

"해봤어." 린은 짤막하게 말했다.

머릿속을 울리는 탈위의 목소리를 잠재울 수가 없었다. 육효 점을 보면서 딱 한 번 들은 목소리였지만, 낱말 하나하나를 잊을 수가 없었다. 그 말은 불로 지지듯 마음에 깊이 새겨졌고 아무리 여러 번 돌이켜 생각해봐도 어김없이 속이 메스꺼워질 만큼 두려움으로 해석될 뿐이었다.

'불과 함께, 죽음과 함께, 돌연히 왔다가… 불타는 듯, 죽어가는 듯, 버림받은 듯… 신하가 슬픔으로 신음하며 눈물과 함께 급류에 휩쓸려 가네… 적의 목을 베며 큰 기쁨을 맛본다….'

린은 점술이 과학적이지 않다고 생각했고, 어떤 가치가 있다고 해도 애매한 어림잡기에 불과하다고 여겼었다. 그러나 탈위의 말은 전혀 모호하지 않았다. 골린니스 앞에 가능한 운명은 오직 하나였다.

'당신이 던진 패는 26패입니다. 그물을 뜻하지요.' 차간은 그물이 함정을 뜻한다고 말했다. 그 함정은 골린니스에 설치되었던 걸까? 함정이 이미 작동했을까? 혹시 그들은 죽음을 향해 똑바로 다가가는 중일까?

"너 이러다가 죽어. 불안하고 초조해봤자 배가 더 빨리 나가지는 않는다고." 바지가 만족스럽게 뚝 소리가 들릴 때까지 고개를 옆으로 한껏 비틀었다. "그리고 죽은 자는 다시 살아나지 않아."

그들은 골린강을 거슬러 오르고 있었다. 말을 타고 가면 한 달이 걸리는 길을 아랏샤가 눈부신 속도로 데려가는 중이었다. 그렇게 빨리 가도 골린니스가 자리한 푸르게 우거진 삼각주에 닿으려면 일주일은 걸렸다.

린은 고개를 들어 배 앞부분을 보았다. 거기 알탄이 앉아 있었다. 알탄은 차간 옆에 앉아 머리를 한데 모으고 평소처럼 나지막하게 대화를 나누고 있었다. 쿠달라인을 출발한 이후 두 사람은 내내 저런 모습이었다. 차간과 카라가 닻 쌍둥이로 서로 연결되어 있는지는 몰라도 차간이 깊이 결속한 것처럼 보이는 사람은 알탄이었다.

"왜 차간이 사령관이 되지 않았어?" 린이 물었다.

바지가 혼란스러운 얼굴을 했다. "그게 무슨 말이야?"

"차간이 왜 알탄에게 복종하는지 이해가 안 돼." 린이 말했다. 신전에서 만난 여인에게 차간은 자신이 현존하는 가장 강력한 샤먼이라고 당당히 말했다. 린은 그 말을 믿었다. 차간은 신전에 속한 사람처럼, 아니 스스로 신인 것처럼 영적 세계를 누볐다. 사이크 대원들은 알탄에게는 주저 없이 말대꾸하곤 했지만, 차간에게 반박하는 모습은 보인 적이 없었다. 알탄은 대원들에게 충성할 것을 명령했지만, 차간은 대원들의 두려움을 즐겼다.

"원래 티르 후임 사령관은 차간으로 내정되어 있었어." 바지가 말했다. "하지만 알탄이 등장한 후 옆으로 밀려났지."

"그걸 순순히 따랐어?" 린은 차간 같은 사람이 아무렇지 않게 권위를 포기하는 모습을 상상할 수가 없었다.

"당연히 아니었지. 티르가 시네가드 출신의 총아를 예뻐하기 시작하자 불을 뿜을 만큼 화를 냈어."

"그런데 왜⋯."

"왜 지금은 알탄 밑에서 저리 행복하게 일하느냐고? 처음부터 그런 건 아니야. 일주일 내내 불평했어. 그러다 지긋지긋해진 알탄이 티르에게 차간과의 결투를 요청했고 허락을 받았어. 알탄은 차간을 데리고 사흘 동안 계곡에 들어갔지."

"그래서 어떻게 됐어?"

바지가 코웃음을 쳤다. "알탄 트렝신과 결투를 한 사람이 어떻게 됐냐고 묻는 거야? 차간이 돌아왔을 때 새하얗던 머리카락이 온통 검게 그을려 있었고, 채찍질 당한 개처럼 알탄에게 복종했어. 힌터랜드 출신의 우리 친구가 정신이 무너졌는지 어쨌는지 하여간 그 후로 알탄을 건드리지 않았지. 아무도 건드릴 수 없었고."

✳

린은 떠오르는 태양의 햇살을 피해 무릎에 고개를 묻고 눈을 감았다. 쿠달라인을 떠난 후로 잠을 잘 수가 없었다. 진정으로 쉴 수가 없었다. 그러나 더는 몸이 버티질 못했다. 너무 피곤했다….

일행을 태운 배가 물 한가운데서 갑자기 덜컹거렸다. 린은 화들짝 잠에서 깨어나 앉은 자세를 취했다. 앞쪽 배와 정면으로 부딪혔다.

"물속에 뭔가 있어." 앞쪽에서 람사가 외쳤다.

린은 주위를 둘러보다 눈을 갸름하게 뜨고 강물을 들여다보았다. 물은 여전히 진흙 같은 갈색이었다. 그러다 저 앞쪽 물을 보았다.

처음에는 햇빛이 만들어낸 환상, 빛의 장난이라고 생각했다. 그러다가 린이 탄 배가 이상해 보였던 쪽 물에 이르자 린은 배 가장자리 너머로 손을 뻗어 물을 만져보았다. 잠시 후 린은 공포에 질려 손을 홱 거두었다.

그들은 핏물 강을 거슬러 오르고 있었다.

알탄과 차간이 동시에 깜짝 놀란 탄성을 지르며 벌떡 일어났다. 그 뒤에서 우네겐이 인간의 것이 아닌 긴 비명을 내질렀다.

"맙소사." 바지가 몇 번이고 반복해서 말했다. "맙소사, 맙소사, 맙소사."

이윽고 시체들이 떠내려오기 시작했다.

린은 떠내려오는 시체가 적일지도 모른다는, 물속에서 당장 몸을 일으켜 공격할지도 모른다는, 터무니없는 공포에 사로잡혀 온몸이 빳빳하게 굳었다.

배가 완전히 멈춰 섰다. 시체에 에워싸였다. 군인. 민간인. 남자. 여자. 아이. 하나같이 부풀어 변색해 있었다. 어떤 얼굴은 일그러지고 칼로 베어 있었다. 어떤 얼굴은 살아 숨 쉬는 몸이었던 적이 전혀 없었던 것처럼 핏빛 물 속에 생기 없이 떠서 멍하니 체념한 채 이리저리 흔들렸다.

차간이 손을 뻗어 어린 여자의 푸른 입술을 살펴보았다. 그는 고무 같은 시체를 만지는 게 아니라 그저 발자국을 따라가는 사람처럼 아무 감정 없이 입을 꾹 다물고 있었다.

"이 시체들은 강에 떠내려온 지 며칠은 되었어. 왜 아직 바다로 흘러가지 않았을까?"

"여긴 골린니스 댐이 있어." 우네겐이 말했다. "댐이 시체들을 막고 있겠지."

"하지만 여긴 도시에서 몇 킬로미터나 떨어져 있는데…." 린이 말꼬리를 흐렸다.

다들 침묵에 빠졌다.

알탄이 뱃머리에서 일어났다. "배에서 내려. 뛰어간다."

골린니스로 가는 길은 비어 있었다. 카라와 우네겐이 앞쪽을 정찰했지만, 적군의 흔적은 없다고 알려왔다. 그러나 무겐군이 존재했다는 증거는 곳곳에 명백히 보였다. 짓밟힌 풀밭, 버려진 모닥불, 막사의 흔적을 간직한 흙 위의 네모난 자국. 린은 무겐군 병사들이 매복 중이라고 확신했지만, 도시에 가까워질수록 말이 안 되는 생각이었음을 깨달았다. 무겐군은 그들이 오는 줄도 몰랐을 것이고, 이렇게 규모 작은 분견대를 위해 공들여 함정을 팠을 리도 없었다.

린은 차라리 매복 쪽이 나을 것 같았다. 고요와 침묵이 더 나빴다.

골린니스가 아직도 포위 중이라면 무겐군이 보초를 서고 있을 것이다. 그들은 소규모 접전에 대비 중일 것이다. 내부 저항군이 어떤 증원군과도 접촉할 수 없도록 경계를 세워놨을 것이다.

저항군이 '있다면' 말이다.

그러나 무겐군은 그냥 짐을 싸서 가버린 것 같았다. 심지어 최소한의 순찰대조차 남겨놓지 않았다. 그 말은 골린니스에 누가 들어오든지 상관하지 않겠다는 뜻이었다.

저 도시 성벽 뒤에 무엇이 남아 있든지 지킬 가치가 없다는 뜻이었다.

✳

마침내 사이크가 묵직한 성문을 여는 데 성공했을 때, 오싹한 악취가 얼굴을 때리듯이 달려들었다. 린은 그 냄새가 뭔지 알았다.

시네가드에서, 그리고 쿠달라인에서 경험한 냄새였다. 이제 무엇을 보게 될지 예상할 수 있었다. 다른 걸 기대할 만큼 어리석지 않았지만, 그래도 방책을 지나가는 동안 그들을 기다리고 있는 광경을 완전히 받아들일 수는 없었다.

사이크 전원이 문 앞에 가만히 서 있었다. 다들 안쪽으로 깊이 발을 떼지 못하고 머뭇거렸다.

한참 동안 아무도 말하지 않았다.

잠시 후 람사가 무릎을 꿇고 엎드려 앉아 웃음을 터뜨리기 시작했다.

"하! 쿠달라인!" 그는 숨을 헐떡였다. "다들 '쿠달라인'을 지킨다고 정신이 없었는데!"

그는 몸을 웅크린 채 웃느라 온몸을 떨어 가며 주먹으로 흙바닥을 두드렸다.

린은 람사가 부러웠다.

✳

골린니스는 시체의 도시였다.

무겐군은 다음으로 도시에 입성하는 사람들을 위해 환영의 전갈을 남기고 싶었던지 시체를 의도적으로 배열해놓았다. 파괴 행위에 기이한 기교와 가학적 대칭이 깃들어 있었다. 시체 열 구를 깔끔하게 나란히 늘어놓고 그 위에 아홉 구, 그 위에 여덟 구, 하는 식으로 피라미드를 쌓아놓았다. 또 벽에 기대어 쌓아둔 시체도 있었다. 거리를 가로지르는 모양으로 깔끔하게 줄을 지어놓은 시체도 있었다. 눈으로 볼 수 있는 시야 끝까지 시체가 늘어져 있었다.

살아 있는 인간의 모습은 어디에도 보이지 않았다. 도시에 울리는 유일한 소리는 잡석 사이를 휩쓸고 지나가는 바람 소리, 웅웅대는 파리 떼 소리, 그리고 시체를 파 먹는 새들의 깍깍 소리뿐이었다.

린의 눈에 물기가 돌았다. 악취가 압도적이었다. 알탄을 보았지만, 그의 얼굴은 가면 같았다. 그는 태연하고 냉철하게 부대원을 이끌고 주요 도로를 걸어 도시 중심지로 향했다. 마치 파괴의 전모를 낱낱이 목격하겠다고 마음먹은 사람 같았다.

그들은 말없이 걸었다.

무겐군의 예술품은 도시 깊숙이 들어갈수록 더욱 정교해졌다. 무겐군은 도시 광장 근처에 믿을 수 없을 정도로 훼손된 시체를 인간의 상상력을 넘어설 만큼 기괴한 자세로 늘어놓았다. 시체가 판자에 못 박혀 있었다. 시체 혀가 갈고리에 꿴 채 걸려 있다. 시체가 모든 가능한 방법으로 절단되어 있었다. 머리가 없고 팔다리가 없는 시체들이 온갖 절단을 전시하고 있었다. 아직 숨이 붙어 있는 동안 절단된 게 분명했다. 뭉툭하게 잘린 손 옆에 잘린 손가락이 작은 더미를 이루고 쌓여 있었다. 거세당한 남자의 시체에는 턱이 축 늘어진 입속에 절단된 성기가 박혀 있었다.

'적의 목을 베며 큰 기쁨을 맛본다.'

잘린 머리가 너무 많았다. 머리들이 작은 더미를 이루고 깔끔하게 쌓여 있었다. 아직 다 썩지 않아 두개골 상태는 아니었지만, 그렇다고 인간의 얼굴이라고 볼 수도 없었다. 표정을 알아볼 만큼 살이 남은 머리는 하나같이 끔찍하게 둔한 표정을 짓고 있었다. 처음부터 살아 있었던 적이 없는 모습이었다.

'불타는 듯, 죽어가는 듯.'

처음에는 위생을 위해서 한 짓이었는지 아니면 단순한 호기심 때문이었는지, 무겐군이 시체 피라미드 몇 군데에 불을 붙이려고 시도한 흔적이 있었다. 그러나 일이 끝나기 전에 단념했다. 어쩌면 기름을 허비하고 싶지 않았을지도 모른다. 어쩌면 악취를 참을 수 없었을지도 모른다. 시체들은 반쯤 그슬린 기괴한 모습을 하고 있었다. 머리카락은 다 타서 재로 변했고 피부 맨 겉층은 주름진 검은색으로 변했지만, 재 아래 인간임을 식별할 수 있는 특징이 남았다는 게 최악이었다.

'신하가 슬픔으로 신음하며 눈물과 함께 급류에 휩쓸려 가네.'

광장에서 이상하게 짤막한 해골을 발견했다. 시체가 아니라 하얗게 빛나는 해골이었다. 처음에는 어린아이의 뼈인 줄 알았지만, 엔키가 더 자세히 살펴보더니 어른의 상반신이라고 했다. 엔키가 몸을 숙여 해골이 박힌 곳 흙을 만져보았다. 몸 위쪽 절반은 깨끗이 벗겨져 나가 햇빛에 하얀 뼈가 빛났지만, 아래쪽 절반은 아직도 흙에 묻혀 있었다.

"땅에 묻었어." 엔키가 역겹다는 듯이 말했다. "허리까지 땅에 묻힌 채로 개들의 공격을 받았어."

린은 무겐군이 어떻게 이토록 다양하게 고통을 가하는 방식을 찾아냈을지 도무지 이해할 수가 없었다. 그러나 모퉁이를 돌때마다 무겐군의 창의적이고 야만적인 잔학 행위가 줄줄이 나타났다. 어느 가족은 서로 품에 안은 채 하나의 창에 꿰어 있었다. 커다란 통 바닥에 아기들이 누워 있었다. 아기들의 피부는 끔찍한 선홍색이었고 끓는 물 속에서 죽음을 맞이한 다음 그 물에 잠겨 있었다.

몇 시간이 지나도록 일행이 마주친 유일한 생명체는 시체를 먹고 부자연스럽게 살이 찐 개들이었다. 그리고 독수리.

"지시사항은?" 마침내 우네겐이 알탄에게 물었다.

그들은 사령관에게 기대를 걸고 기다렸다.

알탄은 도시 성문을 지나 걸어올 때부터 한마디도 하지 않았다. 그의 낯빛이 해쓱한 잿빛으로 변했다. 어디가 아픈지 땀을 흥건하게 흘렸고 왼쪽 팔을 떨었다. 일행이 또 다른 까맣게 탄 시체 더미에 이르자 그는 경련을 일으키며 무릎을 꿇고 무너지더니 더는 걷지 못했다.

알탄에겐 이번이 첫 번째 대량학살이 아니었다.

'이건 또 다른 스피어야.' 린은 생각했다. 알탄은 틀림없이 스피어 대학살을 떠올렸을 것이다. 그의 동포가 밤새 어떤 식으로 가축처럼 살육당했는지 떠올렸을 것이다.

한참 후 차간이 알탄에게 손을 내밀었다.

알탄은 그 손을 잡고 일어섰다. 그는 마른침을 삼키고 눈을 감았다. 궁금한 듯한 주름과 함께 초연함의 가면이 다시 그의 얼굴을 덮어버렸다. 마치 무관심한 모습이 얼굴 표면을 봉인하고 그 안의 어떤 취약성도 가둬버리는 것만 같았다.

"일단 흩어져서." 알탄이 지시했다. 그의 목소리는 불가능할 정도로 침착했다. "생존자가 있는지 찾아봐."

죽음이 둘러싼 곳에 멀리 흩어지는 일은 절대로 하고 싶지 않았다.

수니가 항의하려고 입을 열었다. "하지만 무겐군이라도…."

"무겐군은 없어. 그들은 일주일째 내륙으로 행군 중이야. 우리 국민이 죽었다. 생존자를 찾아내라."

＊

남문 근처에 최후의 절박한 전투를 벌인 흔적이 있었다. 승자가 누구인지는 분명했다. 니칸 제국군의 시체는 민간인의 시체와 똑같이 공들인 취급을 받았다. 광장 한가운데 시체가 쌓여 있었다. 시체 하나 위에 또 시체 하나를 쌓는 식으로 세심하고 깔끔하게 더미를 이루고 있었다.

린은 부러진 니칸군 깃발이 땅바닥에 버려진 걸 발견했다. 깃발은 불에 타고 피로 얼룩졌고 깃발을 들었던 사람의 손이 손목에서 잘려 있었다. 남은 신체는 몇 발자국 떨어진 곳에 누워 있었다. 시선이 텅 비어 아무것도 보고 있지 않았다.

깃발에 니칸 제국의 상징인 붉은 황제의 용 문장이 그려져 있었고 왼쪽 아래에 옛 니칸 문자로 2라는 숫자가 자수로 놓여 있었다. 2사단의 휘장이었다.

린의 심장이 쿵 떨어졌다.

2사단은 키테이의 사단이었다.

린은 무릎을 꿇고 깃발을 만져보았다. 시체 더미 뒤쪽에서 짐승이 짖는 소리가 들렸다. 고개를 돌려 보니 벼룩이 잔뜩 묻은 검은 잡종견 한 마리가 이쪽으로 달려오고 있었다. 작은 늑대만 한 개였다. 며칠 동안 폭식한 흔적으로 개의 배가 기괴하게 부풀어 있었다.

개가 린을 지나치더니 희망적으로 코를 킁킁거리며 깃발을 들었던 사람의 시체 쪽으로 갔다.

개가 주둥이로 주위를 살피며 의욕적으로 침을 흘리는 모습을 보다가 린 내면의 뭔가가 뚝 하고 끊어졌다.

"저리 가!" 린은 개를 향해 발길질하며 날카롭게 외쳤다.

시네가드였다면 개가 겁에 질려 도망쳤을 것이다. 그러나 이 개는 인간에 대한 두려움을 전부 잃은 후였다. 너무 오랫동안 대학살의 흥청망청 잔치 속에서 살아왔다. 아마도 개는 린 역시 곧 죽을 운명이라고 생각했을 것이다. 어쩌면 신선한 고기가 썩어가는 고기보다 더 맛이 좋다고 생각했을지도 모른다.

개가 으르렁거리며 린을 향해 달려들었다.

린은 개의 어마어마한 무게에 허를 찔려 바닥에 쓰러지고 말았다. 개가 벌어진 입가로 군침을 흘리며 린의 동맥을 향해 달려들었다. 린이 팔을 들어서 막아내자, 개는 린의 왼쪽 팔을 물었다. 린이 큰 소리로 비명을 질러도 개는 가지 않았다. 린은 오른팔로 칼집에서 검을 뽑아내 위를 향해 찔렀다.

검이 개의 늑골을 정확히 꿰뚫었다. 개의 턱이 축 늘어졌다.

린은 또 찔렀다. 개가 떨어져 나갔다.

린은 벌떡 일어나 검을 아래로 내리쳐 개의 옆구리를 찔렀다. 개는 죽음의 고통에 빠져 몸부림쳤다. 린은 개의 목을 다시 찔렀다. 핏줄기가 밖으로 뿜어져 나와 린의 얼굴을 따뜻하게 적셨다. 린은 지금 검을 단검처럼 쓰고 있었다. 그저 금속에 뼈와 근육이 닿는 것을 느끼려고, 단지 뭔가를 해치고 부수려고, 자꾸만 팔을 아래로 내리꽂았다.

"린!"

누군가가 검을 든 린의 팔을 붙잡았다. 돌아보니 수니가 뒤에서 린의 팔을 붙잡고 린이 더 움직이지 못하게 단단히 끌어안았다. 수니는 린의 흐느낌이 잦아들 때까지 그렇게 안고 있었다.

✳

"검을 쓰는 쪽 팔을 물리지 않아서 천만다행이야." 엔키가 말했다. "일주일 동안 이대로 놔둬. 냄새가 나기 시작하면 날 찾아오고."

린은 팔을 구부려보았다. 엔키가 개에 물린 상처에 습포제를 붙여주었다. 말벌집에 팔을 집어넣은 것처럼 톡 쏘며 아팠다.

"좋은 약이야." 린이 얼굴을 찡그리자 엔키가 말했다. "감염을 막아줄 거야. 광견병에 걸려 거품을 물며 광란에 빠지지 않게 도와주는 약이라고."

"그냥 거품을 물고 미치는 게 나을 것 같아." 린이 말했다. "머리가 사라졌으면 좋겠어. 그러면 더 행복하겠지."

"그런 말 하는 거 아니야." 엔키가 엄하게 말했다. "네겐 할 일이 있잖아."

하지만 그들이 하는 일이 진짜 일일까? 생존자를 찾는 척하며 그들이 너무 늦게 도착했다는 빤한 사실을 속죄할 수 있다고 스스로 속이고 있는 건 아닐까?

린은 빈 거리와 거꾸로 뒤집힌 파편 사이를 샅샅이 뒤지고 문짝이 부서진 집 안을 수색하는 비참한 일을 계속했다. 몇 시간 살펴본 후 살아 있는 키테이를 발견할 희망을 버렸고, 이제 순찰 도중 키테이의 시체를 발견하는 일은 없었으면 하고 바라게 되었다. 가죽이 벗겨지고 절단되어 반쯤 타버린 다른 시체 더미와 함께 외바퀴 손수레에 던져진 모습을 발견한다면 그를 영영 찾지 못한 쪽보다 훨씬 더 나쁠 것 같았다.

린은 멍하니 주위를 보려고 노력하면서 동시에 어떤 것도 보지 않으려고 애쓰며 혼자 골린니스를 걸어 다녔다. 악취에 익숙해질 무렵, 그리고 시체를 보는 게 큰 충격이 아니게 되었을 무렵, 린은 다시 늘어놓은 얼굴들 사이에서 아는 얼굴을 찾아보았다.

내내 린은 키테이의 이름을 외쳐 불렀다. 움직임의 기미가 보일 때마다, 뭐든 살아 있는 것의 흔적이 보일 때마다 린은 그 이름을 외쳤다. 고양이가 골목으로 사라질 때도 있었고 까마귀 한 떼가 아직 죽지 않았거나 죽어가지 않는 인간이 돌아온 걸 보고 화들짝 놀라 푸드덕 날아오를 때도 있었다. 린은 며칠 동안 그 이름을 부르고 또 불렀다.

이윽고 폐허 속에서, 너무 희미해 메아리인 줄만 알았던 어떤 소리에서, 대답으로 그녀의 이름을 외치는 소리가 들렸다.

✳

"내가 연말 시험이 스피어만큼 끔찍하다고 말했던 거 기억해?" 키테이가 물었다. "내 생각이 틀렸어. 여기야말로 스피어만큼 끔찍해. 아니, 스피어보다 더 끔찍해."

조금도 웃기지 않아서 둘 다 웃지 않았다.

너무 많이 울어서 린의 눈과 목이 쓰라렸다. 린은 몇 시간 동안 키테이의 손을 붙잡고 놓지 않았다. 서로 손가락을 단단히 걸었다. 그 손을 절대로 놓고 싶지 않았다. 둘은 도시 밖으로 5백 미터 떨어진 곳에 급히 지은 숙소에 나란히 앉았다. 골린니스에 깊이 스민 죽음의 악취에서 벗어날 수 있는 유일한 곳이었다. 키테이의 생존은 기적과 같았다. 키테이와 2사단 병사 몇 명은 며칠 동안 학살당한 동료들의 시체 아래 숨어 있었다. 무겐군이 다시 순찰하러 올까 봐 너무 두려워 감히 밖으로 나갈 생각조차 못 했다.

학살 현장에서 몰래 빠져나올 수 있었을 때 도시 동쪽의 무너진 빈민가에 숨어들었다. 어느 지하실 문을 뜯어내고 그 자리를 벽돌로 채워 밖에서 보면 벽처럼 보이게 위장했다. 그래서 처음 사이크가 지나갈 때 그들을 발견하지 못했다.

키테이의 중대는 겨우 한 줌만 살아남았다. 그는 도시에 생존자들이 더 있는지 알지 못했다.

"네자는 만났어?" 마침내 키테이가 물었다. "네자가 쿠달라인에 파견됐다고 들었어."

린은 대답하려고 입을 열었지만, 콧등부터 눈 밑까지 따끔거리는 감각이 퍼지면서 흐느낌이 북받쳐 올라 한마디도 할 수 없었다.

키테이는 아무 말 없이 동감하듯 두 팔을 벌렸다. 린은 그의 품에 무너졌다. 살아남은 사람은 키테이인데, 그런 그가 린을 위로해야 한다니, 린이 우는 사람이어야 한다니 어처구니가 없었다. 그러나 키테이는 무감각했다. 고통이 정상이 되어버려서 이미 느끼는 것 이상 슬퍼할 수가 없었다. 키테이가 여전히 린을 안고 있는데 카라가 막사 안으로 고개를 들이밀었다.

"네가 첸 키테이야?" 진짜 질문이 아니라 침묵을 깨려고 뭐든 말하는 거였다.

"응."

"그럼 2사단과 같이 있었겠구나, 그때⋯." 카라가 말꼬리를 흐렸다.

키테이가 고개를 끄덕였다.

"우리에게 어떻게 된 일인지 보고를 해줘야겠어. 걸을 수 있겠어?"

✳

탁 트인 하늘 아래 알탄과 쌍둥이가 말없이 듣고 있는 가운데 키테이는 골린니스 대학살 현장을 더듬거리며 자세히 설명했다.

"도시 방어는 처음부터 가망이 없었어." 키테이가 말했다. "몇 주는 남았다고 생각했는데, 아마 몇 달이 남았더라도 같은 일이 벌어졌을 거야."

골린니스는 2사단과 9사단, 11사단이 합동으로 방어 중이었다. 수적으로 우세하다고 해서 방어력이 더 강하다는 뜻은 아니었다. 쿠달라인보다 더 상황이 안 좋았던 게, 이곳에서는 다른 성 출신 병사끼리 공동의 목표 의식이나 유대감을 거의 느끼지 못했다. 지휘관끼리 경쟁했고 불신에 사로잡혀 있어서 정보를 공유하지 않으려 들었다.

"이르자 사부가 군벌들에게 몇 번이나 되풀이해서 불화를 내려놓고 단결하자고 호소했어. 하지만 그들을 설득하지 못했어." 키테이는 마른침을 삼켰다. "처음 두 차례 접전 결과가 아주 안 좋았어. 우린 적군의 기습에 깜짝 놀랐지. 그들은 동남쪽에서 도시를 에워쌌거든. 그렇게 일찍 당도할 줄은 몰랐어. 적이 산길을 발견했으리라곤 꿈에도 생각하지 못했으니까. 하지만 적군은 결국 야밤에 기습했고 곧… 이르자 사부를 체포했어. 산 채로 가죽을 벗겨 도시 성벽에 걸어두었어. 다들 볼 수 있게. 결국, 그때부터 방어가 깨지고 말았어. 다들 도망치고 싶어 했으니까.

이르자 사부가 죽은 뒤 9사단과 11사단이 단체로 항복했어. 그들을 비난하고 싶지는 않아. 그들은 수적으로 열세였고, 항복하면 목숨은 건진다고 생각했으니까. 죽는 것보다는 포로가 되는 편이 낫다고 생각한 거지." 키테이가 격하게 몸을 떨었다. "하지만 그들 생각은 틀렸어. 무겐 장군이 그들의 항복을 평소 예로 받아들였어. 무기를 압수하고 병사들을 포로수용소에 넣더라고. 다음 날 아침, 무겐군은 니칸 포로를 산으로 몰고 가 참수했어. 그 후 2사단에서 탈영병이 많이 나왔어. 우리 몇 명은 남아서 싸웠고. 의미가 없었지만 그래도… 항복보다는 나았어. 이르자 사부의 이름에 먹칠을 할 수는 없잖아. 그럴 수는 없잖아."

"잠깐." 차간이 끼어들었다. "무겐이 황제를 데려갔나?"

"황제는 달아났어." 키테이가 말했다. "황제는 이르자 사부가 살해당한 다음 날 밤에 경호부대 스무 명을 데리고 몰래 도시를 빠져나갔어."

카라와 차간은 믿을 수 없다는 듯 소리를 질렀지만, 키테이는 경계하듯 신중히 고개를 저었다. "누가 황제 탓을 할 수 있겠어? 달아나지 않았으면 그 괴물들 손에 들어갔을 테고, 그놈들이 황제에게 무슨 짓을 저지를지 아무도 모르잖아…."

그러나 차간은 그 말에 설득당한 사람처럼 보이지 않았다.

"딱하군." 차간이 내뱉듯이 말하자 린도 그의 생각에 동의했다. 백성들이 불에 타고 살해당하고 강간을 당하는 동안 황제 혼자 몰래 도시를 빠져나갔다니, 그건 린이 그동안 전쟁에 관해 배웠던 모든 원칙에 어긋났다. 장군은 병사를 버리지 않는다. 황제는 백성을 버리지 않는다.

다시 탈위의 말이 진실처럼 들렸다.

'지도자가 백성을 버리니. 통치자가 전쟁을 시작한다…. 적의 목을 베며 큰 기쁨을 맛본다. 이는 악을 뜻한다.'

눈앞에 파괴의 증거가 뚜렷하게 펼쳐졌는데, 그 육효점의 해석을 달리 할 수 있을까? 린은 탈위의 말을 생각할 때마다 그 점괘가 골린니스의 대학살을 가리키지는 않는다고 해석하려고 애썼다. 그러나 그동안 자신을 속이고 있었다. 탈위는 정확히 무엇을 예상해야 하는지 똑똑히 가르쳐주었다.

황제가 니칸 국민을 버렸을 때 사실상 모든 것을 잃었다는 사실을 진작 알았어야 했다.

그러나 황제만이 골린니스를 버린 것은 아니었다. 군대 전체가 도시를 적의 손에 내주었다. 일주일 만에 골린니스를 쟁반에 받쳐 고스란히 무겐군에게 바친 것이나 다름없었다. 이어 50만 시민 모두가 침략군의 변덕에 제물로 바쳐졌다. 알고 보니 적의 변덕은 이 도시와도 거의 상관이 없었다. 그들은 내륙 깊숙이 들어가기 위한 준비 차원에서 찾을 수 있는 모든 자원을 긁어모으기 위해 골린니스를 쥐어짜고 싶었을 뿐이었다. 적은 시장을 약탈하고 살아 있는 가축을 징발하고 집집마다 비축해둔 곡식과 쌀을 가져오게 했다. 보급품 마차에 실을 수 없는 것은 모조리 태우거나 망쳐놓았다.

그리고 나서 사람들을 없앴다.

"참수가 너무 오래 걸리니까 더 효율적으로 일하기 시작했어." 키테이가 말했다. "기체로 사람을 죽이기 시작했어. 아마 다들 알 거야. 푸르스름한 노란색 안개를 내뿜는 기체 무기가 있어."

"알아." 알탄이 말했다. "우리도 쿠달라인에서 봤어."

"하룻밤에 2사단 전체를 없애버렸어." 키테이가 말했다. "일부 병력이 남문 근처에서 최후까지 버텼어. 기체가 걷히자 살아남은 것은 하나도 없었어. 나는 그 후로 생존자를 찾으러 다녔어. 처음에는 내가 뭘 보고 있는지도 모르겠더라. 땅 곳곳에 동물들이 보였어. 생쥐, 들쥐, 온갖 설치류가 너무 많이 죽어 있었어. 다들 구멍에서 기어 나와 죽은 거야. 니칸군이 사라지자 무겐군으로부터 우리 국민을 지켜줄 게 아무것도 없었어. 무겐군은 신나게 놀았지. 모든 걸 놀이로 만들었어. 아기를 공중에 던져 바닥에 떨어지기 전에 칼로 쪼갤 수 있는지 시험했어. 1시간에 얼마나 많은 민간인을 참수할 수 있는지 겨루었어. 누가 가장 빨리 시체를 쌓아 올리는지 경쟁했어." 키테이의 목소리가 갈라졌다. "물을 좀 마실 수 있을까?"

카라가 말없이 자기 수통을 건넸다.

"무겐은 어쩌다가 이 지경이 되었지?" 차간이 놀라워하며 물었다. "너희 니칸이 무슨 짓을 했기에 무겐이 너희를 이토록 미워하게 된 거야?"

"우리가 무슨 짓을 해서가 아니야." 알탄이 말했다. 린은 알탄의 왼손이 다시 떨리는 걸 알아챘다. "무겐군 병사들은 원래 그렇게 훈련을 받아. 황제에게 쓸모가 있지 않으면 자기 목숨이 아무런 의미도 없다고 믿어. 그렇게 믿으면 적의 목숨이 한결 하찮아 보이지."

"무겐군 병사는 아무것도 느끼지 않아." 키테이가 동의의 뜻으로 고개를 끄덕였다. "그들은 자신을 사람이라고 생각하지도 않아. 커다란 기계의 부속품이라고 여기지. 명령받은 대로 행동할 뿐. 유일하게 기쁨을 느낄 때가 다른 사람의 고통을 즐길 때야. 그들에게 이성 따윈 없어. 뭔가를 이해해보려고 시도하지도 않아. 기괴한 악의 선전에 익숙해져 인간이라고 부르기도 적당하지 않을 정도야." 키테이의 목소리가 떨렸다.

"그들이 우리 중대원을 벨 때 한 사람의 눈을 들여다봤어. 그렇게 눈을 마주치면 그 사람도 나를 같은 인간으로 봐줄 것 같았어. 단지 적이 아니라 한 개인으로 말이야. 그렇게 눈이 마주쳤고, 난 그 사람과 조금도 소통할 수 없다고 깨달았어. 그 눈에 인간적인 면이란 하나도 없었으니까."

✳

니칸군이 도착한 게 확실해지자 뿔뿔이 흩어져 비참하게 낙오자 무리를 이루어 숨어 있던 생존자들이 은신처에서 나오기 시작했다. 얼마 안 되는 골린니스 생존자들은 도시 깊숙한 곳으로 내몰려 키테이처럼 위장한 은신처에 숨어 있거나, 임시변통 감옥에 갇혀 있다가 무겐군이 내륙으로 진군한 후 잊힌 상태로 남아 있었다. 그런 곳을 두세 군데 발견한 후 알탄은 사이크와 민간인 모두에게 도시를 다시 한 번 샅샅이 수색하라고 지시했다.

누구도 그 명령에 반박하지 않았다. 적이 떠난 지 오래인데 여전히 사슬에 묶여 홀로 죽어간다면 얼마나 끔찍할지 전부 알고 있었다.

"이번만은 우리 손으로 사람을 구하고 있네." 바지가 말했다. "기분이 괜찮은걸."

알탄은 분견대를 이끌고 시체를 깨끗이 치우는 거의 불가능한 임무에 착수했다. 그는 부패와 질병을 막기 위해서라고 주장했지만, 린은 알탄이 적당한 장례식을 치러주고 싶어서, 그리고 이 도시를 위해 할 수 있는 일이 달리 없어서 그런다고 짐작했다.

그들은 썩어가는 시체의 악취가 참을 수 없이 고약해지기 전에 적당한 규모의 집단 무덤을 파낼 시간이 없었다. 결국, 시체를 큼직한 장작 더미 위에 쌓고 거대한 모닥불로 만들었다. 골린니스는 시체의 도시에서 재의 도시로 변했다.

그러나 시체 수는 어마어마했다. 알탄이 아무리 시체를 태우고 다녀도 성벽 안에 쌓여 썩어가는 시체의 수는 거의 변함이 없어 보였다. 린은 도시 전체를 완전히 불태우지 않는 한 골린니스를 깨끗이 정화하기란 사실상 불가능하지 않을까 생각했다.

결국 언젠가는 그렇게 해야만 했다. 그러나 생존자들이 남아 있을 가능성이 있다면 아직 도시를 완전히 태울 수가 없었다.

린은 성벽 밖에서 피로 오염되지 않은 깨끗한 수원을 찾아다녔다. 그때 키테이가 나타나 린을 옆으로 잡아끌더니 벤카를 찾았다고 알렸다. 벤카는 '위안소'라고 부르는 곳에 갇혀 있었다고 했다. 무겐이 니칸군 한 사람을 살려두었던 유일한 이유가 바로 이 '위안소' 때문인 것 같았다. 키테이는 '위안소'가 뭔지 자세히 설명하지 않았지만, 그럴 필요가 없었다.

그날 밤 벤카를 보러 갔지만, 거의 알아볼 수 없었다. 사랑스러운 벤카의 머리카락은 누군가가 칼로 난도질한 것처럼 엉망으로 짧게 잘려 있었다. 생생했던 벤카의 눈은 이제 둔하고 흐리멍덩했다. 양쪽 손목이 모두 부러져 있었고 팔에 삼각건을 메고 있었다. 린은 벤카의 팔이 비틀린 각도를 보고 어쩌다가 그랬는지 이유는 한 가지뿐이라고 생각했다.

린이 들어가도 벤카는 미동도 없다가 린이 문을 닫자 비로소 움찔했다.

"안녕." 린이 작은 소리로 말했다.

벤카는 멍하니 린을 올려다보고도 아무 말도 하지 않았다.

"얘기를 나누고 싶을 것 같아서." 린이 말했지만, 그 말은 입을 떠나자마자 공허하고 부족하게 들렸다.

벤카가 린을 노려보았다.

린은 무슨 말을 해야 할지 떠올려보려고 애썼다. 무의미하고 어리석지 않은 질문이 생각나지 않았다. '괜찮니?' 당연히 벤카는 조금도 괜찮지 않았다. '어떻게 살아남았어?' 여자의 육체를 가져서. '무슨 일이 있었어?' 그러나 린은 이미 알고 있었다.

"그들이 우릴 공중변소라고 부르는 거 알아?" 벤카가 불쑥 물었다.

린은 문 쪽에서 두 걸음 만에 멈춰 섰다. 그 말이 갑자기 이해되면서 피가 차갑게 식었다. "뭐?"

"그들은 내가 무겐어를 할 줄 안다는 걸 몰랐어." 벤카가 끔찍하게도 애써 웃음을 지으며 말했다. "날 찾아왔을 때 그렇게 부르더라."

"벤카….."

"얼마나 아픈지 알아? 그들이 내 몸에 들어오면 몇 시간 동안 멈추지 않았어. 몇 번이나 까무러쳤는데, 깨어날 때마다 그들이 아직도 그러고 있었어. 눈을 뜨면 다른 남자가 위에 올라와 있고, 어쩌면 같은 남자였을 수도 있고… 한동안 그들은 완전히 똑같아 보였어. 악몽에 빠졌는데 도무지 깨어날 수가 없었어."

린의 입안에 쓴 물이 가득 차올랐다. "정말 미안해….." 애써 말했지만, 벤카는 린의 말을 듣고 있는 것 같지 않았다.

"그래도 나는 최악이 아니었어." 벤카가 말했다. "난 맞서 싸웠어. 골칫덩이였지. 그래서 그들은 날 끝까지 남겨두었어. 나를 가장 먼저 깨뜨리고 싶어서 지켜보게 했어. 여자들이 내장을 제거당하는 모습을 봤어. 군인들이 여자들 가슴을 도려내는 걸 봤어. 여자들을 산채로 벽에 못 박는 걸 봤어. 어머니에게 질리면 그 딸들의 몸을 훼손하는 걸 봤어. 아이들 성기가 너무 작으면 강간하기 쉽도록 칼로 잘라 열었어." 벤카의 목소리가 높아졌다. "그 집에 임신한 여자가 있었어. 7개월이나 8개월쯤 됐을 거야. 처음엔 우릴 보살피는 일을 시키려고 그 여자를 살려두었어. 우릴 씻기고 먹이라고. 그 집에서 그 여자가 유일하게 다정한 얼굴이었어. 군인들은 임신한 그 여자를 건드리지 않았어. 처음에는. 그러다가 어느 날 장군이 다른 여자들에게 질렸다며 그 여자를 찾아왔어. 그때 여자는 병사들이 우리에게 무슨 짓을 해왔는지 지켜봤으니까 저항해봐야 소용이 없다는 걸 알았어야 했어."

린은 더 이상 듣고 싶지 않았다. 양팔 밑에 머리를 묻고 모든 걸 차단하고 싶었다. 그러나 벤카는 멈출 수 없다는 듯 계속 증언했다. "그런데 여자는 발길질하며 버텼어. 그러다 그만 장군을 때리고 말았어. 장군은 고함을 지르며 여자의 배를 움켜잡았어. 칼로 그런 게 아니라 손으로 그랬어. 손톱으로. 장군은 여자를 때려눕히고 여자를 찢고 또 찢었어." 벤카가 고개를 돌렸다. "그러다가 여자의 위장을, 소장을 꺼냈어. 그리고 마침내 아기를… 아기는 아직도 움직였어. 우리는 복도에서 그 모든 장면을 지켜봤어."

린은 숨을 쉴 수가 없었다.

"나는 기뻤어." 벤카가 말했다. "여자가 죽어서 기뻤어. 장군이 오렌지를 자르듯이 아기를 반으로 자르는 모습을 보기 전에 죽어서 너무 다행이라고 생각했어." 벤카가 삼각건 밑의 손가락을 꽉 움켜쥐며 부르르 떨었다. "장군이 나더러 그 모든 걸 걸레로 닦으라고 했어."

"맙소사. 벤카." 린은 벤카의 눈을 똑바로 바라볼 수가 없었다. "정말 미안해."

"날 동정하지 마!" 벤카가 불쑥 소리쳤다. 벤카는 자기 팔이 부러진 것을 잊은 듯이 린의 팔을 잡으려는 것처럼 움직였다. 벤카가 일어나 린을 향해 걸어가더니 얼굴을 똑바로 마주하고 섰다.

벤카의 표정은 시네가드 학당 시합장에서 싸웠던 그날처럼 흐트러져 있었다.

"네 동정심 따위 필요 없어. 넌 나를 위해서라도 놈들을 죽여야 해. 날 위해 기필코 놈들을 죽여야만 해." 벤카가 식식거렸다. "맹세해. 놈들을 불태워버리겠다고. 네 피를 걸고 맹세해."

"벤카, 나는 할 수 없…."

"네가 할 수 있다는 거 알아." 벤카의 목소리가 올라갔다. "사람들이 너에 대해 말하는 거 들었어. 넌 놈들을 태워버려야 해. 무슨 일이 있어도. 네 목숨을 걸고 맹세해. 맹세해. 날 위해 맹세해."

벤카의 눈은 산산이 부서진 유리 같았다.

린은 용기를 쥐어짜 벤카의 시선을 마주했다.

"맹세할게."

✳

린은 벤카의 방을 떠나 달리기 시작했다.

숨을 쉴 수가 없었다. 말을 할 수도 없었다.

알탄이 필요했다.

왜 알탄이 위안을 줄 수 있다고 생각했는지는 몰라도, 적어도 그들 가운데 이런 일을 겪어본 사람은 알탄밖에 없었다. 스피어가 불탈 때 알탄은 그곳에 있었다. 알탄은 동포들이 학살당하는 것을 보았다…. 알탄이라면 지구는 계속해서 돌 것이고, 태양은 끊임없이 뜨고 질 거라고 말해줄 것 같았다. 인간의 목숨을 하찮게 여기는 그토록 가증스러운 악마가 존재한다고 해서 세계가 암흑에 싸여 있다는 뜻은 아니라고 말해줄 것 같았다. 알탄이라면 확실히 여전히 싸울 만한 가치가 있는 일이 남았다고 말해줄 것이다.

"도서관에 있어." 수니가 도시 성문에서 두 구역 지나 서 있는 오래된 건물을 가리켰다.

도서관 문은 닫혀 있었고, 두드려도 아무도 대답하지 않았다.

린은 손잡이를 천천히 돌리고 안을 들여다보았다.

거대한 실내에 등잔이 가득했지만, 불이 밝혀진 것은 하나도 없었다. 유일한 빛은 높은 유리창을 통해 들어오는 달빛이었다. 방 안에 구역질이 날 만큼 달큰한 연기가 가득했다. 린의 기억에 자리 잡은 냄새였는데, 어찌나 자욱하고 역겨운지 숨이 막힐 지경이었다.

책이 가득 쌓인 더미 사이, 한구석에 알탄이 생기 없이 고개를 기울이고 팔다리를 벌리고 누워 있었다. 윗옷은 벗은 채였다.

린의 숨이 목구멍에 걸렸다.

알탄의 가슴은 흉터의 교차로였다. 울퉁불퉁하게 찢어진 전투 상처가 많았다. 하지만 마치 피부에 공들여 조각한 것처럼 놀랄 만큼 깔끔하고 대칭적인 흉터도 있었다.

그의 손에 담뱃대가 들려 있었다. 린이 지켜보는 것도 모르고 알탄은 담뱃대를 입으로 가져가 깊이 한 모금 들이마셨다. 진홍색 눈동자가 위쪽으로 올라갔다. 그는 허파 가득 연기를 빨아들였다가 낮고 흡족한 한숨을 쉬며 천천히 내뱉었다.

"알탄?" 린이 조용히 말했다.

처음에는 그 소리를 못 들은 것 같았다. 린이 방을 가로질러 천천히 그의 옆에 무릎을 꿇었다. 메스껍도록 익숙한 냄새가 풍겼다. 아편 덩어리. 썩은 과일에서 풍길 법한 달콤한 냄새. 티카니의 기억이, 아편굴에 버려진 살아 있는 시체들의 기억이 떠올랐다.

마침내 알탄이 린 쪽을 돌아보았다. 그의 얼굴이 일그러지더니 우스꽝스럽고도 무심한 미소를 지었다. 골린니스의 폐허 속에서도, 이 시체의 도시에서도, 린은 알탄의 지금 모습이야말로 린이 살면서 목격한 것 중 가장 끔찍한 장면이라고 생각했다.

22

"너는 알고 있었어?" 린이 물었다.

"우리 모두 알았어." 람사가 중얼거렸다. 그는 다정하게 린의 어깨를 건드리며 위로를 시도했지만, 도움이 되지는 않았다. "알 탄이 숨기려고 하거든. 별로 잘 숨기지는 못하지만."

린은 신음하며 무릎에 이마를 묻었다. 눈물 때문에 앞이 거의 보이지 않았다. 숨을 들이마셔도 아팠다. 늑골이 부서진 느낌이 었다. 절망이 가슴팍을 짓누르며 무겁게 내리눌러 숨을 쉴 수 없 을 지경이었다.

이 상황을 끝내야 했다. 전시 수도가 함락당하고, 친구들은 죽거나 다쳤고, 알탄은….

"대체 왜?" 린은 울부짖었다. "그게 어떤 결과를 낳을지 알탄 은 모르나?"

"그도 알아." 람사가 손을 떨어뜨렸다. 람사는 무릎 위에서 손가락을 이리저리 비틀었다. "그는 어쩔 수 없다고 생각해."

린도 그 말이 진실임을 알았지만, 인정할 수가 없었다.

린은 아편중독이 얼마나 끔찍한지 알았다. 팽 씨 부부의 고객들이… 전도유망한 젊은 유생이, 부유한 상인이, 재능 있는 사람이 고작 아편 덩어리 때문에 인생을 망치는 모습을 봤다. 자긍심 넘치는 관직자가 몇 달 만에 쪽딱 망한 거지가 되어 다음 분량 살 돈을 마련하려고 구걸하는 모습도 보았다.

그러나 사령관과 그런 모습은 어울리지 않았다.

알탄은 천하무적이었다. 알탄은 이 나라 최고의 무술가였다. 알탄은 그러면 안 되었다…. 알탄이 그럴 리가 없었다….

"그는 우리 사령관이잖아." 그녀는 갈라진 목소리로 말했다. "저런 모습을 하고 어떻게 싸울 수 있어?"

"우리가 메꾸면 돼." 람사가 조용히 말했다. "한 달에 한 번 넘게 한 적은 없어."

그때마다 알탄에게 연기 냄새가 났다. 그때마다 아무리 찾아다녀도 찾을 수가 없었다.

그는 집무실에서 아편을 빨고 내쉬며, 흐리멍덩하게, 텅 빈 상태로, '정신을 잃고' 누워 있었다.

"역겨워." 린이 말했다. "그리고… 그리고 '한심해.'"

"그런 식으로 말하지 마." 람사가 날카롭게 말했다. 그는 손가락을 구부려 주먹을 쥐었다. "그 말 취소해."

"그는 우리 사령관이야! 그에겐 의무가 있다고! 어떻게 그럴 수가…."

하지만 람사가 린의 말을 잘랐다. "알탄이 그 섬에서 어떻게 살아남았는지 나는 몰라. 하지만 그 일이 상상조차 할 수 없을 정도로 가혹했다는 건 알아. 너는 몇 달 전까지만 해도 네가 스피어인인 줄 몰랐잖아. 하지만 알탄은 하룻밤 사이에 인생의 모든 이들을 잃었어. 그런 고통은 쉽게 극복할 수 없어. 그래서 그게 필요한 거야. 그게 알탄의 취약성이고. 나는 그를 재단하지 않을 거야. 감히 그럴 수가 없어. 내겐 그럴 권리가 없으니까. 너도 마찬가지로 그럴 권리가 없어."

*

잡석 더미를 뒤지고, 잠긴 지하실 문을 부수어 열고, 시체를 다시 옮기며 2주일을 보낸 후 한때 50만 명이 살았던 이 도시에 생존자가 천 명도 안 된다는 사실을 발견했다. 시간이 너무 많이 지나버렸다. 그들은 생존자를 더 찾을 희망을 버렸다.

전쟁이 시작되고 처음으로 사이크는 계획한 작전이 없었다.

"이제 우린 뭘 기다리지?" 바지가 하루에도 몇 번씩 물었다.

"명령을." 카라는 항상 이렇게 대답했다.

그러나 어떠한 명령도 내려오지 않았다. 알탄은 늘 부재했고 때로는 며칠씩 사라졌다. 돌아와 있을 때는 명령을 내릴 상태가 아니었다. 차간이 자연스럽게 그의 자리를 넘겨받아 사이크에게 임시로 일상 임무를 할당해주었다. 대부분 보초를 서라는 지시였다. 적은 벌써 내륙 깊숙이 이동 중이었고 골린니스는 폐허 말고는 지킬 게 없다는 걸 알았지만, 그래도 그들은 명령에 복종했다.

린은 창을 들고 똑바른 자세로 성문 위에 앉아 도시로 향하는 길을 지켜보았다. 어스름에 경계를 섰지만, 피곤해도 잘 수가 없었기 때문에 괜찮았다. 눈을 감으면 피가 보였다. 거리에 말라붙은 피가. 골린강을 메운 피가. 갈고리에 걸린 시체가. 물통 안에

든 아기들이.

린은 먹을 수도 없었다. 가장 평범한 음식에서도 여전히 시체 맛이 났다. 딱 한 번 고기를 먹은 적이 있었다. 바지가 숲에서 토끼를 두 마리 잡아 와 가죽을 벗기고 나뭇가지에 꽂아 구웠다. 냄새를 맡는 순간 린은 한참 동안 마른 구역질을 했다. 광장에 있던 까맣게 탄 시체와 토끼 고기를 따로 떼어 생각할 수가 없었다. 골린니스의 거리를 걸을 때마다 처형의 순간 그 죽음들을 떠올리지 않을 수가 없었다. 장대에 매달린 수백 개의 머리를 볼 때면 포로들을 줄지어 무릎 꿇리고 그 앞을 지나가며 옥수수를 수확하듯 기계적으로 반복해서 검을 내리쳤을 무겐군 병사의 모습을 상상했다. 물통 무덤에 든 아기들을 볼 때마다 이해할 수 없는 비명 소리가 들렸다.

그녀의 마음에 늘 대답 없는 질문이 터져 나왔다. '도대체 왜?'

잔혹해서 그렇다는 말은 통하지 않았다. 피에 굶주린 마음을 린은 이해했다. 피에 굶주린 마음에 죄책감을 느꼈다. 린도 전투 중에는 이성을 잃었다. 마땅한 정도보다 더 멀리 나갔다. 멈춰야 할 때 상대방을 공격했다.

그러나 이런 규모의 사악함은, 아직 자기방어를 위해 손가락 하나도 들 수 없는 죄 없는 자들을 향한 대규모 잔학행위는, 이 정도까지는 도무지 상상조차 할 수가 없었다.

'그들은 항복했잖아.' 린은 사라진 적을 향해 외치고 싶었다. '무기를 버렸잖아. 이제 조금도 위협이 되지 않았잖아. 그런데 너희는 왜 이렇게까지 해야 했지?'

도무지 합리적인 설명이 떠오르지 않았다.

어떤 대답도 합리적일 수 없었기 때문이다. 적의 행동은 군사

전략에 근거하지 않았다. 식량 부족이나 폭동이나 반격의 위험 때문도 아니었다. 단지, 한 종족이 다른 종족을 하찮게 여겨서 일어난 일이었다.

무겐군은 니칸인을 '인간'으로 생각하지 않는다는 단순한 이유로 골린니스를 대량학살했다. 상대가 인간이 아니라면, 상대가 바퀴벌레라면, 얼마나 많이 죽였느냐가 뭐 그리 중요하겠나? 개미 한 마리를 눌러 죽이는 것과 개미 언덕에 불을 지르는 것 사이에 무슨 차이가 있겠는가? 자신의 즐거움을 위해 곤충의 날개를 떼어내면 왜 안 된단 말인가? 벌레는 고통을 느끼겠지만 그게 뭐 그리 대수란 말인가?

피해자는 고문관에게 인간으로 인정받기 위해 무슨 말을 할 수 있겠는가? 적에게 인정받기 위해 무슨 일을 어떻게 할 수 있겠는가?

그리고 압제자가 그런 걸 왜 신경 써야 한단 말인가?

전쟁의 논리는 절대성이다. 우리 아니면 그들. 승리 아니면 패배. 중간은 없다. 자비도 없다. 양보도 없다.

그것이 스피어 절멸을 정당화했을 때와 같은 논리임을 린은 깨달았다. 무겐군이 보기에 하룻밤 새 한 종족을 완전히 없애는 것은 절대로 잔학행위가 아니었다. 오직 필연일 뿐.

✳

"미쳤어?"

린은 고개를 홱 들었다. 어느새 피로에 짓눌려 멍하니 졸았던 모양이었다. 눈을 두어 번 깜박이고는 갸름한 눈으로 어둠 속을 살폈다. 목소리는 형체를 알아볼 수 없는 그림자 쪽에서 들려왔다가 점차 실체를 드러냈다.

린이 앉아 있는 성문 아래쪽에 알탄과 차간이 서 있었다. 차간은 앞으로 단단히 팔짱을 꼈고 알탄은 벽에 기대어 서 있었다. 심장이 방망이질하듯 뛰었다. 린은 두 사람이 고개를 들어도 볼 수 없게 야트막한 벽 아래로 몸을 숨겼다.

"우리만 있는 게 아니라면?" 알탄이 낮고도 열렬한 목소리로 물었다. 린은 깜짝 놀랐다. 알탄은 며칠 동안 보여준 모습과 전혀 다르게 정신을 바짝 차리고 생기 있게 말했다. "우리 같은 사람이 더 있다면?"

"이런 일을 또 할 수는 없어." 차간이 말했다.

"사이크가 수천 명이라면? 너와 나만큼 강력한 군사가, 신을 소환할 수 있는 군사가 여럿이라면?"

"알탄…."

"내가 샤먼 군대를 전체 소집할 수 있다면?"

린의 눈이 커졌다. '군대라고?'

차간이 웃음처럼 들리는 숨이 막힌 소리를 냈다. "어쩌자고 그런 제안을 해?"

"어떤지는 네가 정확히 알잖아." 알탄이 말했다. "내가 왜 널 산에 보냈는지 알잖아."

"넌 문지기만 원한다고 했어." 차간의 목소리가 점차 흥분했다. "거기 갇힌 미치광이를 전부 풀어주고 싶다는 말은 안 했지."

"그들은 미치광이가 아니야…."

"그들은 아예 인간이 아니야! 지금껏 반신반인이었어! 그들은 영적인 힘의 벼락 같고, 태풍 같아. 네가 무슨 계획을 꾸미는지 알았더라면 나는 가지 않았을 거야."

"개소리 마, 차간. 넌 내가 무슨 계획을 꾸미는지 정확히 알았어."

"우린 문지기를 '함께' 풀어주기로 했었지." 차간은 상처를 입은 소리를 냈다.

"그럴 거야. 그뿐만 아니라 다른 이들도 전부 풀어줄 거야. 페일렌도. 홀레이닌도. 전부 다."

"페일렌을? 그가 그런 짓을 하려 했는데도? 네가 지금 무슨 소리를 하는지 알기나 해? 넌 잔악무도한 행위를 하겠다고 말하는 거야."

"잔악무도라고?" 알탄이 냉정하게 물었다. "너도 여기 시체들을 봤잖아. 그런데도 내가 잔악무도한 행위를 계획한다고 비난해?"

차간의 목소리는 꾸준히 올라갔다. "무겐군이 한 짓은 '인간의' 잔혹성이야. 인간이니까 그 정도 파괴를 한 거야. 하지만 출루 코리크에 갇힌 것들은 완전히 다른 규모로 멸망을 불러올 수 있어."

알탄이 웃음을 터뜨렸다. "너, 눈이 있기는 해? 골린니스에서 그들이 어떤 일을 저질렀는지 못 봤어? 통치자는 백성을 지키기 위해서라면 어떤 일도 할 수 있어야 해. 나는 테르자 여왕과 달라, 차간. 나는 그들이 우릴 개처럼 죽이게 놔두지 않을 거야."

몸싸움을 벌이는 소리가 들렸다. 발들이 마른 잎을 밟으며 재빠르게 움직였다. 팔과 다리가 서로 스쳤다. 두 사람은 싸우고 있을까? 린은 숨을 쉴 생각조차 못 하고 벽 너머로 그들을 내려다보았다.

차간이 양손으로 알탄의 옷깃을 잡고 제 쪽으로 바짝 끌어당졌다. 알탄이 차간보다 키가 더 커서 쉽게 쳐낼 수 있었지만, 그는 손을 들어서 막지 않았다.

린은 믿을 수가 없어서 그들을 뚫어지게 바라보았다. 누구도 알탄을 그런 식으로 건드리지 않았다.

"여긴 스피어가 아니야." 차간이 씩씩거렸다. 두 사람의 얼굴은 코가 닿을락 말락 할 만큼 가까웠다. "심지어 테르자 여왕도 섬 전체를 구하겠다고 자신의 신을 풀어놓지 않았어. 그런데 넌 수천 명에게 사형선고를 내리려고 하잖아."

"난 이 전쟁에서 이기려는 거야."

"무엇 때문에? 주위를 봐, 알탄! 누구도 네 등을 두드리며 잘했다고 칭찬하지 않을 거야. 남은 사람이 아무도 없어. 이 나라는 망했고, 아무도 신경 쓰지 않아."

"황제는 신경 쓸 거야." 알탄이 말했다. "내가 매를 보냈고 황제가 내 계획을 승인했어."

"너의 황제가 뭐라고 하든지 그게 무슨 상관이야?" 차간이 소리쳤다. 그의 손이 격렬하게 떨렸다. "빌어먹을 황제! 너의 황제는 달아났어!"

"황제도 우리 중 하나야." 알탄이 말했다. "너도 알잖아. 우리가 황제를 가진다면, 그리고 문지기를 가진다면, 우린 이 샤먼 군대를 이끌 수 있어…"

"샤먼 군대를 이끌 수 있는 사람은 없어." 차간이 알탄의 옷깃을 놓아주었다. "산에 갇힌 그자들은 너와 같지 않아. 수니와 같지도 않아. 넌 그들을 통제할 수 없고 그럴 시도조차 못 할 거야. 내가 허락하지 않을 테니까."

차간이 알탄을 밀어내려고 손을 들었지만, 이번에는 알탄이 그 손을 꽉 잡고 쉽게 아래로 내렸다. 그는 손을 놓아주지 않았다. "정말로 날 막을 수 있다고 생각해?"

"단순히 네가 문제가 아니야." 차간이 말했다. "이건 스피어에 관한 문제야. 네 복수에 관한 문제야. 너희 스피어인은 늘 그렇지. 결과는 생각하지도 않고 증오하고 불태우고 파괴하지. 너희 가운데 유일하게 예견력을 가진 사람이 테르자 여왕이었어. 너희에 관해서라면 어쩌면 무겐군의 생각이 옳았을지도 몰라. 너희 섬을 통째로 불태워버린 게 최선이었을지도 몰라."

"어떻게 감히." 알탄이 말했다. 그 목소리가 너무 조용해서 린은 조금이라도 가까이 다가가면 제대로 들릴 것처럼 벽에 몸을 바짝 붙였다. 알탄이 차간의 손목을 단단히 움켜잡았다. "넌 선을 넘었어."

"나는 너의 예언자야." 차간이 말했다. "네가 듣고 싶어 하든 말든 나는 너에게 충고해."

"예언자는 명령하지 않아." 알탄이 말했다. "예언자는 거역하지도 않아. 거역하는 부관은 필요 없어. 네가 날 도와주지 않는다면 널 멀리 보낼 거야. 북쪽으로 가. 그 댐으로 가. 쌍둥이를 데리고 가서 우리가 계획한 대로 해."

"알탄, 제발 이성에 따라." 차간이 호소했다. "이러면 안 돼."

"내 명령대로 해." 알탄이 잘라 말했다. "가. 아니면 사이크를 떠나버려."

린은 벽 뒤로 몸을 숨겼다. 심장이 쿵쾅거렸다.

✳

알탄의 발소리가 멀어지자마자 린은 경계 임무를 버렸다. 성문 근처에 알탄의 모습이 보이지 않게 되자 계단을 뛰어 내려가 트인 길로 달려갔다. 차간과 카라가 힘을 회복한 말에 안장을 얹고 있었다.

"가자." 린이 다가오는 걸 보고 차간이 말했지만, 카라가 말을 움직이기 전에 린이 고삐를 붙잡았다.

"어디로 가는 거야?" 린이 물었다.

"멀리." 차간이 간단히 말했다. "그 고삐 놔."

"할 말이 있어."

"우린 떠나라는 명령을 받았어."

"알탄과 나눈 이야기, 엿들었어."

카라가 자신의 언어로 뭐라고 중얼거렸다.

차간이 얼굴을 찌푸렸다. "네 일이나 신경 써."

린이 고삐를 단단히 움켜잡았다. "알탄이 말한 군대가 뭐야? 왜 넌 알탄을 돕지 않으려는 거야?"

차간의 눈이 가름해졌다. "넌 지금 무슨 일을 벌이려는지 몰라."

"그러니까 말해줘. 페일렌이 누구야?" 린이 큰 소리로 계속 물었다. "홀레이닌은 또 누구고? 문지기를 풀어준다는 알탄의 말은 무슨 뜻이지?"

"알탄은 니칸 전체를 불태우려고 해. 나는 책임지지 않을 거야."

"니칸을 불태운다고?" 린이 되풀이했다. "어떻게…."

"너의 사령관은 미쳤어." 차간이 무뚝뚝하게 말했다. "똑똑히 알아둬. 최악이 뭔지 알아? 알탄은 처음부터 내내 이 일을 계획하고 있었어. 나는 그걸 알아채지 못했고. 이건 무겐군이 시네가드를 침략한 이후 그가 계속 원했던 일이야."

"그런데도 그냥 놔두겠다고?"

차간은 뺨이라도 맞은 사람처럼 격렬하게 주춤거렸다. 린은 그가 고삐를 잡아당겨 그대로 떠날까 두려웠지만, 차간은 입을 조금 벌리고 그 자리에 그대로 앉아 있었다.

린은 차간이 이토록 말없이 있는 모습을 본 적이 없었다. 그래서 두려웠다.

차간이 잔혹함 때문에 머뭇거릴 거라곤 예상하지 못했다. 사이크 가운데 차간만이 자신의 힘에 대한 두려움을, 통제력을 잃을 것에 대한 두려움을 조금도 내비친 적이 없었다. 오히려 차간은 그 능력을 맘껏 썼다. 그 능력을 실컷 즐겼다.

그 힘이 얼마나 가공할 만한 것이면 차간마저 두려워할까?

차간이 린에게서 시선을 떼지 않고 몸을 숙이더니 고삐를 잡은 채로 말에서 뛰어내렸다.

그가 다가오자 그녀는 두 걸음 뒤로 물러났다. 차간은 생각보다 가까운 거리에 멈추었다. 그는 한동안 침묵하며 린을 살폈다.

"알탄의 힘의 원천이 뭔지 알아?" 마침내 그가 물었다.

린이 얼굴을 찌푸렸다. "그는 스피어인이잖아. 명백하지."

"평균적인 스피어인의 힘은 알탄의 반도 안 되었어." 차간이 말했다. "스피어인 가운데 왜 알탄 혼자 살아남았는지 자문해본 적 있어? 동족 전체가 불에 타고 팔다리를 잘렸는데 왜 알탄만 살아남도록 허락받았는지?"

린은 고개를 저었다.

"1차 양귀비 전쟁이 끝나고 무겐은 너희 스피어 종족에 집착하기 시작했어." 차간이 말했다. "무겐은 이 작은 섬나라에 자기 군대가 패배했다는 사실을 믿을 수가 없었어. 그래서 샤머니즘에 흥미를 갖기 시작했지. 무겐에는 샤먼이 없었거든. 무겐은 스피어가 어쩌다 그런 힘을 가지게 되었는지 알아야만 했어. 그래서 사성을 점령했을 때 스피어섬 바로 맞은편에 연구기지를 짓고 두 양귀비 전쟁 사이 수십 년 동안 스피어인을 납치해서 무엇때문에 그들이 그토록 특별해졌는지 알아내려고 온갖 실험을 했어. 알탄은 그 실험대상 중 한 명이었어."

린의 가슴이 아프게 조여들었다. 다음에 무슨 말을 들을지 너무 두려웠지만, 차간은 계속 말했다. 그의 목소리는 역사 강의처럼 감정 없이 단조로웠다. "헤스페리아가 무겐국의 여러 시설을 해방시켰을 때 알탄은 어느 연구소에서 인생의 절반을 보내고 있었어. 무겐의 과학자들이 매일 약을 주입해 진정상태로 만들었어. 그들은 알탄을 굶겼어. 순응하게 하려고 고문했어. 알탄은 그들이 납치한 유일한 스피어인은 아니었지만, 살아남은 유일한 스피어인이었어. 그가 어떻게 살아남은 건지 알아?"

린은 고개를 저었다. "나는…."

차간은 가차 없이 계속 말했다. "그들은 알탄을 묶어놓고 스피어인의 능력을 가능하게 하는 게 뭔지 알아내려고 다른 사람들을 해부하는 모습을 고스란히 지켜보게 했어. 스피어인이 어떻게 구성되어 있는지 보려고 말이야. 무겐은 반드시 밝혀내고야 말겠다고 마음을 먹었지. 그들은 실험대상을 되도록 오래 살려둔 채로 해부하려고 했어. 심지어 흉곽의 살을 벗겨낼 때도 그랬지. 그래야 토끼 가죽을 벗겨 펼쳐놓았을 때처럼 인체 근육이 어떻게 움직이는지 직접 볼 수 있을 테니까."

"알탄은 그런 말을 한 적이 없어." 린이 속삭였다.

"앞으로도 절대 하지 않을 거야." 차간이 말했다. "알탄은 침묵하면서 고통스러워하는 쪽이니까. 알탄은 증오가 곪게 놔두는 걸 좋아해. 가능하면 오래 증오를 품는 쪽을 좋아해. 이제 그의 힘이 어디서 나오는지 알겠어? 그가 스피어인이라서가 아니야. 그건 유전의 문제가 아니라고. 알탄이 그토록 강력한 이유는 너무 깊이 증오해서, 너무도 철저히 증오해서, 증오가 그의 모든 것이기 때문이야. 너의 불새는 불의 신이기도 하지만 분노의 신이기도 해. 복수의 신이야. 알탄은 불새를 소환하는 데 아편이 필요하지 않아. 불새가 늘 그 안에 살고 있으니까. 넌 내가 왜 알탄을 막지 않느냐고 물었지. 이제 너도 알 거야. 복수하려는 자는 막을 수 없어. 미친 사람을 이성으로 설득할 수는 없어. 넌 내가 비겁하게 달아난다고 생각하지. 그래, 인정할게. 난 두려워. 그가 복수를 위해 무슨 일을 저지를지 두려워. 그리고 그의 생각이 옳아서 두려워."

＊

린이 알탄을 발견했을 때 그는 지난번과 똑같이 오래된 도서관 그 자리에 누워 있었다. 린은 아무 말도 하지 않았다. 그저 달빛이 비쳐드는 방을 가로질러 늘어진 그의 손에서 담뱃대를 가져갔다. 그리고 바닥에 주저앉아 고서적이 쌓인 책장에 몸을 기댔다. 잠시 후 린은 아편 한 모금을 깊이 빨았다. 효과가 돌기까지 꽤 시간이 걸렸지만, 일단 효과가 나타나자 그동안 왜 명상을 했을까 싶었다.

이제야 알탄에게 왜 아편이 필요한지 이해했다.

그가 중독자라 해도 별로 놀랍지 않았다. 아편을 피우는 시간은 알탄이 자신의 불행에, 절대로 치유되지 않을 흉터에 압도당하지 않는 유일한 순간이었을 것이다. 연기가 안겨주는 몽롱함이야말로 그가 아무것도 느끼지 않고, 모든 걸 잊을 수 있는 유일한 시간이었을 것이다.

"어때?" 알탄이 중얼거렸다.

"놈들이 미워." 린이 말했다. "너무 미워. 아플 만큼 미워. 내 피 한 방울 한 방울을 전부 합친 것만큼 미워. 내 뼈 한 조각 한 조각을 전부 합친 것만큼 미워."

알탄이 연기를 길게 내뿜었다. 그는 인간처럼 보이지 않고 그저 생명력 없는 연기의 통로, 담뱃대의 연장선으로 보였다.

"아픈 게 멈추지 않아." 그가 말했다.

린은 놀랍도록 달콤한 한 모금을 깊숙이 빨아들였다.

"이제 이해가 되네." 린이 말했다.

"그래?"

"지난번엔 미안했어."

린의 말은 모호했지만, 알탄은 무슨 뜻인지 아는 것 같았다. 그는 그녀의 손에서 담뱃대를 가져가 한 모금을 빨았다. 알겠다는 뜻이었다.

한참 후에 알탄이 입을 열었다.

"나는 끔찍한 일을 하려고 해." 그가 말했다. "네게 선택지를 줄게. 너는 나랑 같이 돌 감옥에 갈 수 있어. 거기서 뭘 하려는지는 너도 알 거야."

"응." 물어보지 않아도 출루 코리크에 누가 갇혀 있는지 알았다.

'비정상적인 범죄를 저지른, 비정상적인 죄인들.'

만약 함께 간다면 린은 알탄을 도와 괴물들을 풀어줄 것이다. 이매보다 나쁜 괴물들을, 황제의 동물원에 있었던 그 어떤 짐승보다 더 나쁜 괴물들을. 이 괴물들은 목줄을 채워 통제할 수 있는 짐승이나 이성 없는 존재가 아니라 전사들이었으니까. 샤먼이었으니까. 인간세계는 조금도 개의치 않으면서 인간의 모습을 하고 걸어 다니는 신들이었으니까.

"아니면 골린니스에 남아도 돼. 여기서 남은 니칸군과 함께 싸우며 신들의 도움 없이 이 전쟁에서 이기려고 애쓸 수도 있어. 지앙 사부의 착한 제자로 남아도 돼. 그의 충고를 따를 수 있어. 네가 가지고 있다는 걸 아는 그 힘을 회피하면서 말이야." 알탄이 린에게 한 손을 내밀었다. "하지만 난 네 도움이 필요해. 난 또 다른 스피어인이 필요해."

린은 그의 가느다란 갈색 손가락을 내려다보았다.

만약 샤먼 군대를 풀어주는 이 일을 돕는다면 린도 괴물이 될까? 두 사람은 차간이 비난했던 그 모든 일에 죄책감을 느끼게 될까?

아마 그럴 것이다. 하지만 그 밖에 또 잃을 게 뭐가 있을까? 벌써 이 나라를 아편 소굴로 만들고 부패하게 만든 침략자들이 일을 마무리하겠다고 돌아왔다.

린은 알탄이 내민 손을 맞잡았다. 그녀의 살갗에 와 닿는 그의 살갗은 상상했던 것과 전혀 다른 느낌을 주었다. 옛 니칸 문자로 쓰인 고문서만을 증인 삼아, 오래된 도서관 한구석에서 린은 충성을 맹세했다.

"대장과 함께할게." 린이 말했다.

23

출루 코리크

붉은 황제 시대 훨씬 전에 이 나라는 아직 대제국이 아니었고, 부족들이 흩어져 사는 빈약한 땅이었다. 그들은 위대한 칸 무리에 쫓겨 힌터랜드에서 달아난 북방 기마 유목민이었고, 따뜻한 낯선 땅에 정착해 살아남고자 애썼다.

그들은 많은 일에 무지했다. 비의 순환과 무루이강의 흐름과 토양의 변화를 잘 알지 못했다. 사냥 말고 땅을 갈고 씨를 뿌려 식량을 재배하는 법도 몰랐다. 그들에겐 길잡이가 필요했다. 신이 필요했다.

그러나 신전의 신들은 아직 인간에게 도움을 줄 마음이 없었다.

"인간은 이기적이고 옹졸해." 천상군 총사령관 이랑신이 주장했다. "인간의 수명은 너무 짧아서 땅의 미래를 생각하지 않아. 우리가 인간을 도와준다면 놈들은 땅을 소모하고 자기들끼리 싸움을 벌일 거야. 그럼 평화는 없어."

"하지만 지금 인간은 고통받고 있어." 이랑신의 쌍둥이, 아름다운 삼성모(三聖母)는 정반대로 생각했다. "우리에겐 인간을 도와줄 힘이 있어. 왜 그 힘을 아껴야 하지?"

"넌 한 치 앞도 못 봐." 이랑신이 말했다. "넌 인간을 너무 높이 평가해. 그들은 우주를 위해 아무 도움도 되지 않아. 우주가 그들에게 신세 진 것은 하나도 없어. 그들이 생존할 수 없다면 그냥 죽게 놔두면 돼."

이랑신은 신전의 신들에게 누구도 인간 문제에 끼어들지 말라고 명령했다. 그러나 둘 중 언제나 온화한 쪽이었던 삼성모는 이랑신이 너무 성급히 판단했다고 생각했다. 삼성모는 몰래 지상에 내려갈 계획을 세웠다. 인간이 신들에게 도움을 받을 만한 가치가 있음을 신들에게 입증해 보이고 싶었다. 그러나 마지막 순간 이랑신은 삼성모의 계획을 눈치채고 뒤를 쫓아갔다. 이랑신을 피하려다가 삼성모는 그만 잘못된 장소에 상륙했다.

삼성모는 사흘 동안 길에 쓰러져 있었다. 그녀는 빼어난 인간 미인으로 위장했다. 당시 그런 일은 몹시 위험했다.

그녀를 발견한 첫 번째 남자는 군인이었다. 군인은 그녀를 강간하고 죽게 놔두었다.

두 번째 남자는 상인이었는데, 삼성모의 옷만 가져가고 삼성모까지 태우면 마차가 무거워질까 봐 역시 그 자리에 내버려뒀다.

세 번째 남자는 사냥꾼이었다. 그는 삼성모를 보자마자 자기 외투를 벗어 그녀의 몸을 감싸주었다. 그리고 자기 막사로 데려갔다.

"당신은 왜 나를 돕는 거죠?" 삼성모가 물었다. "당신은 인간이잖아요. 인간은 서로 먹고 먹히며 살아가요. 당신들에겐 연민이 없잖아요. 그저 탐욕을 부리며 살아갈 뿐."

"모든 인간이 그러지는 않아요." 사냥꾼이 말했다. "나는 아니에요."

막사에 도착했을 때 삼성모는 사냥꾼을 사랑하게 되었다.

그녀는 사냥꾼과 결혼했다. 그리고 사냥꾼의 부족에게 여러 가지를 가르쳤다. 비를 내려달라고 하늘에 제사를 지내는 법이나 거북이 등껍질 갈라진 모양을 보고 날씨를 읽는 법, 풍년을 내려달라고 향을 피워 농업의 신들에게 기원하는 법 등.

사냥꾼 부족은 번창했고 니칸의 비옥한 땅 곳곳에 퍼져나갔다. 살아 있는 여신이 지상에 내려왔다는 소문이 퍼졌다. 삼성모의 숭배자들이 전국적으로 늘어났다. 니칸 사람들은 삼성모를 기리며 향을 피우고 조각상을 세웠다. 삼성모는 니칸 사람들이 알게 된 최초의 신이었다.

시간이 흐르고 그녀는 사냥꾼의 아이를 낳았다.

하늘에서 이 모습을 모두 지켜본 이랑신은 크게 분노했다.

삼성모의 아들이 첫돌을 맞았을 때 이랑신은 인간 세상에 내려왔다. 그는 돌잔치 천막에 불을 질러 겁에 질린 손님을 모두 내쫓았다. 그리고 거대한 삼지창으로 사냥꾼을 찔러 죽였다. 또 삼성모의 아들을 붙잡아 산등성이 너머로 던져버렸다. 겁에 질린 쌍둥이 누이의 목을 붙잡아 공중에 들어 올렸다.

"넌 나를 죽일 수 없어." 목이 졸린 삼성모가 말했다. "넌 나한테 묶여 있어. 우린 완전한 하나의 두 반쪽이야. 내가 죽으면 너도 죽어."

"그래." 이랑신이 인정했다. "하지만 널 가둬둘 수는 있지. 네가 인간 세상을 이토록 사랑한다니, 널 위해 지상 감옥을 하나 만들어주겠어. 거기서 영겁의 시간을 보내. 감히 인간을 사랑한 벌이야."

이랑신이 말하는 동안 공중에 커다란 산이 만들어졌다. 이랑신이 삼성모를 힘껏 내던지자 산이 그녀를 깔고 아래로 가라앉았다. 도저히 깰 수 없는 돌 감옥이었다. 삼성모는 밖으로 탈출하려고 애쓰고 또 애썼지만, 감옥 안에서는 마법을 쓸 수 없었다.

돌 감옥에서 몇 년을 지낸 삼성모는 점점 쇠약해졌다. 한때 자유롭게 하늘을 날던 여신에게 매 순간이 고문이었다.

삼성모에 얽힌 이야기가 많다. 그녀의 아들 연의 전사에 관한 이야기도 있다. 그가 어떻게 니칸 최초의 샤먼이 되어 신과 인간 사이를 연결했는지에 관한 이야기다. 또 어머니를 풀어주기 위해 삼촌인 이랑신과 전쟁을 벌인 이야기도 있다.

또한 출루 코리크에 관한 이야기도 있다. 옥의 황제 시절 건방진 행동으로 벌을 받아 5천 년 동안 돌 감옥에 갇혀야 했던 오만한 샤먼 손오공의 이야기도 있다. 이때가 샤먼 시대의 시작이었기 때문에, 이야기 시대의 시작이었다고 말할 수도 있을 것이다.

많은 부분이 사실이다. 그리고 훨씬 더 많은 부분이 사실이 아니다.

그러나 한 가지는 사실이라고 말할 수 있다. 오늘날 지상의 모든 장소 가운데 오직 출루 코리크만이 신을 담고 있다.

— 출처: 시네가드 대역사학자 바키르 모고이가 기록한
《붉은 황제 실록》중 〈시진의 신의 분류〉

"어디로 가는지는 말해줄 거지?" 키테이가 물었다. "아니면 그냥 작별 인사나 하려고 날 부른 거야?"

린은 애써 키테이의 시선을 피해 짐을 쌌다. 린은 알탄과 함께 여행을 가기로 계획한 지난 일주일 내내 키테이를 피해왔다.

알탄은 사이크 대원 외에 누구에게도 이 일을 말하지 말라고 했다. 린과 알탄 단둘이서만 출루 코리크까지 갈 것이다. 하지만 린은 두 사람의 계획이 성공한다면, 어떤 일이 일어날지 키테이가 알고 있기를 원했다. 다시 말해 키테이가 언제 달아나야 할지 알고 있기를 원했다.

"말이 준비되는 대로 떠날 거야." 린이 말했다. 무겐군이 가져가지 않은 괜찮은 상태의 유일한 말은 차간과 카라가 타고 골린니스를 떠났다. 병에 걸렸거나 죽어가지 않는 다른 말을 찾는 데 며칠이 걸렸고, 여행을 떠날 만큼 그 말을 회복시키는 데 또 며칠이 걸렸다.

"어디로 가는지 물어봐도 돼?" 키테이가 물었다. 그는 화를 드러내지 않으려고 애썼지만, 못 보고 지나치기엔 린이 키테이를 너무 잘 알았다. 그의 얼굴에 절망과 노여움이 퍼져 있었다. 키테이는 정보를 놓치는 걸 무척 싫어했고, 그것 때문에 린에게 화가 나 있었다.

린은 망설이다가 말했다. "쿠코닌 산맥."

"쿠코닌 산맥?" 키테이가 되물었다.

"여기서 남쪽으로 이틀 정도 말을 타고 가야 해." 린은 키테이를 보지 않으려고 괜히 짐보따리를 만지작거렸다. 엔키의 약방에서 가져올 수 있는 엄청난 양의 양귀비 씨앗을 전부 챙겼다. 출루 코리크 안에 들어가면 이 모든 게 전혀 도움이 되지 않을지도 모르지만, 일단 산을 떠나게 되면, 그 안의 샤먼들이 전부 풀려나게 되면, 그때는….

"나도 쿠코닌 산맥이 어딘지는 알아." 키테이가 초조하게 말했다. "내가 알고 싶은 건 네가 왜 무겐군 주요 부대와 반대 방향으로 가는지야."

'키테이에게 말해줘야 해.' 린은 알탄의 계획을 누설하지 않고 키테이에게 경고할 방법이 떠오르지 않았다. 제대로 알려주지 않으면 그는 고집스럽게 직접 알아내려 할 것이고 호기심 때문에 목숨을 잃을 수도 있다. 린은 보따리를 내려놓고 반듯한 자세로 앉아 키테이를 똑바로 보았다.

"알탄은 군대를 모으려고 해."

키테이는 믿을 수 없다는 듯 말했다. "그럼 다시 와?"

"그게 말이야…. 그 사람들은…. 내가 말해줘도 넌 이해하지 못할 거야." 어떻게 설명해야 할까? 키테이는 전승학을 공부하지 않았다. 그는 시네가드 전투를 경험한 후에도 신을 진심으로 믿은 적이 없었다. 샤머니즘은 불가사의해 보이는 무술의 상징에 불과하다고 생각했고 린과 알탄의 능력도 현란한 손기술이자 그럴싸한 속임수라고 생각했다. 키테이는 신전에 무엇이 있는지 몰랐다. 알탄과 린이 어떤 위험을 풀어주려고 하는지 이해하지 못했다.

"나는 그냥… 너한테 경고하려고 해."

"아니, 넌 나를 속이려고 해. 날 속이면 안 돼." 키테이는 아주 커다란 목소리로 말했다. "난 도시가 불타는 걸 봤어. 네가 인간의 능력으로 할 수 없는 일을 하는 걸 봤어. 네가 불을 일으키는 걸 봤어. 그러니 내겐 알 권리가 있어. 어서 말해."

"좋아."

린이 키테이에게 전부 말해주었다.

놀랍게도 그는 그녀의 말을 믿었다.

"하지만 그 계획은 많은 일이 잘못될 수도 있겠다." 마침내 린의 말이 끝나자 키테이가 말했다. "알탄은 그 군대가 자기편이되어 싸워줄 거라고 어떻게 확신하지?"

"그들은 니칸 사람이야." 린이 말했다. "그러니 우리 편이 되어 싸워야 해. 전에도 니칸 제국을 위해 싸웠던 사람들이니까."

"그 제국이 그들을 산 채로 매장했는데도?"

"산 채로 매장한 게 아니야." 린이 말했다. "유폐시킨 거야."

"아, 미안." 키테이가 고쳐 말했다. "유폐시켰지. 마법의 돌산에 가뒀어. 그들의 힘이 너무 강력해서, 그들이 온 나라를 파괴하지 못하게 막을 수 있는 유일한 방법이 그 빌어먹을 '산'뿐이라서. 그런데 너희는 그들을 이 나라에 풀어주려고 해. 그들이 니칸을 구할 수 있으리라 생각해서. 누가 이런 생각을 한 거야? 너야, 아니면 아편에 찌든 네 사령관이야? 제정신이라면 이런 계획을 떠올렸을 리가 없어."

린은 가슴 앞으로 단단히 팔짱을 꼈다. 키테이는 린이 이미 생각해본 문제를 제기하고 있었다. 몇 년 동안 매장당했던 미쳐버린 영혼들에게 무엇을 기대할 수 있을까? 출루 코리크의 샤먼들은 아무 일도 안 할지 모른다. 어쩌면 앙심을 품고 이 나라의 절반을 파괴할지도 모른다.

하지만 알탄은 그들이 자기편이 되어 싸워줄 거라고 확신했다.

'그들은 황제에게 원한을 품을 권리가 없어.' 알탄이 말했다. '샤먼이라면 전부 신을 향한 여정에 어떤 위험이 도사리고 있는지 알아. 사이크 대원 모두가 이 길 끝에 결국 돌산이 기다리고 있음을 알아.'

그렇지 않으면 살아 있는 모든 니칸인이 전멸할 것이다. 골린니스 대학살은 무겐군이 포로를 끌고 다니지 않겠다는 뜻이 분명했다. 무겐은 니칸의 거대한 땅덩어리를 원했다. 그 땅에 원래 살던 사람들과 나란히 살아가는 데는 관심이 없었다. 린은 위험을 알았고, 그 위험을 가늠해보았고, 신경 쓰지 않겠다고 결론 내렸다. 좋은 쪽이든 나쁜 쪽이든 알탄과 운명을 함께하기로 했다.

"네가 그렇게 말해도 내 마음이 바뀌지는 않아." 린이 말했다. "내가 그 이야기를 해준 건 널 걱정해서야. 우리가 그 산에서 나오면 그들을 어디까지 통제할 수 있을지 몰라. 그저 엄청난 힘이 생긴다는 것만 알아. 우릴 막으려고 하지 마. 함께하려고도 하지 마. 우리가 오면 넌 달아나야 해."

✳

"집합 지점은 쿠코닌 산맥 기슭이야." 알탄이 사이크 대원들을 모아놓고 말했다. "일주일 안에 만나지 못하면 우리가 죽었다고 생각해. 너희끼리 산으로 들어가지는 마. 카라가 보내는 새를 기다렸다가 그 전갈이 지시하는 대로 해. 내가 없으면 차간이 사령관 권한대행이야."

"차간은 어디에 있어?" 우네겐이 용기를 내 물었다.

"카라와 함께 있어." 알탄의 얼굴은 어떤 것도 드러내지 않았다. "내 지시를 받고 북쪽으로 갔어. 두 사람이 돌아오면 어떤 일이었는지 알게 될 거야."

"그게 언제쯤인데?"

"할 일을 전부 마치면."

린은 말 옆에 서서 기다리며 알탄이 시네가드 전투 이후로 보지 못했던 자신감의 후광을 두르고 말하는 모습을 지켜보았다. 알탄은 더 이상 아편에 취한 망가진 소년이 아니었다. 동족 대학살을 다시 체험하고 절망에 빠진 스피어인도 아니었다. 그는 피해자가 아니었다. 심지어 쿠달라인에서 보여준 모습과도 달랐다.

265

그는 이제 좌절하지 않았고, 궁지에 몰린 짐승처럼 집무실 안을 돌아다니지도 않았으며, 준 장군의 위세에 짓눌려 있지도 않았다. 알탄은 지시를 내렸고, 임무가 있었고, 유일한 목표가 있었다. 더는 자신을 억누르지 않아도 됐다. 스스로 속박에서 벗어났다. 알탄은 그의 분노를 통해 최후의 끔찍한 결론에 다다를 것이다.

린은 성공을 의심하지 않았다. 다만 이 나라가 그의 계획을 통해 살아남을지는 알 수 없었다.

"행운을 빌어." 엔키가 말했다. "우리 대신 페일렌에게 안부 전해줘."

"대단한 친구였지." 우네겐이 그리워하며 말했다. "뭐, 그 친구가 반경 30킬로미터 안에 있는 모든 것을 때려 부수려고 하기 전까지는."

"과장하지 마." 람사가 말했다. "반경 15킬로미터였어."

✳

그들은 늙은 말이 허락하는 한도에서 서둘러 갔다. 정오에선 두 개가 그려진 둥근 바위를 지나갔다. 알탄이 가리키지 않았다면 못 보고 지나쳤을 것이다.

"차간이 표시한 거야." 알탄이 말했다. "이 길로 가면 안전하다는 뜻이지."

"차간을 이쪽으로 보냈었어?"

"응. 우리가 밤의 성을 떠나 쿠달라인으로 가기 전에."

"왜?"

"차간과 나는… 차간에겐 가설이 있었어." 알탄이 말했다.

"삼두정치에 관해서 말이야. 시네가드 전투 직전 티르가 죽었다는 사실을 깨달았을 때, 차간은 영혼의 지평선 위로 뭔가 떠오른 걸 봤어. 그는 문지기를 봤다고 생각했어. 일주일 후 또 같은 교란이 일어났다가 이윽고 사라졌어. 그는 문지기가 제 발로 출루 코리크에 들어간 게 틀림없다고 생각했어. 그래서 우린 문지기를 끄집어내 진실을 알아내야겠다고 생각했어. 삼두정치 뒤에 어떤 진실이 숨어 있는지도 알고 싶었어. 문지기와 용의 황제에게 무슨 일이 있었는지, 수다지 황제가 그들에게 무슨 짓을 했는지 밝혀내고 싶었어. 그때 차간은 내가 다른 샤먼들까지 풀어주고 싶어 한다는 것까지는 몰랐어."

"대장이 차간에게 거짓말을 했군."

알탄이 어깨를 으쓱했다. "차간은 믿고 싶은 것만 믿어."

"차간이 또… 말해줬어…." 린은 뭐라고 말을 끝맺어야 할지 몰랐다.

"뭐라고?" 알탄이 물었다.

"그들이 대장을 개처럼 훈련시켰다고. 시네가드에서 말이야."

알탄이 담담하게 웃었다. "차간이 그런 식으로 말했다고?"

"그들이 아편을 먹였다고."

알탄의 얼굴이 굳었다.

"시네가드는 군사훈련소야." 그가 말했다. "나에 관해서는 할 일을 했어."

'할 일을 지나치게 잘했겠지.' 린은 생각했다. 사이크와 마찬가지로 시네가드 사부들도 감당할 수 있는 정도를 넘어선 가공할 힘을 불러일으켰다. 그들은 한 사람의 스피어인을 훈련한 게 아니었다. 그들은 복수의 화신을 창조해냈다.

알탄은 적을 파괴할 수 있다면 세계를 불태울 수도 있는 사령관이었다.

이런 생각이 한때는 린의 마음을 불편하게 했다. 알탄에 관해 지금 아는 것을 3년 전에 알았더라면 린은 정반대 방향으로 달아났을지도 모른다.

그러나 지금은 너무 많이 보았고, 너무 깊이 고통스러웠다. 니칸 제국에는 합리적인 사람이 필요하지 않았다. 조국을 구하려고 애쓰는 미치광이가 필요했다.

눈앞의 길이 보이지 않을 만큼 날이 저물자 둘은 말에서 내렸다. 길이라고 부르기에도 어려운 제대로 다져지지 않은 길을 택했기에 말이 뾰족한 돌멩이에 말굽을 베일 수 있었고 자칫 협곡으로 굴러떨어질 수도 있었다. 두 사람이 내리자 말이 휘청였다. 알탄이 물 한 냄비를 부어 말에게 내밀었고 린이 옆구리를 찌르자 비로소 말은 내키지 않아 하며 물을 마셨다.

"더 혹사했다간 말이 죽을지도 몰라." 린이 말했다. 말에 대해 아는 게 별로 없었지만, 짐승이 쓰러지기 직전에 이르렀다는 건 분간할 수 있었다. 쿠달라인에서 군사용으로 기른 준마였다면 이 정도 여행은 쉽게 할 수 있었겠지만, 이 말은 비루한 운반용이었다. 늙은 말은 너무 야위어서 윤기 없는 가죽 위로 갈비뼈가 고스란히 드러났다.

"하루만 버티면 돼." 알탄이 말했다. "그 후엔 죽어도 돼."

린은 짐에서 귀리 한 줌을 꺼내 말에게 먹였다. 그사이 알탄은 소박하고도 효율적으로 막사를 지었다. 떨어진 솔가지와 마른 잎을 모아 와 냉기를 막았다. 부러진 나뭇가지로 틀을 만들고 남은 망토를 위에 덮어 밤새 눈을 막았다. 또 자기 짐에서 말린 불쏘시개와 기름을 꺼내고 재빨리 구덩이를 파더니 그 안에 불붙이기 쉬운 것들을 가지런히 포갰다. 그가 손을 뻗으니 곧바로 불꽃이 붙었다. 가벼운 부채질보다 수월하게 불꽃을 크게 키우고 두 사람은 타오르는 모닥불 앞에 앉았다.

린은 양손을 내밀어 뼛속까지 열기가 스미게 했다. 낮 동안에는 날이 이렇게 추워졌는지 미처 깨닫지 못했다. 그제야 발끝에 감각이 없다는 사실을 알아챘다.

"따뜻해?" 알탄이 물었다.

린은 얼른 고개를 끄덕였다. "고마워."

알탄은 잠시 말없이 그녀를 지켜보았다. 린은 그의 시선을 느꼈지만, 얼굴이 빨개지지 않으려고 애썼다. 린은 알탄의 온전한 관심을 받는 데 익숙하지 않았다. 그는 쿠달라인에서 린과 불화한 이후로 줄곧 차간과 함께하느라 바빴다. 그러나 이제 상황이 뒤집혔다. 차간이 알탄을 저버렸고 린이 그의 곁에 있었다. 그러자 뭔가 앙갚음을 했다는 짜릿한 기쁨이 느껴졌다. 하지만 곧바로 죄책감이 느껴졌고, 린은 그 마음을 짓눌러 꺼버렸다.

"전에도 그 산에 가본 적이 있어?"

"딱 한 번." 알탄이 말했다. "1년 전, 티르를 도와 페일렌을 가두러 갔었어."

"페일렌은 미쳐버린 거야?"

"다들 미쳐. 결국엔." 그가 말했다. "사이크는 전투 중에 죽거나 유폐당하거나, 둘 중 하나야. 사령관 대다수가 자신의 옛 사부를 처리하고 그 직위를 물려받아. 만약 티르가 갑자기 죽지 않았다면 내 손으로 그를 가뒀을 거야. 그런 일은 언제나 고통스럽지."

"왜 그냥 죽여버리지 않는 거야?" 린이 물었다.

"완전하게 신이 들린 샤먼은 죽일 수 없어." 알탄이 말했다. "그러면 그 샤먼은 더 이상 인간이 아니거든. 필멸의 존재가 아니야. 신의 그릇일 뿐이지. 참수하거나 칼로 찌르거나 목을 매달 수도 있지만, 그 몸은 계속 움직여. 몸을 절단해도 절단 부분이 다시 움직여 재결합해. 그러니 그들을 묶고 힘으로 제압해 산에 데려가 가두는 게 우리로선 최선이야."

린은 스스로 묶이고 눈가리개를 한 채 이런 산길로 끌려가 영원한 돌 감옥에 갇히는 상상을 해보았다. 몸서리가 쳐졌다. 이런 식의 잔혹함이 무겐군의 짓이었다면 이해할 수 있었지만, 자기 사령관의 행동이라면?

"그런 일을 하고도 괜찮아?"

"당연히 괜찮지 않지." 알탄이 잘라 말했다. "하지만 일이야. '내가' 할 일. 나는 사이크 대원이 적절한 임무 수행이 불가능해지면 산으로 데려가야 해. 사이크는 알아서 스스로를 통제해. 사이크는 흉포한 샤먼의 위협을 제거하는 제국만의 방식이야."

알탄이 손가락을 한데 모아 쥐었다. "사이크 사령관에겐 두 가지 임무가 있어. 하나, 황제의 뜻에 복종할 것. 둘, 때가 되면 그 힘을 솎아낼 것. 준 장군의 말이 옳았어. 현대 전쟁에서 사이크의 자리는 없어. 우린 지나치게 소규모야. 훈련을 잘 받은 제국군이 할 수 없는 일은 우리도 해낼 수 없어. 전쟁에서 승리하는 건 화약, 대포, 강철, 이런 것들 때문이지 한 줌의 샤먼 때문이 아니야. 사이크의 유일한 역할은 다른 병력이 할 수 없는 일을 하는 거야. 우리는 스스로 제압할 수 있어. 그게 우리가 존재를 허락받은 유일한 이유야."

린은 문득 수니를 떠올렸다. 가엾고 다정하지만 끔찍하게 힘이 센 수니, 너무도 뚜렷하게 불안정한 모습을 보이는 수니. 수니가 페일렌과 같은 운명을 만나기까지 시간이 얼마나 남았을까? 수니의 광기가 제국을 위한 그의 효용보다 더 커지는 그때가 언제일까?

"하지만 난 이전 사령관들과 같지 않을 거야." 알탄이 말했다. 그가 주먹을 꼭 말아쥐었다. "난 필요보다 더 큰 힘을 불러왔다는 이유로 내 사람들을 저버리지 않을 거야. 그건 공정하지 않아. 수니와 바지는 지앙 사부가 두려워했기 때문에 바그라 사막으로 보내졌어. 그게 지앙 사부가 하는 짓이야. 자기 실수는 지워버리고 그 실수에서 달아나지. 하지만 티르는 두 사람을 훈련시켰고 약간의 이성을 돌려놓았어. 그런 식으로 신을 길들이는 방법이 있을 거야. 내가 아는 페일렌은 자기 사람들을 죽이지 않을 거야. 광기로부터 그를 되찾아올 방법이 틀림없이 있을 거야. 반드시 있어야만 해."

알탄은 확신에 차서 말했다. 그는 그날 강당에서 날뛰는 수니를 진정시켰던 것처럼 이 잠든 군대를 통제할 수 있다고, 그저 속삭임과 말만으로 그들을 인간세계로 되돌릴 수 있다고 확신하는 것 같았다.

린은 그런 알탄을 믿어야 한다고 스스로를 타일렀다. 반대의 경우는 너무 끔찍해 생각하기도 싫었다.

✳

두 사람은 둘째 날 오후에 계획보다 일찍 출루 코리크에 도착했다. 알탄은 그 점에 만족했다. 모든 것에 만족해 이 들뜨고 황홀한 힘을 끝까지 밀고 나갔다. 마치 몇 년 동안 이날만을 기다렸던 사람처럼 행동했다. 린이 아는 바로는 사실이었다.

지형이 불안정해지면서 말을 계속 타고 가기 어려워지자 두 사람은 말에서 내려 말을 놓아주었다. 수말은 애처롭게 죽을 자리를 찾아 터벅터벅 걸어갔다.

오후 내내 산을 올랐다. 올라갈수록 눈과 얼음이 두껍게 쌓여 있었다. 린은 한발만 헛디뎌도 허리가 부러질 뻔했던 시네가드 학당의 위태로웠던 빙판 계단을 떠올렸다. 그러나 여기엔 바닥을 안전하게 하려고 얼음에 소금을 뿌릴 신입생이 없었다. 지금 여기서 미끄러지면 곧 추위 속에서 죽음을 의미했다.

알탄은 삼지창을 지팡이 삼아 눈앞의 땅을 푹푹 찌르며 앞장 섰다. 린은 알탄이 안전하게 표시해둔 길을 조심해서 따라갔다. 린이 스피어인의 불로 얼음을 녹여보자고 제안해서 알탄이 시도 해봤지만, 너무 오래 걸렸다.

하늘이 어둑해질 무렵 알탄이 길게 이어진 돌벽 앞에서 걸음을 멈추었다.

"잠깐. 여기야."

린은 미친 듯이 이를 맞부딪치며 걸음을 멈추었다. 주위를 둘러봐도 어떤 특별한 입구라는 표시나 안내가 전혀 없었다. 그러나 알탄은 확신하는 모양이었다.

그가 몇 걸음 뒤로 물러나더니 산 경사면의 눈을 문질러 닦아 냈다. 거기 매끄러운 돌 표면이 드러났다. 그는 노여움을 담아 불평하며 불꽃이 피어오른 손을 바위에 댔다. 그의 손이 닿은 얼음 한가운데에 깨끗하게 구멍이 뚫렸다.

그제야 바위에 틈이 갈라져 있는 게 보였다. 눈과 얼음으로 두껍게 덮여 있어서 거의 보이지 않았던 틈이었다. 보통 여행자라면 스무 번을 지나쳐도 못 알아봤을 것이다.

"티르가 독수리 부리처럼 생긴 험한 바위에 도착하면 멈추라고 했거든." 알탄이 말했다. 그가 두 사람이 올라서 있는 벼랑을 가리켰다. 절벽은 정말로 카라의 새들 가운데 한 마리의 옆모습 같았다. "거의 잊고 있었어."

린은 짐보따리에서 마른 천 두 조각을 꺼내고 그 위에 기름병의 기름을 떨어뜨려 나무 막대 머리에 감아 횃불 두 개를 만들었다. "안에 들어가본 적은 없어?"

"티르가 밖에서 기다리라고 했어." 알탄이 입구에서 등을 돌리고 섰다. 그가 바위 표면을 덮은 얼음을 깔끔하게 녹여내자 중간에 박힌 원형 문이 드러났다. "산 채로 여기 들어갔다 나온 유일한 사람이 차간이야. 그가 이 문을 어떻게 열었는지는 나도 몰라. 자, 준비됐어?"

린은 마지막 천을 이로 잡아당겨 단단히 매듭을 짓고 고개를 끄덕였다.

알탄이 주위를 둘러보더니 돌문에 등을 댄 채 다리를 단단히 버티고 서서 밀었다. 그의 얼굴이 긴장으로 일그러졌다.

잠시 아무 일도 일어나지 않았다. 이윽고 묵직한 끽소리와 함께 바위가 돌 받침 쪽으로 비스듬히 미끄러졌다.

바위가 멈추자 린과 알탄 앞에 거대한 암흑 나락이 펼쳐졌다. 동굴 안은 너무 어두워 햇볕까지 통째로 삼켜버리는 것 같았다. 어두운 안쪽을 힐끗 보면서 린은 암흑과 전혀 상관없는 두려움을 느꼈다. 동굴 안에 들어가면 불새를 소환할 수 없었다. 신전에 접근할 수도 없었다. 힘을 부를 방법이 없었다.

"지금이 돌아갈 수 있는 마지막 기회야." 알탄이 말했다.

린은 코웃음을 치면서 알탄에게 횃불을 건네고 성큼성큼 앞으로 걸어갔다.

＊

열 발짝도 못 가서 한 발짝도 제대로 내디딜 수 없게 되었다. 어두운 통로는 알고 보니 위태롭게 좁았다. 발밑이 무너지는 걸 느끼며 얼른 뒷걸음질 쳐 돌벽에 기대섰다. 벼랑 너머로 횃불을 내밀었다가 끔찍하도록 어지럼증을 느꼈다. 저 아래 바닥이 보이지 않는 까마득한 심연이 펼쳐져 있었다. 아래로 떨어지면 허공 자체였다.

"계속 아래로 향하는 고갯길이야." 알탄이 바로 뒤에 서서 말했다. 알탄이 린의 어깨에 손을 올렸다. "바짝 붙어 서. 발밑을 조심하고. 차간이 스무 걸음 정도 가면 넓은 돌바닥이 나온다고 했어."

린은 돌벽에 바짝 붙어서서 알탄이 앞장서게 한 다음 조심스럽게 그를 따라 계단을 내려갔다.

"차간이 또 뭐라고 했어?"

"이걸 발견하게 될 거라고." 알탄이 횃불을 들었다.

산 한가운데 도르래 승강기 하나가 매달려 있었다. 린이 최대한 멀리 횃불을 내밀어 살펴보자 빛이 승강기 바닥에 뭔가 검게 번들거리는 것을 비춰주었다.

"기름이야. 이건 등잔이고." 린은 그것의 정체를 깨닫고 다시 횃불 든 손을 거두었다.

"조심해." 린이 승강기를 향해 횃불을 내밀자 알탄이 날카롭게 속삭였다.

오래된 기름에 곧바로 불이 붙었다. 불꽃이 최면을 일으키듯 연달아 너울거리며 어둠을 핥아대자 비슷하게 생긴 도르래 등잔이 다양한 높이에 매달려 있는 게 보였다. 몇 분 후 산 전체가 모습을 드러내며 복잡한 구조의 돌 감옥이 눈에 들어왔다. 두 사람이 서 있는 통로 아래로 여러 대좌가 원을 이루며 돌고 돌아 빛이 닿는 저 멀리까지 뻗어 내려가 있었다. 산 전체가 나선형 통로와 그 사이에 박힌 수많은 돌무덤으로 이루어져 있었다.

전체적인 모양이 이상하게 낯익었다. 분명히 언젠가 본 적이 있었다.

이곳은 돌로 만든 신전의 축소판이 나선형으로 수없이 이어진 형태였다. 비뚤어진 신전이었고, 살아 있는 신이 아닌 가사 상태로 갇힌 신을 위한 신전이었다.

갑작스러운 공황 발작이 느껴졌다. 심호흡을 해봤지만, 압도적인 질식감이 커져만 갔다.

"나도 느껴져." 알탄이 조용히 말했다. "여기가 그 산이야. 우린 밀폐되었어."

린은 티카니 시절 나무에서 떨어져 바닥에 심하게 머리를 부딪친 적이 있었다. 그때 잠시 청력을 잃었다. 케세기가 눈앞에서 소리를 지르고 자기 목을 가리키는 게 보였지만, 아무 소리도 들리지 않았다. 그때와 똑같았다. 뭔가 사라졌다. 어떤 것에도 접근할 수가 없었다.

몇 년 동안, 자그마치 수십 년 동안, 물질세계를 떠나지도 못하고 죽지도 못한 채 여기 갇히는 게 어떨지 짐작조차 할 수 없었다. 이곳은 꿈도 허락되지 않는 공간이었다. 끝없는 악몽의 공간이었다.

어떤 끔찍한 운명 때문에 이런 곳에 매장당했을까?

린의 손끝에 뭔가 둥근 게 만져졌다. 손으로 누르자 그것이 움직이며 돌기 시작했다. 그것을 향해 횃불을 비춰보고 알탄에게 보라고 신호를 보냈다.

"이걸 봐."

돌로 된 원기둥이었다. 시네가드 학당 탑 앞에 있던 윤장대를 떠올렸다. 그러나 이 원기둥이 훨씬 더 커서 린의 어깨만큼 닿았다. 린은 횃불을 들어 올려 돌기둥을 자세히 살폈다. 측면에 깊은 홈이 파여 있었다. 린은 기둥에 손을 대고 흙바닥에 발을 단단히 디디고 기둥을 힘껏 밀었다.

비명처럼 끼익 소리가 들리더니 기둥이 돌아가기 시작했다.

깊이 파인 홈은 글씨였다. 아니, 이름들이었다. 이름 위에 이름이 씌어 있고 각 이름 옆에 일련의 숫자가 붙어 있었다. 이것은 기록이었다. 출루 코리크 안에 봉인된 모든 영혼의 명단이었다.

그 원기둥 위에만 백 명 정도 되는 이름이 새겨져 있었다.

알탄이 린의 오른쪽으로 횃불을 들어 올렸다. "원기둥이 하나가 아니야."

린은 고개를 들어 횃불 빛에 드러난 또 다른 기록용 기둥을 보았다.

또 하나 더. 그리고 또 하나 더.

두 사람 눈에 보이는 것은 돌산의 첫 번째 층일 뿐이었다.

수천 명의 이름이 있었다. 용의 황제 시절보다 앞선 이름들. 붉은 황제보다 앞서 살았던 이름들.

그 막대함에 놀라 린은 발을 휘청일 뻔했다.

이곳에는 니칸 제국의 탄생 이후로 줄곧 의식이 없는 이들도 있었다.

"신의 책봉(冊封)인가." 알탄이 말했다. 그는 떨고 있었다. "이 산에 깃든 엄청난 힘은… 누구도 막을 수 없을 거야. 제아무리 무겐군이라도…."

'그리고 우리도 막을 수 없겠지.' 린은 생각했다.

두 사람이 출루 코리크를 흔들어 깨운다면 그들에겐 미치광이의 군대가 생길 것이다. 영적인 힘을 맘껏 쏟아낼 수 있는 근원적인 수도꼭지를 가지게 될 것이다. 그러나 두 사람이 통제할 수 없는 군대였다. 세계를 완전히 밀어버릴 수도 있는 군대였다.

✳

린은 입구에서 가장 가까운 원기둥을 손끝으로 쓸어보았다.

맨 위에 조심스럽고 공들여 쓴 글씨체로 최근 여기 들어온 이름이 새겨져 있었다.

린이 아는 글씨체였다.

"찾았어." 린이 말했다.

"누구? 문지기?" 알탄은 어리둥절하게 물었다.

"그 사람이야." 린이 말했다. "그래, 당연히 이 사람이지."

린은 돌에 새겨진 글씨를 손끝으로 쓰다듬었다. 깊은 안도감이 온몸을 지나갔다.

'지앙 지야.'

드디어 그를 찾아냈다. 린의 사부는 이 대좌 가운데 한 곳에 봉인되어 있었다. 린은 알탄의 횃불을 받아 들고 계단을 뛰어 내려가기 시작했다. 저쪽에서 속삭임들이 울려 퍼졌다. 반대편에서 뭔가가 날아오는 것이 감지되었다. 지앙 사부가 그날 시네가드에서 불러왔던 허공을 뚫고 속삭였던 그것들이었다.

공기 중에 압도적인 '욕구'가 퍼져 있는 게 느껴졌다.

돌 감옥 바닥에서부터 샤먼들을 유폐하기 시작한 게 틀림없었다. 그렇다면 지앙 사부는 여기서 그리 멀지 않은 곳에 있을 것이다. 린은 더 빨리 뛰다가 발아래 돌바닥이 닿는 게 느껴졌다. 린 앞쪽에 구부정한 문지기의 모습을 새긴 대좌가 횃불 아래 드러났다. 린은 돌연 걸음을 멈추었다.

이곳에 지앙 사부가 있을 것이다.

알탄이 어느새 린을 따라잡았다. "그렇게 혼자 가면 안 돼."

"여기야." 린이 횃불로 대좌를 비추며 말했다. "이 안에 있어."

"비켜서." 알탄이 말했다.

린이 비켜서자마자 알탄이 삼지창 끝으로 대좌를 내리쳤다.

✳

파편을 치우자 무너지는 먼지층 아래로 고요한 지앙 사부의 모습이 드러났다. 그는 바위에 기댄 채 미동도 없이 가만히 누워 있었다. 입술은 무척 재미있는 일을 발견한 사람처럼 희미하게 위로 굽어 미소 짓고 있었다. 잠을 자는 걸까.

지앙 사부가 눈을 뜨고 두 사람을 위아래로 살펴보더니 눈을 깜박였다. "이 녀석들, 기척부터 내고 들어왔어야지."

린이 앞으로 다가갔다. "사부님?"

지앙 사부가 옆으로 고개를 기울였다. "린, 너는 그새 키가 더 큰 게냐?"

"사부님을 구하러 왔어요." 린이 말했다. 그 말을 내뱉자마자 어리석게 들렸다. 지앙 사부는 누가 강요해서 돌산에 들어오지 않았다. 틀림없이 제 발로 걸어 들어왔을 것이다.

그러나 린은 그가 왜 여기에 있는지는 신경 쓰지 않았다. 일단 그를 찾아내 풀어주었고, 그의 관심을 끌어냈다. "사부님 도움이 필요해요. 제발요."

지앙 사부가 바위 밖으로 걸어 나와 결리는 근육을 푸는 사람처럼 팔다리를 움직였다. 그리고 도복에 묻은 먼지를 꼼꼼하게 털어내더니 부드럽게 말했다. "너희는 여기 오면 안 돼. 아직 너희가 올 때가 아니다."

"사부님은 이해하지 못해요…."

"그리고 너는 내 말을 듣지 않고." 지앙 사부는 더 이상 웃지 않았다. "봉인이 풀리고 있다. 느껴져. 거의 끝났어. 내가 이 산을 지키지 않으면 온갖 끔찍한 것들이 너희 세계로 갈 것이다."

"그게 사실이었군요." 알탄이 말했다. "당신이 바로 문지기였어요."

지앙 사부는 짜증이 난 것처럼 보였다. "대체 왜 다들 내 말을 듣지 않는 게냐?"

그러나 알탄은 흥분으로 얼굴이 발갛게 달아올랐다. "당신은 니칸 역사상 가장 강력한 샤먼입니다! 이 산 전체를 풀어줄 수 있어요! 이 군대를 지휘할 수 있어요!"

"그게 너의 계획이냐?" 지앙 사부는 이렇게 어리석은 사람이 있다니 믿을 수가 없다는 표정으로 입을 떡 벌리고 알탄을 보았다. "너 미쳤냐?"

"우리는…." 알탄은 말을 더듬거리다가 이내 정신을 차렸다. "저는…."

지앙 사부는 머리끝까지 화가 난 학교 선생처럼 양손으로 얼굴을 감쌌다. "저 녀석이 이 산의 모든 존재를 풀어주려고 하는구나. 저 녀석이 이 세상에 출루 코리크의 죄인들을 풀어주려고 해."

"그러지 않으면 니칸 제국은 멸망합니다." 알탄이 잘라 말했다.

"그럼 멸망하게 놔두어라."

"뭐라고요?"

"사부님은 무겐이 무슨 짓을 저지를 수 있는지 모르잖아요." 린이 말했다. "사부님은 무겐이 골린니스에 무슨 짓을 저질렀는지 보지 못했어요."

"네가 생각한 것보다는 많이 보았다." 지앙 사부가 말했다. "하지만 이건 길이 아니다. 이런 식으로 했다간 오직 암흑만이 기다릴 것이다."

"이보다 더한 암흑이 있겠어요?" 린이 절망하며 외쳤다. 목소리가 동굴 벽에 부딪혀 메아리쳤다. "이보다 더 나쁜 상황이 어디 있어요? 사부님조차 위험을 무릅쓰고 허공을 열었잖아요…."

"그게 내 실수였다." 지앙 사부는 꾸지람 듣는 아이처럼 후회스럽게 말했다. "그런 짓을 하는 게 아니었다. 무겐이 시네가드를 점령하게 내버려뒀어야 했어."

"감히 그런 식으로 말하지 말아요." 린이 식식거렸다. "사부님은 허공을 열어젖히고 온갖 야수가 허공을 통해 밖으로 나오게 만들어놓고, 이리로 도망쳐 숨는 바람에 우리가 그 결과를 처리할 수밖에 없었어요. 언제까지 숨어 있을 건데요? 빌어먹을 겁쟁이 노릇을 언제나 그만둘 건데요? 도대체 무엇이 무서워서 달아나는 거예요?"

지앙 사부는 고통스러워 보였다. "용감해지기는 쉽다. 언제

싸움을 그만둘지 아는 게 더 어렵다. 나는 그 교훈을 배웠다."

"사부님, 제발⋯."

"너희가 이곳의 샤먼을 풀어 무겐군에 맞선다면 이 전쟁은 수세대에 걸쳐 이어질 것이다." 지앙 사부가 말했다. "너희는 니칸의 모든 성을 땅속까지 깊이 태워버릴 것이다. 우주의 질서 자체를 찢어버릴 것이다. 이 산에 갇힌 건 인간이 아니다. 신이다. 이들은 물질세계를 장난감 취급할 것이다. 제멋대로 자연을 주무를 것이다. 산을 무너뜨리고 강의 흐름을 완전히 새로 그릴 것이다. 인간세계를 신전을 구성하는 원초적 힘의 혼란스러운 흐름으로 바꿔놓을 것이다. 신전의 신들은 균형이 잡혀 있다. 삶과 죽음, 빛과 어둠처럼 64개의 신마다 상반된 존재가 있다. 그러나 너희 세계에 신이 들어오면 균형이 깨질 것이다. 너희는 이 세상을 잿더미로 만들 것이고 오직 악마만이 살아남아 폐허를 살아갈 것이다."

지앙 사부가 말을 마치자 어둠 속에 침묵이 무겁게 드리웠다.

"제가 통제할 수 있습니다." 알탄이 말했다. 린에게는 그런 알탄의 말이 '날 수 있다'고 우기는 어린아이처럼 머뭇거리는 소리로 들렸다. "이들의 몸 안에는 인간이 있습니다. 이 신들은 자유롭게 달아날 수 없어요. 저는 부하들과 이 일을 해봤어요. 수니는 몇 년 전 여기 갇혀야 했는데, 제가 그를 길들였습니다. 제가 그들을 설득해 광기에서 벗어나게 할 수 있어요."

"넌 미쳤다." 지앙 사부의 목소리는 속삭임에 가까웠고 불신만큼이나 경외심도 깃들어 있었다. "넌 앙갚음을 향한 열망 때문에 오직 앞만 볼 뿐이야. 왜 이런 일을 하려는 거냐?" 지앙 사부가 손을 뻗어 알탄의 어깨를 붙잡았다. "제국을 위해? 조국을 사랑해서?

281

어느 쪽이냐, 알탄? 너는 어느 쪽이라고 생각하느냐?"

"니칸을 구하고 싶습니다." 알탄이 주장했다.

"아니, 그렇지 않다." 지앙 사부가 말했다. "너는 그저 무겐을 파괴하고 없애버리고 싶은 게다."

"똑같은 일입니다!"

"아니, 둘 사이에는 세상 하나만큼이나 차이가 있다. 네가 그 차이를 보지 못한다는 사실은 네가 이 일을 할 수 없는 이유이기도 하다. 너의 애국심은 광대극과도 같다. 도덕적인 주장을 펼치며 성전(聖戰)인 양 치장하고 있지만, 네가 소위 정의를 위한다는 뜻이라도 넌 수백만 명을 죽음으로 내몰게 될 것이다. 그게 바로 네가 출루 코리크를 열어젖히는 순간 일어날 일이다." 지앙 사부가 말했다. "네 복수욕을 충족시키려고 희생당하는 건 무겐만이 아니다. 운이 나쁜 사람은 누구나 이 광기의 폭풍에 휩싸이겠지. 혼란은 사람을 분간해서 찾아가지 않는다, 알탄. 그래서 이 감옥은 절대 열리지 않게 설계된 거야." 지앙 사부가 한숨을 내쉬었다. "하지만 넌 이런 내 말을 조금도 신경 쓰지 않겠지."

알탄은 지앙 사부가 뺨을 한 대 후려쳤을 때보다 더 크게 충격을 받은 얼굴이었다.

"넌 아주 오랫동안 어떤 일에도 신경을 쓰지 않았다." 지앙 사부가 딱한 표정으로 알탄을 바라보았다. "넌 망가졌으니까. 넌 더 이상 너 자신이 아니니까."

"저는 이 나라를 구하고자 합니다." 알탄이 공허하게 반복했다. "그리고 당신은 겁쟁이입니다."

"나는 두렵다." 지앙 사부가 인정했다. "그러나 한때 내가 어떤 사람이었는지 떠오르기 시작해서 두려운 게다. 너는 그 길을 가지 마라. 네 나라는 잿더미다. 피를 흘려봐야 되돌릴 수 없다."

알탄은 뭐라고 대답하지 못하고 그저 입을 벌린 채 지앙 사부를 보았다.

지앙 사부가 고개를 옆으로 기울였다. "이르자는 알고 있었지?"

알탄은 빠르게 눈을 깜박였다. 그는 끔찍이 놀란 것 같았다. "예? 이르자 사부님은 몰랐습니다…. 그분은 절대로…."

"아니, 이르자는 알고 있었다." 지앙 사부가 한숨을 내쉬었다. "틀림없이 알고 있었어. 수다지가 말했을 것이다. 수다지는 내가 보지 못한 걸 보았으니까. 수다지가 이르자에게 널 길들이는 법을 확실히 알려줬을 것이다."

린은 혼란스럽게 두 사람을 번갈아 보았다. 알탄의 얼굴에서 순식간에 핏기가 가시고 그의 몸이 분노로 움찔거렸다. "어떻게 감히… 어떻게 감히 그렇게 단언을…."

"내가 잘못했다." 지앙 사부가 말했다. "널 돕기 위해 더 애써야 했거늘."

알탄의 목소리가 거칠게 갈라졌다. "저는 도움을 받을 필요가 없었습니다."

"아니, 넌 도움이 절실했다." 지앙 사부가 서글프게 말했다. "정말 미안하구나. 내가 싸워서라도 널 구해냈어야 했어. 넌 겁에 질린 어린애였고 그들은 널 병기로 만들었다. 그리고 지금… 지금 넌 길을 잃었다. 하지만 저 애는 아니다. 아직 저 애는 구할 수 있어. 저 아이까지 너와 함께 불태우지 마라."

둘 다 린을 쳐다보았다.

린은 두 사람을 번갈아 보았다. 이제 그녀가 선택할 차례였다. 린 앞에 놓인 길은 명백했다. 알탄이냐, 지앙이냐. 사령관이냐,

사부냐. 승리와 복수냐, 아니면… 지앙 사부가 약속했던 것이냐.

하지만 지앙 사부가 뭘 약속했지? 오직 지혜뿐이었다. 오직 이해뿐이었다. 깨달음뿐이었다. 그러나 그것들은 더 깊은 경고를 의미했고, 린 스스로 접근할 수 있다고 알고 있는 힘을 행사하지 못하게 막는 쩨쩨한 변명에 불과했다….

"이런 일을 하라고 널 가르치지 않았다." 지앙 사부가 린의 어깨에 손을 올렸다. 그는 흡사 애원하는 사람처럼 말했다. "그렇지 않으냐, 린?"

지앙 사부는 그들을 도와줄 수도 있었다. 골린니스 대학살을 막을 수도 있었다. 네자를 구할 수도 있었다.

그러나 지앙 사부는 숨어버렸다. 나라에 그가 필요할 때 그는 이곳으로 달아나 자취를 감추었다. 그가 남겨두고 온 것들을 조금도 생각하지 않고.

그는 린을 버렸다.

심지어 작별 인사도 건네지 않았다.

그러나 알탄은… 알탄은 린을 포기하지 않았다.

말로 학대하고 때리기도 했지만, 알탄은 린의 힘에 대한 믿음이 있었다. 알탄은 오직 린을 더욱더 강하게 만들고 싶어 했다.

"죄송해요, 사부님." 린이 말했다. "하지만 저는 명령을 받았어요."

지앙 사부가 한숨을 토해내며 린의 어깨에 올린 손을 떨어뜨렸다. 언제나 그랬듯이 지앙 사부의 시선이 린의 모든 부분을 꿰뚫어 보는 것처럼 질식감을 안겨주었다. 그는 그 창백한 눈빛으로 린을 압박했고, 린은 지앙 사부를 실망시켰다.

린 스스로 선택했지만, 실망하는 지앙 사부의 모습을 견딜 수가 없었다. 린은 시선을 돌려버렸다.

"아니다. 내가 미안하다." 지앙 사부가 말했다. "정말 미안하구나. 난 네게 경고하고 싶었다."

지앙 사부는 뒤로 돌아 무너진 대좌로 갔다. 그리고 눈을 감았다.

"사부님, 제발…."

그는 주문을 외우기 시작했다. 발치에 떨어진 깨진 돌들이 액체처럼 움직이더니 바닥부터 위를 향해 다시 매끄럽고 단단한 대좌를 천천히 쌓아갔다.

린이 앞으로 달려갔다. "사부님!"

그러나 지앙 사부는 움직이지도 말하지도 않았다. 이윽고 돌이 그 얼굴까지 완전히 덮어버렸다.

✳

"지앙 사부는 틀렸어."

알탄의 목소리가 떨렸다. 두려움 때문인지 노골적인 분노 때문인지는 알 수 없었다. "그게 아니야…. 난 그렇지 않아…. 지앙 사부가 없어도 돼. 우린 다른 이들을 깨울 거니까. 그들이 날 위해 함께 싸워줄 거야. 그리고 넌… 너도 날 위해 싸워줄 거지? 그렇지, 린?"

"물론이야." 린이 속삭였다. 알탄은 벌써 삼지창을 들어 다음 대좌를 부수기 시작했다. 절망에 사로잡혀 삼지창을 몇 번이고 아래로 내리쳤다.

"깨어나." 그가 갈라진 목소리로 외쳤다. "깨어나, 제발…."

다음 대좌의 샤먼은 페일렌일 것이다. 미쳐버린 살인적인 샤먼.

그 사실을 생각하면 조금이라도 주춤거릴 것 같지만, 알탄은 페일렌의 얼굴을 덮은 얇은 석판을 되풀이해 내리치면서도 전혀 신경 쓰지 않는 것 같았다.

돌이 무너져 내리고 두 번째 샤먼이 깨어났다.

린은 주춤주춤 횃불을 처들었다. 돌 안의 형체를 처음 보았을 때 린은 혐오감으로 몸을 움츠렸다.

페일렌은 거의 인간이라고 볼 수 없는 모습이었다. 지앙 사부는 스스로 돌 감옥에 들어갔기에 여전히 인간의 몸을 하고 있었고 부패의 흔적도 전혀 없었다. 그러나 페일렌은… 페일렌의 몸은 영양분이나 산소가 전혀 없는 곳에서 몇 달간 매장된 후 잿빛으로 딱딱하게 변해버린 죽은 몸이었다. 완전히 썩지는 않았지만, 화석이 되었다.

잿빛 피부에 푸른 핏줄이 도드라졌다. 린은 그 핏줄에 여전히 피가 흐를지 궁금했다.

페일렌의 몸집은 가녀리고 구부정했고, 얼굴은 한때는 다정했을 것처럼 보였다. 그러나 지금 그의 얼굴은 광대 위로 피부가 팽팽하게 당겨져 있고 눈은 두개골의 깊은 구멍으로 가라앉아 있었다.

이윽고 그가 눈을 뜨자 린은 놀란 숨을 들이켰다.

페일렌의 눈이 어둠 속에서 밝게 빛났다. 그의 눈동자는 하늘처럼 깊은 푸른색이었다.

"나야." 알탄이 말했다. "알탄 트렝신." 알탄은 애써 침착한 목소리로 말하고 있었다. "날 기억해?"

"우린 목소리를 기억하지." 페일렌이 천천히 말했다. 몇 달 동안 쓰지 않은 목소리가 마구 갈라졌다. 마치 오래된 산속 바위에

강철 칼날을 갈아대는 소리 같았다. 그가 귀에서 구더기를 빼내는 것처럼 부자연스러운 각도로 고개를 까딱거렸다. "우린 불을 기억하지. 그리고 우린 널 기억해, 알탄. 우린 네 한 손이 우리 입을 막고 다른 한 손이 우리 목을 잡던 걸 기억해."

페일렌의 말투에 두려움을 느끼고 린은 검 손잡이를 바짝 움켜잡았다. 페일렌은 알탄과 나란히 싸웠던 사람처럼 말하지 않았다.

게다가 자신을 '우리'라고 불렀다.

알탄도 이 사실을 알아챈 것 같았다. "네가 누구인지 기억해?"

페일렌은 잊었는지 얼굴을 찌푸렸다. 한동안 생각해보다가 귀에 거슬리는 소리로 내뱉듯이 말했다. "우리는 바람의 영혼. 우리는 용의 몸이나 인간의 몸을 가졌지. 우리는 이 세계의 하늘을 지배한다. 우리는 주머니에 네 개의 바람을 담아 정처 없이 날아간다."

"넌 사이크의 페일렌이야. 넌 황제를 섬겼고 티르 사령관 아래서 복무했어. 난 네 도움이 필요해." 알탄이 말했다. "네가 다시 나와 함께 싸워주면 좋겠어."

"싸운다…고?"

"전쟁이 벌어졌어." 알탄이 말했다. "우린 신들의 힘이 필요해."

"신들의 힘이라." 페일렌이 길게 늘여 말했다. 이윽고 그가 웃음을 터뜨렸다.

인간의 웃음이 아니었다. 박쥐 떼의 날카로운 비명처럼 동굴 벽을 때리는 고음의 메아리였다.

"처음에 우리는 너와 함께 싸웠다." 페일렌이 말했다. "우린 제국을 위해 싸웠다. 빌어먹을 황제를 위해. 그런데 우린 뭘 얻었는가? 등짝을 얻어맞고 이 산에 와 갇혔다."

"네가 밤의 성을 절벽 아래로 밀어 떨어뜨리려고 했잖아." 알
탄이 지적했다.

"우린 혼란스러웠다. 우린 어디에 있는지도 몰랐다." 페일렌
이 애처롭게 말했다. "하지만 아무도 우릴 도와주지 않았다….
누구도 우릴 달래주지 않았다. 아니, 넌 우릴 여기로 데려왔다.
티르가 우릴 제압했을 때 넌 밧줄을 들고 있었다. 넌 우릴 가축
처럼 이리로 끌고 왔다. 저만치 서서 우리 얼굴 위로 돌문이 닫
히는 걸 보았다."

"내가 결정한 일이 아니었어." 알탄이 말했다. "티르가…."

"티르는 '겁'을 먹었다. 그는 우리 힘을 요구해놓고 막상 그 힘
이 너무 강해지니까 겁을 먹고 뒷걸음질 쳤다."

알탄은 마른침을 삼켰다. "난 네가 이렇게 되길 원치 않았어."

"넌 우릴 해치지 않겠다고 약속했다. 난 네가 우릴 보살펴줄
거라 생각했다. 우린 두려웠다. 우린 상처투성이였다. 그런데 넌
한밤중에 우릴 묶었다. 네 불꽃으로 우릴 제압했다…. 그 고통을
상상할 수 있느냐? 그 공포를 떠올릴 수 있느냐? 우리가 한 일이
라고는 널 위해 싸운 것뿐이었는데, 넌 영원한 고문으로 갚아주
었다."

"우린 널 재운 거야." 알탄이 말했다. "휴식을 준 거야."

"휴식? 이게 휴식이라고?" 페일렌이 씩씩거렸다. "이 산이 어
떤지 아느냐? 저 돌 속에 걸어 들어가 단 1시간이라도 버텨보아
라. 우리는 고사하고 신들을 감금할 수는 없어. 우리는 '바람'이
니까. 우리는 어디로든 날아가니까. 우리는 어떤 사부도 섬기지
않는다. 이게 얼마나 고통스러운지 아느냐? 이 '지루함'이 얼마

나 괴로운지 아느냐고?"

그가 앞으로 걸어 나와 알탄을 향해 양팔을 벌렸다.

린은 바짝 긴장했지만 아무 일도 일어나지 않았다.

한때 페일렌이 소환할 수 있었던 신은 막강한 힘을 가졌을 것이다. 어쩌면 여러 마을을 파괴할 수도 있었을 것이고 정상적인 상황이었다면 알탄을 갈가리 찢을 수도 있었을 것이다. 그러나 그들은 지금 돌산 안에 와 있었다. 페일렌이 무슨 일을 할 수 있든, 무슨 일을 할 수 있었든, 이곳에서 신들은 힘을 쓸 수가 없었다.

"신전과의 단절이 얼마나 끔찍한 일일지 나도 알아." 알탄이 말했다. "하지만 네가 날 위해 싸워준다면, 자제를 약속한다면, 다시는 그런 고통을 당하지 않아도 돼."

"우리는 신이 되었다." 페일렌이 말했다. "그런 우리가 인간 세상에 무슨 일이 생기든지 신경이나 쓸 것 같으냐?"

"인간을 신경 쓸 필요는 없어." 알탄이 말했다. "나는 네가 '나를' 기억해주길 바라. 나는 네 신의 힘이 필요하지만, 그보다는 그 안의 사람이 더 필요해. 나는 사람을 통제하고 싶어. 네가 거기 있다는 거 알아, 페일렌."

"통제? 네가 우리에게 '통제'를 말해?" 페일렌이 이를 갈며 말했다. 모든 말이 저주 같았다. "우린 네 쓸모를 위해 짐을 나르는 짐승처럼 통제당할 수 없다. 넌 네가 감당할 수 있는 정도를 넘어섰어, 스피어인. 넌 애처롭기 짝이 없는 이 물질세계에 이해할 수 없는 힘을 끌어왔고, 너의 세계는 누군가가 좀 때려 부순다면 훨씬 더 흥미로운 곳이 될 것이다."

알탄의 얼굴에서 핏기가 가셨다.

"린, 물러나." 알탄이 조용히 말했다.

지앙 사부가 옳았다. 차간도 옳았다. 이 샤먼들의 군대는 세상의 종말을 불러올 것이다.

린은 지금처럼 낭패감을 느낀 적이 없었다.

'이 존재가 산을 벗어나게 놔두면 안 돼.'

순간 페일렌도 같은 생각을 떠올린 것 같았다. 그는 두 사람 사이로 두 개 층 위에 있는 빛줄기를 보았고, 그 사이로 바깥쪽 바람이 울부짖는 소리를 들었는지 심술궂게 미소를 지었다.

"이런." 페일렌이 말했다. "문을 활짝 열어두었군?"

번들거리는 그의 눈이 악의적인 기쁨으로 형형하게 빛나더니 물에 빠진 사람이 공기를 찾아 절박하게 물 위로 몸을 내밀듯이 출구를 찾았다.

"페일렌, 제발." 알탄이 손을 뻗었다. 그는 페일렌을 달랠 수 있다고 생각한 듯 수니를 다독일 때처럼 나직하게 말했다.

"넌 우릴 위협할 수 없다. 우린 널 갈가리 찢어버릴 수도 있어." 페일렌이 냉소했다.

"알아." 알탄이 말했다. "하지만 네가 그러지 않을 거라고 믿어. 난 네 안에 있는 그 사람을 믿어."

"나를 인간으로 생각하다니, 어리석구나."

"나를?" 알탄이 말했다. "방금 '나를'이라고 말했어."

페일렌의 얼굴이 씰룩거리며 눈의 푸른빛이 희미해졌다. 냉소가 사라지며 그의 모습이 조금 변했고, 그의 입은 어떤 명령을 따라야 할지 모르겠다는 듯 움찔거렸다.

알탄이 삼지창을 페일렌 가까이에서 멀리 옮겼다. 그러더니 천천히 무기를 던졌다. 삼지창이 돌벽에 쩽강하고 부딪히며 침묵 속에 메아리를 울렸다.

페일렌이 믿을 수 없다는 듯 눈을 크게 뜨고 무기를 바라보았다.

"내 목숨을 걸고 너를 믿어." 알탄이 말했다. "네가 거기 있는 걸 알아, 페일렌."

알탄이 다시 천천히 손을 내밀었다.

페일렌이 그 손을 잡았다.

접촉이 페일렌의 몸에 떨림을 보냈다. 페일렌이 고개를 들었을 때 그 얼굴에는 수니가 보여주었던 것과 똑같은 겁에 질린 표정이 실려 있었다. 커다랗고 어두운 눈이 애원하고 있었다. 마치 보호자를 찾는 어린아이처럼, 절박하게 인간세계로 돌아갈 닻을 찾는 길 잃은 영혼처럼.

"알탄?" 그가 속삭였다.

"나 여기 있어." 알탄이 앞으로 다가갔다. 그 신이 무슨 일을 할 수 있는지 완전히 알고 있으면서도, 전처럼 두려움 없이 신에게 다가갔다.

"죽을 수가 없어." 페일렌이 속삭였다. 좀 전처럼 귀에 거슬리는 목소리가 아니었다. 떨리는 목소리가 너무도 취약해서 페일렌이 인간이라는 사실에 조금의 의문도 들지 않았다. "끔찍해, 알탄. 왜 죽을 수가 없지? 그 신을 소환하는 게 아니었어…. 우리 마음은 우리 것이어야 하는데, '이것들'과 공유해서는 안 됐는데…. 이 산에서는 살 수가 없어…. 하지만 죽을 수도 없어."

린은 속이 메스꺼웠다.

지앙 사부가 옳았다. 이 세계에 신들의 자리는 없었다. 스피어인들이 스스로 미쳐버렸던 것도 당연했다. 지앙 사부가 인간의 영역에 신들을 불러들이는 일을 몹시 두려워했던 것도 당연했다.

신들은 신전에 속해야 했고 신전에 머물러야 했다. 인간이 절대로 넘봐서는 안 되는 힘이었다.

지금 두 사람은 무슨 생각을 하고 있을까? 당장 떠나야 한다. 페일렌이 아직 통제 아래 있는 동안 빠져나가야 한다. 페일렌이 절대로 빠져나오지 못하게 돌문을 닫아야 한다.

그러나 알탄은 린처럼 두려움을 내비치지 않았다. 알탄은 자기 병사를 되찾았다.

"아직은 네가 죽게 놔둘 수가 없어." 알탄이 말했다. "네가 날 위해 싸워주면 좋겠어. 해줄 수 있어?"

페일렌은 알탄의 손을 놓지 않았다. 그가 알탄을 끌어안으려는 듯이 제 쪽으로 가까이 끌어당겼다. 그가 몸을 숙이고 알탄의 귀에 입술을 대고 린은 거의 알아들을 수 없는 소리로 속삭였다. "네 손으로 죽어라, 알탄. 아직 할 수 있을 때 죽어."

알탄의 어깨너머로 페일렌과 린의 눈길이 마주쳤다. 그의 눈이 선명한 푸른색으로 반짝였다.

"알탄!" 린이 외쳤다.

페일렌이 사령관을 대좌 쪽으로 잡아채더니 그를 심연 쪽으로 내던졌다.

강하게 던진 것은 아니었다. 페일렌의 근육은 몇 달간 쓰지 않아 굳어 있었다. 그는 갓 태어난 새끼사슴처럼 서툴게 움직였고 인간 몸에 들어간 신처럼 어색하게 움직였다.

그러나 알탄은 옆으로 구르다 공중에서 격하게 팔다리를 흔들어 균형을 되찾았고, 페일렌은 그런 알탄을 밀치고 돌계단을 뛰어올라 출구로 달아났다. 그의 얼굴에 황홀한 악의와 기쁨이

번졌다.

린이 팔을 쭉 뻗은 채 그대로 바닥에 몸을 날렸다. 땅바닥에 배부터 떨어지는 바람에 끔찍한 고통이 찾아왔다. 알탄은 암흑으로 떨어져 내리기 직전에 린의 손목을 붙잡았다.

알탄의 무게가 린의 팔을 아래로 잡아당겼다. 팔꿈치가 돌에 부딪히자 고통의 비명이 터져 나왔다.

그러나 어둠 속에서 알탄의 반대쪽 팔이 솟구쳐 올라왔다. 린은 단단히 버텼다. 두 사람의 손이 하나로 얽혔다.

벼랑 가장자리로 돌멩이가 달그락 소리를 내며 심연으로 떨어졌지만, 알탄은 린의 양팔에 의지해 꾸준히 매달렸다. 두 사람은 점점 앞으로 미끄러졌다. 어느 순간 알탄의 무게 때문에 둘 다 심연으로 떨어져 내릴까 봐 겁이 났지만, 다행히 린의 발이 돌 틈에 걸려 더 이상 미끄러지지 않았다.

"내가 잡았어." 린이 숨을 헐떡이며 말했다.

"놔줘." 알탄이 말했다.

"뭐?"

"내가 몸을 흔들어 가며 위로 올라갈게." 알탄이 말했다. "왼팔을 놔줘."

린은 알탄의 말에 따랐다.

알탄이 옆쪽으로 발길질을 해 반동을 일으키더니, 반대편 손으로 벼랑 가장자리를 붙잡았다. 린이 바닥에 엎드린 채 발끝을 돌 틈에 끼우고 앞으로 미끄러지지 않게 버티는 동안 알탄이 벼랑 가장자리 위로 기어올랐다. 그는 한쪽 팔을 위로 휘둘러 팔꿈치를 바닥에 대고 단단히 힘을 줬다. 그러곤 단 한 번의 유려한 동작으로 벼랑 위에 다리를 끌어 올렸다.

린이 안도감으로 흐느끼며 알탄을 부축해 일으켰지만, 그는 린의 손을 뿌리쳤다.

"페일렌." 알탄이 씩씩대며 돌길을 질주하기 시작했다.

린도 뒤를 따라갔지만, 소용이 없었다. 귀에 들리는 발소리는 오직 두 사람의 것이었다. 페일렌은 이미 한참 전에 출루 코리크 입구 밖으로 사라졌다.

두 사람이 페일렌을 세상에 자유롭게 풀어주었다.

하지만 알탄은 한 번 그를 제압한 적이 있었다. 분명 다시 할수 있을 것이다. '할 수 있어야만 했다.'

두 사람은 돌문 밖으로 뛰어나갔다가 강철 벽을 만나 갑자기 멈춰 섰다.

산 중턱에 무겐군 병사들이 떼를 지어 몰려와 있었다.

✳

무겐군 장군이 명령을 외치자 병사들이 방패 장벽을 이루고 전진하며 린과 알탄을 다시 돌산 안쪽으로 밀어붙였다.

린은 갑옷과 검 무리에 깔리기 직전 짧은 순간 알탄의 경악한 얼굴을 보았다.

린은 무겐군 병사들이 어쩌다 여기까지 왔는지, 여기 도착하는 방법을 어떻게 알았는지 궁금해할 시간이 없었다. 전투의 순간 린의 마음에서 모든 의문이 사라지고 그 자리에 싸움 본능이 찾아왔다. 세상은 오직 공격과 수비의 문제가 되었고 또 한 번의 난투가 시작되었다.

그러나 검을 뽑는 순간에도 린은 이미 가망이 없다는 걸 알았다.

무겐군은 스피어인을 죽일 수 있는 장소를 정확하게 선택했다. 불새는 두꺼운 돌벽을 뚫고 그들에게 닿을 수 없었다. 양귀비 씨앗을 삼켜도 소용이 없을 것이다. 신들을 향해 애원한들 누구도 응답하지 않을 것이다.

대담한 두 팔이 뒤쪽에서 뻗어와 린의 양팔을 내려뜨린 채 린의 몸을 붙잡았다. 옆눈질로 보니 알탄이 목에 적어도 다섯 개가 넘는 칼날이 겨누어진 채 돌벽에 등을 대고 서 있었다.

알탄은 니칸 최고의 무술가일지 모르지만, 불이 없이는, 삼지창이 없이는 그저 한 사람에 불과했다.

린이 팔꿈치로 자신을 포박한 사람의 배를 가격하고 몸부림을 쳐 벗어난 후 가장 가까운 병사를 향해 검을 휘둘렀다. 두 사람의 칼날이 부딪쳤고, 린은 격하게 비틀거리면서도 다행히 착지했다. 무겐군 병사는 무릎에 린의 검을 박은 채 고함을 지르며 심연으로 떨어졌다. 린은 무기를 잡아빼려 했지만, 너무 늦어버렸다.

다음 병사가 린의 머리 위로 달려들었다. 린은 가까운 구석으로 몸을 피하고 허리띠의 칼을 향해 손을 뻗었다.

무겐군 병사가 칼자루로 린의 어깨를 때려 바닥에 쓰러뜨렸다. 린은 맹목적으로 바위를 더듬었다.

순간 누군가가 방패로 린의 뒤통수를 내리쳤다.

제 7 부

24

린은 어둠 속에서 깨어났다. 평평하고 흔들리는 바닥에 누워
있었다. 마차 안인가? 배 안인가? 눈을 떴다고 확신했지만, 아무
것도 보이지 않았다. 어디 안에 갇혀 있는 걸까, 아니면 그저 한
밤중일까? 시간이 얼마나 흘렀는지도 알 수 없었다. 움직여보려
고 했지만, 묶여 있었다. 손은 등 뒤로 단단히 묶였고, 다리도 하
나로 묶였다. 몸을 일으켜 앉아보려고 했지만, 왼쪽 어깨 근육이
고통의 비명을 질러댔다. 숨이 막힐 정도로 아파, 훌쩍거리며 통
증이 잦아들 때까지 누워 있었다.

잠시 후 누운 채 옆으로 움직여보았다. 다리가 뻣뻣했다. 밑
에 깔린 다리는 피가 통하지 않아 감각이 사라졌고, 자세를 바꿔
보았더니 바늘 천 개가 천천히 발을 찌르는 듯한 통증이 느껴졌
다. 다리를 따로 움직일 수 없어서 벌레처럼 앞뒤로 꿈틀거려 조
금씩 움직였다. 마침내 발에 뭔가가 닿았다. 그것에 발을 디디고

몸을 밀어 반대쪽으로 꿈틀꿈틀 움직였다.

이제 린은 이곳이 마차 안임을 확신했다.

대단한 노력을 기울여 힘겹게 몸을 일으켜 앉았다. 머리 위에 뭐가 닿으며 긁히는 소리를 냈다. 범포(帆布)였다. 아니면 마차 덮개인가? 이제 눈이 어둠에 적응하자 마차 밖이 조금도 어둡지 않다는 걸 알았다. 마차 덮개가 햇빛을 차단했을 뿐이었다.

린은 덮개에 몸을 대고 밀어붙여 틈새로 빛이 새어 들어오게 했다. 그리고 힘겹게 몸을 떨며 그 틈에 눈을 가져다 댔다.

눈에 들어온 풍경이 무엇인지 이해하는 데 한참이 걸렸다.

도로는 꿈에서 보는 풍경 같았다. 거대한 돌풍이 작은 도시를 휩쓸고 지나가면서 집 안을 뒤집어 그 내용물을 마구잡이로 길가 풀밭에 내던져놓은 것 같았다. 화려한 나무 의자 한 쌍이 양모 양말 한 켤레 옆에 뒤집혀 있었다. 조각 장기판 옆에 식탁이 놓여 있고 흙바닥에는 옥 장기알이 흩어져 있었다. 그림들. 장난 감들. 옷을 담은 궤짝이 활짝 열린 채 길가에 널브러져 있었다. 신부의 혼례복이 보였다. 비단으로 지은 잠옷도 보였다.

피난민의 흔적이었다. 이 지역에 어떤 니칸인이 살았든지, 그들은 오래전에 여길 떠나고 없었다. 그들은 너무 무거워 가져갈 수 없는 물건은 길가에 버리고 갔다. 생존을 향한 절박함이 소유물에 대한 애착보다 중했다. 니칸의 피난민은 가는 길에 소유물을 하나씩 하나씩 떨어뜨렸다.

페일렌의 짓일까? 아니면 무겐군의 짓일까? 자신에게도 책임이 있을 수 있다고 생각하니 속이 메스꺼워졌다. 만약 바람의 신이 정말로 이 정도 파괴를 일으켰다면, 그는 이미 오래전에 다른 곳으로 갔을 것이다. 마차를 타고 가는 동안 대기는 평온했고 어떤 괴이한 바람이나 돌풍이 일어나 일행을 산산조각 내지 않았다.

어쩌면 페일렌은 다른 곳에서 재앙을 일으키고 있을지도 몰랐다. 아니면 적당한 때를 기다리려고 북쪽으로 달아나 오랫동안 소망했던 자유를 위해 치료 중일지도 몰랐다. 신의 뜻을 누가 예측할 수 있을까?

무겐군은 티카니도 완전히 파괴했을까? 팽 씨 부부는 무겐군이 마을을 산산이 부숴버리기 전에 진군하는 군대의 소문을 듣고 미리 달아났을까? 케세기는 어떻게 되었을까?

린은 무겐군 병사들이 길가에 버려진 물건을 약탈할지도 모른다고 생각했다. 그러나 그들은 매우 빠른 속도로 움직였고, 행여 병사가 물건을 주우려고 멈춰 서면 장교가 고함을 질렀다. 어디로 가는지는 몰라도 그들은 하루속히 도착하길 원했다.

버려진 궤짝과 가구 사이에 한 남자가 앉아 있었다. 그는 짐을 나르는 대나무 장대를 옆에 놓고 쭈그려 앉았다. 농부들이 논에 물을 대려고 물 양동이를 양쪽에 매달고 다니는 그런 장대였다. 남자 옆에 커다란 그림 뒷면에 글씨를 휘갈겨 쓴 간판이 있었다. 엉망인 글씨체로 '주괴 닷냥'이라고 씌어 있었다.

"여자애 두 명이오." 남자가 느릿느릿 말했다. "여자애 두 명. 건강한 여자애들 팝니다."

두 나무 물통 위로 걸음마쟁이 둘이 고개를 내밀고 지나가는 병사들을 신기하게 바라보았다. 그중 하나가 천막 덮개 밑에서 밖을 엿보는 린을 알아보고 호기심 어린 눈빛으로 눈을 깜박였다. 아이가 고사리손을 흔들자 바로 그때 병사 하나가 흥분의 함성을 내질렀다.

린은 얼른 마차 안으로 몸을 움츠렸다. 눈가로 눈물이 흘러내렸다. 숨을 쉴 수가 없었다. 눈을 질끈 감아버렸다. 그 여자애들이 어떻게 될지 보고 싶지 않았다.

"린?"

처음으로 린은 알탄이 한쪽 구석에 웅크리고 있는 걸 알아차렸다. 덮개의 어둠 때문에 그가 거의 보이지 않았다. 린은 애벌레처럼 서툴게 조금씩 그를 향해 기어 갔다.

"여기가 어디지?" 알탄이 물었다.

"모르겠어." 린이 말했다. "쿠코닌 산맥 근처는 아니야. 도로가 평평해."

"마차 안이야?"

"그런 모양이야. 병사들이 얼마나 되는지는 모르겠어."

"그건 중요하지 않아. 내가 탈출에 성공할 거야. 이 밧줄을 태워볼게." 알탄이 말했다. "뒤로 물러나."

린이 몸을 꿈틀거려 반대쪽으로 가자 알탄이 손에서 작은 불꽃을 피워올렸다. 그를 묶은 끈 가장자리에 불이 붙더니 천천히 검게 타들어 갔다.

마차 안에 연기가 가득 차올랐다. 린의 눈에도 눈물이 났다. 기침을 멈출 수가 없었다. 몇 분이 흘렀다.

"조금만 더." 알탄이 말했다.

밧줄에서 연기가 굵은 덩굴손처럼 피어올랐다. 린은 공포에 빠져 천막 덮개 주위를 흘깃거렸다. 연기가 새어 나가지 않는다면 알탄이 속박을 풀기 전에 질식할 것이다. 그러나 연기가 새어 나가면….

위쪽에서 고함이 들렸다. 무겐어였지만 명령어가 너무 간결

하고 갑작스러워 해석할 수가 없었다.

누군가가 덮개를 잡아당겨 열어젖혔다.

알탄의 불꽃이 전력을 다해 폭발하자 병사가 양동이 물을 퍼부었다. 크게 지글거리는 소리가 공기를 채웠다.

알탄이 비명을 질렀다.

누군가가 린의 입에 젖은 천을 가져다 댔다. 린은 발길질하고 몸부림치며 숨을 멈추었지만, 그들이 린의 멍든 어깨를 날카로운 것으로 찌르자 고통스럽게 입을 벌리고 숨을 들이마실 수밖에 없었다. 콧구멍에 달콤한 기체 냄새가 가득 차올랐다.

✳

빛이었다. 빛이 너무 밝아 칼로 눈을 찌르는 것처럼 아팠다. 린은 광원을 피해 몸을 꿈틀거려봤지만, 아무 일도 일어나지 않았다. 잠시 헛된 몸부림을 치다가 온몸이 마비된 줄 알고 공황에 빠졌지만, 알고 보니 어딘가에 단단히 묶인 상태였다. 린은 평평한 침대 위에 끈으로 묶여 있었다. 시야가 방 위쪽 절반 정도밖에 되지 않았다. 묶여 있었지만 바로 옆에 알탄의 머리가 보였다.

린은 겁에 질려 여기저기를 마구 둘러보았다. 방 한쪽에 선반이 들어찼고, 선반마다 발, 머리, 장기, 손가락 등이 담긴 유리병이 꼼꼼하게 이름표를 붙이고 늘어섰다. 한 귀퉁이에는 거대한 유리병이 서 있고 그 안에 성인 남성의 신체가 들어 있었다. 린은 잠시 남자를 물끄러미 바라보다가 남자가 오래전에 죽은 사람임을 깨달았다. 채소절임처럼 시체를 화학약품 안에 보존해놓은 것이었다. 남자의 눈은 여전히 공포의 표정을 지은 채 얼어붙어 있었고 입은 수중에서 비명을 지르며 크게 벌어져 있었다. 유

리병 맨 위에 세밀하고 깔끔한 글씨체로 이름표가 붙어 있었다. '니칸 남성, 32.'

선반 위 유리병에도 비슷한 이름표가 붙어 있었다. '간, 니칸 아동, 12.' '폐, 니칸 여성, 51.' 린은 자신도 이 수술실에서 깔끔하게 해부당해 저런 모양이 되고 말까, 잠시 멍하니 생각했다. '니칸 여성, 19.'

"결국, 돌아왔어." 알탄이 깨어 있었다. 그가 메마른 목소리로 속삭였다. "여기로 돌아올 거라곤 꿈에도 생각 못 했는데."

린의 마음이 두려움으로 요동쳤다. "여기가 어디야?"

"제발." 알탄이 말했다. "내 입으로 설명하게 하지 마."

순간 린은 그들이 정확히 어디에 와 있는지 알았다.

머릿속에 차간의 말이 메아리쳤다.

'1차 양귀비 전쟁이 끝나고 무겐은 너희 스피어 종족에 집착하기 시작했어…. 두 양귀비 전쟁 사이 수십 년 동안 스피어인을 납치해서 무엇 때문에 그들이 그토록 특별해졌는지 알아내려고 온갖 실험을 했어.'

무겐군은 그들을 알탄이 어린 시절 납치당했던 그 연구소로 데려왔다. 알탄에게 심각한 아편중독을 일으킨 바로 그곳, 헤스페리아가 해방시킨 그곳, 2차 양귀비 전쟁 후에 '반드시' 파괴했어야 했던 그곳으로.

'사성이 함락당한 게 틀림없어.' 린의 마음이 까마득히 가라앉았다. 무겐군은 생각보다 훨씬 많은 지역을 점령했다.

헤스페리아는 오래전에 이 땅을 떠났다. 그리고 무겐이 돌아왔다. 괴물이 소굴로 돌아왔다.

"최악이 뭔지 알아?" 알탄이 말했다. "우린 고향에서 아주 가까운 곳에 와 있어. 여기서 스피어가 가까워. 여긴 바닷가거든. 바다 바로 옆. 처음 여기 끌려왔을 때는 이렇게 감방이 많지 않았어…. 물이 바라보이는 창 하나가 있는 감방에 우릴 전부 몰아넣었지. 창을 통해 별자리가 보였어. 매일 밤 불새 별자리를 보면서, 이 감방에서 빠져나갈 수만 있다면 헤엄을 치고 또 쳐서 집으로 돌아가는 길을 찾을 수 있겠다고 생각했어."

린은 고작 네 살짜리 알탄이 이곳에 감금당한 채 친구들이 끈에 묶여 해부당하는 동안 밤하늘을 올려다보았을 장면을 떠올렸다. 손을 뻗어 그를 어루만지고 싶었지만, 아무리 힘을 줘도 속박의 끈은 꿈쩍도 하지 않았다. "알탄…."

"누군가가 찾아와 우릴 구해줄 줄 알았어." 그가 계속 말했다. 알탄은 더 이상 린에게 말하고 있지 않았다. 텅 빈 하늘에 대고 말하는 것 같았다. "놈들이 다른 사람을 죽일 때조차 나는 어쩌면… 어쩌면 부모님이 날 데리러 올지 모른다고 생각했어. 하지만 헤스페리아 군대가 와서 날 풀어주면서 다시는 고향에 돌아갈 수 없다고 말했어. 그 섬에는 뼈와 재 말고는 아무것도 남지 않았다고 했어."

알탄은 잠시 침묵했다.

린은 무슨 말을 해야 할지 알 수가 없었다. 무슨 말이라도 해야 할 것 같았다. 그를 일깨워줄 말, 여기서 빠져나갈 방법을 찾는 쪽으로 그의 관심을 돌릴 말을 찾아야 했다. 그러나 마음에 떠오르는 말은 하나같이 어이없고 부적절했다. 그에게 실제로 어떤 위로를 전할 수 있을까?

"오! 드디어 깨어났군."

높게 떨리는 목소리가 들려와 린의 생각을 방해했다. 린 바로 뒤쪽에서 들려왔지만, 누군지 모습은 보이지 않았다. 린은 눈알을 굴리며 끈을 움직여보려고 몸에 힘을 주었다.

"이런, 미안하구나. 당연히 내 모습이 보이지 않겠지."

목소리 주인이 린 바로 뒤에 다가왔다. 깡마른 백발 남성으로 의사 가운을 입고 있었다. 꼼꼼하게 다듬은 수염이 턱밑으로 5센티미터 뾰족하게 나와 있었다. 검은 눈은 밝은 지성으로 반짝였다.

"이러면 좀 나으냐?" 그는 오랜 친구를 맞이하듯 온화하게 웃었다. "나는 에이무치 시로, 이 병영의 수석군의관이다. 시로 박사라고 불러다오."

그는 무겐어가 아니라 니칸어로 말했다. 50년 전 니칸어를 배운 것처럼 아주 단정한 시네가드 억양을 썼다. 그의 말투는 과장되고 인위적으로 유쾌했다.

린이 대답하지 않자 시로 박사는 어깨를 으쓱하더니 옆 실험대로 옮겨갔다.

"오오, 알탄." 그가 말했다. "네가 돌아올 줄은 정말 몰랐구나. 얼마나 놀랐는지! 보고를 듣고도 믿을 수가 없었단다. '시로 박사님, 스피어인을 찾았습니다!' 하기에 내가 '농담하지 마! 이제 스피어인은 없다!'라고 했지 뭐냐." 시로 박사가 부드럽게 웃음을 터뜨렸다.

린은 얼굴을 움직여 알탄 쪽을 보았다. 그는 깨어 있었다. 눈을 뜨고 있었지만, 시로 박사가 아니라 천장을 노려보고 있었다.

"사람들이 널 몹시 두려워했단다." 시로가 계속 유쾌하게 말했다. "그걸 뭐라고 부르지? 니칸의 괴물? 불새의 화신? 아무튼, 우리나라 사람들은 과장을 좋아해서 니칸의 샤먼들을 훨씬 더 좋아한단다. 넌 신화이고 전설이야! 넌 아주 특별하다! 그런데 왜 그렇게 부루퉁한 거냐?"

알탄은 아무 말도 하지 않았다.

시로는 살짝 풀이 죽어 보였지만 잠시 후 씩 웃으며 알탄의 뺨을 토닥였다. "당연하지. 얼마나 피곤하겠어? 걱정하지 마라. 조금 있다가 약을 줄 테니. 나한텐 바로 '그게' 있지 않니…."

시로는 행복하게 노래를 흥얼거리며 수술실 구석으로 분주히 걸어갔다. 선반을 살피며 다양한 유리병과 기구를 꺼냈다. 펑 하는 소리, 촛불을 켜는 소리가 연달아 들려왔다. 시로가 뭘 하는지 보이지 않다가 이윽고 알탄 옆으로 돌아왔다.

"내가 보고 싶지 않더냐?" 시로가 물었다.

알탄은 아무 말도 하지 않았다.

"흠." 시로가 알탄의 얼굴 위로 주사기를 들어 올리고 두 사람 모두 주사기 안의 액체를 볼 수 있게 유리를 톡톡 두드렸다. "이 것도 그립지 않더냐?"

알탄의 눈이 커졌다.

시로가 엄마가 자식을 쓰다듬는 것처럼 알탄의 손목을 부드럽게 잡고 숙련된 손길로 혈관을 찾았다. 그리고 반대편 손으로 알탄의 팔에 주삿바늘을 찔러 넣었다.

알탄이 비명을 질렀다.

"하지 마!" 린이 소리쳤다. 입 양옆으로 침이 흘러나왔다. "그만해!"

"오, 이런!" 시로가 빈 주사기를 내려놓고 린 옆으로 다가왔다. "진정해라! 진정해! 알탄은 괜찮다."

"당신이 그를 죽이고 있잖아!" 린은 거칠게 몸을 비틀었지만,

결박은 여전히 견고했다.

눈물이 흘러내렸다. 시로가 린에게 물리지 않을 범위에서 손을 움직여 꼼꼼하게 눈물을 닦아주었다.

"죽인다고? 너무 그렇게 극단적으로 말하지 마라. 난 그냥 알탄이 좋아하는 약을 줬을 뿐이니." 시로가 린의 관자놀이를 톡톡 건드리며 눈을 찡긋했다. "저 애가 무척 좋아한다는 거 너도 알지 않니. 너도 저 애랑 같이 여행을 했다지? 이 약은 저 애가 잘 아는 거란다. 몇 분 지나면 괜찮아질 거야."

둘 다 알탄을 보았다. 알탄의 호흡은 안정이 되었지만, 전혀 괜찮아 보이지 않았다.

"왜 이러는 거야?" 린은 숨이 막혀왔다. 린은 지금까지 무겐의 잔혹성을 이해한다고 생각했다. 그녀는 골린니스를 목격했다. 무겐 과학자들의 수작업 증거도 보았다. 그러나 시로 박사가 알탄에게 고통을 가하며 '웃는' 모습을 보며, 두 눈으로 악을 직접 목격하자… 이해할 수가 없었다. "대체 우리에게 뭘 원하는 거야?"

시로가 한숨을 내쉬었다. "그야 분명하지 않으냐?" 시로가 린의 뺨을 토닥였다. "나는 지식을 원한단다. 우리 연구는 의학 기술의 발전을 수십 년 앞당길 것이다. 지금이 아니면 또 언제 이토록 훌륭한 실험 기회가 찾아오겠느냐? 해부용 시체가 끊임없이 공급되는데! 그동안 인체에 관해 품었던 모든 의문을 풀 수 있단다! 나는 이제 죽음을 예방할 수많은 방법을 고안할 수 있다!"

린은 도저히 믿을 수 없어 입을 벌린 채 시로를 보았다. "당신은 우리 국민의 몸을 해부하고 있어."

"'너희' 국민이라고?" 시로가 코웃음 쳤다. "너희를 비하하지 마라. 너희는 저 한심한 니칸인과는 전혀 다르다. 너희 스피어인은 아주 매혹적이지. 이토록 아름다운 물질로 구성되어 있잖니." 시로가 애정을 담은 손길로 땀을 흘리는 알탄의 이마에서 머리카락을 쓸어넘겨 주었다. "이토록 아름다운 피부. 이토록 매혹적인 눈동자. 황제는 자기가 뭘 가졌는지도 모른다."

시로가 린의 목에 손가락 두 개를 대고 맥박을 쟀다. 그의 손길이 닿자 린의 입안에 쓴 물이 차올랐다.

"내 부탁을 좀 들어주지 않으련?" 시로가 다정하게 말했다. "불을 보여다오. 네가 할 수 있다는 거 안다."

"뭐?"

"너희 스피어인은 아주 특별하지." 시로가 낮고 쉰 듯한 목소리로 아기에게 말하듯이 혹은 연인에게 고백하듯이 말했다. "너흰 아주 강해. 아주 독특해. 너희는 신이 선택한 사람들이라고 하더구나. 어쩌다 이렇게 되었지?"

'증오 때문이지.' 린은 생각했다. '증오 때문에, 그리고 당신 같은 자들이 가한 고통의 역사 때문에.'

"우리 무겐은 샤머니즘의 위업을 달성하지 못했단다." 시로가 말했다. "왜인지 아느냐?"

"그야 신들도 너희 같은 쓰레기는 신경 쓰지 않을 테니까." 린이 내뱉듯이 말했다.

시로가 모욕적인 말을 날려버리기라도 하는 듯 공중에 대고 부채질을 했다. 그는 니칸인의 저주를 하도 많이 들어서 지금쯤은 어떤 말도 별 의미가 없을 것이다.

"자, 우린 앞으로 이런 일을 할 거야." 시로가 말했다. "난 너에게 신들에게 통하는 길을 보여달라고 할 거야. 네가 거절할 때마다 알탄에게 약을 또 주사할 거야. 알탄 상태가 어떤지 너도 알지?"

알탄이 실험대 위에서 낮고 거친 소리를 냈다. 그의 온몸이 긴장한 채 경련했다.

시로가 알탄의 귀에 대고 뭐라 뭐라 중얼거리며 알탄의 이마를 어루만졌다. 그 모습이 흡사 앓는 아이를 달래는 엄마처럼 다정했다.

✳

시간이 흘렀다. 시로는 린에게 반복해서 샤머니즘에 관해 질문했지만, 린은 무표정으로 일관했다. 신전 뒤에 숨은 비밀은 절대로 발설하지 않을 것이다. 무겐의 손에 또 다른 무기를 쥐여주지 않을 것이다.

대신 린은 욕을 하고 침을 뱉고 시로를 괴물이라 부르고, 생각할 수 있는 온갖 지독한 것으로 불렀다. 지마 대사부는 학생들에게 무겐어 욕을 가르쳐주지 않았지만, 시로는 요점을 파악했다.

"그렇다면." 시로가 손을 내저으며 말했다. "이런 걸 처음 본다고 하지는 않겠지."

린이 욕을 멈추었다. 입가로 침이 흘러내렸다. "무슨 소리야?"

시로가 알탄의 목에 손가락을 대고 맥박을 재보고, 눈꺼풀과 입술을 뒤집어 보며 뭔가를 확인했다. "알탄의 인내심은 참으로 대단하다. 인간이 아니야. 그는 꽤 오랫동안 아편을 피워왔어."

"'너희가' 한 짓이잖아." 린이 날카롭게 말했다.

"그럼 그 후는? 여기서 풀려난 다음에는?" 시로가 학생에게 실망한 교사처럼 말했다. "니칸은 최후의 스피어인을 손에 넣고도 마약을 끊도록 노력하지 않았잖니? 누군가가 몇 년 동안 알탄에게 아편을 먹여왔던 게 분명하다. 영리한 자들 같으니라고. 이런, 그런 눈으로 날 보지 마라. 백성을 통제하려고 아편을 사용한 나라는 무겐이 최초가 아니었으니까. 이런 기술의 원조는 바로 니칸이다."

"무슨 말을 하는 거야?"

"그자들이 안 가르쳐주더냐?" 시로는 재미있다는 표정을 지었다. "당연하지. 당연히 가르쳐주지 않았겠지. 니칸은 당혹스러운 과거는 싹 지워버리는 걸 좋아하니까."

시로가 손끝으로 선반을 쓸면서 방을 가로질러 걸어와 린 앞에 섰다. "붉은 황제가 어떻게 스피어를 속박했다고 생각하느냐? 머리를 좀 굴려봐라, 애야. 스피어가 독립을 잃고 속국이 되었을 때 붉은 황제는 하사품으로 스피어에 아편 상자를 보냈다. 지배국이 속국에 선물을 보낸 거지. 일부러 그런 거다. 원래 스피어인은 종교의식을 치를 때 지역에서 나는 특별한 나무껍질을 환각제로 이용했거든. 꽤 약한 환각제에 익숙했던 스피어인에게 아편 흡입은 알코올을 통째로 마시는 것과 같았지. 스피어인은 곧바로 아편에 중독되었다. 아편을 얻으려고 별짓을 다 했다. 아편의 노예가 되면서 황제의 노예가 되어버렸어."

린의 마음이 어지러웠다. 어떤 대답도 떠오르지 않았다.

시로에게 거짓말쟁이라고 외치고 싶었다. 그만하라고 고함치고 싶었다. 그러나 시로의 말이 이해되었다.

너무나 이해되었다.

"알다시피 두 나라는 그리 다르지 않단다." 시로가 젠체하며 말했다. "유일한 차이라면, 우리 무겐은 샤먼을 우러러보고 그들에게서 배우고 싶어 하지만, 너희 니칸은 샤먼이 소유한 힘을 두려워하고 강박을 품는다는 정도다. 니칸은 너희를 솎아냈고, 착취했고, 서로 없애게 부추겼다. 이제 내가 널 풀어주마. 전에는 결코 허락되지 않았던 방식으로 신을 소환할 자유를 주마."

"네가 날 정말로 풀어준다면." 린이 으르렁거렸다. "가장 먼저 네놈을 산 채로 활활 태워버릴 테다."

불새와의 연결은 린에게 남은 마지막 이점이었다. 무겐은 린의 나라를 유린했고 불태웠다. 무겐은 린의 학당을 파괴했고 친구들을 죽였다. 지금쯤 무겐은 린의 고향마을까지 완전히 쓸어버렸을 것이다. 오직 신전만이 신성하게 남았다. 이 우주에서 무겐이 접근할 수 없는 단 한 곳이었다.

린은 고문을 당하고, 속박당한 채 얻어맞고, 굶김을 당했지만, 마음만은 그녀의 것이었다. 그녀의 신은 그녀의 것이었다. 그녀는 신을 배신하기 전에 죽을 것이다.

결국, 시로는 린에게 질려버렸다. 시로는 경비원을 불러 죄수들을 끌어내 감방에 가두라고 지시했다. "너희 둘 다 내일 만나자꾸나." 시로는 유쾌하게 말했다. "내일 처음부터 다시 해보자."

린은 자신을 끌고 가는 경비원의 옷에 침을 뱉었다. 또 다른 경비원이 축 늘어진 알탄을 짐승 사체처럼 어깨에 둘러메고 뒤를 따라왔다.

경비원이 린의 다리에 벽에 연결된 족쇄를 채우고 감방문을 닫았다. 옆에 누운 알탄이 몸을 비틀며 일관성 없는 말을 중얼거리며 신음했다. 린은 알탄의 머리에 제 무릎을 베어주고 밤새 비통한 마음으로 쓰러진 사령관을 지켜보았다.

✳

알탄은 한동안 정신을 차리지 못했다. 여러 번 비명을 지르고 린은 알아들을 수 없는 스피어말로 말했다.

이윽고 알탄이 그녀의 이름을 불렀다. "린."

"여기 있어." 린이 그의 이마를 쓰다듬으며 말했다.

"놈이 널 아프게 했어?" 알탄이 물었다.

린은 흐느낌으로 목이 메었다. "아니. 아니야. 신전에 대해 알려달라고 했어. 대답은 안 했지만, 말할 때까지 대장을 아프게 할 거라고 했어…."

"약 때문에 아픈 게 아니야." 그가 말했다. "약 기운이 사라져서 아픈 거야."

그제야 이해가 되면서 가슴을 쥐어짜는 격통이 찾아왔다.

알탄은 아편을 피울 때는 상태가 나빠지지 않았다. 아니, 아편을 피울 때가 유일하게 고통스러워하지 않는 때였다. 그는 평생 지속적인 고통 속에 살았고, 언제나 다음 복용을 갈망했다.

알탄 트렝신으로 산다는 게 얼마나 힘든 일인지, 마음 뒤쪽에서 끊임없이 파괴의 고함을 질러대는 분노의 신에게 혹사당하면서 동시에 핏속에 무심한 마취성 신이 약속의 말을 속삭이는 상태로 산다는 게 얼마나 어려운 일인지 린은 조금도 알지 못했다.

'그래서 스피어인이 그토록 쉽게 아편에 중독되었던 거야.' 린은 깨달았다. 불을 소환하려고 아편이 필요했던 게 아니었다. 어떤 이들에게는 두려운 신에게서 벗어날 수 있는 유일한 시간이었기에 아편이 필요했다.

마음 깊숙한 곳에서는 린도 그 사실을 알고 있었다. 알탄이 나머지 사이크 대원들과 달리 마약이 필요하지 않고 알탄의 눈동자가 영구히 양귀비꽃처럼 밝게 빛난다는 것을 알게 된 후로 줄곧 이렇지 않을까 생각해왔다.

알탄은 이미 오래전에 출루 코리크에 감금되었어야 했다.

그러나 린은 믿고 싶지 않았다. 사령관이 제정신이라고 신뢰해야 했다.

알탄이 없다면 린은 아무것도 아니었다.

몇 시간이 지나고 약 기운이 혈류에서 빠져나가자 알탄은 고통스러워했다. 땀을 흘렸다. 몸부림쳤다. 너무도 격렬하게 발작을 일으키는 바람에 다치지 않도록 린이 꼭 붙들어줘야 했다. 그는 비명을 질렀다. 시로 박사에게 돌아오라고 애걸했다. 린에게 자기를 죽여달라고 애원했다.

"안 돼." 린은 왈칵 겁이 났다. "우린 여기서 빠져나가야 해. 여기서 벗어나야 해."

알탄의 눈은 절망으로 텅 비었다. "이곳에서 저항은 고통을 뜻해, 린. 탈출은 없어. 미래도 없어. 우리가 희망할 수 있는 최선은 시로 박사가 지루해져서 우리에게 고통 없는 죽음을 내려주는 것뿐이야."

린은 거의 그렇게 할 뻔했다.

그의 불행을 끝내주고 싶었다. 더는 고통스러워하는 모습을 볼 수 없었다. 처음 알게 된 이후로 내내 존경해왔던 사람이 이렇게까지 비참해지는 모습을 지켜보고만 있을 수 없었다.

린은 자기도 모르게 축 늘어진 알탄의 상체를 깔고 앉아 그의 목에 손을 둘렀다. 이제 팔에 힘만 주면 된다. 그의 목에서 공기를 빼내기만 하면 된다. 그의 숨통을 조여 목숨을 없애기만

하면 된다.

알탄은 거의 느끼지도 못할 것이다. 더는 어떤 것도 느끼지 못할 것이다.

심지어 린의 손이 목을 감싸도 그는 저항하지 않았다. 그는 끝장내기를 원했다.

린은 전에도 이런 일을 해본 적이 있었다. 알탄으로 똑같이 위장한 이매를 죽인 적이 있었다.

그러나 그때 알탄은 저항했었다. 그때 알탄은 위협적이었다. 지금 그는 위협적이지 않았고, 그저 린의 영웅들은 어쩔 수 없이 그녀를 실망시킨다는 비극적이고 명백한 증거일 뿐이었다.

결국, 알탄 트렝신도 천하무적이 아니었다.

그는 명령을 따르는 데 아주 능숙했다. 누가 뛰라고 하면 그는 날았다. 누가 싸우라고 하면 그는 '파괴했다.'

그러나 이제 목적도 통치자도 없이 끝에 몰린 알탄 트렝신은 망가지고 말았다.

린은 손에 힘을 주었다가 이윽고 몸을 떨며 축 늘어진 그의 몸을 거칠게 밀어냈다.

✳

"나의 소중한 스피어인들은 좀 어떠신가? 오늘도 한바탕할 준비가 되셨나?"

시로가 환하게 웃으며 감방으로 다가왔다. 그는 복도 반대편 끝의 연구실에서 오는 중이었다. 그의 품에 금속 용기 몇 개가 안겨 있었다.

그들은 대답하지 않았다.

"이 깡통들이 뭔지 알려줄까?" 시로가 물었다. 그의 목소리는 여전히 꾸며낸 듯 밝았다. "알아맞혀봐. 실마리를 조금 줄까? 이건 무기야."

린이 시로를 노려보았다. 알탄은 바닥만 보았다.

시로는 당황하지 않고 계속 말했다. "이건 전염병이란다, 얘들아. 전염병이 뭔지는 알지? 우선 콧물이 흐르기 시작하고 이어서 팔과 다리에, 그리고 다리 사이에 커다란 채찍 자국이 생긴단다. 상처가 찢어지면서 충격으로 갑자기 죽든지, 혈액에 독성이 생겨서 죽을 거야. 일단 병에 걸리면 죽기까지 꽤 오랜 시간이 걸린다. 하지만 너희는 이런 걸 본 적이 없을지도 모르겠구나. 니칸에 한동안 전염병이 돌지 않았지?"

시로가 쇠창살을 두드렸다. "이 병이 어떻게 퍼지는지 알아내는 데 악독할 정도로 오랜 시간이 걸렸단다. 세상에, 벼룩이 원인이라니, 믿어지니? 벼룩이 쥐를 물고 나면 쥐가 건드린 모든 것에 작은 전염병 분자가 퍼지는 거야. 이제 이 병이 어떻게 퍼지는지 알게 되었으니 무기화하는 건 금방이지. 물론 이 살상 무기가 어떤 제약도 없이 마구 돌아다니게 하지는 않을 거야. 우리도 언젠가는 니칸 땅에 거주할 계획이 있으니까. 하지만 인구가 밀집한 지역에 정확하게 필요한 양만 풀어놓는다면… 이 전쟁은 우리 예상보다 훨씬 더 빨리 끝나지 않겠니?"

시로가 앞으로 몸을 숙여 쇠창살에 이마를 기댔다. "너희에겐 싸우며 지킬 게 아무것도 없다." 그가 조용히 말했다. "너희 나라는 패배했어. 왜 아무 말도 하지 않는 게냐? 여기서 쉽게 빠져나갈 방법이 있지 않니. 내게 협조만 하면 된다. 불을 어떻게 소환하는지 말해라."

"그냥 죽을 거야." 린이 내뱉듯 말했다.

"넌 무엇을 지키려는 게냐?" 시로가 물었다. "넌 니칸에 신세진 게 하나도 없다. 그들에게 넌 무엇이었느냐? 그들에게 스피어인은 무엇이었느냐? 괴물이었지! 추방자였고!"

린이 일어났다. "우린 황제를 위해 싸워." 그녀가 말했다. "나는 죽는 날까지 니칸 제국군의 병사다."

"황제라고?" 시로가 살짝 혼란스러운 표정을 지었다. "정말로 이해하지 못한 게냐?"

"뭘 이해하지 못한단 말이야?" 알탄이 입 모양으로 '안 돼'라고 말했지만, 린은 곧바로 물어보았다.

린은 박사의 도발에 흥분해 그만 미끼를 물어버렸는데, 시로 박사의 눈빛이 이 순간을 기다렸다는 듯 반짝이는 걸 보고서 실수를 깨달았다.

"너희가 출루 코리크에 가 있는 걸 우리가 어떻게 알았을까?" 시로가 말했다. "누가 우리에게 정보를 알려줬을까? 그 놀라운 돌산에 대해 아는 '유일한 다른 사람'이 누구일까?"

린은 놀라서 입을 다물지 못하고 시로를 보았다. 이제야 마음속에 진실의 조각이 맞춰졌다. 알탄 역시 진실을 알아챘는지 린과 동시에 눈이 커졌다.

"아니야." 알탄이 말했다. "당신은 거짓말을 하고 있어."

"너희 소중한 황제가 너희를 배신했다." 시로가 즐겁게 말했다. "너희는 거래물이었어."

"말도 안 돼." 알탄이 말했다. "우린 황제에게 충성했어. 황제를 위해 살인을 했어."

"황제는 너희를 포기했다. 너와 너의 그 소중한 샤먼 부대를.

너희는 '팔렸단다.' 친애하는 스피어인들아. 스피어가 너희 제국에 팔렸던 것과 똑같이 팔리고 말았어."

"거짓말이야!"

알탄이 쇠창살을 향해 몸을 날렸다. 그의 온몸에 불이 붙더니 촉수처럼 마구 뻗어 나가 경비원들에게 닿을 정도였다. 알탄이 계속 비명을 지르자 불꽃이 점점 넓게 타올랐다. 쇠가 녹지는 않았지만, 쇠창살이 조금씩 구부러지기 시작했다.

시로가 무겐어로 소리치며 명령했다.

경호원 세 명이 감방으로 달려왔다. 한 명이 문을 여는 동안 또 한 명이 알탄에게 양동이 물을 퍼부었다. 불이 꺼지자 세 번째 경호원이 알탄의 두 팔을 머리 뒤로 잡아당겼고, 첫 번째 경호원이 그의 목에 주삿바늘을 꽂았다. 알탄이 몸부림치다 바닥에 쓰러졌다.

경호원들이 이제 린에게 향했다.

린은 시로의 입이 움직이며 고함치는 것을 보았다. "아니야. 그 애는 안 돼." 곧바로 린 역시 목에 주삿바늘이 꽂히는 것을 느꼈다.

✳

약효는 양귀비 씨앗을 먹었을 때와 전혀 달랐다.

양귀비 씨앗은 먹어도 마음을 비우려고 집중할 수 있었다. 양귀비 씨앗을 먹으면 신전으로 솟구치기 위해 의식적인 노력이 필요했다.

헤로인은 조금도 섬세하지 않았다. 헤로인은 린의 몸에서 린을 쫓아내 영적 영역에서 피난처를 구하는 일 말고는 아무것도 할 수 없게 만들었다.

그리고 린은 맹렬히 기쁜 마음으로 깨달았다. 서로의 경호원들이 주사를 놓는 바람에 린을 '자유롭게' 해주었다는 것을.

알탄도 다른 영역으로 건너와 있었다. 알탄이 있음을 느꼈다. 그곳에서 자신의 형체를 아는 것처럼 알탄의 형체를 알 수 있었다.

린은 늘 알탄의 모습을 제대로 알지는 못했다. 한때 린은 자신이 쌓아 올린 알탄의 모습을 사랑했다. 알탄을 숭배했다. 알탄을 우상화했다. 알탄이라는 신념을, 알탄이라는 원형을, 난공불락인 형태의 그를 흠모했다.

그러나 이제 진실을 알았다. 알탄의 사실성과 취약성과 무엇보다도 그 '고통'을 알았으며… 그리고 여전히 그를 사랑했다.

린은 알탄을 모방했었다. 그의 모습을 좇아 자신을 형성해나갔다. 한 스피어인이 다른 스피어인을 따라갔다. 그의 잔혹성과 증오와 취약성을 따라 했다. 린은 이제 알탄을 알았다. 마침내 그의 모든 것을 알았다. 그렇게 그를 발견했다.

'알탄?'

'린.'

주위에 알탄을 느낄 수 있었다. 단단한 윤곽과 깊이 상처받은 기운과 그렇지만 여전히 위로를 주는 실체를 느꼈다.

알탄의 모습이 넓은 들판에 서 있는 것처럼 린 앞에 나타났다. 그는 걸어서 혹은 붕 떠서 이쪽으로 다가왔다. 이 영역에는 공간과 거리가 실제로 존재하지 않았지만, 자신의 위치를 확인하려면 알아서 공간과 거리를 해석해야 했다.

린은 알탄의 눈을 보고 고통을 읽을 필요가 없었다. 그저 느꼈다. 알탄은 차간처럼 자신의 영혼을 차단하지 않았다. 그는 린이 얼마든지 읽을 수 있게 펼쳐놓은 책이었다. 린이 이해할 수 있게 자신을 공물로 바쳤다.

그리고 린은 이해했다. 그의 고통과 불행을 이해했고 그가 지금 당장 원하는 게 왜 죽음뿐인지 이해했다.

그러나 린은 참을 수 없었다.

린은 아주 오래전 두려움이라는 사치를 포기했다. 그녀도 여러 차례 다 그만두고 싶었다. 그편이 더 쉬울 것 같았다. 그러면 고통이 사라질 것만 같았다.

그러나 모든 걸 통틀어 린이 붙들고 있는 단 한 가지가 분노였고, 이제 그녀는 진실을 알게 되었다. 이런 모습으로는 죽지 않을 거라고. 복수하지 않고는 죽지 않겠다고.

"그들이 우리 종족을 죽였어." 린이 말했다. "그들이 우릴 팔아넘겼어. 테르자 여왕 시절부터 스피어는 니칸 제국의 지정학적 장기놀음에서 장기 말이 되어버렸어. 우린 얼마든지 처분할 수 있는 존재였어. 우리는 도구였어. 그래도 분노가 솟구치지 않는다고 말할 수 있어?"

알탄은 몹시 지쳐 보였다. "난 분노라면 지긋지긋해." 그가 말했다. "그리고 이제 내가 할 수 있는 일이 하나도 없다는 걸 알아서 마음이 아파."

"대장은 스스로 눈을 가리고 있어. 대장은 '스피어인'이잖아. 대장에겐 힘이 있어." 린이 말했다. "대장에겐 모든 스피어인의 분노가 있어. 그 힘을 어떻게 사용하는지 알려줘. 그 힘을 내게 줘."

"그러다 죽어."

"죽더라도 내 발로 죽어." 린이 말했다. "죽더라도 내 손에서 나온 불꽃으로, 내 심장에서 솟은 분노로 죽을 거야. 우리 종족의 유산을 위해 싸우다 죽을 거야. 시로의 실험대에서 약에 취한 채 실컷 이용당하다 죽지 않아. 겁쟁이로 죽지 않아. 대장도 그럴 거고. 알탄, 나를 봐. 우리는 지앙 사부와 달라. 우리는 '테르자 여왕'과도 달라."

그러자 알탄이 고개를 들었다.

"메이린넨 테르자." 그가 속삭였다. "제 종족을 버린 여왕."

"대장도 그들을 버릴 거야?" 린이 물었다 "시로의 말 들었지? 황제는 우리만 팔아넘긴 게 아니야. 사이크 전원을 팔아치웠어. 시로는 니칸의 모든 샤먼을 이 지옥에 가둘 때까지 멈추지 않을 거야. 대장이 가버리면 누가 그들을 지키지? 누가 람사를 지켜? 수니는? 차간은?"

순간 알탄에게서 날아오는 그것을 느꼈다. 날카로운 반항심. 깜박이는 결심.

린에게는 그것만 있으면 됐다.

"불새는 불의 신이기만 한 게 아니야." 알탄이 말했다. "불새는 복수의 신이기도 해. 그리고 오직 스피어인만이 접근할 수 있는, 수백 년간 곪아온 증오에서 탄생한 힘이 있어. 나는 그 힘을 여러 번 이용했지만, 완전히 이용하지는 않았어. 그러면 소모되고 마니까. 그랬다간 아무것도 남지 않을 때까지 타버릴 테니까."

"그 힘을 내게 줘." 린이 갈증을 느끼며 말했다.

"안 돼." 알탄이 말했다. "내가 줄 수 있는 게 아니야. 그 힘은 스피어 종족의 것이야."

"그러면 날 그들에게 데려가줘." 린이 말했다.

그리고 그는 그녀를 데려갔다.

＊

　꿈의 세계에서 시간은 의미가 없었다. 알탄은 린을 데리고 수백 년 전으로 갔다. 옛 기억 속에서 조상들이 아직 존재하는 유일한 공간으로 데려갔다.

　알탄에게 이끌려 가는 것은 차간의 길 안내와는 달랐다. 차간은 확실한 길잡이이자 산 자들의 세계보다는 영혼의 세계에 속한 사람이었다. 차간과 함께 있을 때는 끌려가는 기분이 들었고, 복종하지 않으면 차간이 린의 이성을 산산이 부숴버릴 것만 같았다. 그러나 알탄은… 알탄과 함께 있으면 둘이 분리된 존재로 느껴지지도 않았다. 두 사람은 훨씬 더 큰 완전체의 두 반쪽이 되었다. 두 사람은 한때 스피어였던 광활한 옛 존재의 작은 본보기 둘이었다. 이 둘이 동족에게 합세하려고 영혼의 세계를 돌파하고 있었다.

　공간과 시간이 다시 구체적인 개념이 되면서 린은 어느새 모닥불 앞에 와 있었다. 북이 보이고 주문을 외우며 노래하는 사람들의 소리가 들렸다. 린이 아는 노래였다. 어렸을 때 배운 적이 있었다. 그 노래를 잊고 있었다니, 믿을 수가 없었다. 스피어인이라면 누구나 다섯 살 생일이 되기도 전에 그 노래를 부를 수 있었다.

　아니다. 린이 아니다. 린은 그 노래를 배운 적이 없었다. 이것은 린의 회상이 아니었다. 오래전 살았던 어느 스피어인의 기억에 들어와 있었다. 이것은 공유 기억이었다. 환영(幻影)이었다.

　춤도 마찬가지였다. 모닥불 옆에서 그녀를 안은 남자도 환영이었다. 그는 그녀와 춤을 추며 크게 한 바퀴 돌아 멀어졌다가 다시 그녀를 따뜻한 품 안으로 끌어당겼다. 그게 알탄일 리가 없지만, 그는 알탄의 얼굴을 했고, 그녀는 언제나 그를 알고 있었다고 확신했다.

린은 춤을 배운 적도 없었지만, 어쨌든 발놀림을 알았다.

밤하늘에 조그만 횃불 같은 별들이 빛났다. 어둠 속에 수백만 개의 작은 모닥불이 흩어져 있었다. 천 개의 스피어섬. 천 개의 모닥불 춤.

몇 년 전 지앙 사부가 죽은 자의 영혼은 허공으로 돌아간다고 했었다. 그러나 스피어의 영혼은 그렇지 않았다. 스피어인은 자신의 환상을 놓아주지 않았고, 물질세계의 기억을 잊지 않았다. 스피어의 샤먼은 복수를 완수할 때까지는 평온하게 잠들 수 없었다.

린은 그늘 속에서 얼굴들을 보았다. 자신처럼 보이는 슬픈 얼굴의 여인을 보았다. 여인은 목에 초승달 목걸이를 한 노인 옆에 앉아 있었다. 린은 더 자세히 보려고 했지만, 그들의 얼굴은 흐릿했고, 절반만 기억나는 사람들이었다.

"이곳은 늘 이런 모습이었어요?" 린이 큰 소리로 물었다.

유령들이 한목소리로 대답했다. '이 모습은 스피어의 황금기. 테르자 여왕 이전의 스피어. 대학살 이전의 스피어다.'

그 모습이 너무 아름다워 울고 싶어졌다.

이곳에 광기는 없었다. 오직 불과 춤뿐.

"우리도 여기 머무를 수 있어." 알탄이 말했다. "영원히 머무를 수 있어. 돌아가지 않아도 돼."

순간 린은 그러고만 싶었다.

그들의 몸은 버려질 것이고 무(無)가 될 것이다. 시로는 쓰레기

소각장에 그들의 시체를 버리고 소각할 것이다. 마지막 남은 부분을 불새에게 바치고, 그 재를 바람결에 실어 보내면, 그들은 자유로워질 것이다.

"그럴 수도 있지." 린이 동의했다. "역사 속으로 사라질 수 있지. 하지만 대장은 절대로 그러지 않을 거지?"

"저들이 우릴 데려가지 않을 거야." 알탄이 말했다. "느껴져? 저들의 분노가 느껴져?"

느껴졌다. 스피어의 유령들은 몹시 슬퍼하면서 동시에 분노했다.

"그래서 우리가 강한 거야. 몇백 년 동안 잊힌 불의로부터 힘을 끌어오니까. 우리가 할 일은, 우리의 존재 이유는 바로 그런 죽음에 의미를 부여하는 거야. 우리 다음에는 더 이상 스피어인은 남아 있지 않으니까. 오직 기억만 남을 테니까."

린은 알탄의 힘을 이해했다고 생각했지만, 이제야 비로소 그 '깊이'까지 깨달았다. 그 무게를 깨달았다. 알탄은 역사가 잊어버린 수백만 영혼의 유산을 짊어지고, 정의를 부르짖는 수많은 영혼의 복수심을 끌어안았다.

이제 스피어의 유령들이 주문을 외우기 시작했다. 린은 너무 늦게 태어나 이해할 수 없었지만, 뼛속까지 새겨진 언어로 깊고 슬픈 노래를 불렀다. 유령들은 그들에게 영원을 말했다. 몇 년이 흘렀다. 시간은 조금도 흐르지 않았다. 조상들이 스피어에 관해 아는 모든 것을 알려주었다. 종족에 대해 기억하는 모든 것을 알려주었다. 수백 년의 역사와 문화와 종교를 들려주었다.

그들은 린에게 무엇을 해야 할지 말해주었다.

"우리의 신은 분노의 신이야." 린처럼 생긴 여자가 말했다.

"우리 신이 이 땅에 불의가 남지 않게 할 거야. 그러려면 복수가 필요해."

"섬으로 가거라." 초승달 목걸이를 한 노인이 말했다. "반드시 사원으로 가거라. 신전을 찾아라. 불새를 불러 스피어가 누워 있는 오래된 단층을 깨워라. 불새가 대답할 것이다. 대답해야 할 것이다."

여자와 노인이 흐릿한 갈색 얼굴들 사이로 사라졌다. 스피어의 유령들이 하나가 되어 노래하기 시작했다. 입들이 하나가 되어 움직였다.

린은 노래의 뜻은 알 수 없었지만, 느꼈다. 그것은 복수의 노래였다. 끔찍한 노래였다. 경이로운 노래였다.

✳

유령들이 린에게 축복을 내려주자, 헤로인의 약효가 깃털 감촉처럼 느껴지게 상대적으로 약해졌다.

그녀는 상상할 수 없는 힘을 부여받았다.

조상들의 힘을 받았다. 그 공포의 날 살해당한 모든 스피어인의 마음에, 죽음의 섬에 살았던 모든 스피어인의 내면에 깃들었다.

그들은 불새가 선택한 종족이었다. 불새는 분노를 먹으며 번성했고 린은 그 힘을 넉넉히 소유했다.

린이 알탄에게 손을 뻗었다. 두 사람은 한마음, 한 목적이 되었다.

그들은 산 자의 세계로 돌아왔다.

두 사람의 눈이 동시에 활짝 열렸다.

다시 시로의 연구실 실험대 위로 돌아왔다. 시로의 조수 하나가 그들 위로 몸을 숙이고 있었다. 두 사람의 몸에서 들끓어 오른 불꽃이 곧바로 그 조수를 집어삼켰다. 그는 머리카락과 옷에 불이 붙은 채로 비명을 지르며 뒤로 물러났고 곧 온몸에 불이 붙었다.

불꽃이 사방으로 날름날름 뻗어 갔다. 불꽃이 연구실 안의 화학약품에 붙어 연료를 태워버렸고 유리를 깨뜨렸다. 소독용 알코올에 불이 붙어 연기가 빠른 속도로 퍼져갔다. 남자의 시체를 담아두었던 구석의 커다란 유리병이 열기에 떨다가 폭발해버렸고 곧 지독한 내용물이 바닥으로 흘러나왔다. 방부액 증기에 불이 붙자 방 안이 맹렬한 불꽃으로 밝아졌다.

조수가 시로에게 살려달라고 고함을 지르며 복도로 달려 나갔다.

린은 실험대 위에서 몸을 뒤척였다. 속박용 끈이 불꽃의 열기를 견디지 못하고 끊어져버렸다. 린은 실험대에서 빠져나와 몸을 일으켰다. 바로 그때 시로가 석궁을 장전한 채 방 안으로 달려왔다.

그는 알탄에서 린으로, 다시 알탄으로 조준을 옮겨 갔다.

린은 긴장했지만, 시로는 방아쇠를 당기지 않았다. 미숙해서인지 망설임 때문인지는 알 수가 없었다.

"아름답구나." 시로가 나직이 탄식했다. 탐욕스러운 그 눈에 불꽃이 비쳤고, 그의 눈은 잠시 스피어인처럼 선홍색으로 보였다.

"시로!" 알탄이 소리쳤다.

박사는 알탄이 다가와도 움직이지 않았다. 오히려 석궁을 내리고 아들을 환영하는 아버지처럼 알탄을 향해 양팔을 벌렸다.

알탄은 고문자의 얼굴을 붙잡았다. 그리고 꽉 움켜쥐었다. 그의 양손에서 뿜어 나온 작열하는 불꽃이 박사의 머리를 왕관처럼 감쌌다. 알탄의 손이 시로의 관자놀이에 검은 손자국을 남기더니 이어 뼈까지 태웠고 결국 시로의 두개골에 구멍을 뚫었다. 시로의 눈이 불룩 튀어나왔다. 팔다리가 미친 듯이 경련했다. 석궁을 떨어뜨렸다.

알탄은 양손으로 시로의 두개골을 눌렀다. 시로의 머리가 쩍 하고 갈라졌다.

경련이 멈추었다.

알탄은 시로의 시체를 떨어뜨리고 뒤로 물러났다. 그는 린에게 향했다. 그의 눈이 그 어느 때보다 밝은 붉은색으로 타올랐다.

"자." 그가 말했다. "이제 나가자."

✳

린은 석궁을 집어 들고 알탄을 따라 수술실을 나갔다.

"출구가 어디지?"

"몰라." 알탄이 말했다. "빛을 찾아보자."

두 사람은 살기 위해 아무 모퉁이나 돌면서 뛰었다. 연구소는 거대한 복합시설이었고 린의 상상보다 훨씬 더 컸다. 달리면서 보니 감방이 있었던 복도는 미로 같은 실내의 한쪽에 불과했다. 수많은 빈 병영을 지나고 수술대를 지나고 기체 저장통이 쌓인 창고를 지났다.

시설 전역에 경고음이 울리며 병사들을 호출했다.

마침내 출구가 보였다. 빈 복도의 옆문이었다. 판자로 닫혀 있었지만 알탄이 린을 옆으로 밀고 발로 부수었다. 린이 먼저 뛰어나간 다음 알탄이 건너올 수 있게 도와주었다.

"저기다!"

무겐 순찰대가 두 사람을 발견하고 이쪽으로 달려왔다.

알탄이 린의 손에서 석궁을 가져다가 순찰대를 향해 겨누었다. 병사 세 명이 쓰러졌지만, 나머지는 동료의 시체를 밟고 전진했다.

빈 석궁에서 딸깍 소리만 났다.

"제길." 알탄이 말했다.

순찰대는 점점 더 가까워졌다.

린과 알탄은 굶주렸고 약해졌고, 아직도 절반은 약에 취해 있었다. 그래도 두 사람은 등을 맞대고 싸웠다. 완벽하게 하나가 되어 움직였다. 린이 네자와 합을 이루었을 때보다 더 완벽했다. 네자는 린을 관찰해야만 린의 동작을 알 수 있었지만, 알탄은 그럴 필요가 없었다. 알탄은 본능적으로 린이 어떤 사람인지, 어떻게 싸우는지 알았다. 두 사람은 똑같았으니까. 전체의 두 반쪽이었으니까. 스피어인이었으니까.

두 사람이 다섯 명의 순찰대를 모두 해치우자 또 다른 중대 스무 명이 건물 옆쪽에서 다가왔다.

"이런, 우리 힘으로 저들을 전부 상대할 수는 없어." 알탄이 말했다.

린은 확신할 수 없었다. 그들은 어쨌든 계속 뛰었다.

린의 맨발이 바닥에 박힌 돌에 긁혔다. 알탄이 린의 팔을 잡아끌며 달렸다.

자갈돌이 모래가 되고 이윽고 나무판자가 되었다. 어느새 부두에 이르렀다. 바닷가였다.

물에 당도해야 했다. 바다에 뛰어들어야 했다. 헤엄을 쳐서 해협을 건너가야 했다. 스피어가 아주 가까웠다….

'섬으로 가거라. 반드시 사원으로 가거라.'

잔교 끝에 이르렀다. 그리고 우뚝 멈춰 섰다.

밤이 온통 횃불로 밝게 타올랐다.

✳

무겐군 전체가 부두에 몰려온 것만 같았다. 잔교 뒤쪽에 무겐군 병사들이 있었고 물 위에는 무겐군 배들이 떠 있었다. 수백 명은 되었다. 두 명을 상대하려고 수백 명이 몰려왔다. 승산은 나쁜 정도가 아니라 아예 불가능했다.

린은 무너지는 좌절감을 느꼈다. 그 무게에 짓눌려 숨을 쉴 수조차 없었다. 여기가 끝이었다. 여기가 스피어가 마지막으로 디디고 선 땅이었다.

알탄은 린의 손을 놓지 않았다. 그의 눈에서 입에서 피가 흘렀다.

"저길 봐." 그가 가리켰다. "저 별 보여? 불새 별자리야."

린은 고개를 들었다.

"저 별을 길잡이로 삼아." 그가 말했다. "스피어는 여기서 동남쪽에 있어. 아주 오래 헤엄쳐야 할 거야."

"무슨 말을 하는 거야?" 린이 물었다. "우린 함께 헤엄칠 거잖아. 대장이 길을 안내해야 하잖아."

알탄이 린의 손을 꽉 움켜잡았다. 잠시 잡은 손에 힘을 꼭 쥐었다가 놓아주었다.

"아니." 그가 말했다. "난 할 일을 마칠 거야."

린의 마음에 공포가 휘몰아쳤다.

"알탄, 안 돼."

뜨거운 눈물이 맹렬히 솟구쳤지만, 알탄은 린 쪽을 보지 않았다. 그는 모여 있는 군대를 바라보고 있었다.

"테르자 여왕은 우리 종족을 구하지 않았어." 그가 말했다. "나도 우리 종족을 구할 수는 없었을 거야. 하지만 꽤 가까이 왔어."

"알탄, 제발…."

"네가 더 힘들 거야." 알탄이 말했다. "넌 그 결과까지 끌어안고 살아야 할 테니까. 하지만 넌 용감한 아이잖아…. 내가 만난 사람 중 가장 용감한 사람이야."

"날 떠나지 마." 린이 애원했다.

그는 앞으로 몸을 숙여 양손으로 린의 얼굴을 감쌌다.

터무니없게도 그녀는 순간 그가 입을 맞추려 한다고 생각했다.

아니었다. 그는 린의 이마에 이마를 대고 한동안 가만히 있었다.

린은 눈을 감았다. 린은 제 살갗에 닿은 그의 살갗을 느꼈다. 그 느낌을 기억에 화인(火印)처럼 새겼다.

"넌 나보다 훨씬 강한 사람이야." 알탄이 말하고는 린을 놓아주었다.

린은 미친 듯이 고개를 저었다. "아니야, 그렇지 않아! 그건 너야, 난 네가 필요해…."

"누군가는 이 연구소를 파괴해야 해, 린."

알탄이 린에게서 물러났다. 그러고는 양팔을 앞으로 뻗은 채 함대를 향해 걸어갔다.

"안 돼." 린이 애원했다. "안 돼!"

무겐군 쪽에서 화살이 빗발치듯 날아왔다.

동시에 알탄의 몸에 횃불처럼 불이 붙었다.

그는 불새를 불렀고 불새가 왔다. 불새가 그를 감싸고, 그를 끌어안고, 그를 사랑하고, 그를 그 축사로 데려갔다.

알탄은 빛의 윤곽이었고 인간의 그림자였다. 린은 어느 순간 그가 뒤를 돌아보았다고 생각했다. 그가 웃는 걸 본 것 같았다.

불새가 낄낄 웃는 소리를 들은 것도 같았다.

불꽃 속에서 메이린넨 테르자 여왕의 모습도 보았다. 그녀는 울고 있었다.

'불은 그냥 주지 않아, 불은 뺏어 가고, 뺏어 가고, 또 뺏어 가.'

린은 말이 되지 않는 비명을 질렀다. 린의 목소리가 불 속으로 사라졌다.

알탄이 분신한 곳에서 거대한 불기둥이 솟구쳤다.

열파가 사방으로 뻗어 나가며 무젠군 병사들을 지푸라기처럼 넘어뜨렸다. 열기가 린의 배를 강타하자 그녀는 뒤로 넘어져 먹물 같은 바닷물 속으로 떨어져 내렸다.

25

    린은 몇 시간 동안 헤엄쳤다. 영원의 시간이었다. 처음 출발 때만을 기억했다. 몸이 물속에 떨어졌을 때 받은 첫 충격, 몸이 말을 듣지 않아 자신이 죽었다고 생각했던 것, 그리고 짠물에 닿은 피부가 따끔거려 산 채로 가죽이 벗겨졌나 보다 했던 것만 기억이 났다. 고개를 들면 불타는 연구기지가 보였다. 선홍색과 황금색 불꽃이 덩굴손처럼 부드럽게 검은 하늘을 핥았다. 아름다웠다.

    처음에는 학당에서 배운 대로 헤엄쳤다. 양팔이 물 밖으로 나가지 않게 외형을 최소한으로 노출하는 영법이었다. 무겐군 궁수가 린을 본다면, 살아 있는 사람이 있다는 걸 발견한다면, 물속의 린을 활로 쏘아 죽일 것이다…. 이윽고 피로가 찾아오자 그저 물에 뜬 채 팔다리를 움직여 계속 갔다. 점점 동작이 기계적이고 자동적이 되었고 딱히 형식도 없어졌다.

물마저 알탄이 일으킨 불 때문에 따뜻해졌다. 마치 부드러운 침대나 따뜻한 욕조에 누운 기분이었다. 둥둥 뜬 채 이대로 익사해도 좋겠다고 생각했다. 바다 밑바닥은 고요할 것이다. 어떤 것도 그녀를 해치지 않을 것이다. 불새도 없고 전쟁도 없고 아무것도 없이 오직 침묵뿐일 것이다…. 따뜻하고 검은 물 속에서 아무런 상실감도 느끼지 않을 것이다….

그러나 죽음을 향해 똑바로 걸어가던 알탄의 모습이 그녀의 기억 속에 불로 지진 듯이 새겨졌다. 생각 맨 앞에 화인처럼 박혔다. 그 기억은 벌어진 상처에 스며드는 소금물보다 더 생생하게 고통스러웠다. 그는 무덤에서 그녀에게 명령했다. 지금도 그 속삭임이 들려왔다…. 그 목소리가 환각일 뿐인지, 아니면 정말로 린의 곁에서 길을 안내하는 것인지 알 수가 없었다.

'계속 헤엄쳐, 불새의 날개를 따라가, 멈추지 마, 포기하지 마, 계속 움직여….'

린은 불새 별자리를 올려다보았다. '동남쪽이야. 동남쪽으로 헤엄쳐야 해.'

별들이 횃불이 되고 횃불이 불이 되었다. 린은 자신의 신을 보았다. "네가 느껴지는구나." 불새가 눈앞에서 물결치며 말했다. "네 희생이, 네 고통이 느껴져. 내가 원하니, 이리로 가져오너라…. 다 왔다, 거의 다 왔다."

린은 신을 향해 떨리는 손을 내밀었지만, 순간 마음속에 뭔가, 원초적이고 두려운 뭔가가 끼어들었다.

'물러나.' 그 여인이 외쳤다. '여기서 멀리 물러나.'

'아니.' 린이 생각했다. '당신은 나를 물리칠 수 없어. 나는 갈 거야.'

린은 검은 물 위에 감각 없이 떠 있었다. 팔다리를 독수리 날개처럼 펴고 뜨는 힘을 유지했다. 물결에 흔들리며 현실 안팎을 오갔다. 그녀의 영혼은 날고 있었다. 그녀는 방향감각을 완전히 잃고 목적지도 잃었다. 그저 자력에 이끌리듯, 통제할 수 없는 어떤 힘에 이끌리듯, 그렇게 끌려갔다.

환영이 보였다.

남자처럼 생긴 먹구름이 산 위로 모여드는 게 보였다. 구름은 네 줄기 회오리바람을 팔다리처럼 뻗고 있었다. 물끄러미 바라보자 구름의 눈이 린을 마주 보았다. 그 짙푸른색 두 점은 너무 밝고 악의를 담고 있어서 신 말고 다른 존재라고는 볼 수 없었다.

수문이 네 개나 있는 거대한 댐이 보였다. 린이 지금껏 본 것 중 가장 큰 구조물이었다. 댐이 사방으로 물을 뿜어내며 평야를 적셨다. 차간과 카라가 높은 곳에 서서 무너진 댐의 파편이 강어귀로 떠내려가는 모습을 지켜보고 있었다.

이상하다고 생각하며 손을 내젓자 차간이 고개를 홱 치켜들었다.

"알탄?" 차간이 희망을 담고 물었다.

카라가 쌍둥이를 돌아보았다. "왜 그래?"

차간은 쌍둥이의 말은 무시하고 마치 린이 보이는 것처럼 주위를 둘러보았다. 그러나 그의 하얀 눈동자는 린을 보지 못하고 지나갔다. 그는 더 이상 존재하지 않는 뭔가를 찾고 있었다.

"알탄, 거기 있어?"

린은 무슨 말이라도 하고 싶었지만, 소리가 나오지 않았다. 린에게는 입이 없었다. 몸도 없었다. 겁에 질려 달아나려고 했지만, 허공이 자꾸 잡아끌어 애써도 돌아갈 수가 없었다.

린은 현재를 통과해 과거로 날아왔다.

거대한 사원이 보였다. 돌과 피로 지은 사원이었다.

익숙한 그 여인이 보였다. 기골이 장대하고 팔다리가 긴 갈색 피부의 여인이. 여인은 주홍색 깃털과 잿빛 구슬로 만든 왕관을 썼다. 그녀는 흐느껴 울고 있었다.

"나는 하지 않을 것이다." 여인이 말했다. "이 섬을 구하기 위해 온 세상을 희생시키지 않을 것이다."

불새가 찢어지는 듯한 소리로 분노의 비명을 질러댔다. 린은 그 노골적인 분노를 보고 몸을 떨었다.

"반항은 허락하지 않겠다. 약속을 저버린 자는 가만두지 않겠다. 그리고 너⋯ 너는 가장 큰 맹세를 깨뜨렸다." 신이 분노했다. "너를 규탄하노니. 다시는 평화를 맛보지 못하리라."

여인이 비명을 지르며 가슴을 움켜쥐고 무릎을 꿇고 무너졌다. 마치 제 심장을 잡아뽑으려는 사람처럼 보였다. 그녀는 불타는 석탄처럼 안쪽에서부터 이글거렸다. 눈과 입에서 빛이 쏟아져 나왔고 피부에 갈라진 틈이 생기면서 곧 바위처럼 산산이 부서졌다.

린에게도 입이 있었다면 역시 비명을 질렀을 것이다.

불새가 린에게 시선을 돌렸다. 순간 허공이 린을 다시 끌고 갔다.

린은 시간과 공간을 통과해 마구 내달렸다.

백발인의 충격을 보았고 이윽고 모든 것이 정지했다.

문지기가 미동도 없이 진공 속에 매달려 있었다. 그곳은 어느 곳과도 인접하지 않고 동시에 모든 곳으로 통하는 길이었다.

"왜 우릴 버렸어요?" 린이 외쳤다. "우릴 도와줄 수도 있었잖아요! 우릴 구할 수도 있었잖아요!"

문지기가 눈을 번쩍 뜨고 린을 발견했다.

그가 얼마나 오랫동안 그녀를 응시했는지는 알 수가 없었다. 그의 눈이 린의 영혼 뒤쪽까지 뚫고 들어가 그녀의 모든 것을 낱낱이 살펴보았다. 그녀도 그를 마주 보았다. 그리고 영혼이 산산이 부서질 만큼 충격을 받았다.

지앙 사부는 인간이 아니었다. 아주 오래된 고대의 것, 아주, 아주 강력한 어떤 것이었다. 그러나 동시에 그는 그녀의 스승이었고 한때 인간이라고 알았던 그 허약하고 늙지 않는 사람이었다.

그가 그녀를 향해 손을 내밀었다. 그 손과 거의 닿을 뻔했지만, 왠지 그녀의 손가락은 그의 손가락 앞에서 미끄러질 뿐 아무것도 닿지 않았다. 속이 뒤집히는 두려움과 함께 자신이 다시 떠내려가고 있음을 떠올렸다. 그러나 그가 뭐라고 한마디를 했고 그녀는 다시 멈추었다.

곧 두 손이 만나자 린에게 다시 몸이 생기고 느낌도 돌아왔다. 그가 양손으로 그녀의 뺨을 감싸고 제 이마를 그녀의 이마에 댔다. 그가 린의 어깨를 잡고 거칠게 흔드는 느낌이 날카롭게 느껴졌다.

"일어나라." 지앙 사부가 말했다. "그러다 물에 빠져 죽겠다."

✳

린은 물에서 나와 뜨거운 모래 위로 기어올랐다.

숨을 한 번 들이켜자 후추 한 통을 마신 것처럼 목이 타들어갔다. 흐느껴 울며 침을 삼키자 돌멩이 한 주먹이 식도를 긁으며 내려가는 느낌이 났다. 그녀는 힘겹게 몸을 일으키고 앞으로 한 발 걸어보았다.

발밑에서 뭔가 부서졌다. 앞으로 비틀거리다 바닥에 쓰러졌다. 어리둥절한 마음으로 주위를 둘러보았다. 발목이 뭔가의 안쪽에 박혀 있었다. 발을 꿈틀거려 그것을 들어 올렸다.

린이 모래 밖으로 끌어낸 것은 두개골이었다.

죽은 사람의 턱 속을 밟았다.

린은 비명을 지르며 뒤로 넘어졌다. 시야가 검게 물들며 고동 쳤다. 눈을 떠도 시야가 닫혀 있었고 모든 감각을 거부했다. 눈앞에서 밝은 햇살이 마구 헤엄쳤다. 손가락으로 모래를 마구 긁었다. 단단한 작은 물체가 그득했다. 그것들을 들어 올려 눈앞으로 가져가 시력이 돌아올 때까지 눈을 갸름하게 뜨고 보았다.

조약돌이 아니었다.

모래밭 곳곳에 작은 하얀색 조각들이 박혀 있었다. 뼛조각이 었다. 천지 사방이 뼈였다.

린은 거대한 묘지에 무릎을 꿇고 있었다.

너무 격하게 몸을 떨어서 밑의 모래가 진동했다. 무릎을 꿇은 채 몸을 웅크리고 구역질을 했다. 배 속이 쪼그라들어 마른 구역 질을 할 때마다 칼로 찔리는 것만 같았다.

'표적 선에서 물러나.' 머릿속에 울리는 이 목소리는 알탄일까? 아니면 그냥 자신의 생각일까? 목소리는 거친 명령조였다. 그녀 는 그 말에 복종했다. '백사장에 있으면 눈에 잘 띄어. 숲으로 들 어가.'

린은 손에 두개골이 걸릴 때마다 구역질해 가며 모래밭을 기 어갔다.

눈물 없이 흐느끼며 몸을 떨었다. 탈수가 심각해 울 수도 없었다.

'사원으로 가. 길이 나올 거야. 모든 길은 사원으로 통해.'

길? 무슨 길? 오래전에 존재했을 길은 전부 매립되고 말았다. 린은 거기 무릎을 꿇고 멍하니 숲을 바라보기만 했다.

'그렇게 힘들어 보이지도 않네.'

린은 손과 무릎으로 기어가 숲 입구를 오락가락하면서 한때 길이었던 것의 흔적을 찾았다. 린의 손이 머리통만 한 납작한 바위를 찾아냈다. 바위는 풀로 덮여 있었다. 그리고 또 하나를 찾았다. 그리고 또 하나.

린은 몸을 일으켜 비틀걸음으로 주위 나무를 잡아 가며 오솔길을 따라갔다. 바위는 단단하면서도 울퉁불퉁해 자꾸만 린의 맨발이 베였다. 걷는 동안 피가 묻은 발자국이 찍혔다.

머리가 어질어질했다. 음식을 먹지 않고 물을 마시지도 않고 너무 오랜 시간이 흘러서 자신에게 몸이라는 게 있었는지 기억나지 않았다. 존재할 수 없는 기이한 동물들이 보였다. 혹은 상상했다. 머리가 둘 달린 새들. 꼬리가 여럿인 설치류. 천 개의 눈을 가진 거미들.

린은 섬 전체를 가로지른 것처럼 느껴질 때까지 오솔길을 따라갔다. '모든 길은 사원으로 통해.' 조상들이 말했다. 그러나 숲 한가운데 개활지에 이르자 모래밭 사이로 폐허만 보였다. 해독할 수 없는 글자가 새겨진 바위가 흩어져 있었다. 어디로도 통하지 않는 돌 입구였다.

20년 전 무겐이 사원까지 무너뜨린 게 분명했다. 아마 스피어인을 대학살한 다음 가장 먼저 한 일이었을 것이다. 무겐은 당연히 스피어의 숭배 장소를 파괴해야 했을 것이다. 그 힘의 원천을 없애고 완전히 짓뭉개야만 그 어떤 스피어인도 불새에게 도움을 요청할 수 없을 테니까.

린은 폐허를 가로지르며 문이나 성소의 잔재를 찾아보았지만, 아무것도 찾을 수 없었다. 그곳엔 아무것도 없었다.

린은 바닥에 무너져 내렸다. 온몸이 마비되어 움직일 수가 없었다. 이럴 수는 없었다. 이 모든 일을 겪고 여기까지 왔는데, 정말 이럴 수는 없었다. 울음이 터지려는데 순간 손 밑의 모래가 밀려나는 게 느껴졌다. 모래가 미끄러지고 있었다. 모래가 어디론가 떨어지고 있었다.

린은 갑자기 웃음을 터뜨렸다. 너무 격하게 웃느라 통증으로 숨이 막힐 지경이었다. 그녀는 옆으로 벌떡 드러누워 배를 끌어안고 안도의 함성을 질렀다.

사원은 지하에 있었다.

✳

마른 나뭇가지로 횃불을 만들어 들고 사원 계단을 내려갔다. 한참을 내려가자 공기가 차고 건조해졌다. 모퉁이를 돌자 더는 햇빛이 보이지 않았다. 숨을 쉬기가 점점 어려워졌다.

출루 코리크가 떠오르면서 머리가 어질어질해졌다. 돌벽에 몸을 기대고 서서 잠시 숨을 들이마시며 공포를 잠재워야 했다. 이곳은 돌 감옥이 아니었다. 린은 신에게서 멀어지는 게 아니었다. 아니, 오히려 더 가까워지고 있었다.

안쪽 공간에는 어떤 소리도 들리지 않았다. 위쪽 바닷소리도 바람 소리도 야생동물 소리도 전혀 들리지 않았다. 아무리 고요해도 이곳 사원은 출루 코리크와는 정반대였다. 사원의 고요는 명징했고 힘을 북돋워주었다. 집중에도 도움이 되었다. 신을 향해 올라가는 길이 지금 걷는 흙바닥처럼 뚜렷하게 보이는 것만 같았다.

사원 벽은 지난번 가보았던 신전처럼 둥근 모양이었지만 대좌는 단 하나뿐이었다.

스피어인에게 대좌는 오직 하나만 있으면 됐다.

방 전체가 불새에게 바친 사당이었다. 돌벽에 불새 모습이 실물의 세 배 크기로 얕게 돋을새김 되어 있었다. 불새의 머리가 옆을 향해 있었다. 눈은 거대하고 거칠고 광기가 서렸다. 그 눈을 들여다보자 공포가 린을 강타했다. 불새는 진노한 것처럼 보였다. 살아 있는 것처럼 보였다.

✳

린의 손이 본능적으로 허리띠로 향했지만, 그녀에겐 양귀비 씨앗이 없었다. 순간 알탄이 양귀비가 필요 없었던 것처럼 자신도 양귀비가 필요 없다는 사실을 깨달았다. 사원 안에 있다는 자체가 이미 신에게 가는 길 도중에 있다는 뜻이었다. 불새의 진노한 눈만 응시해도 최면 상태로 들어갔다.

린의 영혼이 날아올랐다가 멈추었다.

그 여인이 나타나자 이번에는 린이 먼저 말했다.

"다시는 이러지 말아요." 린이 말했다. "당신은 날 막을 수 없어요. 내가 어디에 와 있는지 당신도 알잖아요."

"한 번 더 경고하마." 메이린넨 테르자 여왕의 유령이 말했다. "자신을 불새에게 바치지 마라."

"닥치고 얼른 비켜요." 린이 말했다. 몹시 굶주린 탈수상태라 테르자 여왕의 경고를 참아줄 수가 없었다.

테르자 여왕이 린의 뺨을 어루만졌다. 그녀의 표정은 절박했다. "불새에게 네 영혼을 바친다면 지옥에 들어서게 된다. 불새가 널 삼켜버릴 거야. 너는 영원히 불타게 될 거야."

"나는 이미 지옥에 있어요." 린이 거칠게 말했다. "그리고 난 상관없어요."

테르자 여왕의 얼굴이 슬픔으로 일그러졌다. "내 피의 피여. 나의 딸이여. 이 길을 따라가지 마라."

"난 당신의 길을 따르지 않아. 당신은 아무것도 하지 않았잖아." 린이 말했다. "당신은 너무 겁을 먹어서 해야 할 일을 하지 않았어. 우리 종족을 팔아넘겼어. 겁쟁이처럼 굴었어."

"겁쟁이가 아니었다." 테르자 여왕이 말했다. "더욱 고결한 원칙을 따랐을 뿐이다."

"이기심을 따랐겠지!" 린이 외쳤다. "당신이 스피어를 포기하지 않았다면 우리 종족은 여전히 이곳에서 살아갔을 거야!"

"내가 스피어를 포기하지 않았다면 전 세계가 불타버렸을 것이다." 테르자 여왕이 말했다. "나도 어렸을 때는 그렇게 해야 한다고 생각했다. 나도 지금의 너처럼 생각했었다. 이 사원에 와서 우리의 신에게 기도했다. 그러자 불새가 내게 왔다. 나는 그가 선택한 통치자였으니까. 그러나 나는 곧 내가 무슨 짓을 저지르려고 하는지 깨달았다. 나는 나 자신에게 불을 놓았다. 내 몸을, 내 힘을, 자유를 향한 스피어의 희망을 태워버렸다. 붉은 황제에게 내 나라를 주었다. 그리고 평화를 유지했다."

"죽음과 예속을 어떻게 평화라고 생각할 수 있어?" 린이 내뱉듯이 말했다. "난 친구들과 내 나라를 잃었어. 내가 소중히 여기는 모든 걸 잃었어. 나는 평화를 원하지 않아, 내가 원하는 건 복수야."

"복수는 고통만을 불러온다."

"당신이 뭘 알아?" 린이 냉소했다. "당신은 이 나라에 평화를 가져왔다고 생각해? 당신은 당신의 백성들이 노예가 되도록 내버려뒀어. 붉은 황제가 천 년 동안 당신의 종족을 착취하고, 학대하고, 차별하도록 내버려뒀어. 스피어가 수백 년간 피할 수 없는 고통의 길을 걷게 했어. 당신이 빌어먹을 겁쟁이만 아니었어도 내가 이런 일까지 할 필요는 없었어. 알탄도 아직 살아 있었을 거야."

메이린녠 테르자 여왕의 눈이 붉게 타올랐지만, 린이 먼저 움직였다. 둘 사이에 불꽃 장벽이 솟구쳤다. 테르자 여왕의 영혼이 불 속에 녹아 사라졌다.

✳

이윽고 린은 그녀의 신 앞에 당도했다.

가까이서 본 불새는 훨씬 더 아름답고 훨씬 더 무시무시했다. 린이 지켜보는 가운데 불새가 등 뒤로 거대한 날개를 펼쳤다. 날개가 방 끝까지 닿았다. 불새가 고개를 기울이고 붉은 석탄처럼 이글거리는 눈으로 린을 뚫어지게 보았다. 린은 그 눈 속에서 모든 문명의 흥망성쇠를 보았다. 땅에 세워진 모든 도시가 불타 무너져 재가 되는 것을 보았다.

"널 오래 기다렸다." 신이 말했다.

"더 일찍 올 수도 있었어요." 린이 말했다. "하지만 당신에 관한 경고를 들었어요. 제 사부님이…."

"너의 사부는 겁쟁이였다. 그러나 너의 사령관은 그렇지 않았지."

"알탄이 어떻게 되었는지 당신도 알겠죠?" 린이 말했다. "이제 당신은 알탄을 영원히 가져갔군요."

"그 애는 네가 할 수 있는 일을 전혀 할 수 없었을 것이다." 불새가 말했다. "그 애는 몸도 마음도 망가졌으니까. 그 애도 겁쟁이였어."

"하지만 알탄은 당신을 불렀어요."

"그리고 내가 대답했지. 나는 그 애가 원하는 것을 주었다."

알탄이 이겼다. 알탄은 알탄으로 사는 데 너무 지쳐버려서 살아서 할 수 없는 일을 죽음으로 성취했다. 불새가 요구한 끈질긴 복수의 전쟁을 수행할 수 없어서 순교자의 죽음을 추구했고, 결국 이루었다.

'계속 살아가는 게 더 어려워.'

"그렇다면 '너는' 내게 무엇을 원하지?" 불새가 물었다.

"무겐국을 끝장내길 원합니다."

"어떻게 성취할 생각이냐?"

린은 신을 노려보았다. 불새는 그녀를 가지고 놀고 있었다. 그녀 입으로 직접 요구를 말하게 강요했다. 정확히 어떤 혐오스러운 일을 하고 싶은지 구체적으로 말하라고 종용했다.

린의 영혼에 남은 마지막 인간적인 조각을 긁어모아 증오의 손에 넘겨주었다. 증오하기는 무척 쉬웠다. 증오가 내면의 구멍을 메웠다. 증오가 다시 뭔가를 느끼게 했다. 기분이 무척 좋아졌다.

"완전한 승리." 린이 말했다. "이것은 당신이 원하는 게 아닌가요?"

"내가 원하는 것이라?" 불새가 재미있다는 듯이 말했다. "신들은 아무것도 원하지 않는다. 신은 그저 존재할 뿐. 우리는 이런 모습을 피할 수가 없다. 우리는 순수 결정체고 순수 원소이니까. 너희 인간들은 어떤 일이든 스스로 결정해놓고 나중엔 꼭 우리를 탓하지. 모든 재난은 인간의 짓이다. 우린 너희에게 무엇을 하라고 강요하지 않는다. 그저 거들 뿐."

"이것이 나의 운명." 린이 당당하게 말했다. "나는 최후의 스피어인. 나는 이 일을 해야 합니다. 이 일은 정해진 운명입니다."

"정해진 운명 따윈 없다." 불새가 말했다. "너희 인간은 걸핏하면 어떤 일에, 비극에, 위대함에 운명이 정해졌다고 생각하지. 운명은 신화다. 운명은 단지 신화일 뿐이다. 신들은 아무것도 선택하지 않는다. 네가 선택했을 뿐. 너는 과거 시험을 치르기로 선택했다. 시네가드 학당에 가기로 선택했다. 전승학을 전공하기로 선택했고, 신들에게 향하는 길을 공부하기로 선택했고, 사부의 경고와는 어긋나게 네 사령관의 명령을 따르기로 선택했다. 네가 선택의 기로에 설 때마다 그 길에서 벗어나갈 길 역시 존재했다. 그러나 너는 정확히 여기까지 오는 길을 선택했다. 너는 이 사원에 당도했고 지금 내 앞에 무릎을 꿇고 있다. 모두 네가 원했기 때문이다. 게다가 넌 네가 명령을 내리면 내가 매우 끔찍한 결과를 불러올 것도 알고 있다. 나는 무겐 섬 전체를 완전히 파괴할 재앙을 불러올 것이다. 스피어가 파괴된 것처럼 철저히 무너뜨릴 것이다. 너의 선택 때문에 수많은 목숨이 사라질 것이다."

"더 많은 목숨이 살 것입니다." 린은 말했다. 그리고 그 말이 사실이라고 확신했다. 만약 사실이 아닐지라도 그녀는 기꺼이 도박을 걸 것이다. 자신이 수행하려는 이 살상에 완전한 책임을 지게 될 것을, 사는 동안 늘 그 책임의 무게를 지고 갈 것도 알았다.

그럴 만한 가치가 있는 일이었다.

복수를 위해서라면 그럴 만한 가치가 있었다. 이것은 무겐이 그녀의 종족에 저지른 일에 대한 신의 응보였다. 이것이 그녀의 정의였다.

"놈들은 사람이 아닙니다." 린이 속삭였다. "놈들은 짐승이에요. 당신이 놈들을 태워버렸으면 좋겠어요. 단 한 명도 남기지 않고 전부."

"그러면 너는 내게 무엇을 돌려줄 생각이냐?" 불새가 물었다. "세계의 구조를 바꾸는 대가는 어마어마하게 크다."

신은, 특히 불새는 무엇을 원할까? 어떤 신이라도 원할 것이 무얼까?

"당신을 숭배하겠습니다." 린이 약속했다. "끊임없는 피의 흐름을 드리겠습니다."

불새가 고개를 기울였다. 불새의 욕구는 만져질 것처럼 생생했고, 린의 증오만큼이나 컸다. 불새는 탐욕을 피할 수 없었다. 불새는 파괴의 대리인이었고 자신을 대신할 인간이 필요했다. 린은 그것을 줄 수 있었다.

'하지 마.' 메이린넨 테르자 여왕의 유령이 울부짖었다.

"하겠습니다." 린이 속삭였다.

"이제 너의 의지는 내 것이다." 불새가 말했다.

이윽고 장엄한 공기가 방 안으로 몰려왔다. 달콤한 공기가 린의 폐를 가득 채웠다.

그리고 그녀는 불타올랐다. 고통은 즉각적이고 맹렬했다. 숨을 헐떡일 시간조차 없었다. 분노로 타오르는 불꽃 장벽이 한꺼번에 린의 모든 부위를 공격하는 것만 같았다. 그녀는 무릎을 꿇으며 무너졌고, 이윽고 무릎까지 무너지며 바닥에 쓰러졌다.

린은 조각상 받침대 옆에서 몸부림치고 경련하며, 고통을 막아줄 뭐라도 찾으려고 바닥을 마구 긁어댔다. 그러나 고통의 강도는 가혹하게 점점 커졌고, 그녀를 집어삼켰다. 비명을 지르려고 해도 억눌린 목으로 공기를 들이켤 수가 없었다.

시간이 영원히 이어지는 것만 같았다. 린은 흐느끼고 울부짖으며 저만치 서 있는 냉담한 형체를 향해 소리 없이 애원했다. 어떤 일도, 심지어 죽음마저도 이보다는 나을 것 같았다. 린은 당장 멈추고 싶었다.

그러나 죽음은 찾아오지 않았다. 그녀는 죽고 있지 않았다. 상처가 나지도 않았다. 불에 타오르는 것처럼 느껴졌지만, 몸에는 어떤 변화도 보이지 않았다…. 아니, 린은 온전했지만, 안에서 뭔가 타고 있었다. 뭔가 사라지고 있었다.

※

어느새 무한히 강한 어떤 힘이 린의 몸을 홱 뒤집는 게 느껴졌다. 그녀의 머리가 뒤로 젖혀지고 양팔이 옆으로 벌어졌다. 그녀는 도관이 되었다. 문지기 없는 열린 문이 되었다. 힘이 그녀에게서 나오는 게 아니라 다른 끔찍한 원천에서 나왔다. 그녀는 그저 그 힘이 이 세계로 들어오게 해주는 관문일 뿐이었다. 그녀는 불기둥이 되어 솟구쳤다. 불은 사원을 가득 채우고 문마다 쏟아져 나와 수 킬로미터 떨어진, 무겐국 아이들이 잠든 밤을 향해 뻗어 나갔다.

온 세계에 불이 붙었다.

✳

　린은 우주의 구조만 바꾼 게 아니었다. 대본만 다시 쓴 게 아니었다. 아예 구조를 찢어버렸고, 현실의 장막에 커다랗게 입을 벌린 구멍을 뚫어놓았고, 거기에 통제할 수 없는 신의 탐욕스러운 분노로 불을 질러버렸다.

　한때, 우주의 구조 안에는 수백만 삶의 이야기가, 긴 활 섬에 사는 모든 남녀노소의 이야기가 깃들어 있었다. 그들은 자국 군대가 해협 너머 대륙에 들어가 저지른 일이 모두 먼 꿈이라고만 알았고, 위대한 운명을 타고났다고 믿는 자국 황제와의 약속을 이행하며 평온하게 잠든 민간인들이었다.

　순식간에 우주의 대본이 그들의 이야기를 끝내버렸다.

　어느 순간 그들은 존재했다.

　그리고 이제 그들은 없다.

　이제 아무것도 쓰이지 않았다. 불새가 린에게 그 모습을 말해주었고, 그 모습을 보여주었을 뿐.

　이제 수백만 명의 실현되지 않은 미래는 불에 타 사라져버렸다. 별이 가득한 밤하늘이 한순간 갑자기 어두워지는 것처럼.

✳

　린은 끔찍한 죄책감을 도저히 감당할 수가 없었다. 그래서 현실을 차단했다. 그들의 죽음에 자책을 느낄 부분을 태워버렸다. 만약 그들의 죽음 하나하나에 자책을 느낀다면 그녀는 갈가리 찢기고 말 것이다. 잃은 목숨이 너무도 많았기에 그들이 어떤 존재였는지 인정하기를 멈추었다.

그들은 목숨이 아니었다.

손가락에 침을 묻혀 촛불을 눌렀을 때 심지에서 나는 애처롭게 작은 소리를 생각했다. 향이 끝까지 타버렸을 때 나는 피싯 소리를 생각했다. 파리를 손가락으로 눌러 죽일 때를 생각했다.

그들은 목숨이 아니었다.

한 병사의 죽음은 비극이었다. 그가 마지막 순간에 느꼈을 고통을 상상할 수 있으니까. 그가 품었던 희망을 군복 입는 방식처럼 세세하게 떠올릴 수 있으니까. 그에게 가족이 있는지, 전쟁터에서 돌아가자마자 만날 아이들이 있는지 다 아니까. 그의 삶은 그 주변에 구축된 온전한 세계였고 그 죽음은 비극이었다.

그러나 그 비극을 수천 배로 증폭시킬 수는 없었다. 그런 생각은 도저히 계산할 수도 없었다. 상상할 수 없는 규모였다. 그래서 굳이 시도도 하지 않았다.

그런 걸 고려할 수 있는 부분이 더는 작동하지 않았다.

그들은 목숨이 아니었다.

그들은 숫자였다.

필요한 뺄셈이었다.

✳

몇 시간이 지나고 고통이 서서히 잦아들었다. 린은 거칠게 숨을 헐떡이며 공기를 마셨다. 공기가 이토록 달콤했던 적이 없었다. 태아 자세로 웅크리고 있다가 몸을 펴고 천천히 조각상 받침대를 붙잡고 일어났다.

간신히 섰다. 다리가 부들부들 떨렸다. 손이 닿는 곳마다 불꽃이 솟았다. 움직일 때마다 불티가 흩어졌다. 불새가 어떤 선물을 주었는지는 몰라도, 린은 그것을 통제할 수 없었다. 그것을 담고 있을 수도 없었고 개별적으로 사용할 수도 없었다. 신의 불이 홍수처럼 하늘에서 곧장 쏟아져 내렸고 그녀는 딱 통로로만 기능했다. 자신이 불꽃으로 녹아 사라지지 않게 막을 힘도 없었다.

곳곳에 불이 있었다. 눈에서도 콧구멍과 입에서도 불이 흘러나왔다. 불타는 감각이 목을 삼키는 바람에 놀라 비명을 지르려고 입을 벌렸다. 그러자 입에서 불이 계속 터져 나왔다. 바로 앞 공기에 불덩어리가 보였다.

린은 비틀걸음으로 간신히 사원 밖으로 나갔다. 그러고는 모래밭에 쓰러졌다.

26

또 다른 낯선 방에서 깨어났을 때 린은 격렬한 공황에 사로잡
혀 숨을 쉴 수도 없었다. 같은 일을 반복할 수는 없었다. 안 돼.
다시 붙잡혀 무겐군의 손아귀에 돌아온 걸까? 무겐군이 토끼처
럼 그녀의 몸을 조각조각 잘라 활짝 벌려놓을 것이다….

그러나 팔을 바깥으로 뻗었을 때 그녀의 몸은 끈으로 묶여 있
지 않았다. 일어나 앉으려고 했을 때도 막는 게 전혀 없었다. 쇠
사슬에 묶여 있지도 않았다. 가슴에 느껴진 무게는 얇은 이불이
었을 뿐 속박이 아니었다.

침대 위였다. 실험대에 끈으로 묶이지 않았다. 바닥에 족쇄로
묶이지 않았다.

그저 침대뿐이었다.

무릎을 가슴께로 끌어당겨 몸을 웅크리고 호흡이 가라앉을
때까지 몸을 앞뒤로 흔들었다. 곧 주위를 자세히 살펴볼 수 있을

만큼 진정되었다.

방은 작고 창이 없어 어두웠다. 나무 바닥이었다. 천장도 나무, 벽도 나무였다. 바닥이 어머니가 아기를 흔드는 것처럼 앞뒤로 부드럽게 기울었다. 다시 끌려가고 있다고 생각했다. 그렇지 않다면 왜 가만히 누워 있는데도 방 혼자 율동적으로 흔들린단 말인가?

한참 후에야 자신이 바다에 나와 있을 수도 있겠다고 깨달았다.

신중하게 팔다리를 구부리자 온몸에 새로운 통증이 퍼져갔다. 다시 한 번 시도해봤을 때는 덜 아팠다. 놀랍게도 팔다리 어디도 부러지지 않고 온전했다. 전혀 다치지 않고 무사했다.

몸을 옆으로 굴려 조심스럽게 맨발로 차가운 바닥을 디뎌보았다. 깊은숨을 들이마시고 일어나보려고 했지만, 곧바로 작은 침대에 주저앉고 말았다. 너른 바다 한가운데 나가본 적이 없었다. 갑자기 속이 메스꺼워져 위장이 비었는데도 한참 동안 침대 옆에 마른 구역질을 해야 했다.

더럽혀지고 넝마가 된 헐렁한 실내복이 사라졌다. 누군가가 깨끗한 검은색 도복을 입혀놓았다. 이상하게 낯익은 옷감이었다. 옷감을 살펴본 후에야 이렇게 생긴 도복을 입은 적이 있다는 사실을 깨달았다. 사이크의 도복이었다.

이제야 이곳이 적지가 아닐 수도 있겠다는 생각이 스쳤다.

희망을 애써 억누르며 감히 소망하지 않으려고 노력하며, 침대에서 빠져나와 바닥에 일어섰다. 문으로 갔다. 손잡이를 돌리는 손이 떨렸다.

문이 쉽게 열렸다.

첫 번째 계단을 올라가니 나무 갑판이 나왔다. 머리 위로 탁 트인, 저녁 무렵의 자주색 석양에 물든 하늘이 펼쳐져 있었다. 그걸 보고 린은 거의 소리를 지를 뻔했다.

"린이 깨어났어!"

깜짝 놀라 고개를 돌렸다. 아는 목소리였다.

갑판 저편에서 람사가 손을 흔들었다. 그는 한 손에 걸레를, 다른 손에 양동이를 들고 있었다. 람사는 걸레를 내던지고 활짝 웃으며 린을 향해 달려왔다.

너무 예상 밖의 모습이라 린은 한동안 혼란스럽게 람사를 멍하니 바라보며 가만히 서 있기만 했다. 그러다 주저하며 손을 내밀고 그를 향해 걸어갔다. 사이크 대원을 본지 너무 오래되어 람사의 모습이 시로 박사가 그녀를 고문하기 위해 만들어낸 끔찍한 속임수 환상일지도 모른다는 생각이 들 정도였다.

하지만 뭐든 붙잡을 수만 있다면 신기루라도 반가웠을 것이다.

그러나 람사는 실제였다. 람사는 린 앞에 도착하자마자 린의 손을 옆으로 쳐내고 그 깡마른 두 팔로 린을 꼭 끌어안았다. 린이 람사의 야윈 어깨에 얼굴을 대자 그의 모든 부분이 진짜로 느껴졌다. 마른 체구, 따뜻한 살갗, 안대 주변 흉터까지 낱낱이 느껴졌다. 그는 진짜였다. 그는 거기 있었다.

꿈이 아니었다.

람사가 포옹을 풀고 얼굴을 찌푸린 채 린의 눈을 들여다보았다. "제길." 그가 말했다. "이런, 제기랄."

"왜?"

"네 눈 말이야." 그가 말했다.

"내 눈이 왜?"

"알탄 눈하고 똑같아."

알탄의 이름을 듣자마자 린은 격렬하게 울음을 터뜨렸다.

"어? 야." 람사가 어색하게 린의 머리를 쓰다듬었다. "괜찮아. 이제 안전해."

"어떻게… 어디에?" 린은 흐느낌 사이로 앞뒤가 맞지 않는 질문을 겨우 토해냈다.

"우린 남쪽 해안에서 몇 킬로미터 떨어져 있어." 람사가 말했다. "아랏샤가 우리 대신 배를 몰고 있어. 잠시 해안에서 벗어나 있는 게 좋겠다고 판단했거든. 본토 상황이 엉망이라서."

"'우리'라고?" 린은 숨을 죽이고 다시 물었다. '혹시?'

람사가 활짝 웃으며 고개를 끄덕였다. "전부 여기 있어. 다들 주갑판 아래 선창에 있어. 음, 쌍둥이만 빼고. 하지만 쌍둥이도 며칠 후에 합류할 거야."

"어떻게?" 린이 물었다. 사이크는 출루 코리크에서 무슨 일이 있었는지 몰랐다. 무겐의 연구소에서 어떤 일이 있었는지도 모를 것이다. 그런데 어떻게 스피어에 와야 한다고 생각했을까?

"우린 알탄이 지시한 집결지에서 기다렸어." 람사가 설명했다. "그런데 너희가 나타나지 않아서 무슨 일이 생겼다는 걸 알았지. 우네겐이 계속 무겐군 병사들을 추적했고… 결국, 거기까지 갔어. 우린 상황을 전부 지켜봤고, 우네겐을 들여보내 너흴 되찾아올 방법을 찾으려고 했어. 그러다가 그만…." 람사가 말꼬리를 흐렸다. "뭐, 너도 알겠지."

"알탄이 한 일이야." 린이 말했다. 말하는 순간 비통함이 새롭게 솟구치면서 얼굴이 일그러졌다.

"우리도 봤어." 람사가 가만히 말했다. "우리도 알탄이 한 일이라고 생각했어."

"알탄이 나를 구했어."

"응."

람사가 머뭇거렸다. "아무래도 알탄은 분명히…."

린이 흐느껴 울기 시작했다.

"제길." 람사가 조용히 말했다. "차간은… 누가 차간에게 알려야 하는데."

"차간은 어디 있어?"

"가까이에. 카라가 까마귀를 보냈는데, 자세한 이야기는 없고 그냥 오고 있다고만 했어. 곧 합류할 거야. 우릴 어디서 찾을 수 있는지는 카라가 알 테니까."

린은 고개를 들어 람사를 보았다. "나는 어떻게 찾았어?"

"수많은 시체를 파헤치다가." 람사가 옅은 미소를 지어 보였다. "이틀 동안 생존자를 찾아서 무너진 연구소를 뒤지고 또 뒤졌어. 하지만 아무것도 없었어. 그때 네 친구가 스피어섬에 가보자고 했어. 거기서 우연히 널 발견했어. 넌 유리판 위에 누워 있었어. 주변은 온통 모래밭인데 넌 투명한 수정판 위에 누워 있더라니까. 꼭 옛날이야기 속 모습 같았어."

'옛날이야기가 아니야.' 린은 생각했다. 린이 너무 뜨겁게 타오르는 바람에 주변 모래가 녹아 유리가 되어버린 것이다. 이야기가 아니었다. 악몽이었다.

"섬에서 나온 지 얼마나 지났어?"

"한 사흘. 우리가 널 선장실에 눕혀놓았어."

사흘씩이나? 먹지도 마시지도 않고 얼마나 지난 걸까? 다리가 거의 무너지기 직전이어서 린은 서둘러 난간에 몸을 기댔다. 머리는 아주, 아주 가벼웠다. 고개를 돌려 바다를 보았다. 해무가 얼굴에 닿는 기분이 좋았다. 잠시 아무 생각 없이 어른거리는 햇볕을 실컷 쬐었더니 정신이 들었다.

린이 작은 소리로 물었다. "내가 무슨 짓을 했어?"

람사의 얼굴에서 웃음기가 싹 빠져나갔다.

그는 말을 고르느라 불안해 보였다. 그때 뒤에서 또 다른 익숙한 목소리가 들려왔다.

"우린 네가 말해주길 기다리고 있어."

✳

키테이였다.

사랑스럽고 대단한 키테이. 놀랍게도 전혀 다치지 않은 키테이.

그의 눈에는 전에는 본 적이 없는 단단한 빛이 반짝였다. 그는 한 다섯 살 정도 나이가 든 것처럼 보였다. 어느새 자기 아버지를 닮았다. 그는 날카롭게 벼린 칼, 강하게 단련한 금속처럼 보였다.

"무사했구나." 린이 속삭였다.

"네가 알탄과 함께 떠난 후 나도 데려가달라고 사이크에게 애원했어." 키테이가 살짝 비틀린 미소를 지으며 말했다. "설득을 조금 해야 했지."

"근데 그게 참 다행이었어." 람사가 말했다. "스피어섬을 찾아보자고 한 게 이 친구 생각이었으니까."

"그리고 내 생각이 옳았지." 키테이가 말했다. "옳아서 조금도 기쁘지 않았지만." 키테이가 앞으로 달려와 린을 꼭 끌어안았다. "넌 골린니스에서 날 포기하지 않았잖아. 나도 널 포기할 수 없었어."

린은 이대로 영원히 키테이의 품에 안겨 있길 소망했다. 전쟁을 잊고, 신을 잊고, 모든 걸 잊고 싶었다. 그저 여기 있는 것만으로, 친구들이 살아 있고 온 세상이 그리 어둡지 않음을 아는 것만으로 충분했다.

그러나 행복한 기만에 마냥 머물러 있을 수는 없었다.

잊고 싶은 바람보다 알고 싶은 바람이 훨씬 강력했다. 불새는 무슨 짓을 저질렀을까? 린은 사원에서 정확히 무엇을 성취했을까?

"내가 무슨 짓을 저질렀는지 알아야겠어." 린이 말했다. "지금 당장."

람사는 불편해 보였다. 그가 말하지 않은 사실이 있었다. "선창으로 갈까?" 람사가 키테이에게 눈짓을 보내며 말했다. "다들 거기 모여 있어. 이런 이야기는 다 함께 하는 게 좋잖아."

린은 람사를 따라가기 시작했지만 키테이가 린의 손목을 잡았다. 그는 람사에게 단호한 표정을 지어 보였다.

"사실." 키테이가 말했다. "난 린과 따로 하고 싶은 말이 있어."

람사가 린에게 혼란스러운 눈길을 보냈지만, 린은 망설이다 고개를 끄덕였다.

"알았어." 람사가 물러났다. "준비되면 선창에서 만나자."

※

람사가 들을 수 있는 거리에서 멀어질 때까지 키테이는 아무 말도 하지 않았다. 린은 그의 얼굴을 살폈지만, 무슨 생각을 하고 있는지 알 수가 없었다. 무슨 일일까? 왜 린을 보고도 행복해 보이지 않는 걸까? 키테이가 아무 말도 하지 않으니 불안해서 미칠 것만 같았다.

"그게 사실이었구나." 마침내 키테이가 말했다. "넌 정말로 신을 소환할 수 있었어."

키테이의 눈이 린의 얼굴에서 떠나지 않았다. 린은 거울로 자신의 선홍빛 눈동자를 보고 싶었다.

"무슨 일이야? 나한테 말하지 않은 게 뭐야?"

"정말로 몰라?" 키테이가 속삭였다.

린은 갑자기 오싹 두려워져서 키테이에게서 몸을 움츠렸다. 린은 알았다. 많이 알았다. 다만 확인이 필요했다.

"무슨 말인지 모르겠어." 린이 말했다.

"이리 와봐." 키테이가 말했다. 린은 그를 따라 갑판을 가로질러 배 반대쪽에 가 섰다.

이윽고 그가 수평선을 가리켰다.

"저길 봐."

바다 건너 저 멀리에 린이 살면서 본 것 중 가장 부자연스러운 구름이 솟구치고 있었다. 거대하고 빽빽한 재의 연기가 마치 홍수처럼 대지 위로 뻗어 나갔다. 먹구름처럼 보였지만 하늘 한가운데 모여 있는 게 아니라 검은 육지에서 위로 솟구쳤다. 회색과 검은색으로 이루어진 거대한 연기 기둥이 천천히 자라는 버섯처럼 위로 자랐다. 배경으로 붉은 석양이 깔려, 마치 바다를 향해 붉은 핏줄기를 흘리는 것처럼 보였다.

바다 깊은 곳에서 몸을 일으킨 복수의 연기 거인처럼 살아 있는 존재로 보였다. 어쨌든 아름다웠다. 황제처럼 아름다웠다. 사랑스러우면서 동시에 무서웠다. 린은 거기서 시선을 뗄 수가 없었다.

"저게 뭐야? 무슨 일이 있었어?"

"처음에는 나도 보지 못했어." 키테이가 말했다. "그냥 느껴졌어. 해안에서 몇 킬로미터나 떨어져 있는데도 느낄 수 있었어. 발밑이 엄청나게 흔들렸어. 갑자기 덜컹덜컹 흔들리더니 모든 게 멈췄어. 우리가 밖으로 달려나갔을 때는 하늘이 칠흑처럼 검었어. 며칠 동안 재가 태양을 가렸어. 오늘 석양이 우리가 널 발견한 후로 본 최초의 석양이야."

린의 마음이 섬뜩해졌다. 저 멀리 있는 작고 검은 땅은… 무겐인가?

"그럼 저건 뭐야?" 린이 작은 목소리로 물었다. "구름이야?"

"화산 분출물이야. 재로 이루어진 구름이지. 시네가드에서 임 사부한테 배운 화산 폭발 기억나?" 키테이가 물었다.

린이 고개를 끄덕였다.

"화산이 폭발했어. 무겐 섬 밑의 땅은 천 년 동안 안정적이었는데, 사전경고도 없이 갑자기 분화했어. 우린 며칠 동안 대체 어떻게 된 일인지 알아내려고 정신이 없었어, 린. 섬사람들이 어땠을지 상상해보기도 했어. 인구 대다수가 집에서 불타 죽었을 거야. 생존자도 그리 오래 버티지 못했을 거고. 섬 전체가 유독한 증기와 용암 파편으로 이루어진 불 폭풍에 갇혔어." 키테이가 말했다. 그의 목소리에는 이상하게 감정이 실려 있지 않았다. "여기서 더 가까이 다가갈 수도 없어. 질식할 거야. 섬에서 1킬로미터 떨어진 곳에 가도 배가 타버릴 거야."

"그럼 무겐이 통째로 사라진 거야?" 린이 숨을 들이켰다. "다 죽은 거야?"

"다 죽지 않았더라도 곧 그렇게 될 거야." 키테이가 말했다. "여러 번 상상했어. 예전에 배운 내용을 토대로 상황을 종합해봤어.

화산은 뜨거운 재와 화산 기체를 방출했을 거야. 섬을 통째로 삼켰겠지. 불타 죽지 않으면 질식해 죽었을 거야. 질식해 죽지 않으면 파편에 묻혀 죽었을 거고. 전부 죽지 않았더라도 나머지는 곧 굶어 죽을 거야. 앞으로 저 섬은 아무것도 자라지 않는 지옥이 될 테니까. 재 때문에 섬의 농작물이 다 죽어버렸을 거야. 게다가 용암이 굳으면 단단한 고체 무덤이 될 거야."

린은 멍하니 재의 기둥을 바라보았다. 연기는 영원히 타오르는 용광로처럼 조금씩 조금씩 피어올랐다.

무겐은 악의적인 방식으로 출루 코리크가 되어버렸다. 해협 너머 섬나라가 하나의 거대한 돌산으로 변했다. 무겐국 사람들은 생전 모습 그대로 죄수가 되어 영영 깨어나지 못하는 신세가 되었다.

저 섬을 정말로 린이 파괴한 걸까? 공포와 혼란이 마구 부풀어 올랐다. 불가능했다. 그럴 리가 없었다. 저런 식의 자연재해는 린이 맘대로 일으킬 수 있는 일이 아니었다. 그저 기이한 우연의 일치였다. 그냥 사고였다.

정말로 린이 한 일일까?

하지만 린은 정확히 분화의 순간에 그것을 '느꼈다.' 린이 방아쇠를 당겼다. 린이 제 의지로 일어나게 했다. 목숨이 하나씩 하나씩 꺼지는 걸 느꼈다. 불새의 환희를 느꼈다. 피에 굶주린 불새의 광적인 탐욕을 대신 경험했다.

린은 분노의 힘으로 한 나라를 파괴했다. 무겐이 스피어를 학살한 것처럼 무겐을 학살했다.

"죽음의 섬 스피어는 저 재 구름과 위험할 정도로 가까웠어." 마침내 키테이가 말했다. "네가 산 것은 기적이야."

"아니, 그렇지 않아." 린이 말했다. "그건 신들의 뜻이야."

키테이는 무슨 말을 해야 할지 씨름하는 사람처럼 보였다. 린은 혼란스럽게 그를 보았다. 키테이는 왜 린을 보고도 안도하지 않는 걸까? 왜 뭔가 끔찍한 일이 벌어진 것 같은 얼굴을 하는 걸까? 린이 살아남았는데! 린이 무사한데! 무사히 사원에서 빠져나왔는데!

"네가 무슨 일을 했는지 알아야겠어." 마침내 그가 말했다. "네가 저렇게 한 거야?"

린은 왠지 몸을 떨면서 고개를 끄덕였다. 이제 와서 키테이에게 거짓말을 해봐야 무슨 소용이 있겠는가? 누구에게든 거짓말이 무슨 소용이 있을까? 린이 무슨 일을 할 수 있게 되었는지 다들 알았다. 그리고 린 스스로 그들에게 알려주고 싶어 한다는 걸 깨달았다.

"네 뜻이었어?" 키테이가 물었다.

"말했잖아." 린이 속삭였다. "난 나의 신을 찾아갔어. 그리고 원하는 걸 말했어."

그는 경악했다.

"그러니까 네가… 아니, 너의 신이 이런 짓을 저지르게 했단 말이야?"

"나의 신은 내게 아무것도 시키지 않았어." 린이 말했다. "신은 우리 대신 어떤 선택도 할 수 없어. 신은 그저 자신의 힘을 제공할 수 있고 그 힘을 우리가 휘두르는 거야. 그래, 내가 했어. 내가 선택한 일이야." 린이 마른침을 삼켰다. "후회하지 않아."

키테이의 얼굴에서 핏기가 싹 빠져나갔다. "넌 아무 죄도 없는 사람들을 수천만 명이나 죽였어."

"놈들이 나를 고문했어! 놈들이 알탄을 죽였어!"

"넌 무겐이 스피어에 한 짓을 똑같이 무겐에 저질렀어."

"그래도 싸!"

"그래도 싼 사람은 없어!" 키테이가 소리쳤다. "린, 어떻게 그래?"

린은 깜짝 놀랐다. 어떻게 키테이는 지금 린에게 화를 낼 수 있지? 린이 어떤 일을 겪었는지 알기나 하나?

"넌 놈들이 어떤 짓을 저질렀는지 몰라." 린이 낮게 속삭였다. "놈들이 어떤 계획을 세웠는지 넌 몰라. 놈들은 우릴 전부 죽이려고 했어. 인간의 목숨 따위 조금도 신경 쓰지 않았어. 놈들은…."

"놈들은 괴물이야! 나도 알아! 나도 골린니스에 있었으니까! 나도 며칠 동안 시체 더미 속에 누워 있었어! 하지만 너는…." 키테이는 말이 막히는 듯 마른침을 삼켰다. "넌 정확히 똑같은 일을 저질렀어. 민간인들을. 죄 없는 사람들을. 아이들을. 넌 방금 한 나라 전체를 매장해놓고 아무것도 느끼지 않아."

"놈들은 괴물이었어!" 린이 외쳤다. "인간이 아니었어!"

키테이는 입을 벌렸다. 아무 소리도 나오지 않았다. 그는 입을 다물었다. 마침내 다시 입을 열었을 때 그 소리는 금방이라도 울음을 터뜨릴 것만 같았다.

"생각해봤어?" 그가 천천히 말했다. "그들이 우릴 정확히 뭐로 생각할지?"

두 사람은 힘겹게 숨을 쉬며 서로를 노려보았다. 린의 귀에 피가 웅웅댔다.

어떻게 감히? 그가 어떻게 감히 여기 서서 린이 극악무도하다고 비난할 수 있단 말인가? 그 연구소 안쪽을 본 적도 없으면서? 시로 박사가 어떻게 살아 있는 니칸인 전체를 제거하려고 했는지도 모르면서? 알탄이 부두를 떠나 인간 횃불처럼 불꽃에 휩싸인 채 연구소를 향해 뚜벅뚜벅 걸어간 것도 못 봤으면서?

린은 제 종족을 위한 복수를 이루었다. 제국을 구했다. 키테이는 그 일로 린을 심판할 수 없다. 린이 허락하지 않을 테니까.

"비켜." 린이 잘라 말했다. "내 사람들을 만나러 갈 거야."

키테이는 몹시 지쳐 보였다. "무엇 때문에?"

"우린 할 일이 있어." 린이 엄격하게 말했다. "아직 끝나지 않았어."

"진심이야? 내 말 못 알아들었어? 무겐은 끝장났어!" 키테이가 소리쳤다.

"무겐이 아니야." 린이 말했다. "무겐은 최후의 적이 아니야."

"무슨 소리를 하는 거야?"

"나는 황제를 상대로 전쟁을 벌일 거야."

"황제라고?" 키테이는 너무 놀라 아무 말도 하지 못했다.

"수다지 황제가 우릴 배신하고 우리 위치를 무겐군에 넘겼어." 린이 말했다. "그래서 적은 우리가 출루 코리크에 있을 것을 알았던 거야."

"말도 안 돼." 키테이가 말했다.

"그들이 그렇게 말했어! 무겐인이 직접 한 이야기라고…."

키테이가 린을 빤히 쳐다보았다. "그들이 그 거짓말로 꽤 이득을 봤겠다는 생각은 들지 않았어?"

"그 문제에 관해서는 아니야. 그들은 우리가 누군지 다 알고 있었어. 우리가 어디로 갈 예정인지도 다. 그건 오직 수다지 황제만이 알고 있었던 정보야." 린의 호흡이 가빠졌다. 분노가 되살아났다. "황제가 왜 그랬는지 알아내야 해. 그러고 나서 잘못에 관해 벌을 내려야겠지. 나는 황제에게 고통을 안겨줘야 해."

"네 마음이 뭐라고 하는지는 중요하지 않은 거야? 누가 누구를 팔아넘겼느냐가 중요해?" 키테이가 린의 어깨를 붙잡고 거칠게 흔들었다. "주위를 둘러봐. 이 세상이 어떻게 됐는지 좀 보라고. 친구들이 전부 죽었어. 네자. 라반. 이르자. 알탄." 린은 각 이름을 들을 때마다 움찔하며 놀랐지만, 키테이는 가차 없이 계속 말했다. "온 세상이 갈가리 찢어졌는데 넌 아직도 전쟁을 원한다고?"

"전쟁은 이미 시작되었어. 배신자가 제국의 황좌에 앉아 있으니까." 린은 완고하게 말했다. "나는 황제가 불타는 모습을 보고 말 거야."

키테이가 린의 팔을 놓아주었다. 그 얼굴에 떠오른 표정을 보고 린은 놀랐다.

그는 그녀를 낯선 사람 보듯 했다. 그는 그녀를 두려워하는 것처럼 보였다.

"네가 그 사원에서 무슨 일을 겪었는지 나는 몰라." 그가 말했다. "하지만 넌 팽 루닌이 아니야."

✳

키테이는 린을 갑판에 남겨두고 갔다. 그리고 다시는 그녀를 찾지 않았다.

린은 갑판 아래 선창에서 사이크를 보았지만, 그들에게 합류하지 않았다. 너무 지치고 피곤했다. 린은 선실로 돌아가 그 안에 스스로 갇혔다.

린은 생각했다. 아니, 소망했다. 키테이가 찾아오면 좋겠다고. 그러나 그는 오지 않았다. 울어도 달래줄 사람이 없었다. 눈물에 목이 메어 침대에 얼굴을 묻었다. 딱딱한 지푸라기 요에 얼굴을 묻고 비명을 질렀다. 누가 듣든지 말든지 신경 쓰지 않기로 하고 어둠을 향해 큰 소리로 비명을 질렀다.

바지가 쟁반에 음식을 담아 선실로 왔다. 린은 거부했다.

1시간 후에 엔키가 밀고 들어와 먹으라고 지시했다. 린은 또 거부했다. 엔키가 이대로 굶어 죽어봐야 누구에게도 도움이 되지 않는다고 주장했다.

린은 아편을 주면 음식을 먹겠다고 했다.

"별로 좋은 생각은 아닌 것 같다." 엔키가 린의 수척한 얼굴과 윤기 없이 엉킨 머리카락을 살피며 말했다.

"그것 때문이 아니야." 린이 말했다. "양귀비 씨앗이 필요한 게 아니야. 아편을 피우고 싶어."

"수면제를 만들어줄게."

"잘 필요 없어." 린이 고집했다. "난 그저 아무것도 느끼고 싶지 않아."

사원 밖으로 기어나간 후로 불새가 린을 놓아주지 않았다. 불새는 지금도 린에게 속삭였다. 피에 굶주리고 광분한 상태로 계속 린의 마음에 존재했다. 린이 갑판에 올라갔을 때 불새는 환희에 젖었다. 불새는 재의 구름을 보았고 그것을 숭배로 읽었다.

린은 자신의 생각과 불새의 욕구를 구분할 수 없었다. 린은 불새의 욕구를 거부할 수도 있었지만 그러면 자신이 결국 미치고 말 거라고 생각했다. 아니면 불새의 욕구를 힘껏 끌어안고 사랑할 수도 있을 것이다.

'지앙 사부가 지금 내 모습을 본다면 당장 출루 코리크에 가두겠지.' 린은 깨달았다.

결국, 그곳이야말로 린이 갈 곳이었다.

지앙 사부라면 자기 유폐가 꽤 고결한 일이라고 말할 것이다.

'빌어먹을, 전혀 아니거든요.' 린은 생각했다.

린은 절대로 제 발로 걸어 출루 코리크에 가지 않을 것이다. 수다지 황제가 이 땅을 활보하는 동안에는 절대로! 페일렌이 풀려나 자유롭게 돌아다니는 동안에는 절대로!

린은 유일하게 그들을 막을 힘을 가진 사람이었다. 이제 그녀는 알탄이 꿈꾸었던 힘을 획득했다.

린은 이제 불새가 옳다고 생각했다. 알탄은 나약했다. 알탄은 아무리 노력해도 약할 수밖에 없었다. 감금당한 채 지냈던 그 세월 동안 알탄은 심각하게 손상되었다. 알탄은 자신의 뜻으로 분노를 선택하지 않았다. 연이은 고문과 고통을 겪은 후 분노가 찾아왔을 뿐이었다. 그는 궁지에 몰린 늑대가 마지막 발악으로 자신을 때리는 자의 손을 물어버리듯이 반응했다.

알탄의 분노는 거칠고 방향이 없었다. 그는 불새를 위해 걸어 다니는 그릇이었다. 복수를 향한 원정 역시 스스로 선택한 적이 없었다. 린처럼 신과 협상할 수도 없었다.

린은 제정신이었고 그렇다고 확신했다. 린은 온전했다. 물론 많은 것을 잃었지만 여전히 이성을 지키고 있었다. 린은 결정을 내렸다. 불새를 받아들이기로 '선택'했다. 불새가 마음속에 침입해 들어오도록 허락하고 선택했다.

그러나 린이 자기 생각을 지키기를 원한다면 그녀는 아무런 생각도 하면 안 되었다. 불새의 피에 굶주린 욕망을 일시적으로 피하고 싶다면 아편이 필요했다.

린은 그 메스껍도록 달콤한 마약을 피우면서 어둠 속에서 큰 소리로 생각했다.

마시고, 내뱉고. 마시고, 내뱉고.

'나는 경이로운 존재가 되었어.' 린은 생각했다. '그리고 나는 끔찍한 존재가 되었어.'

'이제 나는 여신일까, 괴물일까?'

어쩌면 둘 다 아닐 것이다. 어쩌면 둘 다일지도 모른다.

✳

린이 침대에 웅크려 있을 때 드디어 쌍둥이가 배에 올라탔다. 린은 두 사람이 말없이 선실 문 앞에 나타날 때까지 그들의 도착 사실도 몰랐다.

"결국, 성공했구나." 차간이 말했다.

린은 윗몸을 일으켜 침대에 앉았다. 쌍둥이는 린이 드물게 제정신일 때 찾아왔다. 린은 몇 시간째 아편에 손을 대지 않았는데, 단지 자고 있었기 때문이었다.

카라가 안으로 달려 들어와 린을 끌어안았다.

린은 충격으로 눈을 크게 뜨고 포옹을 받아들였다. 카라는 항상 과묵했다. 늘 거리가 느껴졌다. 그래서 린은 어색하게 손을 들어 카라의 어깨를 토닥거려야 할지 망설였다.

그때 카라가 갑자기 몸을 뗐다.

"너, 불타고 있어." 카라가 말했다.

"불을 끌 수가 없어." 린이 말했다. "불이 함께 있어. 늘 함께 있어."

카라가 부드럽게 린의 어깨를 어루만졌다. 카라는 딱한 얼굴로 알겠다는 표정을 지었다. "사원에 갔었다며?"

"응." 린이 말했다. "무겐의 재 구름. 내가 한 짓이야."

"알아." 카라가 말했다. "우리도 느꼈어."

"아, 페일렌!" 린이 불쑥 말했다. "페일렌이 달아났어. 출루 코리크에서 탈출했어. 막아보려고 했지만…."

"우리도 알아." 차간이 말했다. "그것도 느꼈어."

차간은 뻣뻣하게 문간에 서 있었다. 마치 뭔가에 숨이 막힌 사람처럼 보였다.

"알탄은 어디 있지?" 마침내 차간이 말했다.

린은 아무 말도 하지 않았다. 그저 거기 앉아 차간의 눈을 마주 보았다.

차간이 잠시 눈을 깜박이더니 갑작스레 발길질을 당한 짐승처럼 외마디 소리를 질렀다.

"그럴 수는 없어." 그가 아주 조용히 말했다.

"알탄은 죽었어, 차간." 린이 말했다. 그녀는 몹시 피곤했다. "단념해. 그는 떠났어."

"하지만 만약 그랬다면 내가 느꼈어야 해. 그가 떠나는 걸 느꼈어야 했다고." 그가 고집스레 말했다.

"우리 모두 그렇게 생각해." 린이 무감각하게 말했다.

"거짓말이지?"

"내가 왜? 내가 그 자리에 있었어. 내가 봤어."

차간이 돌연히 밖으로 나가 문을 쾅 닫았다.

카라가 린을 내려다보았다. 카라는 평소의 골난 표정을 짓고 있지 않았다. 그저 슬퍼 보였다.

"네가 이해해." 카라가 말했다.

린은 이해하고도 남았다.

"그동안 뭘 했어? 무슨 일이 있었어?" 마침내 린이 카라에게 물었다.

"우리가 북쪽 지방 전쟁에서 이겼어." 카라가 무릎 위에서 손을 만지작거리며 말했다. "우린 알탄의 명령을 따랐어."

알탄의 절박했던 마지막 작전은 한 가지가 아니라 두 가지였다. 남쪽으로는 린을 데리고 가 출루 코리크를 열었다. 북쪽으로는 쌍둥이를 보냈다.

쌍둥이는 무루이강을 범람시켰다. 린이 영혼의 세계에서 잠깐 보았던 삼각주가 바로 주변의 네 개 성이 침수당하지 않게 무루이강을 막아주었던 사협댐이었다. 알탄은 쌍둥이에게 그 댐을 무너뜨려 강물의 흐름을 원래 방향인 남쪽으로 바꿔내 무겐군의 남쪽 보급통로를 차단하라고 명령했다.

린이 신입생 시절 병법 수업에서 제안했던 것과 정확히 일치하는 전략이었다. 그때 벤카가 제기했던 반론이 떠올랐다. '그런 식으로 댐을 파괴할 수는 없어. 댐은 다시 짓기까지 몇 년이 걸려. 그 골짜기만이 아니라 강 하류 삼각주 전체가 물에 잠길 거야. 기근은 어쩔 거야? 이질 전염병이 돌면?'

린은 가슴께로 무릎을 끌어당겼다. "농촌 지역 사람들을 우선 피난시켰는지는 물어봐야 아무 소용이 없겠지?"

카라는 미소도 짓지 않고 웃음을 터뜨렸다. "너는, 그랬어?"

카라의 말이 주먹처럼 린의 가슴을 때렸다. 린이 한 일에 합리성은 없었다. 그냥 벌어졌다. 린의 몸을 찢고 나간 결정이었다. 게다가 린은… 린은….

린은 몸을 떨기 시작했다. "내가 대체 무슨 짓을 저지른 걸까, 카라?"

지금까지 대학살의 순전한 규모를 계산해본 적이 없었다. 사상자의 수, 그녀가 일으킨 일의 막대한 규모 등은 추상적인 개념이자 비현실적인 불가능성이었다.

그럴 '가치'가 있었을까? 골린니스를 보상할 만큼 가치가 있었을까? 스피어를 보상할 만큼은?

잃어버린 목숨을 어떻게 비교할 수 있을까? 한 번의 대학살에 맞서 또 한 번의 대학살을 저지른다고 정의의 저울이 어떻게 균형을 잡을 수 있을까? 그리고 이런 식으로 비교할 수 있다고 생각했던 린은 대체 어떤 사람이었을까?

린이 카라의 손목을 붙잡았다. "내가 무슨 짓을 저지른 거지?"

"우리하고 똑같은 일." 카라가 말했다. "그리고 우린 전쟁에서 이겼지."

"아니야, 나는 사람들을 죽였어…." 린은 목이 메어 말을 끝맺지 못했다.

카라가 불쑥 화가 난 것처럼 보였다. "내게서 뭘 원해? 용서를 원해? 나는 줄 수 없어."

"난 그저…."

"사상자 수를 비교하고 싶어?" 카라가 날카롭게 물었다. "누구 죄책감이 더 큰지 논쟁이라도 원해? 넌 화산분화를 일으켰고 우리는 홍수를 일으켰어. 순식간에 온 마을이 물에 빠져 죽었어. 다 쓰러졌어. 너는 적을 파괴하기라도 했지. 우린 니칸 사람들을 죽였어."

린은 그저 멍하니 카라를 보았다.

카라가 린이 잡은 팔을 빼냈다. "그런 표정 따위 집어치워. 우린 우리 결정을 했고 우리나라를 무사히 구해냈어. 그럴 만해서

한 일이야."

"하지만 우리는 살인을…."

"우린 전쟁에서 이겼어!" 카라가 외쳤어. "우린 알탄의 복수를 했어, 린. 그는 갔지만, 우린 복수를 했어."

린이 대답하지 않자 카라가 린의 양쪽 어깨를 붙잡았다. 카라의 손가락이 린의 살에 아프게 박혔다.

"스스로 이렇게 말해." 카라가 격렬하게 말했다. "필요한 일이었다고 믿어. 일의 악화를 막았다고 생각해. 사실이 아니라도 우린 오늘부터, 앞으로 매일매일 자신에게 거짓말을 할 거야. 넌 너의 선택을 했어. 지금 이 일에 관해 네가 할 수 있는 일은 없어. 이미 끝난 일이야."

스피어섬에서 린 스스로 했던 말이었다. 키테이에게도 했던 말이었다.

이후 한밤중에 악몽 때문에 잠을 이룰 수가 없어서 아편에 손을 대야 했을 때, 린은 카라가 방금 말한 대로 했고 스스로 끝난 일이라고 계속 말했다. 그러나 카라의 생각은 한 가지가 틀렸다.

이 일은 끝나지 않았다. 끝날 수가 없었다. 무겐군은 아직 니칸 본토에 있었다. 그들은 여전히 남쪽 지방 곳곳에 흩어져 있었다. 심지어 차간과 카라도 무겐군을 전부 물에 빠뜨리지 못했다. 이제 그들에겐 복종할 지도자도 없고 돌아갈 고향도 없었다. 그래서 그들은 더욱 절박하고 예측 불가하고⋯ 위험해졌다.

그리고 본토 어딘가에 황제가 임시로 만든 황좌에 앉아 새로운 전시 수도에 피신 중일 것이다. 시네가드는 황제가 일으킨 갈등으로 무너졌다. 어쩌면 지금쯤 황제도 긴 활 섬이 통째로 사라졌다는 소식을 들었을 것이다. 황제는 우방을 잃고 비탄에 빠져 있을까? 아니면 적에게서 벗어나 안도하고 있을까? 어쩌면 벌써 자신이 계획하지도 않은 승리의 공을 자신에게 돌렸을지도 모른다. 어쩌면 그것을 이용해 자신의 입지를 더욱 단단히 다졌을지도 모른다.

무겐은 사라졌지만, 사이크의 적은 곱절로 늘어났다. 그리고 지금 사이크는 자신을 팔아넘긴 황좌를 향해 더 이상 충성하지 않는, 흉포한 부랑아 집단이 되었다.

아무것도 끝나지 않았다.

＊

사이크는 사령관의 죽음을 인정한 적이 단 한 번도 없었다. 직업의 특성상 지휘관의 변화는 어쩔 수 없이 혼란스럽고 난처한 일이었다. 과거 사이크 사령관은 거품을 물고 미쳐버리는 바람에 억지로 출루 코리크에 끌려가거나 아니면 임무 중 목숨을 잃고 다시는 돌아오지 못했다.

알탄 트렝신처럼 명예롭게 죽음을 맞이한 사령관은 별로 없었다.

동이 틀 때 대원들은 사령관에게 작별 인사를 했다. 전 대원이 검은색 도복을 경건하게 차려입고 앞쪽 갑판에 모였다. 장례식은 니칸의 방식이 아니었다. 스피어의 방식이었다.

카라가 모두를 대신해 말하고, 의식을 주관했다. 알탄의 예언자인 차간이 거절했기 때문이었다. 차간은 의식을 주관할 수 없었다.

"스피어는 죽은 자를 불에 태웠어." 카라가 말했다. "스피어는 인간의 몸은 그저 일시적일 뿐이라고 생각했거든. '재에서 와서 재로 돌아가니.' 스피어인에게 죽음은 끝이 아니라 위대한 재회였어. 알탄은 고향에 가려고 우리 곁을 떠난 거야. 알탄은 스피어로 돌아갔어."

카라가 물 위로 양팔을 드리웠다. 카라가 주문을 외우기 시작했다. 스피어 말이 아니라 유려한 힌터랜드 말이었다. 카라의 새들이 경건하게 머리 위를 맴돌았다. 바람도 파도도 잠시 멈춘 듯 보였다. 마치 우주 전체가 알탄의 상실을 애도하며 가만히 멈춘 것 같았다.

사이크 대원이 전부 똑같은 검은색 도복을 입고 한 줄로 늘어서서 말없이 카라를 보았다. 람사는 좁은 가슴 앞으로 단단히 팔짱을 끼고 자기 몸속으로 돌아가기라도 할 듯 한껏 어깨를 웅크렸다. 바지가 람사의 어깨에 조용히 한 손을 올렸다.

린과 차간은 나머지 대원과 떨어져서 갑판 뒤쪽에 서 있었다. 키테이는 보이지 않았다.

"원래는 알탄의 재가 있어야 해." 차간이 비통하게 말했다.

"그의 재는 이미 바다에 있어." 린이 말했다.

차간이 린을 노려보았다. 그의 눈은 슬픔으로 붉게 충혈되었다. 창백한 피부는 광대 밑이 푹 꺼져 평소보다 훨씬 더 해골처럼 보였다. 그는 며칠 동안 아무것도 먹지 않은 것처럼 보였다. 바람에 훅 날려 갈 것처럼 보였다.

차간이 알탄의 죽음을 두고 마음속으로 린을 비난하길 멈추려면 시간이 얼마나 필요할까, 린은 생각했다.

"그는 받은 만큼 돌려줬어." 차간이 한때 무겐연맹국이었던 잿더미를 턱 끝으로 가리키며 말했다. "결국, 알탄 트렝신은 복수에 성공했어."

"아니, 그렇지 않아."

차간이 굳었다. "무슨 말이야?"

"알탄을 배반한 건 무겐이 아니야." 린이 말했다. "알탄을 출루코리크로 끌고 간 건 무겐이 아니야. 스피어를 팔아넘긴 것도 무겐이 아니야. 전부 황제의 짓이야."

"수다지 황제가?" 차간은 믿을 수 없어 하며 말했다. "왜? 황제가 무엇을 얻으려고 그런 짓을?"

"그건 몰라. 내가 밝혀낼 거야."

"망할." 차간이 욕을 뱉었다. 그는 방금 뭔가를 깨달은 것처럼 보였다. 그가 가느다란 팔을 가슴 앞에 끼고 자기 말로 뭐라고 중얼거렸다. "그랬던 거였군."

"뭐라고?"

"네가 육효점에서 그물 괘를 뽑았잖아." 그가 말했다. "그물은 덫, 배신을 의미해. 너희를 사로잡은 철망은 미리 계획된 거였어. 알탄이 빌어먹을 그 돌산으로 출발하자마자 황제가 무겐국에 서신을 보냈을 거야. '움직일 준비가 되었으나 발자국이 교차하는구나.' 너희 두 사람은 전쟁 내내 다른 사람의 장기판 위 장기 말이었던 거야."

"우린 장기 말이 아니었어." 린이 딱 잘라 말했다. "그리고 이런 일이 생길 거라고 미리 내다봤던 것처럼 말하지 마." 린은 갑자기 분노가 솟구치는 것을 느꼈다. 차간의 설교투에, 이제야 돌이켜 생각하는 여유에, 마치 이 모든 일이 일어날 것을 예상한 것처럼, 늘 알탄보다 많이 알고 있었던 것처럼 말하는 태도에 화가 났다. "네 육효점은 뒤늦게야 이해가 되고, 동전을 던질 때는 어떤 길잡이도 안 돼. 너의 그 육효점이란 건 개똥보다 쓸모가 없어."

차간의 몸이 굳었다. "내 육효점은 쓸모가 없지 않아. 나는 세계의 형상을 봐. 현실의 변화하는 속성을 이해해. 나는 사이크 사령관들을 위해 육효 점괘를 수없이 읽어왔어."

린은 코웃음 쳤다. "그 수많은 육효 점괘 중에 알탄이 죽을 거라는 예측은 없었고 말이지?"

놀랍게도 차간은 움찔거렸다.

린은 알탄의 죽음이 차간의 잘못이 아닌데도 그에게 비난을 퍼붓는 건 공정하지 못하다고 생각했지만, 자신이 아닌 다른 사람의 탓이라고 맹렬히 비난해야만 했다.

차간이 늘 자신이 더 잘 안다고, 마치 이 비극을 예견했었다는 듯이 구는 태도를 견딜 수가 없었다. 차간은 그렇지 못했다. 린과 알탄은 아무것도 모른 채로 그 산에 갔고 차간은 그냥 가게 내버려두었다.

"내가 말했지." 차간이 말했다. "육효점은 미래를 예견할 수 없어. 육효점은 세계의 초상이고 가까이 있는 힘의 설명이야. 신전의 신들은 64개의 기본적인 힘을 나타내고 육효점은 그 파동을 반영해."

"그런데 그 파동 가운데 어떤 것도 '그 산에 가지 마라, 가면 죽는다'고 소리치지 않았단 말이야?"

"난 알탄에게 분명히 경고했어." 차간이 나지막이 말했다.

"더 노력할 수도 있었잖아." 린이 비통하게 말했다. 린 역시 부당한 비난임을, 오직 차간에게 상처를 주기 위한 말임을 알고 있었다. "알탄에게 죽을지도 모른다고 말했어야지."

"알탄의 육효점은 전부 죽음에 관해 말했어." 차간이 말했다. "그런데 내가 이번에는 알탄 자신의 죽음을 나타낸다고 예측하지 못했어."

린이 큰 소리로 웃음을 터뜨렸다. "너는 예언가잖아! 대체 뭐라도 쓸모 있는 예측을 한 적이 있기는 해?"

"나는 골린니스를 봤어." 차간이 잘라 말했다.

그러나 그 말을 입 밖에 내자마자 차간은 목이 메는 소리를 질렀고, 곧 비탄으로 자세가 무너지고 말았다.

린은 두 사람 모두 생각하는 사실을 말하지 않았다. 만약 그들이 골린니스에 가지 않았더라면 알탄은 죽지 않았을 거라고.

린은 그냥 쿠달라인에 머무르며 계속 싸웠다면 얼마나 좋았을까 생각했다. 차라리 니칸 제국을 완전히 포기하고 밤의 성에 숨어들어 무겐이 시골 지역을 약탈하든 말든 안전한 곳에서 단절된 삶을 살며 그 산속에서 전쟁의 소용돌이가 끝나기를 기다렸다면 얼마나 좋았을까 생각했다.

차간의 모습이 너무도 비참해 보여 린의 분노가 잦아들었다. 차간도 결국 알탄을 말리려고 노력했었다. 다만, 실패했을 뿐. 누구도 죽음을 향해 가는 알탄의 광적인 충동을 막을 수 없었다.

차간이 알탄의 미래를 예측할 방도도 없었다. 미래는 아직 쓰이지 않았기 때문에. 알탄은 스스로 선택했다. 쿠달라인에서도, 골린니스에서도, 그리고 마지막으로 그 부두에서도. 두 사람 모두 알탄을 막을 수는 없었다.

"미리 알아챘어야 했어." 마침내 차간이 말했다. "'사랑하는 자가 우리의 적이다.'"

"뭐?"

"알탄의 육효 점괘가 그렇게 말했어. 몇 달 전에."

"그게 황제를 뜻했군." 린이 말했다.

"아마도." 차간이 말하고 먼바다로 시선을 돌렸다.

두 사람은 침묵 속에서 카라의 매들을 바라보았다. 새들이 커다란 원을 그리며 날았다. 마치 알탄의 영혼을 천국으로 이끄는 길잡이라도 되는 것처럼.

린은 오래전 보았던 축제 행렬을 떠올렸다. 황제의 동물원에 있었다는 동물 인형이 행진하던 것을. 위대한 지도자가 죽었을 때 하늘에 나타난다는 고결한 사자머리 짐승, 위엄 있는 기린을 떠올렸다.

알탄을 위해 기린이 나타나줄까?

알탄에게 그럴 만한 자격이 있었을까?

린은 대답할 수 없었다.

"당장은 황제에게 관심을 쏟을 때가 아니야." 한참 후 차간이 말했다. "페일렌의 힘이 점점 강해지고 있어. 그는 원래 언제나 강력했어. 알탄보다 더 힘이 셌어."

린은 산맥 위에서 보았던 그 먹구름을 떠올렸다. 악의를 담은 구름의 그 시퍼런 눈을. "페일렌은 대체 뭘 원하는 거지?"

"누가 알겠어? 바람의 신들은 신전에서도 가장 변덕이 심해. 그들 넷의 기분은 도저히 예측할 수 없어. 어느 날은 부드러운 산들바람이었다가 다음 날은 마을을 통째로 날려버리지. 배를 침몰시키고 도시를 파괴한다고. 페일렌 때문에 이 나라가 끝장 날 수도 있어."

차간은 당장 내일 니칸이 파괴되어도 별로 신경 쓰지 않겠다는 듯 무심하고 가볍게 말했다. 린은 비난과 질책을 예상했지만, 차간은 한마디도 하지 않았다. 알탄도 없는 마당에 힌터랜드 출신으로서 니칸 제국의 일과는 전혀 상관이 없다는 듯 태연했다.

어쩌면 그게 사실일지도 몰랐다.

"우리가 페일렌을 막아야 해." 린이 말했다.

차간이 무심하게 어깨를 으쓱했다. "행운을 빌어. 너희 모두 힘을 합해야 할 거야."

"그럼, 이제 네가 우릴 지휘하는 건가?"

차간은 고개를 저었다. "나는 할 수 없어. 나는 티르의 부관이었을 때도 내가 사령관이 될 수 없다는 걸 알았어. 알탄의 예언자였지만 사령관으로 내정된 적도 없었고."

"왜?"

"제국에서 가장 치명적인 사단을 외국인에게 맡긴다? 그럴 리가 없잖아." 차간이 가슴 앞쪽으로 팔짱을 꼈다. "게다가 알탄은 골린니스로 떠나기 전에 이미 후임을 지정해두었어."

린이 고개를 치켜들었다. 새로운 소식이었다. "그게 누구야?"

차간은 린의 질문을 믿을 수 없다는 듯이 쳐다보았다.

"너잖아." 차간은 당연하다는 듯이 말했다.

린은 차간에게 명치를 한 방 맞은 기분이었다.

알탄이 린을 후임으로 지명했다. 자신의 유산을 린에게 위임했다. 심지어 쿠달라인을 떠나기 전에 이미 혈서를 쓰고 서명까지 했다.

"나는 사이크의 사령관이다." 린이 말했다. 그 뜻이 충분히 이해될 때까지 그 말을 여러 번 반복했다. 린은 이제 군벌 사령관들과 대등한 지위에 올랐다. 원하는 대로 사이크에게 명령을 내릴 힘이 생겼다. "내가 사이크를 지휘한다."

차간이 옆 눈길로 린을 보았다. 그의 표정은 어두웠다. "넌 이 세상을 온통 알탄의 피로 칠할 생각이지?"

"책임 있는 모든 자를 찾아내 죽일 거야." 린이 말했다. "너도 나를 막을 수 없어."

차간이 건조하고 신랄하게 웃었다. "이런, 난 너를 막지 않아."

차간이 손을 내밀었다.

린은 그 손을 맞잡았다. 가라앉은 땅과 재로 질식한 하늘이 에언자와 스피어인 사이 협약의 증인이 되어주었다.

린과 차간은 한 가지 이해에 이르렀다. 두 사람은 이제 알탄의 호의를 두고 경쟁하고 대립하지 않았다. 그들은 이제 각자 저지른 잔학행위로 묶인 동지였다.

그들에겐 죽여야 하는 신이 하나 있었다. 재형성할 세계가 있었다. 타도해야 할 황제가 있었다.

두 사람은 함께 흘린 피로 묶였다. 두 사람은 고통으로 하나가 되었다. 그들에게 일어난 일로 단단히 결속했다.

아니다.

이건 린에게 일어난 일이 아니었다.

'우리는 네게 어떤 일도 강요하지 않는다.' 불새는 이렇게 속삭였고 그 말은 사실이었다. 불새는 막강한 힘을 가졌지만, 테르자 여왕에게 복종을 강요하지 못했다. 그리고 불새는 린에게도 강요할 수 없었다. 린이 진심을 다해 불새와의 거래에 동의했기 때문이다.

지앙 사부는 틀렸다. 린은 스스로 통제할 수 없는 힘을 가지고 장난을 치는 게 아니었다. 신들은 위험하지 않았다. 신들에겐 전혀 힘이 없었다. 린이 신들에게 힘을 주는 것이다. 신들은 오직 린 같은 인간을 통해서만 이 우주에 영향력을 끼칠 수 있었다. 린의 운명은 별자리나 신전의 명부에 미리 새겨지지 않았다. 온전히, 그리고 자발적으로 선택했을 뿐이었다. 린은 전투에서 도와달라고 신들에게 호소했지만, 신들은 처음부터 끝까지 린의 도구였다.

린은 운명의 피해자가 아니었다. 린은 최후의 스피어인이자 사이크의 사령관, 명령을 수행하기 위해 신들을 소환하는 샤먼이었다.

이제 린은 어마어마하게 무서운 일을 행하기 위해 신들을 소환할 것이다.

〈3권 계속〉

"죽더라도 내 손에서 나온 불꽃으로,
내 심장에서 솟은 분노로 죽을 거야."

1

여기 팽 루닌, 줄여서 린이라고 불리는 10대 소녀가 있다. 그녀는 주인공답게 보잘것없는 출신에 비범한 잠재력과 불같은 성미, 희미한 가능성에도 악바리처럼 매달리는 근성을 지니고 있다. 린은 고난과 상실이 일상인 삶을 마주하지만, 이에 순응하는 대신 끊임없이 분노하고 슬퍼하며 다시 일어난다.

전쟁고아로서 양부모의 학대를 받으며 자란 린은 원치 않는 결혼을 하든가, 아니면 '성매매와 구걸이 혼합된 삶'을 택해야 한다. 청조 말기를 모티프로 삼은 니칸 제국은 극심한 기근과 빈부 격차, 부정부패로 인한 말기 증상을 겪고 있다. 그 와중에 아편 밀매에 손대는 사람들은 큰돈을 벌고, 아편에 중독되는 대다

수 사람들은 늦든 빠르든 파멸의 길을 걷는다. 린처럼 아무런 배경도 없는 평민이 대물림되는 빈곤과 착취의 굴레에서 탈출하는 방법은, 과거시험을 보아 '학당'이라는 사관학교를 졸업하는 것이다. 니칸 제국의 세력자는 군벌이므로 중앙에서 사관학교를 졸업하고 입대하는 것이 안정적인 출셋길이다. 린은 주인공답게 기어코 시험에 합격하지만 하찮은 여자애라는 이유로 축하를 받기는커녕 쫓겨나듯이 마을을 떠난다.

니칸 제국은 능력주의를 위시한 '공평한' 시험으로 학생을 선발한다고 홍보한다. 그러나 실제로 최고의 학당인 시네가드에 선발되는 학생들은 군벌이나 부유한 집에서 어릴 적부터 교과 내용을 학습한 아이들이다. 까무잡잡한 시골 출신 여자애가 버티기 위해서는 다시 한 번 주인공의 자질을 발휘해야 한다. 린은 모두가 기피하는 전승학 사부인 지앙의 유일한 문하생이 된다. 지앙은 괴짜인 데다, 전승학은 사관학교의 분위기와 정면으로 대치된다. 학교는 학생들이 일률적이고 즉각적인 결과를 보이길 원하지만 전승학은 개인의 고유한 근본에 초점을 맞추기 때문이다. 전승학은 신을 기억하고, 명상을 통해 샤먼을 길러내는 학문이다. 샤먼이 되려면 개인 내면의 신과 외부의 신을 결합하는 법을 배워야 한다. 린은 오행의 결을 따라 무술을 습득하고, 영혼 상태로 천상의 신전에 오르는 데 성공한다.

전형적인 성장소설이었다면 린은 스승과 친구들을 만나 깨달음을 얻고 훌륭한 어른으로 자라났을 것이다. 그러나 린에게는 차분히 성장할 시간이 주어지지 않는다. 그녀는 모험을 떠나지 않고, 고독한 순례길에 나서지도 않는다. 린이 가야 하는 곳은 전쟁터다. 학당 시절은 선전포고도 없이 급격히 벌어진 전쟁으로 인해 끝난다. 린은 즉시 학생 신분을 벗고 군인이 되어야 한다. 전세는 제국에 불리하다 못해 절망적일 정도로 전개된다. 이를 뒤집기 위해서 린은 불새를 몸에 깃들여 힘을 끌어내야 한다. 신의 권능을 발휘할 만큼 간절하게 분노를 벼려야 한다. 린이 가는 길에는 피와 역병, 죽음과 공포가 도사리고 있다.

2

《양귀비 전쟁》에서 벌어지는 사건은 노골적으로 청조 말기의 역사를 답습한다. 청나라는 두 번의 아편전쟁 동안 수도 베이징까지 점령당하며 '중화'의 개념이 산산조각나는 경험을 한다. 한편, 빠르게 근대화를 마친 일본은 청나라를 침략해 결국 기존의 조공체제를 역전시킨다. 신해혁명과 청나라의 멸망, 위안스카이나 쑨원, 마오쩌둥 등이 할거했던 군벌시대, 중화민국의 건국을 거쳐, 1937년에는 중일전쟁이 발발한다. 이 전쟁은 제2차 세계대전에서 일본이 패배하기까지 8년 동안이나 이어진다. 중국 근대사는 수많은 생사가 소용돌이치던 전쟁, 내전, 멸망, 혁명의 역사다.

소설 속 니칸 제국 역시 숨쉬기조차 거북해하는 거대한 늙은 용이다. 위대한 붉은 황제의 치세 이후 천 년이 지났고, 현 황제는 군벌 간의 다툼을 휘어잡을 힘이 없다. 동쪽의 긴 활 모양 섬에 자리한 무겐연맹국은 오랫동안 전쟁을 준비하며 힘을 모았다. 남쪽의 스피어섬 사람들은 본래 불새의 힘을 부리며 황제의 강력한 군대가 되었지만, 2차 양귀비 전쟁 때 무겐의 집단학살로 이미 멸족당했다. 서쪽의 헤스페리아는 이전과 달리 니칸 제국을 도울 생각이 없다. 니칸 제국은 무겐의 전략으로 수도 골린니스까지 속수무책으로 유린당한다. 저자는 난징 대학살의 역사를 빌려와 패배한 도시에 어떤 고통스러운 일이 일어나는지 상세하게 기술한다. 무겐군은 아기들을 삶아 죽이고, 사람을 손으로 찢어 죽이고, 산 채로 개에게 먹이고, 시체로 피라미드를 쌓았다.

이외에도 우리가 아는 동아시아와 동일한 부분이 있다. 중국 대륙의 남쪽에는 실제로 스피어섬과 같은 눈물 모양의 하이난섬이 있다. 하이난섬의 원주민인 리족 등에게는 애니미즘 전통이 있었고, 이 섬은 중일전쟁 당시 일본에 점령당했다. 소설 속 군벌들이 각 성(省)을 맡아 서로를 견제했듯 청나라의 총독들도 준자치적으로 집권하며 느슨한 연맹을 이뤘다. 난징 대학살 때 일본군은 무겐군처럼 강이 붉게 물들 정도로 포로와 민간인들을 대량 학살했다. 니칸 제국의 경우 일부 도시만이 발전하여 부를 누렸고, 청나라 역시 항구도시 상하이를 비롯하여 몇몇 도시가 전통 사회를 단절하는 방식으로 빠르게 '문명화'되며 크게 성장했다.

그러나 《양귀비 전쟁》은 전통이 지녔던 가치를 절대 부정하지 않고, 오히려 전통에서 진실을 찾아보려고 한다. 청나라에서 과거시험은 청일전쟁 이전인 1905년에 사라지고 학교로 대체되었지만 니칸 제국의 과거시험은 극히 중대한 행사이며 《논어》나 《장자》등 고전을 달달 외워야 통과할 수 있다. 시네가드는 국사와 전통 무술을 가르치고, 제국군의 전략은 손자의 병법을 따른다. 제일 오래된 전통은 물론 신의 존재다. 이 소설이 역사와 가장 상이한 점은 전쟁에 신의 세계가 섞여든다는 것이다. 사방신이든 여와든 각종 잡신이든 기존의 신앙은 제국 또는 청나라에 있어 미신으로 치부되어야 할 것, 외세에 밀려나 잊힌 것, 강한 국력을 지니기 위해서는 버려야 할 구시대의 잔재에 해당한다. 그러나 이들 신은 천년의 세월 동안 사라지지 않고 의식의 뿌리 깊은 곳에 자리 잡고 있던 것이기도 하다.

린은 샤먼이고, 샤먼은 신을 기억한다. 무엇이든 기억하는 자가 있어야 명맥이 유지될 수 있다. 스피어섬의 신인 불새는 린을 통해 세상으로 불의 날개를 뻗는다. 양귀비에서 추출하는 아편은 니칸 제국을 병들게 했지만 린을 비롯한 샤먼에게 양귀비 씨앗은 신에게 오르는 문이다. 그리고 신과 인간이 결합할 때 구현되는 힘이야말로 린이 주인공으로 살아남은 가장 큰 역량이다.

3

자연은 원초적이고 압도적이며 목적이 없다. 평범한 인간으로서는 통제가 불가능하므로 두려워하며 거리를 두어야 한다. 지앙 사부는 일찍이 신을 이용하려 들지 말라고 가르쳤다. 그는 일견 모호한 법칙을 따르며 자연을 숭배하는, 니칸 문화의 오래된 것들을 대표하는 인물이다. 그러나 스피어섬의 마지막 생존자이자 린의 직속상관인 알탄은 린이 사부의 가르침과 반대로 행동하기를 요구한다. 유능한 군인인 알탄은 당장 쓸 전력을 얻기 위해 신을 부르기를 주저하지 않는다. 린은 지앙 사부의 가르침을 택하면 인간성을 유지할 수 있지만, 알탄의 예를 따르면 스스로 신이 되어 미쳐가게 된다는 사실을 깨닫는다.

따라서 린은 자기 자신을 유지하면서도 힘을 두르는 법을 익혀야 한다. 기실 그것이야말로 린이 줄곧 해왔던 일이다. 그녀는 시골 소녀의 비참한 미래를 피하기 위해, 사관학교의 낙제생이 되지 않기 위해, 전쟁과 죽음 앞에서도 멈추지 않기 위해 스스로를 단련했다. 선택의 여지가 없어 보이던 순간마저도 선택의 연속이었다. 파괴의 신인 불새는 린의 모든 것을 파괴하리라고 경고하지만 그럼에도 린은 샤먼이 되길 택한다. 그녀는 늘 복종보다 대적을 선택해왔고, 그러므로 불을 두려워하지 않는다. 불에 매몰되지도 않는다. 불은 무자비한 소멸을 의미하지만 동시에 재생과 정화의 상징이며, 인간에게 언제나 새로운 문명의 시발점이었다. 불꽃은 신에게서 빌려온 것일지라도 이를 태우는 것은 인간의 심지다. 굳건한 심지(心志)를 갖출수록 강력한 불을 부르는 심지가 된다. 린은 불새를 부리는 심지가 되기를 택한다.

대체 역사에 환상을 결합한 이 소설은 메시지를 전달하기에는 일견 복잡하고 불편한 방법을 의도적으로 택한 것처럼 보인다. 그러나 '어떤 진실은 천천히 뿌리를 내리듯이 만물이 작용하는 방식의 불가피한 일부분이 되어야만 진실임을 인정'받을 수 있다. 환상이 실제 역사를 아는 독자의 마음속에 뿌리를 내리려면 그 역시 불가피한 현실의 일부임을 증명해야 한다. 《양귀비 전쟁》이 새로운 서사로서 탁월한 생명력을 획득하는 곳은 바로 이 지점이다. 인간이 신과 결합하여 샤먼이 태어나듯, 환상이 현실과 서로 관계를 맺어 하나가 될 때 비로소 허구가 숨을 얻고 소설이 반향을 남기는 것이다.

4

《양귀비 전쟁》은 작가 R. F. 쿠앙의 데뷔작으로, 양귀비 전쟁 3부작 시리즈 중 첫 권이다. 이 소설은 출간 직후 판타지 독자들을 자극하며 〈워싱턴 포스트〉, 〈타임〉, 〈가디언〉 등에 이달의 책, 그리고 올해의 책으로 선정되며 평단과 독자들의 관심을 불러 일으켰다. 《양귀비 전쟁》은 2019년 SF와 판타지 등 장르소설 분야에서 영어로 쓰여진 최고의 데뷔 소설에 수여하는 콤턴 크룩상을 수상했으며, 2020년 최고의 신인 작가에게 수여하는 어스타운딩 상(구, 존 W. 캠벨상)을 받았다. 또한 네뷸러상, 로커스상, 세계판타지문학상 등 각종 세계 문학상의 최종 후보에 올랐다. 3부작이 완성된 현재는 〈크레이지 리치 아시안〉 등에 자금을 댄 스타라이트 미디어에 TV 드라마 판권이 팔린 상태다.

작가는 책장에서 20세기 중국에 대한 소설을 찾아볼 수 없었기 때문에 이 소재를 골랐다고 했다. 그녀는 조지타운 대학에서 중국사를 전공했고, 중국의 전략 전술과 집단적 트라우마를 연구했다. 중국 근현대사를 아는 사람이라면 린에게서 마오쩌둥의 흔적을 느낄지도 모른다. 린은 전쟁에서 촉발된 정의감을 품고 있지만 동시에 전쟁에 걸맞는 살육을 집행하는 인물이다. 그녀는 자신이 여신인지 괴물인지 괴로워한다. 작가에 따르면 이 작품의 한 주제는 폭력의 순환이다. 린과 알탄의 복수는 일견 정당하지만, 그들의 폭력에 희생된 자들에게도 마찬가지로 징당하게 복수할 이유가 생기는 것이다.

후속작인 《용 공화국》, 《불타는 신》에서는 중국 근현대사의 영고성쇠처럼 여러 세력이 복잡하게 얽혀 긴장이 고조된다. 린이 어릴 시절에는 무겐은 적, 제국은 아군이었다. 그러나 제국이 분열하기 시작하자 국경으로 인한 피아는 사라지고 정치와 배신이 남는다. 린의 행보에 옳고 그름을 말하기는 쉽지 않다. 사람은 선의에 의해 악행을 선택할 수 있고 우리는 소설을 통해 악행 속의 선의를 들여다볼 수 있다. 린은 거울 안의 자신을 보며 고뇌하는 사람이다. 그녀는 선택에 선택을 거듭하고, 그럴수록 다층적인 인물이 된다. 그리고 사람의, 세계의, 우리의 다층적인 면모를 모순 그대로 구현하는 것이 소설의 힘이다.

작가는 3부작을 완성한 후 린의 라이벌인 네자의 관점에서 본 단편 〈익사하는 믿음(The Drowning Faith)〉을 개인 홈페이지에 게시했다. 이는 https://rfkuang.com에서 볼 수 있다.

— 심완선, SF 평론가

옮긴이 **이주혜**

저자와 독자 사이에서 치우침 없는 공정한 번역을 위해 노력하는 번역가이자, 창비신인소설상을 받은 소설가다. 《프랑스 아이처럼》, 《우리 죽은 자들이 깨어날 때》, 《여자에게 어울리지 않는 직업》, 《멜랑콜리의 묘약》 등 많은 책을 옮겼고, 소설 《자두》를 썼다.

양귀비전쟁 ❷ 출루 코리크

초판 1쇄 발행 2021년 11월 1일

지은이	R. F. 쿠앙
옮긴이	이주혜
펴낸이	박은주
편집장	최재천
기획	김아린
편집	설재인
일러스트	집시
디자인	김선예, 서예린, 오유진
마케팅	박동준

발행처	(주)아작
등록	2015년 9월 9일(제2021-000132호)
주소	04050 서울특별시 마포구 양화로 156
	LG팰리스빌딩 1428호
대표전화	02.324.3945 **팩스** 02.324.3947
이메일	decomma@gmail.com
홈페이지	www.arzak.co.kr

ISBN	979-11-6668-640-5 04840
	979-11-6668-634-4 04840 (세트)